朱燕玲工作室

小宅门

Doors Home
Tiny Doors Sweet Home

鲁引弓 著

中信出版集团│北京

图书在版编目（CIP）数据

小宅门 / 鲁引弓著. -- 北京：中信出版社，2024.4
ISBN 978-7-5217-6188-7

Ⅰ.①小… Ⅱ.①鲁… Ⅲ.①长篇小说－中国－当代 Ⅳ.①I247.5

中国国家版本馆CIP数据核字(2023)第226070号

小宅门
著　　者：鲁引弓
出版发行：中信出版集团股份有限公司
　　　　　（北京市朝阳区东三环北路27号嘉铭中心　邮编 100020）
承 印 者：河北鹏润印刷有限公司

开　　本：880 mm×1230 mm　1/32　印　张：13.25　字　数：379千字
版　　次：2024年4月第1版　　　　　印　次：2024年4月第1次印刷
书　　号：ISBN 978-7-5217-6188-7
定　　价：69.00元

版权所有·侵权必究
如有印刷、装订问题，本公司负责调换。
服务热线：400-600-8099
投稿邮箱：author@citicpub.com

找到回家的路——
三十年，我们与房子的牵绊

目录

001	引子：丁咚和房子
005	一	奇遇
011	二	心术
021	三	同学会
026	四	房子往事
037	五	大家庭的五张"房子订单"
049	六	再遇
062	七	两个女孩开的"天窗"
074	八	独自上车，女孩为什么奔跑
088	九	第二次冲锋
092	十	那些爸妈
116	十一	算账
124	十二	伤情与爱情
134	十三	恋爱合伙人
149	十四	犯愁
157	十五	上车
163	十六	生变
170	十七	停车
184	十八	争锋

192	十九	风云又起
206	二十	继续合伙
222	二十一	夜奔
230	二十二	第一轮买卖
240	二十三	探访
253	二十四	下车危机
267	二十五	有些房子，有些声音
280	二十六	"三根稻草"
293	二十七	谈判
299	二十八	官司
303	二十九	奴隶女婿
311	三十	交换和深呼吸
319	三十一	"新门当户对"
322	三十二	在龙虾馆
328	三十三	反转
331	三十四	变数
338	三十五	落点
351	三十六	纠结
365	三十七	摆渡人
402	尾声：一年后	

引子：丁咚和房子

男生丁咚的出生，与一套房子有关。

1990年，他爸丁家风和他妈何秋红为赶上惠民酿酒厂的最后一批福利分房，认识两周就火线结婚，婚后第二年又因性格不合匆匆离婚，留下了1岁的婴儿丁咚作为这场短命婚姻的"遗产"。

所以，丁咚是因为房子来到这个世界的。

所以，从小他就对房子充满委屈和怨恨。

丁咚大学毕业的时候，市区住宅均价已近每平米3万元，并且，还在快速地上涨。

于是，与这个年代许多无法拼爹的90后一样，丁咚明白，房子从此与自己无关了。

丁咚的大学同学、女友陈海贝的父母，也清楚地看到了这一点，他们让女儿跟他分了手。

所以，长大后的丁咚知道，爱情和房子是连在一起的，它们跟自己距离遥远。

跨出校门后的丁咚，像一颗轻尘，在软件公司、教育机构、少儿游泳馆、广告公司、超市物流部门之间辗转。

让他没想到的是，辗转到后来，他居然成了中介小哥，也就是说，"房子"成了他的饭碗。

介绍他做中介小哥的,是他的大学同学常书凯。

常书凯大学毕业后,在蓝洲房地产集团公司总经办打杂,他有个远房亲戚是那里的高管。常书凯有一天来物华超市找丁咚的时候,看见丁咚正在仓库里搬运土豆,他瘦弱的模样让书凯心生怜悯,书凯就为他支着儿:"最近'蓝洲'为打通产业链上下游,收购了一家名为'良屋'的中介公司,那边需要人手,要不你去试试看?"

书凯还说:"他们这一行,如今做得好的人收入是蛮可观的。"

"中介公司?"丁咚问。

"是的,做房产经纪人,也就是中介小哥。"

就是街上那些穿着西装、打着领带、佩着工牌、骑着电动车的男生。

丁咚明白了。

但他无法想象自己做中介小哥的样子,因为他生性内向,还因为,他一直觉得那些做销售的家伙跟人交往目的性太强,自己不是那样的人。

他向书凯摇头,说自己做不了。

书凯不以为然,劝他不妨一试,"这活不用拼爹,至于性格嘛,这年头谁知道自己最终的性格是啥样子的呢?再说,性格有赚钱重要吗?做中介小哥比你现在打零工赚得多,这一点倒是很重要;还有,房地产是时下的风口,人得站在风口上,这一点更重要"。

好像很有道理的样子。

丁咚就决定去试试。

由此,丁咚成了"良屋"华北路门店的一位小哥。

他像我们在街上常遇到的那些小哥一样,穿着西装,打着领带,骑着电动车,串街走巷,像小蜜蜂一样忙碌。

他也像那些循循善诱的小哥一样,逢人就做思想工作:"买吧,买一套自己的房子,你会发现,五年后,房贷已经不是主要压力了;八年后,除了房子,其他钱都不知道花哪儿去了;十年后,今天你穿的名牌,开的车子，都已成了旧物，只有房子在为你保值，甚至增值；二十年后，你会感叹，努力十年，不如买一套房子，一套房子可以让你少奋斗几年甚至几十年。"

他还像那些涉世未深的小哥一样，在深入某些房子的过程中，有时一不小心，就直抵了他人生活中隐秘的底处——房子，房子。那些因房子而洒了一地的人性，常让他瞠目结舌，除了唏嘘，有时他几乎有夺路而逃的冲动。

所以，"房子"被当作饭碗之后，丁咚对于房子有了日渐复杂的情绪。

一　奇遇

1

到2015年初的时候,丁咚已基本适应了中介小哥的工作,但由于他入行时间短,客户资源少,加上生性恬淡、内向,所以业绩不佳。

这时,老同学常书凯又给他支着儿,建议他跳槽去爱宅置业咨询公司:"他们那儿打法比较激进,丁咚,你这人需要被激活。"

"激活?"丁咚呵呵笑起来。

丁咚对"爱宅"有所耳闻,这是蓝洲集团新投的一家公司,主做房产电商和楼盘代理商,卖一手房为主,拿开发商佣金。

书凯对丁咚说:"'爱宅'老总我认识,名叫田青,人称'小宁波',这人点子多,打法多,你去他那儿能学到一些东西,也能多赚点钱。如果你适应不了那边的话,到时你也可以回'良屋'呀,试试又不要紧。"丁咚点头,决定去试试。

2

丁咚到"爱宅"的第一天,就见识了老总田青的不同凡响。

这"小宁波"长着一张精灵般的小脸,一双炯炯有神的眼睛,他把一本装帧精致的小册子递给丁咚,"欢迎欢迎,常书凯的同学嘛,我亲自见见"。

丁咚以为是员工手册,接过来一看,《战房策——田青内部讲话》。

内部讲话？丁咚有些傻眼。

在丁咚的印象中，大一那年有个名叫鲁引弓的出版社编辑，带着一本当时新出炉的财经图书《马云内部讲话》来学校做过读书分享会，所以，"内部讲话"，在他认知中，那得是马云、任正非、王石这些商界大佬才够格，怎么这卖房子的也整了个"内部讲话"？

丁咚翻动小册子，内里文字短句为主，类语录体，豪情满溢。

田青好像看到丁咚的心里去了，他笑容可掬，说得谦虚："这可不是我个人的所见所思，这其实是近几年公司上上下下对一些销售案例的集体复盘，是集体的智慧，有经验，更有教训，有打法战术，更有心术，你加入我们这儿，先好好翻翻，我司不做另外的培训了。"

黑色衬衣映着他消瘦的脸颊，他继续说："销售工作嘛，无论卖的是房子，是洗衣机，还是汉堡，万变不离其宗，你打交道的是人的一颗心，寻求共情是我们的出发点，而我们的出发点针对的目标客户，具体说来，就是女人。"

"女人？"

"对的，女性。"田青咧嘴笑，"因为女性是消费的发动机。我们统计过了，80%以上的家庭中，推动买房的是女人，执意买房的更是女人。为什么？因为女性敏感，对于社会走向，对于安全感，女人比男人直觉更准，也更容易焦虑。"

丁咚听出了共鸣，说："那些丈母娘就是买房子的推动者。"

田青笑道："我们的目标人群可不仅仅是丈母娘、老太太，我们的目标人群更趋年轻化，包括那些未嫁、恨嫁的独立女性，她们在今天比谁都更想拥有自己的房子。这是市场的潜在人群，未来的新空间。"

说着，田青站起身，自信溢于言表："我们要收割的是她们的心。"

他指了指丁咚手里的《战房策——田青内部讲话》，说："我们的打法可能比较激进，我们的创新点在于对主导性的侧重。小丁，在我们这儿，我追求的成功率可不是苦哈哈地求人开单，我要的是强力震慑、主动牵引购房理念，所以，需要你们有风暴一样的激情，牵引她，席卷她，而不是跟着她，求她买房。"

丁咚听着，又蒙圈又好奇。

田青的手指弹着漆黑的桌面，他说："小丁，好好干，在我们这儿，先得去掉书生气，我们讲的是向外生长、任性一把，我们这儿的业务员只要敢拼，机灵，谙熟人性，成全客户，收入是没有天花板的。"

没有天花板？丁咚瞪大了眼睛。

田青对丁咚微微笑，他再次指了指丁咚手里的《战房策》，要丁咚好好研读："好好体会，用得着的。"

遵从田青的要求，入职后，丁咚开始了对"内部讲话"深入学习。

白天坐在工位上的时候，丁咚反复默念，晚上回到出租房后，继续研读，划重点，深刻领会。

而他最喜欢的是中午的时候，登上"爱宅"所在的银河大厦的天台，面对天边的云朵和林立的楼宇，将它们想象成那些想买房子的女人，对它们大声说出那些话术。

丁咚背啊读啊，直练到口干舌燥，那些言语在一点点渗入思维，他感觉到了激情四溢，也感觉到了"房子"对人的压迫。

3

激情演练之后，"爱宅"给丁咚派了第一单。

在店长"方狗"方歌子的安排下，丁咚开了辆公司的小破车，前往城西科创园，接一个客户去看房。

这是 2015 年早春的晴朗天，他一路向西，打着哈欠。对未来毫无预感，他不知道，这第一单，其实也是他在"爱宅"的唯一一单，最后一单。

这一单，将像冥冥中的天意，引他进入一个狼狈的开场，以致日后每每忆起，心里都会有一种挥之不去的尴尬。

丁咚来到科创园后，在大门口等了 3 分钟，见那人穿过小广场，向他的车走来。这是一个女生,高个,白卫衣,牛仔裤,双肩包,扎着马尾辫,步履轻捷得像一只小鹿。

他盯着她渐近。

他知道,她还真是一头"鹿",一头已入局的,将被逐的鹿。

丁咚向她挥手。

阳光下她微微眯起眼睛,微笑着向他点头。

丁咚告诉她,自己是"爱宅"的经纪人,店长让他过来,带她去雅月苑看房。

她说自己姓雷。

"我知道,我们店长跟我说了。"丁咚拉开车门,请雷姓女生上车,"我叫杰克DING,你可以叫我杰克。"

"杰克?"她笑了一声,明眸皓齿,晃了他一脸的明媚。

他向她解释,自己所在的"爱宅"公司如今也在学互联网企业,每个员工都有花名或者英文名,"不过呢,我这名字还蛮好记的,杰克DING不是杰克马(马云),但都是杰克"。

她有没有觉得幽默,他不得而知,他知道的是,站在面前的是个漂亮女生。

她清纯的面容使他判断不出她的年龄。比我大还是小呢?他想。

琢磨间,她单纯的面容像鱼鳍划动了虚空,让他心软了一下。

他赶紧启动车子,带她上路,"有什么办法呢,你该明白,你穷是因为没人对你心软"——这是店长"方狗"最近对他的忠告。

作为刚来的新手,丁咚对这种洗脑般的言语未必在乎,但他多少也能理解店长担心手下员工掉链子的心情。

丁咚开车往城东雅月苑飞驰,现在他正在趋向这条"链子"的终局——这头"小鹿"在他之前已经入局:房源经理伊娜在"居易网"上发布"超低价"房源信息钓上了她,随后用小姐姐式的善解人意黏住了她,然后说雅月苑有一小套在她首付预算范围内。现在,该他杰克在线下跟她对接,争取拿下了。

丁咚让自己开腔,跟"小鹿"讲话。

根据伊娜对这女生的客户画像,丁咚已知她IT从业,未婚,研究生毕业两年,"买房是想拥有一个属于自己的空间",房子小点不是问题,关键的是"预算有限,首付最好9到10万元,最多最多11万元"。

在寒暄中,丁咚夸赞了她的购房"上车"意识:"'女人需要一个自己的房间',这是作家伍尔夫说的吧,还真是。女性独立是从拥有一间自己的房子开始的,女生独立购房越来越成为一种趋势。"(这是《战房策——田青内部讲话》中的一句,算金句吧。)

正寒暄着,房源经理伊娜电话过来,说:"不好意思,别去看了,房东不想卖了,其实我看是房东叽叽歪歪,想涨价,算了,不好谈。"

"他想涨到多少?"丁咚问。

"估计要涨到50万。"伊娜在那头演。

"抢钱啊。"丁咚说,"50万?这么张口就来,有病。"

"有病。"丁咚放下电话,在路边停下车,对雷女生说,"我们这伊娜也是有病,估计是她自己搞不定人,也没准是房源被人抢了,害我白跑一趟。"

女生意外道:"啊?这样?"

丁咚看她失望,宽慰说:"其实雅月苑不值得,老破小,以后出手都难,算了,不可惜。"

"我现在想的可不是以后出手不出手,而是我眼下的首付能力。"

"首付真只有10万元,确定?"丁咚瞅着她,微鄙夷,并做思量状。

"嗯。"

"其实用这个钱,买市中心老破小不如买得稍远一点,买新房子,品质好一些,也能大一点。"

女生摇头,表示哪怕稍远,也没这样的新房,"我从去年秋天看到现在,清楚自己的定位"。

丁咚就开车送她回去,开到中山路拐角,他让"话术"出炉了,他说:"其实思路打开一些,再打开一些,10万元左右首付,还真可以买到新房,比如柏县丽湾府差不多就这个价可以拿下。"

她笑了起来："柏县呀，那可太远。"

他也笑了起来："听起来是远在天边，但其实跟尚城的北滨区也就隔了一条街，你想，就隔一条街，北滨区均价已经 26000 了，而柏县丽湾府才 1 万，绝对是潜力股。"

她在听。

透过后视镜，他看得清她倾听的表情。

他说："你听说了吗，柏县与尚城有通地铁的规划？可能是大后年吧，地铁一响，黄金万两，两年内涨到 25000 元肯定没问题。你想，一街之隔，有多少区别？不就多了几分钟的地铁车程吗？哎，要不去看看？"

他感觉自己看到了她的犹豫，就再加一把火："听说美术学院将来也要搬到那儿去，这绝对会带动那片区域的。哎，反正你今天也已向公司请假了，这么好的天气就当春游一趟呗，了解一下行情也好。"

他看到了后视镜中她点了下头，就笑了，赶紧掉转车头，往柏县丽湾府而去。

她单纯的神情，让他又有些忐忑。

45 分钟后，她看还没到，就打起了退堂鼓，"这也太远了！杰克，算了，我不想去看了，我不可能买那儿，住那儿我怎么上班？"她说。

他说："哎哟，都已经到跟前了，快了快了。"

他又说："远？其实，远不远取决于人的远见，四五年前尚城的城乡接合部不也就是这个模样嘛，一眨眼，如今全是楼了，现在你买得起吗？嘿，咱们都开到这儿了，马上就到了，过去看一下又不要紧，买房下单之前，多看多听多做功课不吃亏。说了你别在意，我做这行的看得出来，像你这样的白领首次买房连一些最基本的功课都没做，可能是你们平时上班太忙了吧，今天你正好出来，就当了解一下行情也值。"

他踩着油门，车驰如飞。又过了 20 分钟，他说："到了。"

她透过车窗看过去，丽湾府售楼处像一座突兀的宫殿，屹立在一片田地之中。

二 心术

1

一位身穿藏青色套装、肩披真假难辨 LV 围巾的销售小妹，矜持地从丽湾府售楼处的大门里走了出来。

她将丁咚和雷女生引进门去，现在由她带着他们进入下一节。

LV 小妹脸带骄傲甚至冷傲的表情，指着中央沙盘，向雷女生介绍楼盘的热销情况，"卖得不要太好啊，主要是便宜，性价比高，成长性好"，她向雷女生推荐 120 平米、135 平米两种户型，"三房全明，设计方正，是我们的主力户型。"

丁咚问 LV 小妹："45 平米和 60 平米的那两款呢？"

LV 小妹微皱了一下眉，说："小户型？早没了。因为都说美术学院也要搬到这儿，一批搞艺术的呼啦一下就抢完了，有的要当画室，有的要开工作室。没办法，小户型本来就少，很俏的。"

丁咚眨巴着眼睛，替雷女生为难道："她首付预算有限，10 万元左右吧，你帮我们想想办法看，我知道你有办法的。"

LV 小妹摇头，她瞧这女生客户没戏，就不再使劲，淡漠如霜。

"二期还有吗？"丁咚问。

LV 小妹看大门方向有人进来，没理他。沙盘对面的一位小哥笑道："二期的房型还没定，有的话，也不会是这个价了。"

丁咚瞅了雷女生一眼，叹了一口气，准备打道回府："那我们就走吧。"

这时，那小哥摸了摸脑袋，不确定地对那 LV 小妹说："哎，早上我耳边刮过一句，好像瞿总有个客户今早退出了一套小户型。"

LV 小妹像被电到了一下，她"腾"地转身，撇下丁咚和雷女生，就往销售部走。

5 分钟后，她笑着从销售部出来，疾步过来，对雷女生笑道："哈哈，算你运气好，45 平米，刚掉出来了一套。"

雷女生漠然，似没反应过来。

丁咚赶紧问 LV 小妹："你帮她算下，首付多少？"

LV 小妹脱口而出："13 万。"

丁咚央求给点折扣："人家女生首次买房不容易，她只有 10 万的预算。"

"我可没这权限哪。"LV 小妹为难地眨巴了几下眼睛，就往经理室走，她假装没看见雷女生向她摆着作罢的手，说，"我帮你们去跟领导争取争取看。"

LV 小妹径自往头儿办公室去。

雷女生看着她急匆匆的背影对丁咚说："可是我没想买啊。"

丁咚避开她的眼睛，笑了一声，说："谈谈价又不要紧，看他们能给我们多少。"

5 分钟后，LV 小妹拿着一沓纸，笑盈盈地过来。

"搞定了，折扣打下来首付 98000。"她凑近雷女生耳畔，像透露一个不能公开示人的内部价格。

她把手上的协议书递向雷女生，要她赶紧签约，付定金："赶紧拿下，否则一眨眼房子就没了。"

"付定金？现在？"雷女生瞪大了眼睛。

她可没这么容易上钩。她没肯，她说："我可没想好要在这里买房子，买房子哪有这么急的？"

对于这样的女生，接下来的攻略就是 LV 小妹和丁咚围着她一顿输出："急是必须的，等你慢悠悠想好了之后就没房子了，而定金是可以退的。"

雷女生依然不肯。定金是 2 万元，她知道交出去的钱哪会容易再回到自己手里，她说："即使可以退，但我哪有带这么多现金？我的信用卡这个月额度用没了,刷不了。"

LV小妹指着协议书,笑道:"那先签了协议吧,回去再打钱过来也行。你凑巧碰上一套,一眨眼就又没了。签了吧,走个流程先。"

雷女生摇头说自己没想这么快就定下来,更没想过要在这里买房子,"这儿还是农村"。

丁咚插话道:"没想过,现在可以想呀,还有,不是说了嘛,定金可以退的。"

雷女生可不傻,她知道签了协议意味着什么,她对丁咚说:"怎么可以这样?买房子又不是抢包子?"

"从某种意义上说,还真是抢包子。"LV小妹眼里有深深的讥意,还有一缕委屈,"我好不容易求头儿打到这样的折扣,你这么变卦了,我怎么有脸?"

雷女生说:"我买房子又不是为了你的面子。"

于是,对峙的情绪,就像穿窗而入的风,在房间里流动起来。

丁咚听见手机响了一声,一看,是店长"方狗"方歌子发来的信息:"搞定了?"

丁咚回:"没,她还没肯,咋搞?"

店长回:"'冷处理',头儿不是有教,你忘了?"

丁咚想起来了,"冷处理",意即把她丢在一边,心理战,让她好好想去。

于是,丁咚对雷女生说了一声"你再想想吧",然后无视她摇头否定的样子,两个箭步径自闪出了售楼处。

他来到外面的田野里,四处闲晃。他脑海中过了几遍田青"内部讲话"中"冷处理"的相关桥段——早年田青卖过墓地,有次他为了让一位大姐下单,就把那大姐丢在了荒郊野外的南林墓地,让她"想想清楚",否则让她自己想办法回去。

1小时后,丁咚返回,见雷女生还坐在休息区那圈红色的环形沙发上。

他走近她。"考虑得怎么样了?"他问她。

从她的眼睛里,他看到了她识破了他的眼神。

她傲然说:"我不考虑。"

他说:"机不可失啊。"

她摇头说:"杰克,我不考虑了,我要回去了。"

"我还得考虑考虑呢。"他飞快地走过她的身边,答非所问。

他听见她在他身后说了一声:"小男孩,你也这么坏。"

他当作没听见。他走过中央沙盘,坐到了签约区的椅子上,玩手机,心里有一千只蚂蚁在爬。

这是中午时分,售楼处人影稀少。越过巨大的沙盘,他看见她也在玩手机,她长发披肩,俏丽的脸上布满了愠气。

30分钟又过去了。接下来,对于他,有两个走向:一是走过去继续敲打,用"错失论"PUA她目光短浅,再争取一把;二是施行《战房策——田青内部讲话》里的"卖墓地"打法,把她丢在这里,冷处理,心理战,如若再听不进,那就声称不管她了……

丁咚在犹豫。

其实,对于菜鸟的他来说,在她不肯付定金之后,这打法就超出了他硬撑的演技和心肠。

更何况,这女生显然不是个柔弱的主。

他开始心烦,一时想不好,他就又出去逛了。哪想到,绕着建筑工地转了三大圈,他就饥肠辘辘了,看了一下手机,已是中午12点30分了。

他回进售楼处,想去LV小妹那儿要份盒饭,却一眼看见那雷女生正从迎宾台上的果盘里拿了一颗糖。他的心软就发生在这一刻,他想,她也饿了,算了吧。

他就冲着她说:"喂,算啦算啦,吃了饭回去。"

丁咚从LV小妹那儿要了两份快餐,递了一份给雷女生,雷女生没接,他就把餐盒放在了沙发上,随她。

他埋头吃饭,雷女生埋头看手机。

她不理会他的冷傲样子，让他心里升起了一团气，于是，《战房策——田青内部讲话》中的某些句子在他脑海里蹦来蹦去，于是他想气气她，也想按设定中的"锻制用户黏性"套路，以价值观碾压式击打，再争取这人一把。

于是他开腔，说她认知不行，活得憋屈，"贻误战机的人今后只会付出更大的成本，买个房，连个单都不敢下，买个这么小的房子，连出个首付都这么畏畏缩缩，真是想不到啊，长得这么好看利落的一个人，活得是不是有点 low 了？其实，女生买房不管当下是否自住，都是给自己留下的婚前财产，亏不了的，有啥好怕的呢，再说这也是一份体面的嫁妆，有没有这份嫁妆还真不一样，至少不用看男方家的脸色。呵，有男朋友了吗？有的话，他多少该搭把手吧，看你这个样子，会不好找，难搞的。"

她看她的手机，没理他。

他继续开练，他说年轻人不该这么个算法，"思虑过度，又思虑出了个啥，忙进忙出，又忙出了个啥，看着挺精，其实没对自己好，连个自己的窝都没有；看来看去，眼睁睁把房价看上去了，将来必定连看房的勇气都没有了"。

他还给她下了个判断，说买房子如果一直像她这种小家子相，那结果必然如下：

无法给自己准备一份有尊严的嫁妆——一份最具当下感的、不被婆家轻视的嫁妆。

无法给真正的爱情打下一个物质基础——有房子的女生，才能"不为房子嫁人"，才能找自己真正喜欢的人，才更配拥有"纯粹的爱情"。

无法为未来的自己提供一个"可以退守的空间"——这年头，你女生比我更知道啥叫情感婚姻的不确定性和安全感。

无法趁婚前为自己赢得购房权——这简直等于放弃了女性个人财富未来增长的可能性，尤其是，放弃了个人对于首套房的权益空间。

…………

丁咚端着盒饭边吃边回想头儿"内部讲话"中的语句，一边嘴里叨叨输出,那神情时而阴阳交错,时而酷似女权行家。

她一声不吭。

他抬头瞥了她一眼,他看见有一颗泪水正从她的脸颊上滑了下来。他就闭嘴了,不说了,心想,妈呀,田青呀,这"心术"的杀伤力呀。

他不说了,她却开腔了:"杰克,你不说话的时候很像我以前的一个同学,他可没你这么多话,这么刻薄。"

"哪会?我哪会像你的同学?如果你觉得我刻薄,那是我实话实说。实话嘛,总是不中听。"

她转脸看窗外,薄纱窗帘随风飘舞,他听见她鼻孔里轻蔑地哼了一声。

这时售楼处的大门外,有汽车在鸣喇叭。

雷女生看了一眼手机,站起身,提高声音对丁咚说:"我让我朋友过来接我了,我走先。哼,你坐稳了,你听着,你好好看看姐,姐是谁?轮得到你教训?"

她凝视他,目光锐利,声音傲然,显然不是好对付的女生。

她说:"你搞清楚点,你这是在卖房子,还是在搞言语霸凌?真恶心。真土。你知道姐是谁吗?瞪大你的狗眼,姐轮得到你这可怜虫一样的中介小哥来鄙视?"说罢,她昂然出门,那背影分明透着她对他的愤然。

她推开售楼处大门,摔门而去。

她出门上车,绝尘而去。

2

丁咚落败而归。

店长"方狗"方歌子平静如水,他好像预见到了丁咚的受挫。

"方狗"在听说这雷女生还是个大美女之后,语重心长地对丁咚说:"每一个男生都有这个阶段,容易对女生犯怂、心软,甚至投降,这一点都不奇怪。记住,总有一天,你对她们都会心硬的,心硬才是成长。"

三天后,一篇题为《一个女生的看房经历》的文章,同时出现在尚城

《城市早报》经济版和网络上，作者署名为"特约撰稿　雷岚"。

丁咚与店长"方狗"一起被老总田青叫进了他的办公室。

"怎么回事，被人做了暗访？"田青的手指用力点击着桌面上的报纸，他的眼睛注视着丁咚，就像看一只让人哭笑不得的菜鸟。

田青说："你怎么一点都没看出来那人是来做暗访的呢？"

"方狗"拿过报纸，飞快浏览一遍，递给丁咚。丁咚一看，脸红耳赤，头皮发麻，字里行间，一个坏男孩的样子活灵活现。

妈呀。丁咚盯着报纸，无比惶恐，他回想那女生的样子，她变得很不真切了，有N张脸，单纯女生？购房者？媒体记者？暗访者？

他突然想起那天她摔门而去时丢给自己的话，心跳加快，"知道姐是谁吗？"

现在算是知道了一点，他心想。

田青告诉店长"方狗"，刚才接到电话，市场监管局的人正在来公司的路上："来调查我们了，你赶紧布置一下，准备接招。我看这事属于个人行为，刚入职的小孩，为了个人业绩，不懂事。为表明我司的态度，该员工必须开掉，必须向客户道歉……"

田青转过头来，对丁咚说："他们来的时候，我们就开了你，你就拎着你的东西走人，当着他们的面走人。"丁咚面色沉重，点头。

田青眨了眨眼睛，笑了一声，说："小丁，你从前门出去后，再从后门回来，谁让你是书凯的朋友呢。不过，下次要多个心眼。"

田青指了指桌上的电脑，交代"方狗"："等会儿市场监管局的人来了之后，由你负责接待，你就说我去外地签一个项目了，人不在。你领他们到贵宾室去谈，我呢，就通过电脑看你那边应对的情况，我们随时微信联系。"

"方狗"点头，说："明白。"

丁咚由此知道贵宾室里原来装满了摄像头。

40分钟后，市场监管局的调查人员进入"爱宅"公司，丁咚背着自己的双肩包，捧着一只装有私人物品的纸板箱从他们面前走过，面容悲戚，走出门去，像所有的被开者。

丁咚走出"爱宅"，沿着中山路走到了南街口，他在街心花园里坐下来，看了好一会儿纷乱的街景。

1个多小时后，丁咚听见手机响了一声，一条信息："市场监管局的人走了，你可以回来了。"是店长"方狗"发来的。"方狗"让丁咚回去。

只是现在丁咚想好了，不回去了。

他给店长"方狗"和老总田青各发了一条微信，说自己不回来了，"因为我发现自己没有适合这份工作的个性"。

接着，他给老同学常书凯打了个电话，说自己从"爱宅"走人了。

他对书凯说："这打法，鸡血太猛，我算是体会到了，我只是试着给那女生打了一针下去，她就哭了。她有多恨我，她那文章就有多犀利。太鸡血了，太狗血了，我发现我做不了这活儿，我还是回'良屋'吧。'良屋'随意一点，我慢慢做，这又急不来。"

书凯宽慰丁咚："没事。我听蓝洲高层在说媒体曝光这事，他们说如果是问题，越早暴露越是好事，我还听常淡秋董事长在说，田青这人得管。"

当天傍晚，在蓝洲大厦38层的董事长办公室里，蓝洲集团董事长常淡秋对田青进行了管教："吃相太难看了。"

"一个刚入职的小孩，对我们的员工手册理解有偏差……"田青嗫嚅着解释。

常淡秋年过半百，气质儒雅，他对田青摆了摆手，没想听解释的意思，他要田青对"爱宅"公司进行整改，他说集团公司会派人驻点督导。

驻点督导？田青张了一下嘴巴，没响。

常淡秋锐利的目光透过镜片，注意到了田青微皱了一下眉头，他说："小田，你爸是我多年的朋友，加上我看好你的拼劲，所以投了你。你如今作为蓝洲旗下的公司，得跟上公司的战略眼光和格局，我们不搞小打小闹的把戏。"

他要田青多读书，提升格局，他指了指窗外鳞次栉比的楼宇，说自己感觉到地产的又一个大机会马上要来了,"所以,我们要的是开创大场面,没一点情怀怎么可以?小田,你就是书读得太少了,你以为房子是什么?房子是别人视为家的东西,你以为你这是做传销呢,还是卖洗发水呢,还是贩卖焦虑呢,还是吓唬人?你这么小搞搞,吃相难看不说,也赚不了长远的钱"。

3

征得店长路伟成同意,丁咚又回到了他原先的"良屋"华北路门店。

回来后的丁咚发现,在他离开的这些日子里,"良屋"也有改变:

一是店里多了五张新面孔;二是店里出现了两条"鲇鱼",一条是金缨,一条是潘岳,他们跟人抢单从店外抢到了店内;三是周边突然冒出了"家之恋""有家""大居""德康"等五家中介门店;四是一批批的看房客像春归的鸟雀正在归来。店长路伟成在对丁咚笑。

他好像看到丁咚的心里去了。

他朝隔壁努了努嘴,对丁咚说:"别怕它们,这甚至是好事,店多市隆嘛,要回春了。"路伟成比丁咚早入行十年,他说自己见识过几次这样的轮回啦。

他说,这一次,显然是与"去库存""限购解禁""相邻城市房价先涨一步""外地投资客闻风而来"等有关。

他拍了拍丁咚的肩膀,说:"我们的机会要来了。"

中介小妹金缨,也在对丁咚笑。

她告诉丁咚一个好消息:"公司租了老机电厂的几间集体宿舍,给员工当宿舍,公司给房租补贴的,你要吗?"

"还有这样的好事?"丁咚这两天正愁于找地方搬家,因为房东要涨租金。

金缨说:"这是公司给福利,因为最近行情好,大家做得辛苦,业绩不错。"

"公司变得这么好心？"

金缨高深一笑，她也像店长路伟成一样，指了指隔壁的那些"邻居"，告诉丁咚："最近相互挖人挖得厉害呗。"

原来如此。

丁咚明白了为什么福利突然而至。

金缨说："如果你要宿舍的话，赶紧登记一下，我们前几天登记过了。"

金缨长着一张红彤彤的苹果脸，有一个很深的酒窝。她是丁咚表姐米娅男友金岩的妹妹，原先在一家快捷酒店当服务员，去年丁咚将她介绍来"良屋"做中介小妹，一眨眼，她就脱胎换骨，成了这里的一条"鲇鱼"。

对于这条"鲇鱼"，丁咚已知的是她的拼劲，她真的很拼很拼，比如，拼到每周三晚去各大社区跳广场舞，借机杀入广场舞大妈队伍，通过大妈们在各小区获取房源、客源信息。

对于这条"鲇鱼"，重返"良屋"的丁咚还没来得及尝到的是她的狠劲。据说，如今她抢单六亲不认；据说，在丁咚回来之前，她刚逼走了店里的两位女生。

三　同学会

春风吹拂，两个月后，在樱花怒放的风帆小学，中介小哥丁咚在小学毕业15周年的同学会上，一眼认出了当年的同学，姜岚。

远远地，他看见她站在长廊尽头，跟一堆人在聊天，一袭铁锈红的长裙，一头飘然长发，风姿绰约，自带气场，在人群中美到发光。

多年没见，当年的小仙女、霸王花如今美成了这样，如若在街头偶遇，丁咚多半是认不出她来了。

丁咚兴致盎然，又看了她一眼，准备走过去打招呼。

这第二眼，却让他惊跳了起来，直接夺路而逃。

靠，这不就是那个姓雷的客户吗？

那只"小鹿"。

丁咚脑子里一片空白，整个人都不好了。

他飞一般地走开，耳畔嗡嗡作响。是她，没错，真的是她，只不过那天她扎着马尾，衣装素淡，而今天，她披着长发化了妆令人惊艳，就这点差别，但绝对是同一个人，哪怕那天她说自己姓雷，但现在的她明明就是姜岚。

丁咚无比抓狂，心里一万点被暴击。靠，怎么会是她呢？

怎么那天就没看出来她是她呢，而她也没看出来我是我呢？丁咚思绪混乱。

"你知道姐是谁吗"，那天她最后丢下了这句话摔车门而去，他记得。

那么，你知道我是谁吗？靠，小学同学，妈呀。丁咚边想边往花坛方向溜，浑身直起鸡皮疙瘩。

姜岚。原来是姜岚啊。那么，怎么又自称姓雷了呢？真是暗访？丁咚飞快地走着。对了，他想起来了，那天她是好像有说过他像她的一个同学，但被他怼回去了。

糗大了。他落荒而逃，只是没走几步，就被几双手给拉住了，"狗鼻头"潘军、"向阳花"张彩珠把他拉进了花坛边一个聊天的人堆里。

他们问他："是丁咚吗？"

他们见他穿西装打领带，就问他："你这么衣冠楚楚，在做什么呢？"他听见自己在对他们说："哪有衣冠楚楚，这是职业装，等会儿还要去上班。"他们问他："上什么班啊？星期天还要上班？"他瞥了一眼长廊上的那个她，轻声说："做中介。""做啥中介？"他们大声问。他轻声说："做房产经纪，也就是中介小哥呗。""哎哟，中介小哥啊，"他们大声说，"不错呀，丁咚，我们以后买房就找你了。"他们表情天真、诚恳，他冲着他们笑，他知道他们这是客套（难道他们真的对他本科毕业做了中介小哥没一点诧异，难道他们没觉得这中介小哥的营生在同学中有点另类有点 low 吗？）。好吧，就算他们这是长大了都懂客套了吧，他冲着他们笑，心里凌乱，他对他们说："好的好的，谢谢你们成为我的客户。"说罢，他就想走人。他们可没放他走，他们拉着他，向他打探楼市动态。

他只得留下来，跟他们扯，他嘴里在说"后市看好，向上，向上"，他的眼睛一直留意着她那边的动静。众声喧哗中，他竖耳倾听，有关她的信息随风而至——"浙大本科，华盛顿大学硕士，半年前回国，曾入职世界500强企业绿源集团，目前在高科技创业公司'雅凯数媒'，内容主管，操盘财经资讯融媒体平台'红桃'……"

他在听，显然，这"高配版"更符合她此刻的形象和记忆里那个"小仙女＋霸王花"的人设，她从小就在这群同学里鹤立鸡群，一路领跑，一骑绝尘，如今优秀是必然的。那么，那天那个被他从后视镜里瞥见的流泪女生呢？

如果只是为了暗访，那么那天她演得比我好。他心想，但不信。

他惶恐地站在人群里，好像自己瞥见了别人的底牌。

他心里一片凌乱，太尴尬了，最最受不了的是，那天居然还教训她活得憋屈，"四个错失"，想 PUA 她入局。妈呀，什么乱七八糟的，受不了啦。

于是，他对"狗鼻头"潘军、"向阳花"张彩珠谎称去洗手间，走出人堆，往洗手间方向撤。

他在洗手间里待了 5 分钟，出来，往右边溜。前面是墙报栏，走过墙报栏，穿过林荫道，再前方就是校门了。他飞快地走着，心里一万个后悔来参加同学会，原本还指望跟老同学建立点联系，发展几个潜在客户的，哪知道，撞上个姜岚，那只"小鹿"。

他溜到墙报栏的时候，听见身后有匆匆的脚步声，接着一双手从后面攥住了他的衣袖，他听到了一个低沉的女声："杰克，你去哪儿啊？"

血涌上脑，不用回头。

他闭眼。完蛋了。

他睁开眼睛，看见了她正对着他的脸，那脸上似笑非笑，说："杰克。"

他啼笑皆非，"啊哦"。

"我们还要自我介绍吗？"

他脸红耳赤，摇头说："姜岚。"

她盯着他，威风凛凛。

她问他是叫他杰克好呢，还是丁咚，还是小门铃？

"小门铃"是他小时候的绰号，丁咚丁咚小门铃。

他尴尬笑道："都行。"

她脸上有深刻的讥意，她告诉他，其实他今天一进校门，她就看到了，"杰克先生"。

她说："怕你走了，我就追过来了。你这是要去哪儿呀？"

他红着脸，语无伦次地摆手："不去哪儿，上厕所呗。"

她目光炯炯，站在道义的高地，她神色凌厉，迥异于那天看房时的虚弱。

而他仿佛陷在道义的低地欲逃无路,他慌乱地对她说:"哎呀,那天我哪想得到是你啊,不好意思,不好意思。"

她抬起拳头,打在了他的肩头:"小门铃,你坏死了。"

他一迭声说"不好意思",说那天是套路。套路:心术,话术。

她一脸讥意,说:"那么,我也是套路。"

她指的是她写文揭黑。

他明白,苦笑道:"你太厉害了,搞暗访啊。"

"屁个暗访。"她尖声说,"丁咚,你不知道你那天有多坏,说话有多恶心,让我有多火大,我一气之下就写文投诉到工商局,还投了一份给报社,发了一篇到豆瓣。"

他连声道歉,说自己理解她火大,因为文章好好读过了。

她的拳头又打在他的胳膊上:"好多年没见了,你就这样骗我,吓我?你怎么变成这样了,小门铃?"

丁咚脸红耳赤,嘟囔自己其实没那么坏,至少现在没那么坏了,"因为已经不在那儿干了"。

"被开了呗,这我知道。"她的目光在他脸上停留两秒钟,她告诉他,"爱宅"的人跟她道歉时讲了这一点。

她说:"我哪知道是你啊,谁让你叫狗屁杰克,真是惹我火大。"

他局促摇头,连声说"不好意思"。

她发现,尴尬中的他脸上依稀还有他小时候的蔫表情,像一只小猴。

她放缓了一些口气:"现在在哪儿做?别没工作了吧?"

他说:"换了一家公司,还做中介。"

话题有点转移开了,这对他是好事,他赶紧尬夸她好看、优秀,"还是海归呢,优秀啊"。

她怼了回来:"好看吗?你不是说我死相吗?"

他脸红,摇手:"哪里哪里。"

她说:"你不是鄙视我连个窝都没有吗?"

他支吾:"哪里哪里,我更没有。"

她就问他成家了吗？

他嘟囔："没，还没有这个条件。"

她笑道："呵，如果以你那天的德行看，丁咚，我看你这事会很难的，难搞的。"

这是对他的反击吧？谁让他那天笑话她"买个房子连个男朋友搭把手都没有"呢，确实嘴欠。

他心想，那她呢？她真没有男朋友吗？好看成这样，一个连的人马在追吧？

他尴尬地转移话题，又夸她："你从小就好，从小就跟我们不一样，太优秀了，我小时候就看出来了。"

"亏你小时候就看出来了，而现在连人都认不出来了。"她挖苦道。

墙报栏外侧，一树樱花粉灿灿的，映衬着她的身影。在他慌乱的眼里，她像蒙了一层光晕，让他心慌。

她扬了扬头发，说："当然，这么多年没见了，也可能是我变差了呢。"

她还想对他说什么，那边有女生喊她去校门口拍照，她就收住话，先走一步。

她走到楼道口的时候，回过头来，沉声说："丁咚，我会记着你给我的忠告的。"

"啥？"丁咚摸不着头脑。

"买房错失论。四点，每一句，我都给你记着，够精辟。"她似笑非笑。

他一阵脸烧，对她作揖："哪里哪里，姜岚，我瞎说的，你千万千万别生气。"

"我不叫姜岚，记着，我叫雷岚，现在我姓雷，跟我妈姓。"

他刹那间恍悟，原来如此，她妈姓雷，他记得，雷姨。

看他明白过来了，她微微笑了一下，眉宇间有让他眼生的妩媚。

她转身就走。

她穿过远处的人群，走到校道上。风吹拂着她铁锈红色的裙裾，她款款而行。

四　房子往事

1

雷岚和女生们去校门口拍照了，丁咚赶紧从学校后门溜走，没留下来聚餐。

在离开之前，丁咚向当年的班主任陈丽霞老师告辞，说爷爷老丁铁今天中午办75岁生日宴，要去参加。

陈丽霞老师如今已是老奶奶了，她含笑看着丁咚。在她的印象中，这从小没妈的"小可怜"以前像只小猴，没想到长大后的他清秀帅气，居然做了中介小哥。

她拍了拍丁咚的肩膀，说："好的，你去吧。丁咚，我以后买房子就找你哦。"

丁咚以为她说客气话，笑道："好的，谢谢陈老师。"

丁咚从凤帆小学出来，乘地铁前往淮水路的万家灯火大酒店，爷爷老丁铁的生日宴安排在那儿。

星期天的地铁站里熙熙攘攘，站台上人头攒动，丁咚挤在人堆里，雷岚俏丽的脸庞在他脑海里晃动，是她愤然的样子，揶揄的样子，似笑非笑的样子，以及看房那天在车后座无声流泪的样子。

太可怕了，在"爱宅"就这么一单，撞上的居然是她。

他心里尴尬，对自己说："以后少见，反正可以不见。"

隧道那头透过来了耀眼的光束，地铁进站了，人潮涌动。走神的丁咚被推挤进了车厢，啪的一声，脸被挤得贴到了玻璃门上。

地铁飞驰，车厢外明暗交替。

被挤得贴在玻璃门上的丁咚，张着嘴巴，像一只喘气的青蛙。

到淮水路，还需要40分钟，趁这一段路程，我们可以了解一下中介小哥丁咚和女生雷岚的往事。

2

"叮咚"，丁咚丁咚，"小门铃"。

丁咚是因为一套房子而来到这个世界的，他的名字和绰号也因此与房子有关。

1990年春天的时候，他爸丁家风和他妈何秋红为赶上酿酒厂传闻中的最后一批单位福利分房，认识两周就火线结婚，婚后第二年，又因性格不合、三观不同，匆匆离婚，留下了1岁的丁咚和那套狗血的65平米小屋——这场短命婚姻的全部遗产，以及关于这遗产的争锋。

家风对秋红说："我知道母子连心，你放心吧，我不跟你抢儿子，儿子归你好了，房子归我。"

秋红说："你想得美，结这狗屁的婚不就为了分房子吗？这房子害惨我了，你和这房子害我成离婚女人了，你知不知道？这房子我得带走，它跟我有仇。"

家风嘲笑道："你太贪了，房子、儿子，你都想占，你也太贪了，只能取其一。"

秋红盯着他，心里的怨恨像生铁一样坚硬，她说："你和这房子害我莫名其妙生了个小孩，我不要这小孩了，你要你抱走，我不要儿子，我要房子。"

家风没料到这女人心肠这么硬，居然舍得放弃她整天抱在怀里的baby，他目瞪口呆。

他失魂的样子，让秋红有报复的快感。

家风支吾道："baby才断奶，我一个男人哪会养这么点大的baby？"

秋红看透了他的精明和小气，冷笑道："你不会，难道我们女的天生就活该会了？你不会，可以去学。你知道吗，我都产后抑郁了，如果你想让我养 baby，那么房子归我，要不我们母子俩住哪儿？"

家风支棱着眼，他不想要这个整天啼哭个没完的 baby，想着这坨小胖肉以后像一块甩不脱的口香糖粘着他，要他喂，要他抱，要他半夜起来泡奶粉、换尿布，他就心烦、抓狂。

秋红盯着家风英俊的脸庞，心里的感觉是想吐，她想起去年春天结婚的事情还近在眼前，却像是一场荒唐的梦：当时家风跟她建议"单位下个月要分房了，要不我们一起去结婚吧"，她看着他咯咯笑，说"这么快"。那时她从卫校毕业分进酿酒厂做厂医才大半年，跟他交往才两个星期。对于快，她虽有心理准备（当时酿酒厂的年轻人都在火线相亲，都冲着分房资格去，因为据传这是效益不佳的酿酒厂最后一次福利分房了，是最后一班车了，也正因此，厂办的热心人冯姨为技术员丁家风和新来的小厂医何秋红牵了线），但真这么快去扯证，她还是觉得有点疯狂，也有点害怕。而家风对她说："这年头，好端端的，谁结婚啊？正因为分房才要结婚啊，分房子就是给结婚一个理由，一个机会。"他说得新潮、洒脱，让她笑了一通。她说："我得跟我妈讲一声。"她妈在电话那头对她说："如果错过这最后一班车，以后房子是不是就要自己买了？你是中专生，又是外地人，毕业能留在尚城就不容易了，再看看你们厂发的那点工资，估计今后自己买房子是吃力的，所以，依我看，如果那小伙子本质还不错，你赶不上以后的房价，那还是赶赶你现在的终身大事吧。"放下电话，秋红跟家风去体育馆看崔健演唱会，"我曾经问个不休，你何时跟我走，可你却总是笑我，一无所有"，全场沸腾中，家风与秋红抱在了一起，抱在一起的他俩就觉得这结婚的事儿没什么大不了，甚至挺划算的，因为马上就有自己的房子了。第二天一早，家风、秋红就去厂办打证明，去医院婚检，下午就领到了证，并在下班前把结婚证复印件交到了厂办……接下来，就是摆酒，分房；再接下来，是生子、吵架、离婚。这一年的时间，真是比闪电还快捷，比痛苦还漫长。

分手时的秋红和家风，早已没了一年前结婚时的率性。秋红看着家风日趋偏执的憔悴面容，心里的懊丧像冬天的风一样凛冽："去他妈的洒脱，去他妈的摇滚。"她委屈地瞅着摇篮中的丁咚，狠下心肠，对家风说："你想让我养儿子，你自己逍遥快活，没门，想得美。儿子我不要了，归你们丁家好了，你抱走吧。假如你不会养，就让你那四个宠你的姐姐还有你爸去养吧。"

她继续说："把房子卖了，对半分钱，这你总称心如意了吧？丁家风，你像个男人吗？我把一句话搁在这儿，30年后，你看我是不是比你住得好？是不是我的房子比你的大？"

最后，这套让他们错结姻缘的房子，被估价14万元，丁家风的四个姐姐家桃、家李、家迎、家春以及他爸老丁铁合起来凑了7万块钱，给了秋红。

秋红在1991年冬至那天的雨里打着伞，拉着一只皮箱，听着身后婴儿的啼哭声，离开了这套让她悔恨此生的房子。

随后，她去了深圳，投奔她在当地人民医院当院长的舅舅。

她由此与往事一刀两断，在陌生的南方开始迎接她的新世纪。

婴儿丁咚最初由丁家风的姐姐家桃、家李、家春轮流抚养。

等丁咚长到5岁的时候，姑妈们把他还给了他爸。那时丁家风已新组家庭，老婆名叫劳海燕，是公交公司开29路车的女司机。

女司机工作辛苦，她在家的时候，不是在睡觉，就是在照顾小宝宝丁松。丁松是个粉嘟嘟的婴儿，他整天都在啼哭，他的哭声牵动了家里两个大人的全部注意力。

于是，在这屋檐下，丁咚就像一只无声息的、不被关注的内向小猴。

劳海燕对丁家风说："这小孩整天闷声不响，像一个小阴谋家，我感觉他天天都在盯着我，我怎么他了？"

那时丁家风已从酿酒厂下岗，跟几个朋友合伙在环市东路开了一家书店，他每天进货、发货、守店，忙得不亦乐乎。他对老婆笑道："他懂啥，内向呗，我小时候可没这么内向。"

9岁那年的一个早晨,丁咚不小心打碎了一只碗,当时爸爸丁家风已去图书市场了,劳海燕正手忙脚乱地给丁松喂饭,她心急气躁地抱怨丁咚:"你都小学三年级了,你知不知道买个新碗是要花钱的?你住我们家,按理说你妈得付抚养费,她有付过吗?就算不给抚养费,那也要付房租啊,你跟你妈说去……"长大后的丁咚,没见过他妈,他不知她在哪儿。他面如纸白,一声不吭,收拾完地上的碎片,就背着小书包上学去了。但是,风帆小学的陈老师这个上午没看见丁咚来学校,她打电话给家长丁家风,丁家风在图书市场的一片嘈杂声中说:"他没来学校?逃学了?不好意思,是我们没教育好孩子。"老师打电话找劳海燕,劳海燕说:"去了学校呀。"于是,大家慌乱去找,找了大半个城市,也没见小学生丁咚的影子。于是警察出动。在找人的队伍中,劳海燕委屈地跟人说:"我开公交车的,天天大嗓门跟乘客说话惯了,他可能是觉得我凶,但我没虐待他。"后来,在绿园小区的绿化带里,警察找到了丁咚。蜷缩在灌木丛中的丁咚对大人们说:"我没钱,我交不起房租,我今天不可以回家。"

爷爷老丁铁闻讯赶来,他抱住孙子,噙着泪水,说:"小丁咚,爷爷带你去爷爷家,爷爷家不用房租,以后你住爷爷家。"

老丁铁的房子在城北的建工新村,丁咚9岁开始寄居爷爷家。

像一粒随风栖息的轻尘,小丁咚对于房子,有与生俱来的委屈。

有一段时间,不知怎么回事,他总是向老丁铁讨妈妈:"爷爷你见过我妈妈吗?她在哪里?为什么我不可以住妈妈家?"

老丁铁总是含糊其词,说丁咚妈妈在很远的地方工作,"太远了"。

有一天,丁家二女儿丁家李去建工新村看老爸,丁咚用这个问题粘住了这个姑妈。

家李是丁家唯一跟何秋红还有一点联系的人,家李就逗他:"你妈妈?我可见不着她,她太远了,又太忙。不过呢,听说她过得还不错,最近在深圳买房子了。"

老丁铁在一旁问了一声:"是吗?她这么有钱了?"

家李告诉老爸，秋红也不容易，是贷款，按揭，每月还债，她自称"房奴"呢。

"房奴"，他们对这词哑然失笑。

他们这么说着话的时候，客厅里的电视机正在播放澳门回归的新闻，这是1999年的冬天。这一年后来被称为"房奴元年"。

那时的丁咚还听不懂姑妈家李和爷爷老丁铁说的这些话，还要再过15年以后，他才会比丁家的这些亲戚都更洞悉这个词的意义。

当时丁咚一心追问姑妈的问题是："我妈妈是什么样子的？"

家李摸了摸丁咚的小脑袋，说："她是我见过的真正为自己活的女人。"

老丁铁在一旁使眼色，让她别对小孩这么说话。

身处"房奴元年"的丁咚年纪尚少，还不知未来房子的走向，但他已听到了房子在这一年的动静——这一年，在建工新村最新的那幢楼里，有4对小夫妻在闹离婚，他们大都是上一年为赶上"国家福利分房最后一班车"而匆匆结婚的年轻人，他们的婚姻几乎复制了当年酿酒厂丁家风、何秋红的全部哀愁。他们争夺房子的声音，弥漫在世纪末的余光里。

在那些日子里，丁咚常听见爷爷老丁铁在对2单元的钟奶奶说："让你家小子千万别为房子结婚，结不得的。"

他还听见老丁铁对4单元的魏爷叔说："都快新世纪了，他们还在闹分家。"

但，老丁铁从不跟同单元的老雷鸣说这些话。丁咚注意到这一点。

3

施工员老雷鸣，是老丁铁的棋友，就住在老丁铁601的楼下，502室。

在建工新村，这一家是一个嘈杂的存在，因为这家人每天都在吵架。

当他们开吵的时候，声音就会响彻半个新村，如果这时你像丁咚一样背着书包从6楼下来，向502室微微敞开的门里张望，你会看到逼仄空间里的七张脸孔——老雷鸣和妻子水珍、儿子雷刚和儿媳张凤娇、女儿雷小虹和女婿姜峰，以及6岁小女孩姜岚。大人，小孩，将这45平米的空间挤得满满当当，吵架的声音像一串串激烈的泡泡，从这小空间里向外溢。

在你张望的时候，门后会闪出一张小仙女般的小脸，大眼睛，细细的小辫子，盯着你，口齿伶俐地说："丁咚，看什么呀，多管闲事多吃屁……"

在她教训人的声音里，丁咚落荒而逃。

而有时，这小女孩又似乎忘记了她训人的严厉劲儿，她会蹑手蹑脚地从楼下溜上来，敲老丁铁家的门，轻声问："爷爷，我能跟丁咚一起写作业吗？"她微低头，像是解释："我们家太吵了，明天我要考试了。"

她坐在老丁铁家的圆桌上和丁咚一起写作业的时候，楼下的吵闹还在继续进行，她垂着眼睛，飞快地往作业簿上沙沙沙地写着。傍晚西斜的阳光穿窗而入，落在她的头发上，这让她看上去就像是一个落难的小仙女，蒙了一层光。有时她觉察到了丁咚对着她发愣，她就抬起头，像小老师一样说："丁咚，别磨磨蹭蹭，不会的题，你先空着，等会儿我教你。"

这小女孩那时还不叫雷岚，而是叫姜岚，漂亮得像一个小仙女，却阴差阳错地降落在老雷鸣的家里。

这是一个怎样的家啊？

在邻居们的眼里，这个家的问题最初因房子而生，最后竟成了一道解不开的死题：

老雷鸣女儿雷小虹，汽轮机厂的话务员，厂花，市工人业余话剧团的台柱子，在外人看来，她的婚姻是这个家庭陷入困顿的起点——在当时一众追求者中，如花似玉的雷小虹令人意外地选择了东郊链条厂的安徽籍青工姜峰。姜峰儒雅英俊，深沉少言，在市工人业余话剧团一众帅哥中，他的条件不是最突出，可能是他那种清寒内敛的气质很让雷小虹动心，也可能是别的什么原因，反正雷小虹选择了他。对于女儿的选择，雷鸣和水珍没有同意，他们说："这小伙子是外地人，技校生，没大学文凭，没职称，没房子，像他这样的，哪天能轮到分房子呢？没房子怎么成家？"雷小虹从小就是个倔女孩，她不顾爸妈的反对，执意嫁给了姜峰，并带着老公执意住回了老爸45平米的家里，与哥嫂挤在了一起。空间狭窄，人心拥挤，性格暴躁的兄妹,相互挑剔的姑嫂,抱怨不息的老人,彼此争吵不断……到姜岚上小学三年级的时候,荒谬的事发生了,在这片狭窄天地里,姜峰与嫂子张凤娇暗通款曲。当私情暴露后,姜峰一边阻挡雷刚挥向张凤娇的拳脚,一边说别怪她,说在这屋子里自己跟她只是相互同情而已,"打我好了,是我不对"。他被雷刚反扭了双手,痛得龇牙咧嘴,他语无伦次地对倚在床上泪流满面的雷小虹说:"天天挤在这小屋子里,天天吵,天天被你们责怪,天天暗示我要我自己去外面搞房子,我去哪儿搞呢?太憋屈了,太挤了,人天天挤在一起是要变态的,知道吗?打我好了……"雷小虹泪眼模糊,她看着眼前发生的一切就像看着一场不知如何收场的怪剧,她哭道:"你搞破鞋还怪没房子?我哥平时说你两句,你这是报复他吗?你这条狗,你良心被狗吃了,我嫁给身无片瓦的你,还让你住了进来,结果害了我哥,害了我全家。我没听我爸妈的话,我想死的心都有了,你走吧,滚得远远的,你没这个脸待在这里了。"姜峰说:"那我走好了。你爸每次提醒我自己解决房子的时候,我就想走了,我走好了。"姜峰在雷家兄妹的痛骂声中离去。嫂子张凤娇随后跟雷刚离了婚,也离开了这个家。姜峰原本准备考中山大学历史系研究生的那堆学习资料还堆在墙角边,这个家已破成了一地不知如何收拾的碎片。曾经的喧哗之家从此陷入静默。在家里,兄妹之间、父女之间歉疚、埋怨、憎恨、怜悯等情绪交缠,气氛郁闷;而在门外,左邻右舍的闲言碎语则让一家人脸面丢尽。

老雷鸣有一天忍不住对老丁铁叹息,说自己在建筑公司盖了一辈子房子,最后还是跌倒在房子上了。

他说:"都是因为房子太小,太挤,人太近,什么幺蛾子的事都出来了。还是你好,当年分到的是大套。"

老丁铁知道自己宽慰不了老雷鸣,他只说:"没办法,那时候分房子是按家里的人头数来的,我家5个子女,你家才2个。"

情志郁积,致人内伤,不久后,雷刚患了肝病,人一天天地消瘦下去,瘦成了一个影子,病退,回家。

儿子看病需要花钱,老雷鸣退休后,为了儿子选择继续返聘。返聘到第三年冬天，在海门建筑工地上，老雷鸣突然脑血管破裂，急送医院，抢回来了一条命，但半身不遂。

水珍和雷小虹伤心不已。

她们由此开始了照料家中两个病人的疲惫生活。

屋檐下，只有小女孩姜岚是唯一的亮色，她的懂事、好强、优秀，成了这个家的安慰。

妈妈雷小虹把所有的心血都花在宝贝女儿身上了，结果这小女生像开在废墟里的花朵，语数外音体美全面领先，并在学校舞蹈队、少年京昆班、跆拳道队中大放光彩，闪亮得像学校上空最耀眼的一颗星。

班主任陈丽霞老师称赞这女孩："懂事，乖巧，有目标，会规划，有意志力，有冲劲，能拼，这样的小孩一定会有出息的。"

建工新村的邻居们说："这个家以后能不能翻盘，就看这小女孩了。"

小女孩姜岚上学时就坐在丁咚的身旁，放学回家后就住在丁咚的楼下，作为同桌和邻居，姜岚很少跟丁咚细讲自己家里的事。

只有一天早晨，在上学路上，姜岚告诉丁咚："我妈妈讲，如果我爸哪天敢回来看我的话，她会把所有装食物的橱柜的门都锁上。"

她还说："以后，我读了大学，上了班，有钱了，我一定会跟我妈离开这里，搬得远远的，我爸回来也找不到。"

她背着一只红色的书包，睁着大大的眼睛，扎着两根细细的小辫子，在晨光中像一个苍白的小仙女。

那一刻，小丁咚有点可怜她。

但他知道，她可不需要他的可怜，甚至，没准她觉得她可怜他还差不多呢——一个连妈妈都不要他了的小男孩，还这么不着急，"慢吞吞像小蜗牛""蔫蔫的""这么小就这么想得开了"……这是她对他的看法，所以，没准她对他还有点鄙视吧。

那就让她去鄙视吧。

丁咚跟我们小时候班上的多数小男生一样，对急性子的小女生一向敬而远之，甚至，他还给姜岚起了个绰号，"霸王花"。

她可不会理会这些小男生的看法,她得一路飞跑,快到一溜烟让你赶不上:小学毕业时,她凭语数外的全优成绩,以及昆剧特长,进入全城最好、学费昂贵的民办育华外国语初中;初中毕业时,她以绝对高分考入全城排名第一的海蓝高中,她妈雷小虹也在这一年迎来了自己的好运——终于分到了位于河东安苑的一套经济适用房。母女俩欢天喜地,搬离了建工新村老雷鸣的家。

她们搬家的那一年,丁咚爷爷老丁铁也因为年纪大了,爬六楼日趋吃力,而跟人换房,换到了河柳新村。

双双搬家后,丁咚就没见过姜岚了。

高三那年,丁咚听以前的小学同学说起,姜岚被保送去了浙江大学;大学期间,又听说她已转往美国华盛顿大学留学;再后来,他听说她在攻读双硕士,拍纪录片……

哪怕没耳闻她的这些消息,丁咚也相信她已越跑越远,一个人从小就那么心急,跑得那么快,拼得那么早,又长得那么好看,还那么会算,能不跑出一片晴天吗?

只是,哪想到,那天看房,碰上的居然是她,愠怒的她,沮丧的她,流泪的她。

被挤得贴在玻璃门上的丁咚,在隧道里随地铁飞驰。

往事的片段在他脑海里闪回,就像一张张遥远的底牌。

这些底牌,与同学会上的她,以及那个看房子的她相互映照,明灭一片,让他尴尬,也让他好奇:她是否没有跑远?

她有没有跑远,其实与他无关。

这个年代,一个来自清苦人家的小孩,反转或无力反转,跑出了天际线或重新坠回原地,这都属于正常,可以理解。

与他有关的是,那天在丽湾府,他对她的一通劝训,他说她活得失败,这才是真正的狗血。

站在拥挤的地铁上,丁咚难抑心里的难堪,他想,反正以后可以不见,最好避开点。

到淮水路站了,他费劲地往对面的门挤过去。

人潮中,他听见有人在说:"两星期涨了 3000 块","原本不吃不喝我 25 年可以买了,现在要 30 年啦"。

房子,房子,每一个角落都在说房子。

只是这一刻,中介小哥丁咚心里有事,对这样的声音,他暂时无感。

五　大家庭的五张"房子订单"

1

丁咚有些走神地坐在爷爷老丁铁75岁的生日宴上。

一大家子人，欢声笑语，围桌而坐，他们是：爷爷老丁铁、奶奶朱依，老丁铁的五子女"桃李迎春风"——丁家桃、丁家李、丁家迎、丁家春、丁家风，以及丁家李的丈夫康忠、丁家迎的丈夫米建峰、丁家春的丈夫项大伟，还有，"桃李迎春风"的子女、小字辈——林美缇、康可可、米娅、项天帆、丁咚、丁松，还有小小字辈——林美缇的儿子虞豆豆。

坐在他们中间，丁咚有些走神，因为他的情绪还陷在同学会上与雷岚相遇的惊魂一刻里，心里的尴尬挥之不去。

好在众声喧哗，没人留意丁咚的心不在焉。

甚至，到后来，一桌人因为说到了买房子，他们还兴高采烈地把丁咚游走的思绪给强行拉了回来。

他们说："丁咚，我们买房子找你了。"

他们直接给他发来了五张"订单"，"订单"如下：

一、家庭主妇大姑妈家桃、会计师女儿美缇、报社广告人女婿虞晴川。

大姑妈丧夫多年，如今她跟女儿女婿一起过。他们不光是一家人，还是一个team，"炒房三人组"，炒了几年下来，目前手握7套房子。

家桃姑妈对丁咚说："家里的钱全都在房子里了，连我的退休金都在里面了，我们的这些房子，老破小比例多了一些，所以想置换成新房或次新房，这样以后的增值空间会大一点；另外，女儿女婿有生二胎的打算，所以,想合并两套,换一套学区房,丁咚,到时要找你。"

二、小学数学老师二姑妈家李、工程师丈夫康忠、宅女康可可。

一家三口,现有住房一套,有再购一套的强烈意愿,但也有摇摆,摇摆的原因在女儿可可身上。可可29岁,大学毕业后在北京中关村一家互联网大厂上班,拼垮了身体,也遭遇了职场霸凌,结果被妈妈家李一把从北京拽回了尚城。可可回尚城后在家休养了两年,结果成了宅女,"养生式窝里蹲",不愿出门,不愿上班,说有社恐。

二姑妈家李把丁咚拉到墙边,她把一堆矛盾的想法丢给了丁咚:"我们想买房子,这么大的女儿哪怕暂时成不了家,也得独立过了,但我们又听说女生婚前买房是减分的,你有听说吗?说是有房贷的女生男人不要;说是有房子的女生眼光太高,反而不好找老公……另外,我也怕给可可搞了个房子之后,她一个人住就更宅了,更不需要找男朋友了。房子要不要买?你帮我想想。如果买,就找你。"

三、大学老师三姑妈家迎、公务员丈夫米建峰、图书编辑女儿米娅。

一家三口,家在安徽滁州。女儿米娅大学毕业后留在尚城工作,目前租房。家迎姑妈希望自己退休后能回到老家尚城。对于这一家人来说,在尚城买房是必需的,所以,这也是丁咚今晚接到的最靠谱的一单。

但三姑妈家迎也有心结,她把丁咚拉到了墙边,说:"其实早该买了,就是米娅找的那个男朋友家里一分钱也不出……"

四、散文女作家四姑妈家春、房管局副处长丈夫项大伟、医生儿子项天帆。

一家三口,现有住房两套,在别人眼里,这是已为儿子天帆备好了婚房。但家春和大伟自己未必这样认为,因为他们了解当下世态,他们对丁咚说:"哪天天帆有女朋友了,如果女方对房子没什么特别要求,那么我们现在的其中一套就给他们当婚房,但据我们所知,现在的女生大都要求在房本上写自己的名字,所以,丁咚,也有可能,到时还请你帮我们把现有的一套房子给卖了,我们和女方家合资再去买套大的,写上两个人的名字,省得计较。"

这一单虽然靠谱，但不知哪天才能执行，因为帅哥医生天帆至今还没有女朋友。

五、爷爷老丁铁、奶奶朱依。

两位老人，目前有两套住房：一套是河柳新村的老房子，110平米；一套是当年从朱依奶奶单位买来的腾空房，在石桥新苑，89平米。

朱依奶奶对丁咚说："石桥新苑的房子太远，难租，即使租出去也租不了几个钱。丁咚，我在考虑把它置换成市中心的小房子，好租一点，租金用来改善生活，现在菜价涨得多快啊。丁咚，你帮我留意，到时托你了。"

丁咚记住了这五张"订单"，它们各有各的命题，各有各的弦外之音。

命题一目了然，弦外之音就随故事后面的进展，留待丁咚慢慢琢磨了。

而现在，丁咚能看到的，其实跟我们一样，那就是，就这一桌人而言，五张订单来自老丁铁和"桃李迎春"这五家，所以，还缺了一家。

缺的是"风"，丁家风，也就是丁咚自己的老爸。

丁家风此刻就坐在桌上，他的表情有些尴尬。只要说起房子，他在众人面前就是这副模样。这是因为他的婚姻就像一个跟房子过不去的笑话，三结三离，被人搞走了两套房子，房子是他的伤疤。

所以，此刻众人说房，他不太自在。他今天的不自在，除了他自己的伤痕之外，在这一桌人看来，也与此刻坐在他身边的小儿子丁松有点关系。

丁松如今已长成了一个韩星般的帅哥，高专毕业了，找好了女朋友，准备结婚了。丁家风显然无力解决这小儿子的婚房问题。

所以，这一刻，坐在"房子"声浪里的丁松也显得意兴索然。

2

觥筹交错，一大家子人谈房子的结果，必然是说到"结婚"。

果然，丁咚听见大人们在催婚了。

他们说："这里坐着的几个小的，除了美缇，其他的几个，都要抓紧了，你们都不小了。"

今天无论他们怎么催,丁咚都不会不自在,因为今天他不是被议的中心,只要桌上有表姐米娅和康可可这两个女生在,他就不是中心。

丁咚听见大人们在劝米娅和可可要找条件好的。

他们说:"要找条件好的,别以为跟男生过日子有感情的话穷一点无所谓,你不能就光想着你自己,你有为你以后的孩子想吗?我们现在考虑帮你买房,我们对得起你,你以后找个穷男人,以后不能给孩子买房,你对得起你的下一代吗?"

米娅脸红了。他们这话其实是要她跟男友金岩分手。

而可可无动于衷。她嘴角带着的酷酷的笑意,告诉你她懒得想这样的问题。

这一刻,丁咚对这两位小姐姐后面的故事还缺乏预感,他只注意到了今天米娅穿着红色毛衣,可可穿着黑色长裙,一个乖巧应对,一个淡漠无语,像一对反差明显的"红黑双姝"。

他还注意到了,被"红黑双姝"愁倒了的大人们看着有点好笑。

后来,除了米娅和可可,丁松也进入了大人们的话题。

大人们在劝丁松租房结婚:"租房也是可以结婚的,我们当年结婚也没有自己的独立房。"

在丁咚听来,他们这么说,如果不是为了给丁家风减压,那就说明他们对自家男生和自家女生的态度是不一样的。

即,自家的女孩对别人得高要求,自己家的男孩得劝别人不要太"物质"。

果然,丁松不以为然,他撇撇嘴,对他们说:"只要女生肯的话,这还用说吗?"

桌上的话题让小男孩虞豆豆毫无兴趣,他溜到了包厢门口,想去外面玩,被他外婆丁家桃拉了回来。

家桃逗虞豆豆,说买房子就是为了给他以后讨老婆。

虞豆豆涨红了小脸,说自己不讨老婆,说自己以后去北京、纽约、伦敦，才不要她的房子呢。

丁家小妹丁家春在一旁笑："给第三代都囤好婚房了。"

丁家风揶揄家桃："呵，连这屁大的小孩都囤好房了，我俩儿子，哪一个都还没备好呢。"

家桃笑道："现在备起来，总比以后成本低。"

虞豆豆是个顶真的小孩，他发现自己跟外婆家桃说的话，外婆都没当回事，他就拉家桃的衣袖，再次告诉她自己不讨老婆，以后自己会去北京、纽约、伦敦，才不要她的房子呢。

家桃拉着豆豆的手哈哈笑："你放心，房子就是风筝线，你跑哪儿，我都能把你收回来。"

家桃又对这一桌人笑道："他也不想想，北京、纽约的房子有多贵，他待得住？呵，豆豆，你看我以后怎么把你收回来。"

虞豆豆说："我才不要被你收回来呢。"

为了不被她收回来，虞豆豆现在就挣脱了家桃的手，他绕着大圆桌跑了起来。

奔跑中的小孩一兴奋，嘴里的话就像爆豆子一样爆出来："太公的房子以后给丁松好了，丁松没考上大学，我以后是要读清华大学的，我自己会搞定房子的。"

童言无忌，没人当真。

而家桃刚才说的那句话，则让坐在丁咚身边的表姐康可可很有些尴尬，因为她就是被她妈从北京给"收"回来的。

丁咚清晰地听见可可叹了一口气。

丁咚就从桌上给她拿了一只螃蟹。

黑衣黑裤的可可对丁咚点头，脸上是淡漠的神情。

为了让可可轻松一点，丁咚就对可可说："哎，我们小学同学今天开同学会，我碰到了一个人，你猜谁？姜岚。"

他这么跟可可讲，是因为他知道可可跟雷岚也是认识的，小时候她俩走得很近，因为她俩都是小学大队部的文艺骨干，一个擅画，一个擅唱。可可比雷岚高了三年级,那时候可可来建工新村看外公,常找楼下的雷岚玩。

果然,可可笑了一下,好奇地问:"是吗?她现在怎么样?"

看她这么问自己,丁咚又有点后悔告诉她这事了,但既然说出来了,就只好说下去:"没怎么聊,我不知道她现在怎样了,我只知道她现在改名叫雷岚了。"

可可问:"我还记得她那时的样子,小美女,现在她还好看吗?我这两年常想起她。你有她的电话吗?"

丁咚只好从口袋里掏出同学会上发的通讯录给可可。

可可掏出手机,对着有雷岚号码的那一页,拍了张照片。

3

酒过三巡,菜过五味,祝福年长者,开导小字辈。

最后,老丁铁的生日宴在热闹中结束,一大家子人散去。

而与房子有关的那些话语,则在这一天余下的时间里继续传递。

如果从城市的高空鸟瞰下去,你会看到:

在城东伊万科技大厦楼下,瘦高的丁松在问微胖的女友小丽:"结婚先租房子行不行?"

小丽为难地摇头,说:"不是我不可以陪你过苦日子,而是我不能只配陪你过苦日子,我爸我妈也不同意。"

丁松说:"以后我会买房子的,我保证。"

小丽说:"现在买不了,以后怕是连看房子的勇气都没有了。"

丁松不响了,小丽说:"我爸妈会支持一部分房款,我爸妈是爸妈,你爸妈也是爸妈……"

在汉海培训机构悠长的走廊里,米娅对男友金岩说:"我爸妈今天来尚城了,晚上你别来我出租房了,你去你妹金缨或者我表弟丁咚那儿避一下。"

米娅长着一张小巧的脸,细眉细眼,有点卡通感。

金岩是一个戴眼镜的男生,圆脸、圆寸头,面容清秀,来自安徽农家。

米娅忧愁地看着男友,她把刚才大家庭酒宴上的情绪传染给了他,她说:"你目前的状况,如果改变不了,我看他们是不会同意的。"

他目前的状况是:考研二战二败,还在继续备考,备考之余,每周来这儿兼职一天,教小朋友做作业,月收入1200元,无法养活自己,所以需要米娅用她不高的收入养他,包括吃饭、住房等开销。

那么,怎么改变呢?

他学的是公共卫生管理,非985,非211,他们班没有一人找到对口专业的工作,所以,为了能从根本上改变找工作难的状况,这两年他把考研的目标定为北大、复旦的金融专业,因为难,所以难。

这个下午,站在培训机构的走廊里,金岩充分感受到了米娅的焦虑,但他仍想不出别的路径,他说:"只有考上了研究生才能从根本上改变。"

米娅看着他温厚茫然的眼睛,说:"那你再冲冲吧,全力以赴备考,别再在这里兼职了,一心一意地冲一把。"

穿一身黑衣的康可可,跟着爸妈从万家灯火大酒店回到家。

一进家门,可可就往自己的小房间里走,而她妈丁家李则借刚才酒桌上的话,提醒女儿抓紧找男朋友,"别眼看着房价往上走"。

可可在走进自己的房间之前,怼了她妈,她问她妈是不是没男朋友的人就不过日子了:"既然怕房价涨,又没男朋友,那就自己先买呗,难道不可以吗?"

家李在女儿关上门之前赶紧说:"可以,但买房子最后还是为了成家,你大了,总不能永远在爸爸妈妈这儿待下去。"

可可嘟囔了一句"你们是不是要我走啊",就关上了门。

康忠和家李在客厅里面面相觑。

两年前,妈妈家李把女儿从北京拉回家的时候,可没想到可可会成为一个宅女。

两年前,可可还漂在北京,在中关村一家网络公司做网页设计,公司讲拼命文化，可可拼得太猛，耳鸣、心悸、食管反流、大把掉头发，两次晕倒在夜晚的地铁里，身体在发出警报，控制欲极强的女上司也在对她发出警报，各种霸凌纷至沓来。而这时，她男友、大学同学张帆又听从家里的呼唤，回了老家，走之前给她留了一张纸条，"太穷了，我回老家西安去了，那里的房价便宜点，我爸妈要我回去了，房租我帮你交到了下个月……"。妈妈丁家李闻讯赶到北京回龙观，在女儿跟人合租的小屋里，对着女儿哭了一场，她哄女儿回家："跟妈妈回家吧，家里有房子，何必在这里受苦，过日子我们讲实惠，北京有什么好的？职场霸凌，那些人年纪轻轻，怎么一个比一个坏？你回家以后不上班也可以，你先养身体，妈妈就你一个宝贝，妈妈养你。"

可可被妈妈拉回了家，一家人厮守，其乐融融。两年时间飞快过去，丁家李心里的不安却在与日俱增，因为女儿天天待在家，刷剧、玩游戏，还养了只小狗，"养生式窝里蹲"，渐成宅女。家李心想，我们养她没问题，但她这么不出门，怎么找男朋友呢？不工作又去哪里认识男生呢？还有，哪一家愿意找个没工作的女生呢？于是，他们就开始了对女儿可可的劝说，劝她出门，劝她上班，劝她相亲。劝多了，就变成了埋怨。

此刻，家李和康忠站在客厅里，心乱如麻。

康忠说："要不要买个房子，让她搬出去独立生活？"

家李说："看她现在这个样子，搬出去，吃饭怎么办，谁给她做啊？"

一门之隔，康可可盯着闪烁的荧屏，她知道他们在外面心烦。

她心想，我老大不小还住这儿，如果他们觉得左邻右舍看在眼里压力大，那我就住出去好了。

那么住哪里呢？

这一刻，她真后悔自己刚从北京回来那会儿，没为自己在尚城买个小房子，如果那时买的话，以她当时的积蓄做首付，买个小户型是够的，而现在，房价已经不是两年前的了。

她看了看自己的这间卧室，有些憋闷。

她心想，我得想一个办法。

4

丁咚从万家灯火大酒店出来后，回门店转了一圈。因为脑海里仍是同学会的场景和爷爷寿宴上的各种声音，静不下心来，他坐了一会儿，给客户打了几个电话，就先回自己的家了。

丁咚的家在老机电厂厂区内的一幢老式集体宿舍楼里，三楼，一间10平米的朝南小屋。

这是"良屋"包租的10个房间中的一个，丁咚要了一个小单间，每月租金1400块钱，这是公司给的优惠价。

丁咚打开门，一只棕色小泰迪屁颠颠地跑了过来。"松果。"他叫了它一声，它是他这个家的成员之一，他已养了两年。

除了松果，他家的成员还包括绿萝、龟背竹、发财树、散尾葵、万年青、鹿角蕨、琴叶榕……这大半屋子的植物，它们紧紧挨挨，绿意盎然，将这小屋子装点成了这破旧楼里最梦幻的角落。

每一个走进这小屋的人，都会大吃一惊："哟，丁咚，原来你还有种植物的爱好啊。"

丁咚的这一爱好，最初是来自他表姐米娅的男友金岩的指点：丁咚租住在白漾桥小区的时候，有一天表姐米娅带金岩过来看他，金岩在楼下看见了一盆干枯的绿宝，他就捡上来，放在丁咚的窗台旁，吩咐丁咚每隔10天浇一次水。结果，这小树还真的活了过来，半年后，郁郁葱葱的枝叶让小破屋显得生机盎然。

丁咚对园艺的兴趣由此而来，他买来了绿萝、常春藤，种着种着，他开始向龟背竹、散尾葵、鹿角蕨、琴叶榕等品种发起挑战，种着种着，他发现了它们的灵性，结果越种越顺，而它们也好像感觉到了他的好意和用心，为他舒枝展叶，这小破屋像是沾上了灵气和生机，活了起来。

这些种在坛坛罐罐里的植物，因此成了他的家庭成员，每次搬家，它们和小狗松果一起跟随他迁移，从白漾桥到太平门，再到雅乐城，最后在老机电厂宿舍楼落下脚来。

一个大男生为何迷上了在屋子里种绿植？

如果有人这样问丁咚，他会含糊地说："有人喜欢做菜，有人喜欢钓鱼，种东西嘛，主要是比较放松。"

"放松？"金岩的妹妹、中介小妹金缨也住在这幢楼里，她对丁咚这样的说法忍俊不禁。

她笑丁咚这么喜欢种东西，那真应该去她老家当农民，"问题是我们自己都不种了"。

金缨觉得好笑，这是她的事。

这间种满了绿植的小破屋，显然不会缺少它的欣赏者。

丁咚大学同学常书凯就是欣赏者之一，在他眼里，丁咚家简直是"雨林小屋"，最近这段时间，每当常书凯跟老婆桂美或丈母娘张宝珍闹别扭时，他都会跑来借宿。

今天也同样如此，丁咚回到房间没多久，常书凯就背着双肩包来了。

他说："丁咚，我今晚原来是想住办公室的，但今晚有人在办公室加班，所以，我还是来你这里。"

常书凯个子不高，长着一张英俊的脸，他虽跟蓝洲集团某高管是远亲，但他自己可不是有钱人，作为一名外地大学毕业生，他跟桂美结婚后，一直住在桂美婚前买的小房子里，以他的话说，"38平米，住着我、我老婆、我丈母娘和我儿子常贝，房间太小，面对面，眼对眼，芝麻大事都被放大成了天大的事。磕磕绊绊，为育儿理念天天吵架，我怎么吵得过两个女人？为避免吵架，我现在更愿意住办公室，如果办公室晚上有人加班，我就上你这儿来"。

像每次来这儿借宿一样，今天常书凯把自己安顿在那张破沙发上，他看着头顶上方的散尾葵，说："丁咚，还是你这儿自在，还是一个人过得自在。"

"你们干吗不置换房子呢？"丁咚问书凯，"改善型购房呀。"

"没钱，首付都不够。"

"把现在的小房子给卖了，首付不就够了？"

"桂美才不肯呢,小房子是她的婚前财产,她不肯的。"书凯脸上掠过讥笑,"她宁愿窝在一起,也不肯卖掉她的小房子以小换大。如果她不卖掉她的小房子,那要我买新房子的话,我可买不起,她也知道我买不起,我的工资卡都被她捏在手上,所以,她无话可说。"

原来如此,丁咚明白了,这是个问题。

书凯说:"所以,我和她就陷在这僵局里了,眼睁睁地看房价往上涨。算了,女人说不清的。女人防男人的心永远排第一。"

丁咚宽慰他:"再过两年贝贝大了,不用你丈母娘照顾了,她住回她自己家去后,房间就会空一点。"

书凯呵呵地笑,说:"我发现,她妈特黏她,她妈待在自己家哪有人聊天,所以,哪怕我们这儿再挤,她妈都喜欢挤过来。我发现,她妈其实就是她的一看守,从小看到大,对她一百个呵护,哪怕她嫁人了,她妈也得跟着,我和她晚上性生活,她妈都会关照我注意生理卫生。"

丁咚笑起来。

书凯说:"所以,我现在找各种理由不回家过夜。现在我回家进门之前,会对着门先给自己一个深呼吸。"

书凯从沙发上站起身,让丁咚看他进家门前是如何深呼吸的,他对着琴叶榕,深深地吸了一口气,然后,抬头,对着灯吐出来。

丁咚笑得前仰后合。

老同学书凯前来借宿,对这一天的丁咚来说是有益的,因为说笑着,让他暂时忘了今天同学会的尴尬。

但是,晚上8点的时候,表姐可可发来的微信又把丁咚拉入了那份尴尬里。

可可先是来问:"我有20万块钱,做首付的话,能买个什么样的房呢?"

丁咚回:"不计较地段,买小户型的话,还差了一口气,能凑到25万至30万吗?"

可可没回答,她接着说的事是:"我跟姜岚联系上了,她现在确实是叫雷岚。"

丁咚回:"嗯,跟她妈姓。"

可可问:"你跟她没什么事吧?"

丁咚一激灵,心想,她跟可可讲了?

他装傻:"没啊。"

可可问:"她干吗说她再也不想见到你了?"

丁咚装傻:"是吗?她这样说?"

可可回:"她好像一言难尽的样子,呵,别不是你在追她吧?"

丁咚回:"哪有啊,可能吗?"

可可回:"那就好,你追不上的,省得到时心痛。"

丁咚心想,这表姐确实是在家宅久了,不光想入非非,说话还尬成了这样。

丁咚瞥了沙发上的书凯一眼,书凯在刷手机,他含糊地回可可:"我带她买房,让她有些误解了,惹她生气了,可能是这个原因。"

可可回:"她也想买房?她买了吗?"

丁咚说:"没。"

可可问:"她资金比我多还是少?"

丁咚心想,你确实是宅得太久了,这让我怎么说呢,你直接问她呗。

沙发上的书凯突然抬起头,对丁咚说着什么,丁咚没听清。他一边应对书凯,一边胡乱地给表姐回了一句语音:"不知道,她可能也差了一些吧,怎么说呢?反正要买房的话,你们都差了一些,加起来可能还差不多。"

六　再遇

1

对于雷岚，为免尴尬，丁咚打心眼里希望"以后少见"。

对于丁咚，以雷岚给可可的说法，"我以后再也不想见到他了"。

但一周后，雷岚就找上门来了。

这是黄昏时分，雷岚来到了"良屋"华北路门店的门前，透过玻璃窗，她看见丁咚穿着西装正坐在第二排最左侧的工位上。

她推门而入，叫了一声"丁咚"。

丁咚一脸蒙圈，他从工位上站起来，看见她穿着一身牛仔套装，绾着头发，美丽的面孔在日光灯下熠熠生辉。

她说："我来看看你。"

丁咚知道这不是她的目的，他讪笑道："你还来看我啊？"

果然，她脸带讥笑，"谁让你是我小学同学，我得来看看你上班的新地儿"。

丁咚忐忑地把她往沙发区让，问："你怎么知道我在这家店？"

她含糊地说："问一下不就知道了。"

他不知道她问的是谁，心想，可可吗？可可自己都不知道，她可搞不清我的这些事。

丁咚给她倒水，她让他别忙，说自己不渴，聊一会就走，晚上还要回公司加班。

她这么说，他就更明白了她找自己有事。

果然，她说："丁咚，要让你帮我找房子了。"

他几乎不敢相信自己的耳朵。他说："你还找我？"

她知道他不信，就伸过手去，拎了一把他的耳朵，就像她小时候一样动作敏捷，说："看你还敢再骗人不，小门铃。"

"不敢了。"他歪着脑袋说。

她脸上有告诫有嘲笑有嗔怪的神色。

他赶紧表示，如果她还愿意做他的客户，"一定将功补过"。

她放开手，盯着他，好像在观察他这话的可信度。

他红着脸说："同学会回来后，我一晚上没睡着。"

她说："那好吧，为了让你以后能睡着，我们决定再给你一次机会，你好好给我们办，否则，真的没朋友当了。"

他唯唯诺诺，问她："你这次找房子跟上次需求一样吗？"

他记得她上次只出得起10万块钱首付，这去哪儿找房啊？！

她说："不是。这次是陈丽霞老师家想买房子。"

原来是陈老师。他明白了，难怪她说的是"我们"。

他问："陈老师自己怎么不过来呢？"

她说："她会过来找你的，在她过来之前，我先过来关照你一声，谁让你带我看过房子？"

丁咚脸红到了脖子根，心想，原来你是提前来敲打我的啊。

他就向她申辩自己其实没那么坏，虽然上次对她像条疯狗，他说："这么多年过去了，我可能变坏了，但也没这么坏，你总没跟陈老师讲上次我带你买房的事吧？"

她笑得有些狡黠，说："那天同学会你走了以后，中午聚餐，陈老师跟我说她外孙女快上学了，她女儿想买学区房。陈老师说她没想到我们学生中还有做中介小哥的，所以她想找你帮忙。我当时对她说了一句，你带我看过房子。我只说了这一句，那么多同学在场，我也怕丢脸，所以，你放心，没丢你的脸。我没想到的是，今天陈老师打电话给我，问我哪天有空，想让我陪她来找你。你说，我该先向她汇报你上次的所作所为，再加上我对你的批评报道呢，还是先来这儿给你一个忠告？"

他看着她，好像看到了当年那个爱管教自己的小班长。

接着，她还真说了句："你带陈老师去看房的时候，我也会跟去的。"

丁咚尴尬地说："你准备对我监工？"

她笑道："那是，但也不全是，陈老师让我作为她的亲友团陪她看房。"

她从小就备受陈老师的喜欢，陈老师请她加入"看房亲友团"，那也不奇怪。他心想。

她站起身，环顾门店，墙上有月度销冠榜，她走过去看了一眼，那上面当然没他的照片。

她问他在这儿做得怎么样。

丁咚说："一般般吧，我个性其实也不是太适合这一行。"

"哪会，你多彪悍啊。"她说。

中介小妹金缨站在打印机前笑了一声。

丁咚知道金缨在偷听，他脸红了，摇头说了真话："只彪了一把，还不幸给你看到了。其实，我这人没那么拼，你以后就会知道的，和小时候其实也差不多。"

雷岚在沙发上坐下来，当着丁咚的面给陈老师打电话。

她告诉陈老师自己在丁咚店里，然后她把手机递给丁咚，说："让陈老师直接跟你讲她的需求吧。"

陈老师在电话那头高兴地告诉丁咚："丁咚，我们学生中真是各种人才都有，现在连做房产经纪人的都有了。丁咚，这次拜托你了，你帮我找找西湾区爱林小学、行知小学、培美小学这三所学校的学区房，主要考虑爱林小学。"

丁咚接完电话，雷岚就起身告辞，她要回公司加班。

丁咚把她送到门外，外面已华灯初上，他指着对面世贸广场的方向，问这小学女同学："你还记得吗？以前那一片是奶牛场，有一年我们还来参观过。"

她说:"记得。"

他向她伸开手指,告诉她:"现在这一带均价4万一平米了。"

她说:"土地升值了,15年都过去了,连我们都成大人了。"

华北路上树影婆婆,车辆拖着灯光飞驰,如同一晃而过的时光。

如今的她看着他,眼神锐利,她说:"这次是陈老师的活,否则我今天也不会过来了。小门铃,你得靠谱,听见没有?"

他向她保证:"一定。"

她说了声"bye",就沿着街边往地铁站走。晚风吹拂着她的长发,她步履匆匆。

2

两天后,在爱林小学的门口,丁咚等到了陈丽霞老师和雷岚。

跟他们一起来的,还有陈老师的女儿女婿、女儿的公公婆婆。

丁咚准备带他们看四套房源:

爱林小学两套,在文兰小区,37平米,40平米,8万元/平米;

行知小学一套,在绿野新村,60平米,5万元/平米;

培美小学一套,在阳光公寓,70平米,4万元/平米。

丁咚带着他们往文兰小区走。在这段短短的路上,他察言观色,很快就明白了陈老师为什么找自己做中介,请雷岚当亲友团。

因为在陈老师女儿女婿这个家里,拿主意的是那个公公,丁咚看出来了。

所以,他就明白了,陈老师找他俩来,是希望他俩旁敲侧击,对那个公公进行引导。

这也是对的,一个是中介小哥学生,知根、知情、可信;一个是当年的尖子生,能说说"教育对成长的意义"。

可惜,陈老师的想法没能如愿,因为那位公公有铁一般坚硬的主见,别人的引导对他无效。

他认为爱林小学的两套学区房不值:"昏倒,8万一平米,这么点大,这么多钱丢进去，怎么住人啊？"

公公选定了阳光公寓，他说："4万元每平米的差价哪，两个学校才差了一炮仗的路，教育水准真差了这么远吗？苗苗现在才小学阶段呢，能差多少？70平米，勉强够住一家人，而37平米，跟个公共厕所差不多大，怎么住人？为小孩，你们不过日子了？"

陈老师说："房子是贵的，房子是小的，但正因为小，总价才低，要的就是个学区。我当老师一辈子，知道优质教育资源是多么稀缺，稀缺的东西永远是值钱的。"

公公说："300万等于买了一个名额，哪怕用这300万给孩子请家教，都比这个小房子实在。"

…………

小小的学区房里争锋激烈，丁咚、雷岚束手无策，一起迷失，8万一平米，你说怎么引导别人？

陈老师女儿满脸通红，都快哭了。

陈老师的眼眶里泪水在打转。

这一刻，无论公公、陈老师，还是雷岚、丁咚，都不知道一年后这房子会涨到9万元/平米，两年后会涨到10万元/平米，四年后会涨到12万元/平米。

而这一刻，公公主意已定：阳光公寓。

陈老师像受了房价和亲家的双重打击，失落得不再吱声。

后来看房结束，丁咚、雷岚送陈老师回家，走到半路上，陈老师就哭了，她说："看女儿委屈的样子，心里很难过。"

她还说："爱林小学校风好，我当老师的最清楚，我这亲家格局不大，眼光不长，钻牛角尖。"

看老师哭了，两位学生惊慌失措，当年他们坐在风帆小学教室里的时候，可没想到陈老师未来有一天会坐在马路边对着他们哭泣。

他们扶着老师，在街边的一张石椅上坐下来。

丁咚安慰陈老师："我们当年读的小学，用今天的眼光看，是菜场小学，但雷岚不照样成了精英,成了海归,成了大白领。"

雷岚白了丁咚一眼,说:"陈老师,丁咚说我书读得好,但现在我还不是一样买不起房,还被他笑话,所以您放宽心,你家宝宝不读爱林小学也没啥了不起。"

他们手忙脚乱地劝解老师,像长大的小鸡在安慰鸡妈妈。

把陈老师送回家后,雷岚和丁咚从小区里出来。

这个上午,虽然引导公公和安慰老师都感觉无力,但丁咚还是忍不住问雷岚:"有没觉得我今天的表现还好?"

雷岚说:"嗯,看你刚才劝陈老师的样子,还是有诚意的,说明你对她还有点良心。"

大街上春风吹荡,阳光明媚,他和她一起往地铁站走。

他随口问了一句:"你现在还准备买房子吗?"

阳光下,她睁大了眼睛,说:"我买房子是因为刚需,但现在看这一波来势那么猛,我就不准备去接盘了,因为不想被自己鄙视。"

"被自己鄙视?"

"是的。"她告诉他,大学时她学的是经济专业,所以知道价格的依据,也知道房子的居住属性和金融属性,"你看着吧,会跌的"。

站在2015年春天的大街上,中介小哥丁咚知道谈论经济问题自己没她有水平,怎么都说不过她的,所以,他就说了一句自己的感觉:"人是买涨不买跌,可能还得涨。"

雷岚瞥了他一眼,看透了他似的笑道:"丁咚,我知道,像你们这些人啊,潜意识里都希望它涨,越涨,越是恐慌性购买,你们的提成就越多,这叫屁股决定脑袋。"

显然,她把他的屁股划到了她的对立面。

这让他觉得可笑,他嘟囔道:"房价越涨,抢房的人越多,我越高兴,但是,我自己不也就更买不起房子了吗?你说这又有啥好高兴的呢?"

她笑了起来。阳光下,她微眯双眼,她看见这小哥脸上有他小时候的蔫表情，这让她对他有些心软，她说："也是。这么说，你这工作让你有点分裂。"

地铁站就在眼前了，他坐 8 号线，她坐 2 号线。

在他们分手之前，她想起来了一个事，她告诉他："你表姐可可跟我联系上了，我昨天还去看了她，十多年没见了，她酷酷的，好可爱。谢谢你帮我们联系上了。"

3

丁咚和雷岚在地铁站的这一刻，离他们 4000 米之外，世贸中心大厦二楼国际会议厅里，一场持续了 5 小时的土地拍卖会刚刚结束。

蓝洲房地产集团公司董事长常淡秋偕同 6 位高管，低调地从侧门而出，但仍受到了记者们的围追堵截。

被记者包围的常淡秋，自带明星光环，在刚才的这场土拍中，他领军的"蓝洲"经过 175 轮竞价，将滨海 14 号原东风面粉厂地块收归囊中，"楼面价 4.1 万元、溢价 230.62%、总成交价 62.35 亿元"，三个数据震惊全场，一举刷新城北区块楼面价新高，将"城北破 4 万""楼面价超周边现房价""面粉贵过面包"等声音抖落了一地。

常淡秋对记者们说，自己看好尚城的未来，看好滨海地块，"我们会走高端市场，我相信，那个区块未来会卖到 8 万一平"。

他的这些言语像一阵劲风迅速向外吹荡。

"楼市静止的 5 年宣告结束了。再不买房，两年后就真要收拾小书包回老家了。"当天下午，一家财经媒体的公众号火速发声。

丁咚坐地铁回到门店的时候，这阵疾风就吹到了他的脸上：

房主们的电话纷至沓来，纷纷表达提价的要求，提 5 万、10 万、20 万元，甚至有人直接加价 50 万元，也有人表示"暂时不卖了，看看再说"；购房客们的电话也接踵而来，他们心如火烧，催着带看，"我这一两天就能下单"。

在这阵疾风中,"良屋"华北路门店店长路伟成倚门而立,欢迎闻讯前来打探行情的人们。

路店长告诉丁咚:"2011年的时候,我遇到过相似的一出,凌晨2点还在带人看房,看样子,今天我们也得忙到半夜了。"

到下午3点的时候,丁咚开始进入疯跑模式,从陕北新村跑到南华西苑,从书香雅苑赶往清晖华庭,他骑着电动车,带着一拨拨的人马,奔波在看房的路上。

这阵热风也吹到了城西科创园"雅凯数媒"公司的办公室里。

只是,雷岚在感受到它的热度之前,还需要应对一件事情。

在地铁站跟丁咚分手后,雷岚回科创园,她在走进大门时,被门卫叫住了,说有人找她。

找雷岚的是一对年过半百的男女,雷岚不认识。而他们自称是贾俊的爸妈。贾俊是"红桃"财经平台的编辑,雷岚手下的员工。

雷岚注意到了他们脸上的愁容。

她有些惶恐,每当员工的家长找上门来的时候,她都有些惶恐,心想,都已工作了,不是中学生了,更不是小学生了。

面前的这对家长告诉她,他们来自江西,前些天听说儿子为了买车把房子给卖了,他们就从老家赶过来,说了儿子两句,可能说急了,儿子大哭了一场,这两天他们想跟儿子再交流交流,所以留在尚城没回去,但哪想到,儿子一句话都不肯说了,天天以冷脸相对。

他们说:"其实,从前年开始,儿子就越来越不愿意跟我们交流了,不像刚工作那会儿,他还知道打打电话,是我们观念跟不上了吗?我们很困惑,其实我们一直很心疼他,觉得他一个人在外打拼不容易,家里也没有很大能力支持他。我们原本想着,他有了房,也可以开始找女朋友了,但哪想到,他把房子给卖了,说是赚了钱,刚好买辆车。"

他们满脸迷惑地看着雷岚。

他们发现她年纪不大，这跟他们来的时候想的不一样。

他们对雷岚说："我们想不明白，怎么会买车比买房重要呢？有了房才能安稳下来啊，车子可以先缓缓啊。我们理解不了他这样的操作，我们说他，他就哭，要不就摔门而去。看他这样子，我们哪还待得下去，我们等一会儿就乘高铁回去了，回去前，左想右想不放心，怕他是情绪有问题，就来跟您说一声，请您多关注关注他。"

原来是贾俊把房子给卖了？雷岚心想。

她问家长："买房子的首付是你们出的吗？"

他们说："首付基本都是他自己凑的。"

她就笑了，说："既然是他自己出的，那你们就随他去好了。"她心想，这你们还管他干吗？

他们显然不会这么想。

于是，她劝家长放宽心："他又不笨，你们要相信他已经大了，做什么决定，他总有他自己的想法。就我所知，他那房子在南沙，是比远郊还远的地方，从那边来这儿上班，路上单趟3小时，他把它卖了，是觉得不方便吧？也可能，像他这样的大男生，会觉得房子卖掉变车子，车子是自己的，房子可以租，这也没什么好纠结的，有了车，活动半径扩大了，求职和交友都会比原来机会多，这也没什么不好啊。还有，卖房是不是因为房贷压力呢？车是可不可以开始的问题，房子是能不能继续的问题。他不跟你们说这些，总是有他自己的考虑，我看，他是怕你们担心吧？"

雷岚劝着，而家长依然迷茫，他们说："他越来越不愿意跟我们交流了。"

雷岚心想，那是你们盯得他太牢了吧？如果帮不上什么忙，掌控欲又强，非要他按你们的想法过，而他的压力你们又没法感同身受，那他当然不愿意交流了。

雷岚当然不能这么说。

她说："叔叔阿姨，其实，我也不喜欢和家里的人分享什么想法，毕竟一个人什么事都可以熬过来的，有时候，不跟他们说是怕他们担心，他们的担心会显出自己的软弱，让自己有挫败感。所以，有时候不相干是最好的,这跟孝不孝顺没关系,这是一种自我保护。"

贾俊妈妈眼睛红着,看样子哭过,她对雷岚说:"这两年,我们时刻想把他拉回老家去,在这里打拼不容易,我给他定了一个条件:两年内再找不到女朋友的话,就回老家。"

雷岚心想,难怪他不愿意顺着你们的想法了。

雷岚眼前晃过贾俊胖乎乎的脸,她开始同情这平时干活拖拖拉拉、老被她催赶的男生。

她听见贾俊爸爸在说:"他现在把房子给卖掉了,找女朋友就更难了。"

雷岚宽慰他:"据我所知,贾俊隔三岔五在相亲,他对这事相当重视,这说明他还是很把你们的话放在心上的。现在的小孩看上去不听话,其实也只是装装样子,这是怕大人关爱太多,关爱太多也是负担,其实,我对我妈也一样。你们对他要放心,你们自己开开心心就好,随他去好了,他不小了。"

听她这么说,两位家长好过了一些,她把他们送到大门外。

她看着他们打上车远去。

她知道,自己劝导别人家长时像模像样,而如果自己的妈妈雷小虹来了的话,那自己也照样投降。

雷岚回到办公室,朝贾俊的工位方向看了一眼,他好好地坐在那儿。

她想,以后找机会旁敲侧击地问一下他吧。

雷岚在电脑前坐下,她看见那条土拍信息已在审稿平台上了,她飞快地看了一遍,感觉到了这信息中的内涵。

她做了一个标题,"面粉厂的面粉贵过了面包",就把它发送到了"红桃"的头条位置。

意犹未尽,她还想找一个角度,用数据分析的方式,预测它在各城区可能引发的价格波动幅度。

琢磨了半天,发现心里静不下来。

因为此刻在她外间的大办公室里,同事们喧哗成了一片,他们在说的就是"面包"与"面粉"的事。

在雷岚看过去的视线里,喧哗中的他们显然已形成了泾渭分明的两派:

那些满脸带笑、谈兴正浓的,想必是"涨派",他们大都已经上车(甭管他们是独立买房,是爸妈援助买的,还是不知从哪儿搞来的);那些憋屈着脸的,一定是平日里看"跌"的"跌派",他们还在车下。

而在他们的头顶上方,好像有一把算盘正飘浮在虚空里,这算盘噼噼啪啪,正算着这轮涨动对这屋子里的每个人将意味着什么。

意味着什么呢?

上车的比没上车的可以少干10年、15年了?

如果面积够大,那就20年、30年?

坐在这片声浪里,人在车下的雷岚,这一刻心里的不安也在升起来。

她注意到了网上的一条跟帖:"据悉,多家售楼处闻风而动,今天下午火速封盘、停售,这是酝酿涨价吧?"

她就叫贾俊过来一下。

贾俊穿着一件灰白迷彩夹克,长着一张睡不醒的脸,他从自己的工位上挪过来。

雷岚让他带上几个实习生,去各家房企售楼处看看有无封盘、停售的迹象,也去各家中介公司了解一下,看看房主的提价幅度,"这些数据归总起来,可以做个分析"。

贾俊"嗯"了一声。

她知道他动作慢,说:"你抓紧,最好晚上能拿出来。"

她俏丽的脸上透着英气,这个样子的她显得相当有职业感。

"晚上?"贾俊问。

"有问题吗?"

他腼腆地笑了一笑,说:"我原本晚上要去相亲,要不我换时间。"

雷岚想着他爸妈刚才忧愁的面容,心想,我没说错吧?

她就决定将这活儿交给编辑杨立,她对贾俊挥挥手,放他一马。

她对贾俊说:"我看你为相亲也花了很多时间、精力,想来也包括财力,既然你这么重视,那就赶紧把这事拿下来,迟迟拿不下来,那得看看问题主要出在哪里。"

贾俊"嗯"了一声。

她问他:"听说你把你的房子给卖了?"

贾俊又"嗯"了一声,告诉头儿,房子太远,没法用,再租房的话又花钱,房贷最近还得太吃力,所以卖了。

他笑了笑,说:"卖了房,赚了点钱,我就买了辆小车。"

傍晚之前,编辑杨立和8位实习生从32家房企售楼处和中介公司回来,他们拿回了相关的数据,雷岚和团队5位小伙伴进行数据分析,制图列表,一直忙到晚上10点,在平台上做了推送:"大数据说逻辑:面粉将如何改变各城区的面包"。

忙完这些,雷岚喘了一口气,她看着窗外的夜色,有些发愣。

趁着雷岚发愣的这一会儿,我们可以了解一下她的情况。

三年前,她从美国华盛顿大学毕业。拿到了经济、计算机双硕士学位的她,没有犹豫,一毕业就返回了故乡,因为她无法割舍自己与妈妈、外公、舅舅的牵绊。

在别人眼里争强好胜的她,心里有她自己知道的软弱角落,哪怕她跑到了天边,只要想起那个为她付出了一切的妈妈,那个视她为珍宝的外公,那个苦命的瘦舅舅,以及建工新村那个徒有四壁的家,她就有转身回跑的冲动。她想,他们都老了,轮到我了,是我该给他们的生活带来一些改变的时候了。

回国后,她先在500强企业绿源集团公司工作。作为海归,她碰上了"本土化"的挑战,作为一个漂亮女孩,她遇到了上司的骚扰,这后一个原因使她没在"绿源"多做停留,她来到了"雅凯数媒"。这是一家小型科创公司,公司老总强一凡是她的校友,也是海归,公司刚起步,薪水不高,她把希望留给未来。

只是,这份希望,在今天这样一个晚上突然变得有些紧迫了。

紧迫感来自面前的这些数据，这些分析了一个晚上的数据此刻指向清晰，似在告诉她：

"今天一下午，那些动辄提价5万、10万的二手房，等于将她这两个月来好不容易又多攒下来的近2万块钱的首付化为乌有，没了意义。"

房子，房子。

在她很小的时候，房子就是她心里不可触碰的伤痕，此后一直是。

而这一刻，正在飞快地远离她的房子，对她构成了更大的暗示。

她对着窗外，吐了一口气，而心里的着急却在飞快地涌来。

"叮咚"，她听见手机响了一声，有一条微信，是康可可发来的："在吗？"

她回："在。"

七　两个女孩开的"天窗"

1

玻璃门不断被推开,去年此时还门可罗雀的"良屋"华北路门店,如今来访者络绎不绝。

在如流的来访者中,中介小哥丁咚注意到了单身者落落寡欢的表情。

而那些单身女士的焦虑,更是一目了然。

是的,一个人,买不起,两个人,又找不到。

而房价像行进中的火车,它不会停下来等你去从容地寻找另一半,它呼啦一下,就从你身边飞驰过去,你不上车,它永不复返。

这个上午,丁咚接待完一对小夫妻,一抬眼,看见雷岚正推门进来,她身后还跟了一个人,黑风衣,黑双肩包,灰线帽。

嗨,可可,康可可。

丁咚还没来得及纳闷她俩来干啥,她们就疾步走到他的面前,告诉他,她们准备一起买房。

雷岚说:"小门铃,我把你表姐都带来了,你好好给我们做这一单。"

可可说:"我们俩合起来买套房,一起上车。"

丁咚傻眼,心想:合起来?你们一起?啥操作?

他突然想起了,自己跟可可说过她俩的钱加起来可能还差不多的话。

但,这可不是真的让她们一起去买房。

两个女生合伙买房,每人半套,这种事他闻所未闻。

哪怕他再能理解单身女生如今对房价上涨的焦虑，他对这样的"女女购房组合"还是觉得不可思议，因为他从未碰到过。

"女女组合"？他看着她俩想笑，是因为都没男朋友，干脆来个"女女组合"？

那么，"女女"怎么运作呢？

他问："你们准备怎么搞？"

她们语速飞快地将购房方案告诉他，兴奋溢于言表。

丁咚听明白了：可可出20万元，雷岚出12万元，合起来，共32万元，当首付，买一套二手房，"马上可以入住的那种"，产权属于她俩，也就是一人半套。

她们站在他面前笑，像两个急中生智的女侠，准备火线上车。

为了让他理解，她们告诉他，一个人买不起，两个人合起来就可以，"先买下一套再说，多少也算是握了一点在手里，而不是完全错过去"。

她们还告诉他，这相当于她俩共同投资，跟上这一步，"为以后买房多保值几平米"。

可可今天难得话比较多，或许这是因为丁咚是她表弟，她说："丁咚，我得把我在北京攒的辛苦钱换进房子的平方里去，省得白白被毛掉。"

可可还说了她当下的另一个重要的需要："我得有一个自己的空间，省得再跟大人住在一起。"

这就是她俩买房的动机，这好懂，但丁咚还是想笑。

他就笑了起来。

雷岚知道他在笑啥，问："谁规定买房子必须男和女？"

丁咚承认："尚城目前好像还没规定。"

可可说："这就好了。想难倒我们？没这么容易。"

她们相视而笑，对丁咚说："这是灵机一动，让你的认知开了天窗吧？"

2

接下来的两天，丁咚带着两个急中生智的女生奔走在看房路上，挟风带电，走街串巷，寻找总价在100万元左右的小户型房子。

这是一场费劲而快乐的寻找，雷岚和可可的兴奋洒了一路，她们跟在丁咚的后面，笑着，聊着，想象着即将拥有的"女生之家"。

丁咚听见可可在说："买了房，我就立马住进去，省得我爸妈看着我心堵。"

丁咚知道，她指的是催婚。

丁咚听见雷岚在说："我妈不催我，在她看来，与其我找个不靠谱的，哪天受伤害，还不如我一个人过。她说好不容易把我养大了，可舍不得让别人来伤害我。"

丁咚知道，她指的是她妈"一朝被蛇咬，十年怕井绳"。

"你妈想得通。"可可说。

"我跟我妈说，如果将就、下嫁，那就等于拉低了我自己的生活质量，那还不如一个人过好。"雷岚说。

…………

这些言语掠过丁咚的耳畔，他有一句没一句地听着，接下来，他听见她们在说"不婚"，说"冻卵"，说"女性婚前独立买房"，说"房子比男人重要"。

他听见可可说："放他妈的屁，说女生婚前买房背上房贷是减分项，那么男生婚前买房背房贷就加分了？他还不是指望你婚后跟他一起还贷，还最好房本上没你的名字？鸡贼，计较，像防贼似的。我看哪，女的还真的不要结婚了，难怪江西那边要高额彩礼在先，否则哪天女的被净身出户都有可能，所以说，彩礼是男人活该。"

听完"男人活该论"后，丁咚听见雷岚在说："所以说，这年头哪怕是买房子，也讲势均力敌，谁也不欠谁，这才能谁也别防谁。你不势均力敌，就被人鄙视，被人提防，所以，不是你家女儿想强，而是不强的话人格会被侮辱。真是被逼的,连买房子也是这个道理。"

听完"买房势均力敌论"后,丁咚听见可可在说"房子比男人重要论":"所以,女人不要结婚算了,没男人日子照过,而没房子,就没自己的家,先搞定房子吧,然后呢,然后房子都搞定了,还要男人干什么?哈哈。"

丁咚也跟着笑了一声。

他想,我靠,看个房,也能看出一路"女权"。

他想,难不成作为生活资料的房子,已成了两性压迫和对抗的工具?

中介小哥丁咚只有跟着笑的份,而在心里,他也像所有的男人,每当被"女权"对峙的时候,多少有些憋闷,尤其是看她们如此主观、决然的样子。

好在当天晚上,有人就让丁咚把这口气给吐了出来。

这人是桂美,常书凯的老婆。

桂美深更半夜来丁咚家"查房",她笑嘻嘻地对丁咚说自己没事,"我来看看"。她对借宿在沙发上的老公常书凯说:"我来看看,不可以吗?你三天两头不回家过夜,谁知道你在外面是不是有人了?"

"省省吧。"书凯从沙发上欠起头来,说自己又没钱又没房,"谁要啊?"

"那可说不准,我不就要了你吗?"

桂美来这儿显然不只是为了取笑老公,她拉起沙发上的老公,让他跟她回去,因为他已经有两个星期没回家过夜了。

她说:"哪怕我不怀疑你外面有女人,也得怀疑你断背了,或者性冷淡了。"

书凯耍赖,不肯走,他说:"我在准备写一个地产报告,家里这么挤,怎么写啊?"

"你就这样躺在沙发上写报告?"桂美讥笑他。

她抱着双臂,环视丁咚的小屋。她警觉的目光让丁咚有点不自在,但很快丁咚就被他们惹笑了,因为桂美对书凯说"你性冷淡,我可没冷淡,你跟我回去尽义务",书凯咧嘴笑道,"我不回去,你妈要管我生理卫生的",

桂美说"难道你把她当生理课老师了",书凯说"我没当她老师,我当她领导,她是我和你的领导",桂美说"她怎么是领导呢,她辛辛苦苦给我们带小孩,怎么不是用人而是领导呢",书凯说"这很正常,人挤人的地方,不是你压我一头,就是我压你一头,不是你是我的领导,就是我是你的领导",桂美说"你嫌房子小你自己买呗",书凯说"我买也要你配合的",桂美说"你又在打我主意了"……

丁咚坐在床上,看着手里的书,其实在笑。

桂美见丁咚在笑,她也咯咯笑起来,她对丁咚抱怨:"他都已婚男人了,还冒充单身,不是漂流在办公室里,就是待在你这儿,你说荒谬不荒谬?"

丁咚当然要帮书凯说话的,他说:"把小房子卖了,写个协议,证明这笔钱是你婚前的,不就行了吗?"

桂美脸都红了。她知道老公把这事跟他说了。她嘟囔:"婚前是婚前,跟婚后又有什么关系?婚后感情好好的,为婚前的事在婚后写协议那才叫怪呢,何必搅在一起?"

看得出她其实很爱书凯,也看得出她对"婚前财产"的执着,还看得出她不想把婚前和婚后搅在一起,因为逻辑上让她不舒服,觉得多事,那怎么办呢?

这一刻她显得有些混乱。

那怎么办?

这一刻,对她来说,除了搁置问题,先从地上拎起书凯的双肩包,使性子拉他回去以外,还能怎么办?

看得出书凯其实还是很好说话的,也看得出他愿意满足老婆的需求,他从沙发上站起身,准备跟老婆离开这儿,他向丁咚做了一个鬼脸,"走啦,"他对桂美说,"开房去。"桂美拎起背包打在他的屁股上,"去去去"。

小两口嬉笑着走出门去,在他们身后,丁咚在笑,他对白天的"女权"有些解气。

3

在清晖华庭，丁咚为雷岚和可可找到了一套合适的小户型，42平米，两个小房间，没有厅。

房主是一位穿绣花长褛的老阿姨，她同意了雷岚和可可的还价，94万元。

长褛阿姨一手扶着卧室的门框，一手撑着腰，"女女组合"居然让她有点感动，她说："不是我思想开通，是我觉得两个人过总比一个人好，好歹有个照应，现在的女生不容易，不容易的时候就抱团取暖吧。"

双方约好第二天上午9点去门店签合同。长褛阿姨把"女女组合"送到门外，她上下打量她俩，说："多好看的女生啊，像你们这样的都不找男朋友，也难怪我儿子找不到对象了。"

当天晚上，丁咚接到了二姑妈丁家李的电话，家李说："丁咚，我们学校工会这两天组织我们在杭州疗养，听可可爸爸说，可可准备跟人一起买房子了，是不是？"

丁咚告诉她："是的，房子已经看好了，明天上午签约。"

她说："没事，我就问一声。"

结果，第二天一早，家李姑妈就拖着行李箱出现在了华北路"良屋"门前。

丁咚来上班，看到家李姑妈已经在店里了，吃了一惊，说："你不是在杭州吗？"

家李姑妈说："我坐早班高铁过来了，从车站直接赶到了你这儿，女儿要买房子，我总得来看看。"

丁咚心里有不妙的感觉。

果然，9点30分，当雷岚、可可推门进来的时候，家李姑妈就迎了上去，她看了雷岚一眼，对女儿可可说："可可，妈妈有话要跟你说。"

妈妈出现在这里，让可可万分意外。

家李一把将女儿拉到了店门外，她问女儿："她是谁啊？"

可可说："她是我朋友。"

"你朋友？"家李看着女儿萌憨的样子，心里可怜这宝贝女儿，都快哭了，心想：你找不到男朋友和你一起买房，结果就找了个女的。

虽对女儿万般怜悯，但家李还是生硬地说："你怎么可以跟她去买房？"

可可说："她是我朋友呀。"

家李说："朋友？你爸兄弟几个为老房子闹成了一锅粥，亲兄弟都搞成这样，朋友又如何，到时说得清吗？"

可可说："正因为不是亲戚，所以可以签协议啊，事情反而简单。"

家李说："买了房，谁还月供呢？你又没工作？"

可可说："她工作，以她为主。"

家李更震惊了，说："她又不是你老公，无亲无故的，你还相信她会为你还月供？"

可可说："会的，因为我首付出得多，还因为我没工作。"

可可看出了妈妈的不信，接着又说："我自己也可以还的，我可以做微商。"

女儿的愣样子，让家李万般感伤，她说："你跟她一起买房子，一起住？"

可可说："是的，这样我也可以从家里搬出去了。"

家李鼻子一阵发酸，说："对你来说，现在最重要的事不是住出去，更不是找个女朋友一起买房一起过，你现在要做的是找个男朋友一起买房一起过。我这么说，不是说她是坏人，这么漂亮的女孩，我相信你的判断力，她不是坏人我相信，我就怕你们这样的剩女相互安慰相互依靠，结果更不找男朋友了。这样的事，我不是没见过，想想就怕了。"

可可皱起眉，告诉妈妈说："我取向正常，我们为什么不可以合伙买房？房价这么涨，为什么我不可以跟她互帮互助？谁规定女的就不能和女的一起买房子？谁规定女的不能跟女的搭伙？既然跟男的合伙这么难搞，既然男骗子这么多，为什么不可以姐妹抱团，相互取暖？"

家李忙哄女儿："爸爸妈妈跟你抱团，我们这就去抱团。"

家李这么说着的时候，心里对这女儿同情得无以复加，她想，女儿找不到男朋友，就去找了个女朋友，女儿找不到男人跟她买房子，就找了个女人来搭伙。

家李眼眶里泪水在打转。

雷岚透过落地门窗,看着店外的母女俩,她知道这事难办了,她想,办不成就办不成吧,吵架没必要。

她转过头来,对丁咚说:"买不成没关系,让母女反目这我承担不起,我去对她们说一声。"

雷岚就推门出去,丁咚跟在她后面。

雷岚走到正在争执的家李、可可母女俩身边,说:"可可,我们暂时不买了,好不好?我们以后还有机会的。"

雷岚对家李说:"阿姨,我们不买了,真不好意思。"

家李对雷岚说:"我和她爸会给她买的。"

可可脸色苍白,像一头发倔的小牛。

丁咚安慰表姐:"要不回去再考虑一下。"

家李趁着大家劝可可,就一把拉着可可走了。

长褛阿姨已经到了,她看到了这一出的后半段,满脸遗憾地对雷岚说:"她妈不同意?哎,她妈没我想得明白。"

她对丁咚说:"唉,这么说,我白跑一趟喽。"

她转过脸来劝雷岚:"姑娘,要不你一个人把它买去算了。"

雷岚本想走了,听她这么说,就停下来,对她说:"阿姨,我一个人实力不够。"

长褛阿姨笑了笑,说:"实力?像我们这样的,啥人真能等到实力具备了才下手买房子呢?不都是踮起脚去够的嘛。"

雷岚摇头,说:"踮起脚也够不到。"

长褛阿姨显然很喜欢这个漂亮女生,她给她建议:"那跟家里的人拼拼凑凑?或向别人借一点?"

看雷岚摇头,长褛阿姨凑近雷岚的耳边,说:"姑娘,你知道吗?6年前我咬牙借钱,买了红菱新村的房子,那时我家老头子那个反对啊,我都快被他骂出病了,而现在红菱新村的那套房子已涨了160万,而你想买的这个清晖华庭的房子,我租金也收了6年了,我家老头子如今对我只有两个字，服帖。"

雷岚看她爽利的样子，能想象她老公对她的服帖。

长褛阿姨说："人要会盘算、会腾挪，你信不信，我这个清晖华庭的房子还会涨？姑娘，你听阿姨一句话，你赶紧把它买去算了，以后再想要可就没了。"

"以后？"雷岚扬了一下头发，想让自己有点面子，笑道，"我还年轻着呢，急什么以后呀。"

长褛阿姨听闻此言，又瞅了一眼这漂亮女生，有点泄气，是啊，像她这样年轻貌美的，确实哪用得着自己操心什么房子啊，多少有房男生在她后面排队吧。

于是，她就转过头来，对丁咚说："小伙子，那你帮我再找买家吧。"

雷岚跟丁咚告辞，她沿着街边匆匆走向地铁站。

她像一只落单的鸟雀，丁咚透过玻璃窗看着她的背影，为她遗憾。

他就推门出去，在后面叫她。

她回过头来，看见丁咚正追过来。

丁咚对她说："不要急，房子会有的，以后买房再来找我。"

她抿嘴笑了笑，说："好的，我会找你的。小门铃，这一次，你是很卖力的，我对你很满意的。"

4

5天后，康忠、丁家李夫妇和女儿康可可合资，在城东新城买了"尚城公馆"楼盘的一套紧凑型的三居室，总价是252万元。

可可出20万元，她爸妈出82万元，合成102万元首付，贷款150万元。

新房属于简装，家李帮女儿购置了一些简单的家具。

一周后，可可就带着小狗尼克搬进了新居。

搬家的那天，可可穿上了久违的裙子，她感觉自己走路带风，人都要飘起来了。

她对前来参观的雷岚说："我已经很满意很满意了，你知道我在北京时住在什么样的地方吗？我最初是跟一位女生合租一张床的，一张床每月600块钱。"

雷岚看着敞亮的房间，超级羡慕："你爸妈对你真好，出了这么多钱。"

可可说："他们这钱也不知攒了多少年。我在北京的时候心里想着不靠他们，结果，现在回来了还是啃了他们一把。不过，房本上写的是我爸妈和我的名字，所以，也算是我们共有的，我妈说写上他们的名字是防我这房子以后被男人骗走，哈哈。"

雷岚笑，问："月供多少？"

可可说："每月8000多块钱，我爸妈和我一人一半。"

雷岚问："你又不上班，你怎么还？"

可可说："他们出了这么多钱，月供我不承担的话，那就是我太不可怜他们了，所以，我做了个月供规划，你看看。"

可可从桌上拿起一张纸，递给雷岚。

雷岚一看就笑了，规划是这样的：

月供方案

一、开源：创收

1. 微商，在北京做过一年，曾做到月入4500元，如今需要重建社交网络，有一个培育期，目标先定2000元。

2. 设计接活，跟出版社、网络公司的老客户联系，争取每月能接2单，包括版式设计、封面设计、网页设计。

二、节流："省"就一个字

1. 不买化妆品，买基本护肤品，国货，普通价格。

2. 不添置新衣，多年累积的衣服已足够穿戴，不出门，不扮靓，无需求。

3. 不点外卖，自己做饭，早餐自制馒头，中晚饭一菜一汤，蔬食为主，一周三枚水煮鸡蛋，补充蛋白质。

4. 买打折菜，买菜选在菜场、小超市收摊时段。

5. 戒水果，以西红柿和黄瓜替代。

6. 冰箱清空计划，一定等到把冰箱里的食物全消化掉，再买新的食物。

7. 消灭红包支出，婉拒各路婚礼邀约。一无业大龄女子，别人能够理解。

8. 削减宠物开支，不去宠物店给小狗尼克洗澡，自己动手，更多呵护。

9. 戒网购，当购物欲袭来，就多看看卡里的余额，想想要还的月供，心静如水。

雷岚看着这方案，咯咯笑。

她感觉到了这张纸和这间屋子即将带给这女孩的改变。

她把这张纸还给可可，夸她很有规划性："省出了个天际线，比我妈还会过日子。"

可可随手用冰箱贴把它贴在了冰箱门上，对雷岚说："有这么个房子，这么过日子，不是家是什么？家又不一定非要一男一女的那种，对我来说，有个自己的房子，就是家了。"

雷岚对可可的这一说法相当认可，她在离开可可的新居时，给这"御宅族"一个建议："开源的办法少了点，你做微商靠谱吗？要不你去上班吧，我们公司缺网页设计师，要不你来吧？"

可可垂下眼睛，笑了笑，她告诉这好心的女友，自己在北京一家互联网大厂上班的时候上得太狠，到现在还没缓过来。

她说："现在还没准备好，等哪天觉得可以了，再出洞吧。"

接下来的几天，已久不出门的可可坐地铁，换公交，去了一趟南城批发市场,背回来了一堆零头布。

她用自己的一双巧手自制了烟灰色窗帘、橘红色桌布、金色抱枕、天蓝色懒人沙发……房间里充满了明媚的色彩。

她还用自己的美术专长,在客厅墙上画了一幅抽象的壁画,雾气朦胧,像江南烟雨中的桃林。

这片淡粉色的"桃林",与茶几上那只陶瓶里的一把柳枝呼应。

在陶瓶的旁边,还摆着一只玻璃杯,玻璃杯里养着一只螺蛳。它来自她妈丁家李,家李有一天帮可可买来了一袋杂鱼,可可在收拾杂鱼的时候,见这小螺蛳还活着,就随手把它放进了玻璃杯里,于是,它就成了小狗尼克之外的另一个宠物。这小家伙胆子很小,成天缩在壳里,偶尔把触角伸出壳外,探一下,又缩回去。

可可知道它胆心,就对它说:"我知道你胆子小,还没想好,等哪天想好了,再出洞吧。"

丁家李带着大姐家桃、小妹家春来参观女儿的新房子了。

散文女作家家春注意到了冰箱上的那张纸,她看了一遍,笑得前俯后合。

广场舞大妈、炒房客家桃瞥了一眼那张纸,没觉得有什么了不得,她说:"都是这样的呀,我们买房子的人谁不是这样精打细算的?都是从嘴里省出来的那点钱。"

大姐家桃对家李说:"可可有了这房子,找对象的话,条件好了一大截,虽然现在她没工作。"

小妹家春调侃家桃道:"买这250万的房子,难道只是为了找对象吗?如果只是为了找对象,那么把买房子的钱投资在自己身上,多买点漂亮衣服、化妆品、包包吸引男生,不更省事吗?"

她是开玩笑,家李却听进去了。

家李面有愁色,对小妹家春说:"是的,前天别人介绍了一个小男生,想介绍给可可相亲,小男生提的要求之一,就是要会打扮。"

而冰箱上的这张纸,却让家李意识到:这房子让女儿更不在乎打扮了。

八　独自上车，女孩为什么奔跑

1

一个月后，有天傍晚，丁咚接到了雷岚的电话。

雷岚问："你在店里吗？我想过来一趟。"

丁咚没在店里，他在他的"雨林小屋"里，他说："今天是星期一，这是我的休息天，我没在店里，我在家。"

雷岚问："你家在哪里？我过来可以吗？我有事想跟你谈一下。"

丁咚就发了一个定位给她。

30分钟后，雷岚来到了老机电厂的这片空置厂区。

按导航，她一路摸索，走进了丁咚的"雨林小屋"。

她穿着一件黑色的半肩连衣裙，高挑，优雅，像空降到这破旧楼里的大小姐。她被小狗松果惊了一下，她也被满室的绿植吓了一跳："哦哟，丁咚，这是你种的吗？太多了，简直像逍遥天地。"

她说这陋室像逍遥天地，而她自己则无法逍遥，她有事急着跟他讲。

她把小狗松果抱在手里，她说："丁咚，我想了又想，还是准备下手。"

他当然知道这个"下手"是啥意思。

他问："想买房了？"

"嗯，我想我还是得启动。"她点头，她坐在散尾葵下的小沙发上。小沙发破旧，她漂亮的脸庞在闪光。

她告诉他自己决定买房子的理由："上次提到的那些问题，对我来说仍没解决，再拖下去的话，购房成本只会越来越高，房子与我的距离只会越来越远，就像我在美国读书时碰到的那些台湾同学，他们说，在他们那边，一眨眼全体年轻人都买不起房了，所以，我不等了，就趁现在我能跑、能扛、身体最好这个阶段，被它压榨一把吧。呵，还能被压榨，也就这个阶段。"

她扬了扬头发，笑道："那些鸡汤文不是说嘛，让未来的我感谢现在奋斗的我。"

她放下手里的小狗松果，看它跑到丁咚的脚边。丁咚看见她笑着的眼睛里好似有急火在闪烁。

她说："丁咚，我得跑步上车了。"

她说的这些理由，他明白。其实，平日里，他鼓动那些看房客下决定，用的也是诸如此类的语言——"让未来的你，感谢现在奋斗的你"。

他起身给她倒了一杯水。

他没想到，接下来，她说的话会让他吃了一惊，甚至，让他发现她上面说的那些理由其实不是核心。

她接过纸杯，喝了一口，说："丁咚，我现在越来越急着买房子的事，还因为我欠了我妈一套房，我得还给她。"

她说："大三那年，我得到了一个留学的机会，因为没钱，我准备放弃，我妈没肯。为让我成行，她执意卖了我和她住的河东安苑的房子。当时我说，我可以不出国，但我们不能没这个家。我妈说，你在的地方就是妈妈的家，妈妈希望你以后能有一个更好的家，我们现在这个房子、这个环境、这个层次，不是你将来家的地方，妈妈也看不上这样的家，妈妈觉得这房子能为你铺路，就是它的价值，就是它的使命，你过得好也等于妈妈过得好，这是妈妈欠你的。我问我妈，卖了这房子，你住哪儿？我妈说，你外婆去世了，建工新村那个家只有你外公和舅舅了，一个瘫痪在床，一个肝病多年，现在需要我这个当女儿、当妹妹的回家去照顾他们了。我妈卖掉河东安苑的房子，是 2009 年春天，当时售价 98 万元，等我留学回来，它值 200 万了，现在它值 300 万左右了，以我目前的工资，我买不回它了。"

她转动着手里的纸杯，继续对丁咚说："我不知道我妈如今心里会怎么想，我不知道房子变成了我的文凭，该怎么算性价比？不管怎么算，那套被卖了的房子是我欠她的，我得把房子给她搞回来。"

"原来是这样啊？"丁咚心想，河东安苑那一带，如今因为大批互联网公司的入驻而成了热地，如果算钱的话，这笔账确实让人心疼。

他安慰她的失意："你妈对你真好啊。"

她说："她把她能给我的都给我了，当然，这也是一个可怕的礼物。你不会懂的，因为你没有接受过这样的礼物，你就不知道它意味着什么。"

接着，她告诉他："除了房子之外，我还欠我妈太多太多，我从小就欠她。无论是当年民办初中的入学费，还是各种补习班、特长班的开销，对于我，她孤注一掷。她一个下岗工人，节省了一辈子，她除了管我，还得管我外公和舅舅。如今我每月给她6000块钱，这样我心里会好过一点。所以，丁咚，你知道了吧，为什么我舍不得每月再花三四千块钱租房子从家里搬出来住，因为我还想多攒下来一点，以后买房子还她。"

窗外的光线在转暗，她像一个欠债的女儿，忧愁万千。

丁咚瞥到了她的虚弱。他给她的纸杯加了点水。

作为中介小哥，他得给她煽风点火，鼓动她赶紧下单，但作为小学同学，这一刻他意识到自己得给她浇点冷水，劝她别急，因为，从第一次带她看丽湾府，到后来带"女女组合"找小户型，他已大致摸到了她的底。

他知道，以她单身的财务状况，独立购房会有压力。

于是，他劝这个从小就性子急的女同学别太急，他安慰她想开点，"98万，300万，当妈的人可不会这样算得失，相反，你妈如果知道你急成这样，她还会更难过"。

他说："再说吧，买房子，哪能是一个女生办的事啊？你赶紧找个男朋友，一起买吧。"

他终于把这句话说出了口。

上次在丽湾府，他笑话她一定没男朋友，她哭了，而现在，他相信她不会在意。

果然,她笑了,说:"找个老公?不是没想过,丁咚,哪怕我现在找得再快,也赶不上房价涨得快,还有,丁咚,对我来说,找个老公也没那么容易。"

丁咚笑道:"以你的条件,还不容易?"

雷岚说:"其实我条件并不好,放在如今的婚姻条件里,我甚至可以算是差的。"

"怎么会呢?"

"你会找我吗?"

他知道她在开玩笑,说:"不会,你太厉害。"

她笑了笑,说:"小门铃,如今像我和你这样的离异家庭子女,处在'婚恋鄙视链'的末端。"

丁咚承认这点,但就她的具体情况,他不认同,她是个大美女,还是海归。

他说:"你其他条件好啊。"

她说:"好吗?我家有两个长辈得慢性病,长年看病花钱,我妈是下岗的,你说条件好不好?哪怕我长得不差。"

丁咚瞅着她,无语。

她继续说:"我在读书期间谈过两场恋爱,都是被对方家长搅黄的,其中有一个原本都谈婚论嫁了,最后还是被分了手。"

他无语。

她笑了一下,告诉他:"喜欢我的人好像只有两类:一类是对这个社会懂得太多了的那些人,怎么个懂法?就是懂到让我受的教育无法接受的程度;第二类是太不懂事的人,比如,比我小的男生,但等他们懂事了,他们可能会跑掉。"

在丁咚听来,第二点有些八卦,第一点有些暧昧。

她只对第一点做了解释:"就说我上一家公司吧,500强,已婚上司各种叽歪许诺,甚至开出条件,想让我跟他混着,彼此 happy。我靠,你以为姐是谁,姐从小就不是这么教的,如果我接受,我妈可受不了,她的房子那就真是白卖了，所以我离开了那儿，虽然那儿薪水多。"

她拿起面前的纸杯，喝了一口水，没想到被水呛到了，她咳了起来。

窗外的光线在继续转暗。

丁咚看着她咳着的样子，心里替她难过起来，这个当年的同桌，这个当年楼下的小女生，如今已经长大了，一路飞跑到现在，还是有她无法反转的忧愁。这一刻，他才真正明白了，那天从丽湾府回来的路上，自己对她伤得有多深。

他伸出手，握她的手，向她道歉："那天在丽湾府，我确实像一条疯狗，对你乱讲一通，对不起，你别生我的气，别恨我。"

她摇摇他的手，说："现在不生气了，但当时确实是受不了。"

她说："小门铃，你知道那天你的嘴巴有多毒吗？真应该拍下来给你看。你不知道那天你说话的时候我有多难受，因为我发现这看房子哪是看房子啊，这世界只要用一个中介小哥和一套房子，就完成了对我的评判，真的特郁闷。"

丁咚慌乱地说："不就是房子吗？你别信我说的那些话，那些都是话术，是有本子的。你想，我比你差多了，我一个中介小哥有资格给你打分吗？"

她说："那一刻，真有打分的感觉，我这么绕了一圈，好像一无所有地回到了原地，如果不留学，那房子还在，如果不读研究生，那么我就可早三年毕业，如果早三年毕业，那时房价还不像现在这样……"

丁咚一迭声地安慰，让她别这么想。

他说哪怕房价涨得再快，她也一定赶得上，因为她从小就跑得快。

雷岚其实没要他安慰。

她从小就不需要别人的安慰。

她站起身，往窗边走过去，她看着外面荒疏的旧厂区说："我不会服气的，哪怕这是命，我也不会服气，所以，我得把房子买回来，给我妈把房子搞回来。这是必须搞定的，否则感觉会更差。"

现在丁咚明白了，这才是她为买房子焦虑的真正原因。

他知道，这符合她的个性，她从小就不服输，不达目标是不罢休的。

雷岚倚着窗，在对丁咚笑。

她说："丁咚，我不指望别人了，我还是自己跑步上车吧。"

她说："丁咚，你帮我找房子吧。"

丁咚义气上涌，说："行，我们成立雷岚上车行动委员会。"

她眼里波光流溢，笑道："好，上车行动委员会，上车。"

接着，她问丁咚："上次那个姓韩的长褛阿姨的房子不知还在不在？如果还在，我现在倒是很想买。"

丁咚说："她那房子还在的，这我知道，她家老头子前段时间生病住院，她没时间管卖房子这事了，所以暂时就没有卖。要不，我现在问下她。"

于是，丁咚就赶紧打电话询问。

长褛阿姨回复过来，说可以买，但价格要提了，总价100万元吧。

丁咚放下手机，对雷岚说："她提了价，100万了。"

"贵了6万，一个月的时间。"她问他，"你觉得呢？"

丁咚说："跟那些一下子提10万、20万的人比，她还算心平，你要的话，可以跟她再还还价看。以我看呢，她这房子你可以考虑，现在100万以内的房子越来越少了，如果你真要，那也得抓紧了，如果现在她拿出来卖，这房子可能会一下子被人买走。"

他这么说，让雷岚有些着急。

她说："这房子虽是小户型，但有两个房间，这一点很适合我和我妈。你帮我算下，我至少得准备多少钱？"

丁咚说："钱嘛，对你来说，主要是首付，你往30万元偏上准备吧，中介费我跟店长商量，一定给到你最低，另外呢，还有税费什么的，不是大头。"

她说："我现有12万多一点，这样我得马上去借。"

说借就借，雷岚站起身，准备连夜去借钱。

她走到门口，又回头打量了一眼这绿意盎然的房间。她刚才一直在说话，没心思细看这些草草木木。

现在她笑着夸他："丁咚，种种花草，你还挺会调节自己的。"

她往外走，丁咚和小狗松果送她下楼。

2

晚上8点50分,雷岚抱着一把玫瑰,来到了京昆艺术中心"戏剧盒子"剧场。

雷岚沿着后台空静的过道,往化妆室的方向走过去。

她来这儿是希望能借到17万块钱。

这一刻,前台正在演出中,昆剧唱腔在"咿咿呀呀"地传来,两个着戏装的小花旦刚从台上下来,蹑手蹑脚地迎面而过。这里的氛围是雷岚久违了的,十多年前,她常在这里演出。

那时,她是市少儿昆剧班最出类拔萃的苗子,那时昆剧名家王君雅对她喜爱有加,"这小囡举手投足有板有眼,大青衣的苗子,是吃这碗饭的"。而那时,她妈雷小虹可没这么想,她妈的想法是希望女儿考大学、留学。正因为她妈给她设定的目标不是戏曲演员,所以昆剧就没成为她的饭碗,而是成了她升学时的加分项。

雷岚沿着走廊往前走。十多年过去了,这里一切如昨,化妆室在左侧。雷岚一间间看过去,在最顶头的那间,她终于看见了坐在镜子前的苏锦兰。

她叫了一声:"师姐。"

一袭白衣的锦兰正在卸妆,纤纤手指正在拭去脸颊上的胭脂。

锦兰对雷岚的到来没有惊讶,因为傍晚的时候雷岚已经来过电话了,说想来看她,所以,现在锦兰也在等她。

雷岚笑吟吟地将花摆在化妆台旁,说:"师姐,你这戏霸。"

镜子中的"戏霸"笑了,说:"没办法,就是喜欢。"

锦兰确实是喜欢舞台,身为阔太、老板娘,这些年来,她一直依恋这方舞台,所以,被雷岚调侃为"戏霸",比如,像今晚这场演出,原本只是"文化惠民月"中的"京昆艺术普及场",作为名角的锦兰也放下身段,主动请缨,倾情献演折子戏《游园惊梦》。对于她,这确实只是出于喜欢,即喜欢人在舞台上表演的感觉。

锦兰让雷岚先坐一会儿,"等会儿一起去消夜"。

雷岚就在一旁坐下来,看师姐卸妆。

这师姐是她朋友圈中唯一能向其开口借17万块钱的人。

雷岚看着镜子中的师姐锦兰。镜子中的锦兰美丽生辉,举手投足,一派名伶风采。

十多年前,小学四年级学生雷岚在王君雅老师那儿认识锦兰的时候,锦兰还是艺校高年级学生,如花似玉,唱念做打俱佳,在雷岚眼里,这个比自己大8岁的姐姐是偶像般的存在。作为王君雅门下高徒,锦兰走的是专业演员之路,从艺校毕业后,她进入市昆剧艺术中心,旋即以一出《牡丹亭》崭露头角,以王君雅的说法,"难为她晚生了十年,戏曲冷了,否则不知会红成怎样"。没红成怎样的锦兰,也有她自己的活法,毕业没几年,就以25岁的年龄差,嫁给了一地产老板。嫁人后,锦兰除了做少奶奶,就是专心做她的昆剧表演艺术家。再后来,锦兰对瑜伽也产生了兴趣,她的大丈夫阿秋就为她投资了瑜伽馆,取名"紫云",让她玩一把,结果,她玩得相当不错。

镜子中的锦兰对雷岚伸出手指,点了一下空中,让雷岚听:"你听,那笛子。"

雷岚侧耳倾听,果然有幽幽的笛声从前台传过来,丝丝缕缕,像悠长的叹息。

"谁啊?"

"一个搭档,很不错的。"

"真好。"雷岚听了一会儿,说,"我好久没进剧场了,这么一进来,以前的感觉又回来了。"

镜子中的锦兰在冲雷岚笑,像是在问她有啥事。

于是,雷岚就跟她说了买房借钱的事。

锦兰放下化妆棉,说:"不知要借多少?姐这儿,原来是没问题的,最近这阵子呢,我在跟阿秋办离婚,财产还没分割。说真的,现金我能拿到多少,我也不知道。"

离婚?雷岚吃了一惊,镜子中那张平静、美丽的脸让她诧异。

雷岚说:"原来这样啊,太不好意思了,这个时候来跟你借钱。"

锦兰说:"不要紧的,我多少能借你一点救急,不知你要借多少?"

雷岚说:"17万,不知行不行?"

锦兰笑了笑,说:"17万还是有的,没问题的。"

雷岚说:"想不到你要离婚了,你没事吧?"

"没事,也不是一天两天在考虑这事了,反正快过去了。"锦兰已卸完了妆,她从镜前转过身来,"好,一起消夜去。"

雷岚不好意思地说:"我还得回去加班,他们刚才已经在催我回去签稿了。"

锦兰伸手摸了摸师妹的脸:"你也够辛苦的,太瘦了,吃得好点。"

雷岚向她道谢。锦兰笑道:"好朋友不说客气话,这点数目我自己卡上还是有的,如果你要借更多呢,我也没办法了。非常时期,呵,说真的,我也不知道他到底有多少钱,我最后能有多少?"

锦兰垂下了她那双美丽的眼睛:"但房子呢,估计能有十七八套给我吧。"

雷岚一时不知该说啥,前台那支笛子的旋律在隐约传来,乐音飘浮在走廊里,像连绵的叹息。

锦兰看了一眼墙上的钟,说:"哪天再跟你细聊吧。"

锦兰把雷岚送到化妆室的门口,她看到了小师妹眼里的迷惑,就简单解释道:"嫁给阿秋13年,他一直不肯跟我生孩子,我已经三十多岁了,好想有一个孩子,呵,没有。他不肯。那就不过了,不想跟他过了。"

辞别师姐,雷岚打车离开"戏剧盒子"。

车窗外,城市璀璨而又迷离。雷岚给丁咚发了一条信息:"借到了。"

3

雷岚走后,丁咚拿出三个小花盆,给绿萝分株。

修剪叶片,整理根须,混合土壤和珍珠石……忙碌的这一刻,丁咚心里想着雷岚妈妈卖掉的那套河东安苑的房子。

他算着它 2009 年的价格和它如今的价格。

差了 150 万？差了 200 万？

这么算着，他为记忆里面容模糊的雷姨难过，小时候他常在楼梯上遇到她，一个面有愁容的漂亮阿姨。

他想，就当这是一个妈妈对宝贝女儿的爱的价格吧，这样理解就没有啥好纠结了吧？

"这也是一个可怕的礼物。"他想起来了，刚才雷岚有这么说过。

这说的是压力吗？他想。

他自己没有这样的体验，因为，从小他就没有父母给的温暖。

分完株，他站起身，去走廊上的洗衣房洗了手，回来看了一会儿书。

快到 8 点 30 分的时候，他决定出门走走，顺便去西河卫生院给自己配点润喉药，最近购房客增多，说话多了，喉咙就有点痛。

他骑车掠过南一路、南二路，来到了南三路拐角的西河卫生院。

夜晚的卫生院里人影稀少，这个时段已没什么人在看病了，走廊里飘浮着消毒水的味道。

丁咚走在空静的走廊里，他往 102 房张望了一眼，医生还在。

医生正准备下班，见他来了，问："小伙子，哪儿不舒服？"

"喉咙痛。"

医生让丁咚张开嘴。

丁咚就张开嘴巴，眼睛看着这医生戴着金丝边眼镜的脸庞。

医生说："没红肿，还好呀。"

"有点痛。"丁咚说，"可能是最近话说多了，能配点润喉的药吗？"

医生知道他是中介小哥，因为他穿着西装戴着工牌，医生问他："卖房子要说很多话？"

他看着她圆圆的脸庞，告诉她："嗯，做销售的都这样，是费口舌的工作。"

她笑道："最近生意特别好？"

他说:"嗯。"

她说:"我一晚上坐在这儿都听说了,来看病的人都在说房价,说好多外地人也来我们这儿抢房子了。"

她问他有医保卡吗?他说没有,只能自费。

医生说:"好在润喉片也不贵。"

医生给他开单子,问他叫什么。

他说:"丁杰克,24岁,未婚。"

他看着她飞快地开单子。

她抬起头,突然问他:"翠芳东苑那边怎么样?现在怎么个价?"

他猜这医生大概住翠芳东苑,就说:"还行吧,三万六七千的样子,如果是西苑,就更俏一点,因为西苑是金地小学的学区房。你住东苑?"

医生点头,笑道:"以后我换房的话,找你帮忙。"

他道谢:"好的,谢谢你。"

他从桌上拿过一张纸,给医生写了一个手机号码。

医生把处方递给他,让他去药房交费取药。她建议他这两天不要用嗓过度,"做不完的,生意"。

丁咚拿着单子出来,去药房取了药。他在把药和病历卡放进双肩包之前,又看了一眼病历卡上医生龙飞凤舞的签名,"何秋红"。

何秋红?

有没搞错?

没有。是何秋红。

丁咚知道她是谁。

25年前生下了他然后去了深圳的那个女人。

现在,丁咚知道她已经回来了,并且就在这里。

丁咚是去年中秋节在爷爷老丁铁家吃饭的时候,偶尔得知她在这里的。当时,他看见二姑妈丁家李在跟他爸丁家风咬耳朵,"她从深圳回来了,回来都有两年了,在西河卫生院……",他们感觉到了丁咚在听,就闭嘴不说了。他们神神秘秘的样子,让丁咚知道他们在说谁。

出于好奇，丁咚第二天就来到了南三路口的西河卫生院。他在卫生院里东张西望，在几位女医护人员中，他一眼就认定了那个戴金丝边眼镜的是她。圆眼睛，圆脸，不高也不矮。他想，原来是这个样子的，一陌生人，无感。

虽说无感，但此后，每当路过南三路口的时候，丁咚就会忍不住走进西河卫生院去看一眼，看看她在不在，然后就离开。

有一天，他没有匆匆离开，居然坐到了她的面前，请她配药。

那一刻，他心里有恶搞般的快乐。

而她，当然不知道这小哥是谁。

她哪会知道他是谁呢？

刚才她不还说以后换房找他吗？所以，她哪知道他是谁？

离开西河卫生院后，丁咚骑车回家，一路街灯照耀。

到南华桥的时候，他听到口袋里的手机"叮"了一声，他在路边停下来，看手机，"借到了"。

原来是雷岚借到钱了。

他给她回了一句语音："OK，准备上车。"

4

第二天下午，雷岚就收到了师姐锦兰打过来的 17 万块钱。

丁咚跟长褛阿姨联系，阿姨答应让 1 万元，总价 99 万元。

丁咚跟长褛阿姨约好，第二天上午带雷岚去清晖华庭她家，再看一看房子，如果没问题，就先把购房意向书给签了，把定金给她。

第二天上午 9 点，丁咚和雷岚准时来到清晖华庭。当他们走到长褛阿姨家楼下的时候，金缨带着她的客户裘女士正从单元门里笑着出来。

金缨看见丁咚，就向他招手："哈，你怎么也来了？ 602 室吗？签了，意向书签了。"

抢单吗？

丁咚脸都白了。

金缨看了一眼雷岚，把丁咚拉到一旁，凑近他的耳边说："太险了，你知道吗？早上7点多，我带着裘女士来这边看房子，'我爱我家'的人就已经在老太太这房子里了，被我夺了过来，加了4万块钱，104万，意向书签了。太险了。"

说完，她笑嘻嘻地带着裘女士走了。

丁咚脸红耳赤，后悔不迭，他看着金缨远去的背影，对雷岚说："她偷听，昨天我给老阿姨打电话的时候，一定是被她偷听了，这丫太抢。"

雷岚看他的沮丧样，只好宽慰："没事，再找。"

他们继续上路。

丁咚的懊丧只持续了一天。

第二天上午长褛阿姨推开了"良屋"的玻璃门，她对金缨说："不卖了，合同我不签了，因为我亏了，除非再加10万。"

她指着金缨，对店里的人说："我老头子住院这段时间，我没理市面，这房子如今不是这个价了，她没把真实信息告诉我，难道你们这儿的人就是这样帮别人浑水摸鱼的？"

长褛阿姨要毁约。

这怎么行？金缨说："意向书都签了，定金都已经给你了。"

长褛阿姨说："定金我还你，反正我不卖了，这房子，有人愿意加6万、8万、10万，反正我不卖了。"

买家裘女士当然不肯。

双方僵持了三天，没个结果。金缨叫苦不迭。

长褛阿姨搬了把小凳子，坐在店门口，她对每一个上门的人说："这家店是骗子。"

裘女士对长褛阿姨说："我可以打官司的。"

长褛阿姨面如死灰，说："我两三天就亏了10万块钱，你打官司好了，我想死的心都有了。"

裘女士跟她讲道理："你现在突然不卖了，等于消耗了我的时间成本，你知道吗，这两天呼啦一下，100万以下的房子都没了，你现在让我去哪儿买房子？"

长褛阿姨这么一听，就更不肯了，她说："呼啦一下，我变成了大傻瓜了。骗子。"

裘女士说："我求求你了，阿姐，我买这房子是想把爸妈从福建老家接过来，他们快80岁了，留在老家没人照顾。卖给我吧，行行好，这是善事。"

长褛阿姨就哭了，她声称自己卖这房子是为了给自己和老头子养老。"房价这么涨,谁知道以后进养老院的钱会不会涨呢？我有什么办法呢？你为什么不可以做好事呢？"

中介小妹金缨在这片争吵声里哭泣，她说："烦死了。"

丁咚悄悄用手机拍了一段视频，传给雷岚："还好，差点踩进这坑了。"

九　第二次冲锋

丁咚骑着电动车，载着雷岚，飞驰在城市的四处，环内环外、深巷背街、犄角旮旯……挟风带电，追逐房价正在上抬的脚步。

在城东，丁咚发现明松小区有一套总价94万元的房子放出来了，他赶紧打电话给雷岚："赶紧，100万以下的真的很少了，这个94万。"

中午的时候，雷岚从公司赶过来，丁咚载着她风驰电掣。半路上房主电话过来了，说要涨5万元。

为什么？

房主说，因为刚刚"链家"带来的客户报出了加4万元的价。

"还去看吗？"丁咚问身后的雷岚。

雷岚说："去吧。"

房主是一对老夫妻，丁咚、雷岚进屋的时候，老先生说："还要再加3万，因为又有人报价了。"

雷岚心里郁闷，环视房子。房子还行，看上去40多平米，两个小房间，虽属"老破小"，但格局紧致，光线明亮，干干净净。只是被这么一提价，现在这房子已是102万元了。

雷岚问："能便宜一点吗？"

老太太正在接电话，没理她。从他们进屋起，老太太就一直站在厨房门口，神情昂扬地接着电话。

雷岚问老先生："能便宜一点吗？"

老先生指了指老太太,意思是等她打完电话。

等老太太终于放下电话,雷岚刚要开口问,老太太先说了:"还要再加8万,因为有人愿意再加价6万。"

再加8万元?惊险片吗?抢钱吗?

雷岚说:"怎么可以这样?"

老太太利索地说:"唉,我也没办法,一个个电话追过来,都说愿意加价,我能不加吗?我知道你们小年轻如今也不容易,但我也没办法,我卖这房子是为了给儿子结婚买新房子,他那边的卖家现在也在涨,我们是绑在一条线上的,所以我也没办法,110万,一分都不可以少。"

雷岚摇头,默默地离开。

走到门外,丁咚说:"其实,这房子还是可以的,建议你考虑,首付比你原定的多了3万,要不再借点?"

雷岚说:"这样加价让我感觉特别不舒服,我不信就没别的房子了。"

她让丁咚带她继续上路。

在城南水岸公寓,他们遇到了一套"老破小"与三姐妹。

42平米的房子,原本属于姐妹们过世的父母。

雷岚跟她们谈定了100万元,但是在回来的路上,丁咚接到了一个女人的电话,电话里的女人自称是家里的四妹,这四妹愤怒地说:"不行,无论看房还是谈价,必须四人同时在场,她们这么搞,不作数的,是我的户口在这房子里。"

她要求丁咚带雷岚过来一趟。

"你在哪儿呢?"丁咚问。

她说:"我在城东派出所,你们来趟派出所,我在派出所上班。"

丁咚、雷岚没敢去派出所,因为一听就明白这42平米的背后会有一场鸡飞狗跳。

在城西星光家园3号楼2单元202室,他们与"链家""豪门""我爱我家"三位小哥带来的三组人马狭路相逢。

紧凑两居室，没有厅，主卧里挤满了人，空气里全是心理战的味道。

房主原本开价104万元，两轮PK下来，雷岚就认败退出，不再吱声。

而另外的三家还在争抢，1万元、2万元，往上加，加到125万元还没停下来。

房东是个斯文的大叔，他说："这样搞也不好，要不，加多少你们各自写一个数字吧。"

三组人马就分立墙角、窗边、阳台，写自己心里的数字，三位小哥在各自客户的耳边窃窃私语。

纸条摊开时，是4万、9万、16万。那位被"豪门"小哥授意写下"16万"的小个子男人脸都变绿了，他咬着腮帮子，对小哥咬牙切齿。

16万元哪，一眨眼。

"听着好像没力气回办公室干活了，是吧？"丁咚问雷岚。

雷岚说："还以为在拍电影。"

在城北康华新村，他们遇到了一腼腆男生，他的房子像一块狭长的条头糕，他开价115万元。

雷岚觉得这个房子像一条过道，明显不如明松小区老太太的房子，价格也比老太太的贵。

她还价105万元。报出口后，心里还有些后悔，觉得不值。

小伙子腼腆地看着这漂亮女生，摇头说："别还价，我很穷的。"

他告诉他们，他卖这房子是为去北京上班，他刚在北京买了房，欠了银行400多万元。

他说："欠了一屁股债，我现在太穷了，不好意思，不能让价，真的是没有办法。"

从城北康华新村回来的路上，突然下起了大雨，丁咚慌忙停下电动车，和雷岚跑到永芳食品店门前的屋檐下避雨。

大雨在街道上倾泻。食品店烤蛋糕的浓香在身后弥漫。雷岚对丁咚说:"那天明松小区那个老太太的房子110万我觉得贵,刚才这个男生的房子结构这么差都要115万了,你知道我有多后悔吗?"

丁咚告诉她,在他们看房的当天晚上,老太太的那套房子就被人签走了,"回不去了"。

雷岚有些感慨地说:"丁咚,如果我们能早出生几年早毕业几年,就好了。"

"我没这个可能,哪怕早一年,我爸妈都不认识,如果没房子分,他们哪会认识、结婚啊?"

大雨滂沱。他们像两只小鸟在屋檐下私语。

闲聊中,丁咚跟雷岚讲,去年那些因降价而砸售楼处的人如今都不吱声了,去年那些责怪中介小哥骗他们的人,最近有好几个跑来发巧克力……

他说这些话有他的用意,因为,眼下的市场跟上个月"女女组合"看房的时候有些不一样了,100万元以内的住宅都快从市场上消失了(即使还有个把套,结构、朝向多半有缺陷,也不一定看得上),这就意味着她手里的30万元首付不太够了。

他说:"雷岚,复盘一下,我们就会发现,每一次买房,如果不是狠命地跳起来用手去够,它就过去了,回不来了,所以,如果你铁心要买的话,那么最好再去借点钱,现在年轻人买房都是这样东借西借凑首付的。"

雷岚看着摇曳的雨线,起先没吱声,后来她深吸了一口气。"我再冲一下看吧。"她说。

她下巴刚毅,脸上蒙着虚弱的水汽。她对着雨水中的城市深呼吸的样子,在丁咚眼里,就像第二次冲刺前的凝神屏气。

丁咚对这小学同学买房上车的代入感,就萌发在这个下雨的中午。

半小时后,雨势渐小,丁咚骑着电动车载雷岚回到门店,他让她拿把雨伞再走。

十　那些爸妈

1

丁咚、雷岚推门进来的时候，有一个女生抱着一只白色的博美犬，正坐在丁咚的工位上。

她见丁咚和雷岚回来了，就站起身来招呼。她穿着宽大的黑风衣，戴着黑线帽，乍一眼像个落拓的大叔。

显然，她是可可。

雷岚说："可可，我跟丁咚去看房了。"

"是吗？你准备买了？"可可一边跟雷岚说着话，一边把小狗塞向丁咚的怀里。

可可说："丁咚，你帮我养一段时间。"

丁咚问："为什么？"

可可说："我妈说她最近对狗毛过敏，让我把尼克弄走。"

丁咚说："你不是不跟你爸妈住一起了吗？"

可可脸上尴尬和苦笑交杂，她说："又住一起了，从前天起我又住回家了。"

"那么，新房子呢？"丁咚和雷岚都有些惊讶。

可可摇头笑道："没的住了。"

"为什么？"

可可告诉他俩："还了一个月的房贷之后，接下来有点困难了，困难除了我这边，还有我爸妈那边。我上个月好不容易凑了3200块钱，剩余的

5000多块钱由我爸妈出,我妈前些天就跟我商量了,她说我爸从下个月起退居二线,收入将少下去一大块,她让我照顾照顾他,让他能把他的那点钱留给他以后养老用。她说这次买房子动用了大半积蓄,以后养老的钱就少了,再加上现在每月还房贷,那就更没法为以后打算了,所以,她建议我把新房子租掉,以租养房。我妈还说,你又不工作,这房子每月租个五六千块钱,也等于它在帮你上班。我妈都这么说了,我还有什么好说的呢,他们花了这么多钱为我买了这房子,结果,反而让我愧对他们了,所以,搬回去就搬回去吧。新房子昨天租掉了,租给我妈同事妹妹一家三口,租金每月5000块。"

可可说个不停,而丁咚却好像听出了家李姑妈的一把算盘。

他想,这姑妈厉害,全是理由,就像她教的数学题,全对,就是可可付出了20万块钱的积蓄,仍没住上自己的房子,而且还欠了债,对爸妈也有了愧疚感,呵,这房子。

雷岚可不会像丁咚这样想歪,她宽慰可可:"你妈说的是对的,把房子租出去,等于是让它帮你上班,那么,剩下3000多块钱的月供,由你还吗?"

可可说:"我和我爸妈一起还,平摊。"

"这样你的压力也小了。"雷岚说。她想起了冰箱上的那张纸。

"压力是小了,可是新房子就没的住了,白忙了一场。"可可笑道。

"以后你自己能还月供了,不就可以住了?反正房子都已经买下了,它是你的。"雷岚说。

可可笑道:"是的,我跟他们有言在先,哪天我还得了月供,哪天我就把房子收回来。"

丁咚看着怀里的小狗,问可可:"也不知道它会不会跟我家松果打架?"

雷岚说:"给我养吧,正好让它陪我家舅舅,他在家太闷了。"

雷岚伸手把尼克从丁咚的怀里抱了过来。

"那太好了。"可可喜出望外,她拍了拍尼克的小脸,"跟漂亮姐姐回去,好不好?"

小狗滴溜溜地转着眼睛,是不肯的表情。

可可亲了亲它的耳朵，对它说："我经常过去看你，这总行了吧？"

窗外雨势已小，两个女生起身告辞。

丁咚将她们送到门外。雷岚抱着尼克，在路边拦了一辆出租车，先回家安顿小狗。可可撑着雨伞，沿着街边走，去坐地铁。

丁咚转身回店里。中介小妹金缨问他："哎，你那美女同学看好房子了吗？"

丁咚说："没。"

金缨向他摇了摇手里的"蔚蓝海岸"广告页，说："像她这样的，还用得着自己找房子吗？她应该嫁进这里。"

丁咚说："你干吗不嫁进去？"

金缨咯咯笑："我哪有这个条件。"

2

云收雨敛，太阳出来了，照得微湿的大街上一片光亮。

丁咚看见店门外有个人，手里拎着一把雨伞，透过玻璃窗在向他招手。

丁家风，他爸。

丁咚纳闷，他今天怎么找到这儿来了？

他的这个老爸以前从没来过他上班的地方。

丁咚推门出去，他看见了他爸那张清秀但有倦容的脸。

丁家风对儿子丁咚说的第一句话就充满情绪："你卖房子见多识广，你给我评评理，是不是买不起房子的家长就该被儿子打？"

丁家风捋起衣袖，给丁咚看自己的手臂，手臂上有一块乌青。他告诉丁咚："是你弟丁松抓的。"

丁咚吃了一惊："是吗？"

"丁松把家里的碗全都砸碎了，劳海燕的豆浆机也被他砸在地上。"丁家风脸上是哭丧的表情，他问儿子丁咚，"这年头，是不是没钱的老爸都被儿子看不起？"

丁咚慌忙把情绪激动的丁家风从店门口拉开，拉到了街边的梧桐树下。

他不敢相信弟弟丁松能打爸爸丁家风，在他的印象中，他的这个弟弟一向深得老爸的偏爱。

"丁松怎么了？"丁咚问。

丁家风说："他怪我骗他，他怪我没拿出钱来给他买房子。买房子要这么多钱，我怎么拿得出来？去抢也没地方抢。"

丁家风泪水夺眶而出。

老爸当街流泪的样子，让丁咚不知所措，感觉尴尬。

丁咚慌忙看了四周一眼，好在没人注意。他忙乱地告诉丁家风，这年头买不起房子的爸爸遍地都是，也不见得都被儿子看不起了，"你别想多了，你就随他去吧"。

"他像疯了一样，把碗全丢到地上，现在家里没一只完整的碗了，日子不要过了，人家不要做了。"丁家风的声音里带着呜咽。

呜咽着的老爸脆弱得像一个小孩。

是的，像小孩，最近这两年，丁咚对于丁家风常有这样的错觉。

其实，对于这个爸，丁咚从小就不亲、不熟。

不，应该这么说，对于丁咚这个儿子，丁家风从来就不亲、不熟。

丁咚怀疑，是丁家风对何秋红和那段"房子婚姻"的怨恨，影响到了他对自己的感情，也可能从自己出生那天起，他对自己就没啥感情。

因为不亲、不熟，这25年来，丁咚一直处在丁家风生活的外围，他对这个老爸基本无感，除了日胜一日地觉得他比自己更像个小孩——以丁咚的理解，这大概跟丁家风从小就被老丁铁和四个姐姐宠着有关，因为太被宠，所以其实一直没有长大，所以才会有他笑话一般的人生，三次结婚，三次离婚，被人拿走了两套房子，以至于房子成了他过不去的坎：来自丁家风、何秋红"房子婚姻"的那套房子，在2005年丁家风跟公交司机劳海燕离婚的时候，被判给了劳海燕。丁家风跟劳海燕离婚，是因为当时开了书店当了小老板正处人生风光阶段的丁家风见异思迁，爱上了外地80后女孩、餐厅领班吴莉。吴莉答应跟丁家风结婚的条件是他得给她买一套房子，丁家风照办，结果，婚后半年吴莉就跟他离了婚，拿走了新房。丢了房子的丁家风元气大伤，书店倒闭后，他开过服装店、小餐厅、水果店，还开过出租车，都没做好。后来他在华英大厦楼下开了一家小文印店，勉强维持至今。没了房子的丁家风，死皮赖脸地重返第二任前妻劳海燕家中，要求"寄居"，他对劳海燕说："丁松是我的宝贝，他是判给我的，你总不能让他因为我没房子而流落街头吧，你得让他住，有他住，就得有我住，因为我得跟他一起过。"劳海燕对丁家风充满鄙视的同时，也为自己的远见而自傲，她对儿子丁松说："我跟他离婚时，房子和儿子之间，我选择了房子，你当时还怪妈妈不要你了。笨儿子啊，母子连心，无论你判给谁，妈妈都是跟你在一起的，而房子可不是这样。现在你看到了吧，当妈的才会把房子留给自己的儿子，而那些男人，那些当爸的，骨头一轻，房子就被女人搞走了。"因为这份骄傲，劳海燕收留了前夫丁家风，也因为此，这对离婚多年的夫妻至今仍住在同一个屋檐下，各过各的。

从这个角度说，站在街边呜咽"日子不要过了，人家不要做了"的丁家风，其实自己早就没了家。

以他目前的状况，别说为丁咚、丁松两个儿子考虑婚房了，就连他自己的落脚点他都无法确保，说不定哪天前妻劳海燕跟别人再婚了，她就会把他赶出门去。

此刻，站在街边，丁咚尴尬地劝了一通老爸想开点，并答应："我跟丁松谈谈。"

丁家风说："你跟他谈，还不只是打人的事，而是叫他回家，他已经五天五夜没回家了，他妈也很急，天天怪我。"

丁咚说："我知道了，我会跟他说的。"

丁家风对儿子丁咚倾诉了一通之后，心情有所缓解。他告诉儿子，自己得去找吴莉算账，跟她没完，如果没这小娘们当年婚姻诈骗，自己还不至于像现在这样"家毁人亡"。

每当丁家风火气攻心的时候，他都会去找吴莉算账，即，跑到他当年买的那套房子的楼下，仰脸骂她："吴莉，女骗子，骗婚骗房，这女人是骗子。"吴莉有时若无其事,有时开窗还击:"骗你又怎么样?就骗你。"这套房子是吴莉在尚城的立足点,她老家的那些表姐、堂兄也大都是以这套房子作为落脚尚城的第一站,以它为起点,他们送外卖、开小店,在尚城生根发芽起来。他们怎么可能再搭理丁家风呢?

听说丁家风又要去找吴莉算账,丁咚劝他算了:"人家报警的话,算你寻衅滋事,是你没脸。"

丁家风没听儿子的话,他在离开丁咚之后,又去了华海家园。

他拼命按吴莉家的门铃,骂她"女骗子""骗婚骗房"。

丁家风骂得起劲的时候,吴莉的两个堂兄从楼上下来,拎起他,把他丢到了小区的大门外,说:"活该。"

3

丁家风在华海家园骂吴莉是"女骗子"的时候,康可可已经走到南方广场。

她原本是想坐地铁回家的,但快走到地铁站的时候,她看着雨后初晴的天色,突然决定还是走回去。

她就沿着街边走,她走过了三个街区,继续往前行进。

好久没这样在街上溜达了,雨后的街景像沾着灵动的水光,在可可眼里显得很明亮,她就走在这片明亮的街景里,一边走,一边想着小狗尼克的小脸,她想,尼克今天运气不错,遇上了雷岚。

她在心里对尼克说:"会有办法的,我会来看你的,最后我们会回到我们自己的那个窝的。"

无论是对于尼克,还是对于那套崭新的房子,她想最后都会有办法的。

她想,我会想出一个办法的。

其实,她知道,无论是让她搬出新房子回家,还是让她送走小狗,都是她爸妈盘算好了的主意。

她怎么会不知道他们的心思呢?他们不就怕她有了自己的房子后就更

不出门了，就更没人交流了，就更只跟小狗尼克交流了，就更不需要男人了，就更难嫁了吗？所以，才住了一个月，他们就让她回了家。

她知道他们的这点心思，但现在她决定对他们表示理解，或许，这是买了房子后给她的"副产品"，即，让她觉得自己欠了他们。是的，当她想到他们把以后养老的钱都拿出来给她买了新房，她就觉得惶恐，所以关于"以租养房"，她怎么说得出口不同意呢？

不过，她相信自己会有办法的，除了"节省"，这个月她接到了出版社朋友发来的一单版式设计的活儿，微商也在慢慢做起来，最近赚了500块钱。

她想，如果哪天我独自搞定月供，我不就可以住回新房子吗？那样的话，心里还更踏实一些。

街道上人来人往。她相信最后是会有办法的。

她想起刚才雷岚在上出租车前对她耳语了一句："要是我有你这么个房子，什么动力都来了，什么活都干了。要不你出洞吧？出来上班吧？"

她想，最后，咬咬牙，还可以去上班。

这么边走边想，她心里的情绪，就像头顶上方这片云收雨敛的天色，明亮起来了。

她走上南方广场右侧的立交桥时，一道道阳光从云层里穿下来，映照着拔地而起的摩天大楼。她倚着栏杆，看了好一会儿街景。

而在她的身后，中银大厦高高的楼顶上，巨幅LED广告牌正变幻着炫丽的画面——"面朝大海，春暖花开，我有一个好房子，蔚蓝海岸。"

4

康可可在立交桥上张望的这一刻，她不知道，在立交桥对面，市第一人民医院大门左侧的街边花园里，她妈丁家李正陪着刚看完病的丁家迎坐在长椅上，在说话。

这对老姐妹从今天上午9点起，就在消化内科、麻醉室、胃镜室里流转,一圈下来,精疲力竭,但家迎心里的大石头总算落了地。从医院混浊的空气里出来后,她俩先坐在这街边花园里歇口气,这会儿大姐家桃、小妹家春正在赶来的路上,她俩就在这儿等她们过来。

她们可不知道康可可正站在马路对面的立交桥上看风景。

从她们坐的位置,也可以看到中银大厦LED广告牌上"蔚蓝海岸"的广告。

所以,聊着天的她俩看着那块绚丽的广告牌,话题就从养胃、养生、看病难,转到了房子上面。

丁家李在对妹妹讲给女儿可可买房子的感受。

"上个月,我们帮可可下了手,房子拿到手后,感觉还是有点不一样,心定了一些,房子总算也搞到了一套。"家李边说边笑,"口袋里的这点钱不掏出去,心里是不太平的,就这一个月来看,买的房子也涨了一些。"

家迎笑道:"是的,买了才能死心。"

家李说第二个感受:"总算也给女儿的未来做了点保障,如果她以后还想去北京,如果那边居住成本高,承受不了,那么,这里的这套房子就是她回家的风筝线;如果她以后找的男朋友没房子,我们也可以格局大一点了,只要那人素质好,有潜力,我们也可以放宽对房子的要求,因为她自己有房子,这样也等于放宽了找男朋友的范围;如果以后出嫁了,万一跟婆家、跟老公关系不好,她自己多少还有一个遮风挡雨的地方,这年头,婚姻情感都不太稳定了,所以能给她做点保障,那就趁婚前做好。"

家李笑了笑,继续说:"唉,现在的孩子哪怕都这么大了,其实一个个都还是小孩,不像我们以前那个年代,社会比较单纯,现在是真怕他们受伤。"

丁家李穿着一件墨绿色呢外套,盘着头发,面容清癯,神情精干。

关于为女儿买房子,她说了好的感受后,也说了担忧:"买了房,又担心她更不找男朋友了,你想,有地方住,生活独立,啥都会干,要男朋友干吗?我们学校有个老师就这样,30多了,有车有房,至今不找对象,声称能找就找,不能找自己过更好,反正有房子等于有了家,没有牵挂,找男人没用,过不好还得离婚,带个孩子还增加负担。"

妹妹家迎宽慰姐姐:"她说得也对啊,对于结婚,既然都想到这最后最不好的可能性了,那就更不用着急了。真的,能找就找,不能找,反正有房子了,自己过好也是有条件了,这恰恰说明我们确实得给女儿买房。"

家迎一边说着,一边把病历本放进双肩包里。

家迎戴着眼镜,斯文,纤瘦,穿一件白色的薄羽绒衣,脖子上系着一块丝巾。她是今天一早从安徽滁州坐高铁赶过来看专家门诊的,最近几个月她持续胃痛,当地医院又查不出原因。这个上午姐姐家李陪着她在尚城市第一人民医院做了整套检查,检查结果还可以,消化内科名医林远静主任认为不是什么大问题,是浅表性胃炎,"胃病跟情绪,尤其跟焦虑有关系,所以要放松心情,胃是要靠养的"。既然林主任这么说了,她就放下心了。

"确实得给女儿买房。"家迎对二姐家李已为可可买了房子无比羡慕,她从小就欣赏这二姐漂亮、精明、干练,哪怕现在,家迎看着二姐一头乌黑的头发也由衷地羡慕,因为她自己头顶心都是一簇簇白发了。当然,这是因为发质不同,基因不一样,家迎从小就知道自己是丁家领养的女儿,有很多地方跟他们不太一样,比如,他们都是大眼睛、高个子、软发质,自己是丹凤眼、硬发质,比他们矮小,但比他们会读书,成绩好。

现在,坐在街边花园里,跟二姐家李说买房子的事,家迎心有感慨,二姐说的那些话中,对家迎最触动的词是"风筝线"。

家迎记得,爸爸生日宴那天,大姐家桃好像也说起过这个字眼,"房子就是风筝线",当时她就一怔。

是啊,她想,我不就是一只风筝啊,难道我不是风筝吗?可是我没有这根线。

在老丁铁家"桃、李、迎、春、风"五姐弟中,家迎是唯一的大学生,也是唯一生活在外省的人。家迎之所以飘落外地,就是因为当年读了大学,1981年她从武汉地质学院毕业的时候,服从国家分配,去了安徽滁州,先在铜矿工作,后调入滁州学院。她在琅琊山下成家立业,繁华大城市尚城从此就成了她的故乡。这几十年来,她做梦都想飞回尚城,但直到如今快退休了,这梦还没做成。

于是,此刻,坐在街边花园里,她忍不住对二姐叹息了一句:"风筝线,你说得好形象,你给可可都备好了风筝线,而我这只老风筝,也还没有线呢。"

家李知道妹妹的意思,她伸手摸了摸妹妹的手背,宽慰道:"你的风筝线不就是米娅吗?等米娅在这里站稳脚跟了,你和你家老米退休了不就可以回尚城跟她团聚了?"

家李说到了家迎的心坎上。

这其实也是家迎自己多年来心里的盘算。

家迎的"返城计划"与女儿米娅的"站稳计划"相关。

为了这双重的计划,女儿米娅初中毕业后,家迎就把她送到尚城来借读高中,借宿在奶奶苏冬娟家。米娅高中毕业后,考入尚城大学,大学毕业后留在尚城工作,先后在两家出版公司做编辑。这一路走来,女儿米娅就像妈妈期待的那样,准备在尚城扎下根来,如若扎根顺利,那也能顺带帮妈妈一圆退休后"回老家"的梦想,从这个角度说,女儿米娅还真是妈妈家迎酝酿、谋划多年的"风筝线"。只是,对于女儿米娅来说,她的这条返回之路,远没妈妈家迎当年飞出去那么容易,因为房价的关系,如今在尚城安家相当不易。对此,妈妈家迎看在眼里,心急如焚,她自己经历的一切,让她太过明白一线城市跟四五线城市的距离,以及,这距离对一个人、一个家未来的意义——事业机会、财富积累、城市发展红利分享机会、医疗教育资源、子女前景等诸多方面的意义。家迎是多么希望女儿米娅能在自己少女时代生活的尚城立足啊。但愿望毕竟是愿望,愿望就像此刻中银大厦 LED 上炫丽的房产广告,跟她隔着一条喧哗的南方大道。

家迎对二姐家李说:"我和米建峰不像你们在大城市待着的人,风向灵,魄力也大,行动力强,我们安徽的工资也比不上你们,前两年我没动手,现在房价这么上去了,我们的能力就更弱了。"

家李说:"你和你家老米还是得想想办法,别看着房价再噔噔地上去了,你家米娅其实比我家可可更需要房子,所以,你们得抓紧了。现在对外地户籍还没限购,你们还能买,别哪天再来一次限购的话,你们就没上车的机会了。"

家迎的胃又在难受了,她说:"我家米娅不是个精明的小孩,叫她找个合适的男朋友,两家人合力的话,也能早点把房子拿下来。可是她找了个会写诗的,虽说是个本科生,但没个正式工作,老家又是农村的,爹妈是打工的。我不是太同意,因为找这个男生解决不了问题,一天天这么拖下来,眼睁睁看着房价涨上去了。唉,我这些话说出来,米娅又不听。"

女儿找男朋友的话题,是家李心中的痛,她说:"米娅至少还知道找男朋友,我家可可连找都不愿意找了。"

家迎安慰姐姐:"可可没问题的,她条件这样好,只是缘分还没到。"

家李说:"她还条件好?她下个月就30岁了,整天在家撸狗,关键是她自己一点不急。唉,我今天就让她把狗给我送走。"

家迎劝姐姐:"找不好还真不如不找。像我家米娅这样,找了个不合适的,一浪费就是两三年时间,我拆也不是,不拆也不是。拆了呢,又怕她接下来不给你找了,像她这个年纪的女生,如果真停顿个几年,也耽搁不起,所以我也左右为难。"

家李说:"现在的儿女都不怎么听话,也不知怎么回事。家迎,我有好一阵子没看见你家米娅了,去年夏天在马路边碰到过一回,她身边当时跟着个男生,样子还蛮好的,不知是不是你说的那个?我当时问米娅,房子租在哪里,她说在新桥小区。"

家迎说:"又搬了,搬到幸福家园了。三天两头搬家,不是因为房东涨价,就是因为黑中介赶人,要不就是合租的人合不来。"

因为是自己的妹妹,家李就直问了:"她总不会跟那个男朋友合租吧?"

家迎一怔,说:"这她心里要有数,作为女生,家长又不在身边看着,如果她自己没数,现在就住一起了,以后只会被人家的妈妈看不起。"

这么说着,家迎心里就开始抓狂。

她就急着想去见女儿。

可是大姐家桃、小妹家春还没到,她们正在往这边赶,因为她们听说家迎今天在这里看病明天一早就要回去了,所以,非要赶来了解检查情况。

丁家姐妹一向情深。

5

家迎正心乱之际,小妹丁家春到了。

家春穿着银灰色风衣,戴一顶黑色贝雷帽。她身后还跟着一个穿白大褂的男生,那是她儿子,项天帆,尚城医科大学毕业生,如今在市第一人民医院做外科医生。

家春一边走过来,一边抱怨:"家迎,你怎么不早跟我说你来看病了?否则,我让天帆帮你找人。"

家迎说:"家李都托到专家了,看病还顺利的。"

医生天帆是个英俊的大男生。他问家迎姨妈情况怎么样。

得知是林远静主任看的,天帆说:"他是我们这儿排第一的,他说没问题,那你就放心好了。"

天帆说话有板有眼,清俊儒雅,是长辈眼里青年才俊的模样。家李、家迎知道他是抽了空档请假过来的,就要他回去上班。

天帆聊了几句后,就匆匆走了。家李、家迎看着他的背影,对小妹家春连声夸赞:"怎么帅成这样?这个小鲜肉有女朋友了吗?"

小妹家春笑道:"好像没吧,他现在的兴趣是缝老鼠。"

小妹家春气质小资,她在市文联工作,一向喜欢写写画画,创作过剧本,也曾在报纸上开过情感专栏,是本市小有名气的"小女人散文"作者。

"缝老鼠?"

"是的。"家春告诉两位姐姐,天帆的专长是做手部的外科手术,手部神经细密复杂,难度大,缝老鼠神经就是练习,"已经缝了几千只了吧。听着蛮恶心的,但他说那些用来做实验的老鼠很干净"。

正在议论小帅哥缝老鼠的事,大姐家桃带着女儿林美缇赶到了。母女俩是刚从城西左岸嘉园售楼处赶过来的。

家桃穿着橘色绣花民族风长袄、绿色长裤,她疾步走到家迎面前,上下打量一番,笑道:"气色还好,就是瘦了点。家迎,你放宽心,别整天想着这里痛还是那里痛,没事的,人一振作,胃痛就没了。你看我每天奔出奔进,跳舞、炒股、看房子,哪还有时间想这里痛还是那里痛。"

家桃是丁家的老大,插过队,当过车工,做过售货员,下过岗,如今的她正在进入人生的高光阶段,因为联手女儿女婿倒腾房子,她现在成了丁家姐妹中最有钱的人。

因为刚从左岸嘉园售楼处过来,家桃的情绪还沾着那片火热现场的余温。她告诉三位妹妹,自己昨天下午卖出了北山新村的老房子,今天一早就去左岸嘉园买了一套新房子,"今天刚开盘,售楼处里有好多外地人哪,温州的、台州的、上海的"。

"你又买了?"家李吃惊地问家桃,"那么你现在有几套了?"

家桃笑道:"7套,总数没变,出了一套旧的,换了一套新的,优化了一下结构。"

家迎说:"卖房买房,你两天之内搞定,这也太有效率了。"

家桃说:"这是怕踏空,一出一进,如果没对牢,那损失不好说,好几万块钱呢。"

家李对家迎说:"你以后买房多问问家桃,她是这方面的专家了,角角落落,每一个楼盘,她都去看过,没有她不知道的。"

家桃笑称房子是自己的信仰:"没办法,我就是喜欢,我这人就喜欢房子。家迎,你要买房的话,一定要多看。"

家迎夸大姐家桃厉害。家桃女儿林美缇在一旁笑道:"你别听我妈的,她搞来的那些房子大都是'老破小',她是瞎高调,真正好的,她也买不起。"

林美缇30多岁,在一家外贸公司做会计师。她穿着黑色皮夹克,咖啡色蕾丝纱裙,戴着小眼镜,说话清脆,举止利落。

家李对美缇说:"7套,再是'老破小',你们也是富婆了,这么一眨眼,你们跟我们两个阶层了。"

美缇比妈妈家桃低调,她说这是账面财富:"你们不知道吧,为了这些房子,我妈有多省啊,她真是一点点从嘴巴里省出来的。天下哪有这么省的富婆?笑死人了,她真的是啥都不舍得买的。"

家桃对家李笑道:"美缇总说我抠,我就对美缇说,如果像你们小年轻那样大手大脚,哪来的房子?"

家迎捂着自己的胃,劝大姐家桃也别太省:"从嘴巴里省得出电视机,但从嘴巴里省得出房子吗?"

家桃朗声笑道:"你还真信美缇说的?其实,靠我一个人再省也没用,还是靠他们小孩自己懂事,一家人齐心,买这点房子,贷款啦,月供啦,哪一样不需要一家人扛着?都是吃了苦的,只有看着手里的这点房子,才觉得这苦吃得还算是值的。"

家桃继续说:"我只是在给女儿女婿打理而已,房子买进卖出,全都是他们的,到我们这个年纪,还有什么不是为了小孩?我帮他们倒腾房子,是给他们做好后勤保障工作,现在年轻人上班压力多大啊,他们哪有时间、精力炒房啊?我一大妈刚好有的是时间,我很享受这个过程。"

家桃强调房子不是她的:"全是女儿女婿的,呵呵,即使在我名下,以后也都是他们的。"

家李笑道:"美缇啊,你家有7套房子在升值,你上的那点班呢,就是副业了,你这老妈真是一个宝。"

美缇搂着老妈的肩说:"绝对大宝。"

小妹家春注意到了家迎焦虑的面容,她心想,人家胃痛,你们还让她焦虑。她就揶揄大姐家桃:"要那么多房子干吗?每天晚上住哪儿,是不是都有选择障碍?"

家桃笑道:"家春啊,就你保密,你搞了几套了?说实话。"

家桃对另外两个妹妹说:"他家阿伟是房管局的处长,有资源,有消息,不知比我们灵多少,跟她比,我怕是连一碟小菜都算不上。家春,如果有什么好的信息,你也要透露给我们,别那么保密。"

家春笑道:"说真的,我和阿伟还真没动,一是家里也够住,二是我没经济头脑，阿伟也不是那种会盘算过日子的人。阿伟这人，你们又不是不知道，玩心重，一有空就跟人钓鱼、骑行、徒步，他哪有心思搞房子这些东西啊？"

家桃当然不信，她抿着嘴在笑，说："你们公务员不方便说，这我懂的。"

家春就有些不高兴了，她拍着家迎的背，对家桃说："别制造焦虑好不好？家迎有胃病可不能焦虑。"

"好好好，不说不说。"家桃看了看手表，说请大家去旁边的"华生记"一起喝茶，祝贺家迎身体无恙。

在去喝茶之前，家迎给女儿米娅打了一个电话，她对女儿说："妈妈来尚城了，傍晚的时候到你出租房，晚上跟你挤一挤了。"

电话那头，是米娅有些吃惊的声音："啊？妈妈你来了？你怎么不提前跟我说啊？"

家迎心想，我来看病哪能跟你说呢？要不你还不担心死。

家迎说："这不就是给你一个突然惊喜吗？"

电话那头，米娅站在排版室里，心想，我的妈呀，还突然惊喜呢，是突然袭击吧。

6

家迎的电话，像蝴蝶振动翅膀，带来了连锁反应。

在距离市第一人民医院2000米远的"良屋"华北路门店里，中介小哥丁咚接到了表姐米娅的电话。

米娅说："丁咚，我妈来了，金岩得来你那儿。"

"好的，来吧，呵。"丁咚笑了一声，心领神会。

每当家迎姑妈来尚城探望米娅的时候，米娅都会把男朋友金岩像包袱一样抛向丁咚，或抛向金岩的妹妹金缨，求托管，即，求留宿一至两天。所以，在丁咚看来，家迎姑妈这样的探望，相当于"查房"。

25分钟后,米娅带着男朋友金岩过来了。

米娅穿着一件蓝色卫衣,牛仔裙,长着一张平平的小脸,细长的眼睛,短发,有点卡通感。

她神色匆匆,对丁咚说:"我妈可能在这里住一天。"

金岩背着一只硕大的登山包,手里拎着一袋子的鞋子,他对丁咚点头。

米娅环视店内,问丁咚:"金缨呢?"

丁咚说:"可能带人看房去了吧。"

米娅说:"那你帮我管一下他,我还得去排版公司。"

米娅把男友留给了丁咚,就匆匆告辞。

金岩把那只硕大的背包放在地上。他长着一张文气而白皙的圆脸,圆寸头,脸上还留着刚才一路赶来的惶恐,像一个逃难的人。

丁咚安顿金岩先在沙发上休息,准备傍晚时带他回老机电厂的宿舍楼。

一个下午金岩就坐在沙发上刷手机,他安安静静的样子,让人忽略他的存在。

在丁咚眼里,像他这样的人,还能找得到女朋友,不是前世修来的福,就是米娅想当圣母。

今天丁咚出于好奇,向坐在沙发上刷手机的金岩打探:"最近有在上班吗?"

金岩腼腆地笑道:"没,最近在准备考研。"

丁咚问:"这是准备三战吗?"

金岩点头:"嗯。"

丁咚问:"考得这么苦,为什么不找个活先干着呢?"

金岩温厚地看着他,摇头说:"找不到合适的,东做西做,都做不长,相当于浪费时间,还不如考研。"

丁咚笑道:"金缨这两个月做得很不错,月收入都有七八千,你干脆跟她做中介吧?"

金岩笑了笑,说:"我读大学,无论是家里还是金缨,都为我花了不少钱,转了一圈,现在我跟金缨一起做中介,我爸妈也不同意啊。米娅她妈是大学老师,她会答应她找个中介小哥吗?"

丁咚闭嘴,心想,确实,如果你不在他的情境里,你还真的没理由劝他。

傍晚的时候,丁咚骑着电动车,把这只"包袱"载回了家。

随后,丁咚出门,带科技城两位下班的"码农"去看房。

忙到晚上 9 点 30 分回来,丁咚发现,因为收留了这只"包袱",自己得到了两个福利:

一是,金缨已经回来了,她手脚麻利地炒了喷香的炒面,端到了丁咚的房间,一碗给哥哥,一碗给丁咚。她倚着门,看着他们吃完。她这人跟别人抢单六亲不认,但对她哥哥金岩是真好。

二是,金岩像前几次来这儿一样,拿起剪刀、小耙,帮丁咚打理他的"雨林"。他的手艺比丁咚高出一截,他一声不吭地蹲在地上为兰花分盆。看他寡言实在的样子,丁咚相信表姐对他的评价:"没啥优点,就是人好,对我好。"

金岩打理"雨林"的这一刻,他妹金缨倚在门旁,她笑话丁咚和他哥:"既然这么喜欢种东西,干脆回我们老家种田去算了。不过,你们书读得太多,回老家种田也不会了,回不去了。"

与妹妹的实在不一样,这个晚上,会写诗的金岩对这"雨林小屋"有了一个新的发现。

他躺在小沙发上,指着散尾葵的叶片,对丁咚说:"哎,从这个角度看过去,有躺在热带海边沙滩的感觉。"

沙滩?丁咚凑过去,从他的角度看,还真有那么点感觉。

正说笑着,丁咚手机响了,一看来电显示,是弟弟丁松。

7

此时,在城南幸福家园的出租房里,丁家迎在跟女儿米娅说话:"米娅,房价这么在涨,谈恋爱就更要讲究目的和进度了,如果慢吞吞,房价可不等人，只有跑赢恋爱、结婚这些环节，买下房子，才能跑赢房价。"

米娅看着妈妈，日光灯下，她好像看见了妈妈的头发里向上蒸腾着焦虑的烟气。

家迎捂着隐隐作痛的胃，继续说："房价在上涨，爸妈为你着急，如果现在不抓紧，以后怕是更买不起了。"

米娅心想，现在也买不起呀。

家迎说："即使是现在买，单是首付，靠你们小孩自己也已经是付不起了。爸爸妈妈也没指望你一定能找个有房子的本地男生，有房子的男生对别人家的条件也会有要求的，我们的条件也不怎么样，爸爸妈妈人在安徽，算外地人，如今一套房子摆在面前，数百万的家产，谁家真能无视啊？"

米娅没吱声。

家迎继续说："米娅，话虽然这么说，但我们也别气馁，如果人家对我们有要求，我们也已经有一点准备了，所以，在好男孩面前也别怵，胆子也别太小。爸妈给你攒了一些钱啦，今天给你交个底，40万左右，如果在市区买个小两居，或在近郊买个三居室，够付一半的首付了。我们比上不足，比下有余，没要人家男方全部承担的意思，所以我们心里对自己也要有底气。"

米娅伸手过去，替妈妈轻揉她的胃，她心里有莫名的难过。

家迎盯着女儿迷糊的小脸，继续说："爸妈的这点钱，再过几年可能就不值钱了，所以你不要让爸爸妈妈好不容易为你攒的钱贬值掉。你这边不要太拖拉，动作要快，只有目标明确冲着恋爱、结婚、买房子去，才能把事情搞定，否则房价再涨上去，这事就办不了了，时间紧急。"

米娅听见日光灯管在刺刺地响着，房间里的气压好像在变低，她心想，他们那点工资，攒个35万元也不容易。她嘟囔道："我不要，你们的钱我不要。"

家迎拍了拍女儿的手背，说："爸妈是拿工资的人，无论你要还是不要，爸妈也只能支持这么点，这也是跟你透个底，爸妈尽力了，很高兴。"

家迎继续说："米娅，要想在尚城买到合适的房子，爸妈的这点钱是不够的，就当它是首付的一半吧，所以爸妈希望你找的男朋友至少能有帮你解决另一半的能力。这没不公平吧，我们也没要求人家大富大贵，但至少能分担房款，否则爸妈这边也承担不了。"

家迎知道自己说得有点啰唆，但没关系，她要让女儿听明白。

家迎说："米娅，妈妈这么急，是希望你在这里有个落脚点，有个自己的家。本来我们是女方，按习俗，房子总是要男方承担的，但现在房价贵了，靠男方一家估计也吃力，所以我们也愿意承担一半的压力，这么做只是为了能把房子的事尽快办好，赶在房价再升上去之前。"

家迎继续说："你不要担心爸爸妈妈把钱花在你买房这事上，爸妈的资助也是一种投资，为下一代选择一个更好的城市是爸妈应该做的，这也是为了让后代享受城市的红利。而你在城市里站稳脚跟后，如果记住爸妈的好，也能反哺父母。这是家庭的互助关系，我们不把它看成啃老，爸妈很愿意跟你一起做这事。"

米娅摇摇妈妈的手，表示自己懂了，让她别说了。

家迎站起身，走到了小电脑桌前，拿起一个小相框，看了起来。

米娅闭上了眼睛。

下午只顾着让金岩收拾走他的东西，却忘了把这个收起来了。

小相框里是米娅和金岩在上海迪士尼的合影，蓝天白云，小情侣笑容灿烂。

家迎看着照片，说："这就是他吗？长得文质彬彬的，当然，妈妈不了解他，也可能他人是不错，但妈妈不是太主张你跟他在一起，这是因为妈妈不想你将来过得太辛苦。别的不说，房子摆在面前，首付、贷款、上百万的债，他那样的农村家庭肯定支持不了，而他自己背得起来吗？肯定不行。你和他两个小孩靠自己背得起吗？不可能。那就势必压到咱们家这一边，我刚才说了，妈妈爸爸是工薪阶层，全靠我们一家也背不动，所以妈妈不可能不劝你；米娅，其实，妈妈多次这样劝你，心里又是纠结的，如果强行要你跟他了断，又怕你断了之后不找了，万一成了剩女，这更让妈妈担心，所以，米娅，你要好好想想，别怪妈妈太实际。妈妈哪是实际的人？实际的人老早从安徽折腾回来了。妈妈对你找的男朋友没特别高的要求,底线是人好,除此,就是家境稍好一点,至少跟我们差不多,是我们这个层次上的门当户对。原本我们对人家也没这样的要求,是如今的房价让我们只能这样要求了。米娅,房子是什么?房子是家啊,没有房子去哪儿落户?小孩去哪儿入学?我总不能看着你在你最应该快乐的人生阶段居无定所,飘来飘去,被人赶来赶去。再说,这样的家能稳定吗?妈妈不放心。你不要嫌妈妈啰唆,也可能,现在是最后的买房上车机会了,怎么可以浪费时间不去找合适的男朋友呢?"

窗玻璃上有一只小虫在振动翅膀,嗡嗡响着。这个季节,哪来的飞虫呢?

看着妈妈焦虑的脸,米娅心里烦乱,心想,合适的人就是能合伙买得起房的人吗?

女儿欲言又止的神情,让家迎依稀看见了她小时候娇憨的模样。

作为妈妈,家迎是那么心疼,她叹了一口气,指了指照片中的金岩,说:"一个男生跟你恋爱,如果他是有诚意的,那他一定会想跟你有个家。房价这么在涨,他若想成家,不可能不为房子着急,所以,妈妈想,如果这个男孩子真对你有意,那么他总得想办法吧。如果你们真想要好,那妈妈也不反对,但得让他赶紧买房。爸爸妈妈已经尽力了,另一半的力总得由他来尽吧,不能错过时间。妈妈这么说,是为你好,也是为他好,房价和时间一样,错过了,就回不来了。"

家迎走到窗前,打开了窗子,那只小蝶飞了出去。窗外是万家灯火,她回过头来,指着对面的楼房,对女儿说:"这样的小区,这样的楼,我们也不指望更好更大的,两房就很满意了,三房做梦都要笑醒了。"

家迎走到床边坐下,她的脸上有了红润的光亮,她说:"买了房子,妈妈以后回来也有地方落脚了。妈妈做了几十年的梦都想回老家,妈妈再过几年就要退休了,如果有房子了,妈妈就能过来陪你了,天天给你做饭吃,以后给你带小孩。"

女儿米娅没有反应。

家迎看到了她的茫然,她自己也由此再次陷入忧愁,她叹了一口气,指了指对面的房子,说:"这个地段接下来怕要到300万以上去了吧。"

米娅对妈妈说:"我知道了。你该睡觉了,我会有房子的。"

8

丁咚带着小狗松果来到了老机电厂的大门口。

20分钟后,丁松骑着自行车而来,他对哥哥说:"原来你住这儿呀?"

这是丁松第一次来哥哥的住处。作为同父异母的兄弟,他俩不是太亲,平时来往不多。

今晚丁松突然给丁咚打电话,是想向哥哥借钱,因为他要结婚,想买房子。

而丁咚看他找上门来,也正好问一下他打爸爸的事,也算完成对丁家风的承诺。

丁咚先问了:"哎,丁松,你打他了?"

"打谁了?"丁松一怔。

"爸爸呀。"

丁松表情有些别扭:"推搡了一下。"

丁咚告诉他不能打人:"有话好好说,不能打,还有,他说你把碗也砸了。"

丁松懊恼地说:"他骗我,我看他叽叽歪歪的,就把饭碗推到了地下,他来拉我,我扭了他的手臂。他找你了?"

丁咚说:"他今天找到我店里来了,他站在大街上哭了,样子难不难看啊?你以后少惹他。"

丁松辩解说:"你不知道他怎么骗人,骗得我都不知道怎么收场了。"

站在老机电厂大门口的路灯下,丁松像一根瘦长的芦苇,他告诉哥哥事情的原委。他说他找了个女朋友叫小丽,成都人,比他大了3岁。因为大了3岁,女方家长比较着急,希望他俩能早点结婚。关于婚房,女方家长愿出80万元,希望他这一方也能出相近的数目,合起来全款买个现房。为此,两个月前,他带小丽去见了家长丁家风和劳海燕,丁家风当场答应，男方部分由他承担三分之二，另三分之一让劳海燕负责，答应得很爽快。这个月初，劳海燕准备好了她的这部分钱，而丁家风却突然改口了，说自己拿不出那么多了，最多只能给30万元。小丽父母虽不太高兴，但因为心疼女儿，他们同意由他们再加25万元。但没想到，丁家风这星期又改口了，说没钱给了，因为他的商铺现在脱不了手了。

路灯下，丁松对哥哥倾诉心里的愤然："他如果没钱，当时就别答应，他让我现在怎么去跟小丽家人解释啊？人家那边是父母，我们这边也是父母，人家那边也只是小康之家，人家拿出攒了多年的钱，我们这边拿不出的话，就别骗人，一次次改口，像耍赖一样。"

丁咚看着丁松，就像看着一个被气胀了的大宝宝，他对弟弟说："你怎么会信他能拿出三五十万？商铺？他的商铺不就是他现在开的文印店吗？那个店面你让他卖了，他靠什么吃饭？算了，他没饭吃了，还不得来找你和我，你就可怜他吧。"

丁松才没管丁家风的什么文印店，他的恼火仍在冒烟："丁家风这么变来变去，像个赖皮精，如果当时他不许诺人家，我就跟人家直说买不了，这也行，大不了让她和她家人对我重新考虑、重新选择呗。但现在这样，等于给人家吃了空心汤圆，等于把人给骗了，把我搁在半空中了，我怎么跟小丽说啊？人家会觉得你这是怎么样的一个家啊？骗子。"

丁咚知道丁松的尴尬了，他劝弟弟想开点："我们家本来就不是什么正常之家，碎瓦一样的家。丁家风没家，我也没家，你好歹跟你妈还是一个家，你就别管人家怎么想啦。"

"人总是要面子的，面子都不要了，那活着干吗？"丁松瞥了哥哥一眼，说，"丁家风是朵奇葩，我这才明白了，他为什么三次被女人给甩了。哥，丁家风现在不仅不认买房这事了，还说我啃老。呸，他自己才啃老呢。"

丁松踢了一脚马路牙子："房子这么贵，哪家小孩不成了惊弓之鸟，这样的鸟不飞回家向他们求助，还能找谁去呢？不知他有没看见，前几年帮小孩早做打算买了房的人家，现在都赚了？我就奇怪了，像丁家风这样的，他们把我们生下来干什么？"

丁咚早就不想丁家风为什么把自己生下来了，不就为房子吗？他对弟弟说："前几年他也买不起。"他建议弟弟再想想还有没有别的办法。

这话提醒了丁松来这儿的目的，他向哥哥借钱。

丁咚摇头说自己也没什么钱，好不容易存了 5 万块钱，哪怕全借了，也帮不了什么忙："哥就是卖房子的人，哥太知道了，买房子又不是买电视机，你差额太大，东借西借的这点钱没啥用，要不你和小丽就用她家的钱做首付，房本写她的名字，以后你俩还月供？"

这是一个建议，而丁松却摇头："那我有啥面子？她家这么全力以赴，她也没面子啊。再说，当时也不是这么说的。他家希望全款，是因为算过了我和她的工资全覆盖月供的话，日子会很难过，他们不愿意女儿太苦，所以他们才出这么多钱。人家已经够可以了，是吧？"

丁咚明白了，正因为有比较，他才把丁家风、劳海燕架到了天平的另一端。

结个婚真难缠，那还结婚干吗？丁咚从地上抱起小狗松果，对弟弟说："那就别买房了呗，不买房也可以结婚的吧。"

"问题是已经结了。"丁松一脸沮丧，他告诉哥哥，两个月前听了老爸的许诺，他和小丽就去领了证，"因为小丽怀上了，这次不想流掉了。"

丁咚傻眼了，说："如果是这样，你对小丽就更要好一点，她不嫌弃你，她父母又这么好，你就好好对待他们吧，而我们家里的那位，你就少在乎他。不过打他也不要打，他在马路上哭的样子，实在太难看了。"

"我再也不理他了，"丁松说，"我不会叫他爸爸了。"

丁松说着就跨上了自行车，准备回去了。今夜没借到丁咚的钱，他不意外，他知道自己这哥也没啥钱，即使还有点余钱，那也得为他自己以后存着，他连女朋友都没有，总也要成家立业的。

丁松看了一眼丁咚怀里的松果，这小狗的眼睛滴溜溜地在转，丁松说："哥，还是你好，一个人，养条狗，多潇洒啊。"

丁松说罢，就骑着车走了。

丁咚走进老机电厂的大门。通向宿舍楼的路面有些昏暗，他带着松果慢悠悠地走着。

这一天,对他来说,真是纷乱的一天,可可、丁家风、米娅、金岩、丁松,以及与米娅、可可有关的家迎、家李、家桃、家春四个姑妈,像旋转木马一样,在他身边旋转。

这一刻,他还不知道,在后面的日子里,这些人将和雷岚一起,向他呈现人和房子的牵绊和愁喜。

十一　算账

1

丁松向哥哥借钱的这个晚上，雷岚也在向人借钱。

对于像她这样步入社会时间不长、人脉有限的女生来说，这是一件有难度的事。

除了心理上难向别人开口之外，还因为这年头身边的年轻人都没什么钱：那些没成家的，房租餐费交通费话费服饰费化妆品费等一通扣除，基本上都是"月光族"；没"月光"的那几位，正是为买房在存钱所以才没"月光"，哪好意思向他们借；而那些成家了的呢，也都在买房、还贷，能向谁去借？

青年人"返穷"现象有听说过吗？雷岚向别人借钱的时候，就这感觉。电话那头，她们都说钱不够花，更别提还有房子那么一大笔开销等在前面。

这个晚上，雷岚向大学好友潘琪、王贝贝以及同事陈心雨各借了1万元。她想，要不明天再问问别人看。

第二天早上，雷岚在赶往公司上班的地铁里，收到了丁咚发来的微信，丁咚说师苑新村有一套小户型，不到50平米，开价135万元。

丁咚还发了一段语音："考虑吗？说句实话，一眨眼，网上110万以内的房子没了，120万的都少了。师苑新村的这套，总价比你预算高，但地段比你之前看过的都要好，跟周边的房子比，这个价格是划算的，所以，还是忍不住推荐给你。这房源是我以前一个客户今天一早托我的，是他邻居的房子，这房子还没挂上网，相信一放出去，肯定很快就没了。你去看吗？"

雷岚站在拥挤的地铁里，135万元，这数字让她心里一惊。

昨晚她向三位女友借了3万元，加上她先前向锦兰借的17万元，以及她自己攒的13万元，共33万元，原本冲着总价120万元房子的首付去，还得再努力一把，但哪想到，这一大早，丁咚又推了个135万元的过来，真是连借都来不及。

她心想，丁咚，这么5万、10万、15万元地往上加，你真以为我向谁都能毫无心理障碍地借钱吗？算了吧。

地铁飞驰，车厢轻微晃动，但下车的那一刻，她决定，还是去看一看再说，因为她知道那个地段不错。

这一天雷岚坐在办公室里有些心猿意马，一直熬到下午2点30分，她硬着头皮向强总请假，她自嘲道："不好意思，看房子就像跟人抢似的。"

强总年纪不大，少言寡语，举止沉稳，三年前他从阿里巴巴出来创办了这家公司。

对于雷岚的请假，他微皱眉头，挥了挥手，"去吧，去吧"。其实，最近这一阵，房子的事也让他心烦意乱，公司两位电脑工程师昨天跑来要求加薪，理由是尚城居住成本太高了。

房价的锅也得公司来背吗？强总看着雷岚匆匆离去的背影，心想，连她都坐立不安了，甭提那一屋子人了。我靠，房子。

雷岚赶到师苑新村，丁咚已经在大门口了。他们直奔9幢502室，开门的是一位温婉的主妇。

他们走进屋去，见屋里还坐着两个小男生。

在雷岚看房的过程中，她感觉不是太好，倒不是因为房子本身，而是因为那对小兄弟看着她的眼神，他们瞪着她，像在打量闯入者，一个闯入了他们家的人。

雷岚还了个价，120万元。

主妇摇头不肯："你应该知道，我这个价是很低了，我开得这么低，是因为想尽快卖掉，所以，135万，不能少了。"

主妇这话让丁咚好奇。他想，这房子只要挂到网上去，哪怕再加个五万八万元，估计也没问题。

主妇把他们送到门外的时候，她对丁咚说的话让他更为好奇："小丁，因为是我邻居介绍，所以我相信你，这房子我就只托你卖了，你可别把它挂到网上去，我不想让人知道我在卖房子。"

她看出了丁咚的不解，她拢了一下头发，告诉他，她是中学老师，爱面子，她老公被人坑了，她相信他是冤枉的，卖房子是为了打官司。"我不想动静太大，你悄悄帮我卖了。"

原来如此。

主妇转过身来，对雷岚说："你再考虑考虑，这房子是不错的。说真的，我还真舍不得，要不是家人出状况，谁会把自己的家给卖了？"

"把自己的家给卖了"，从房子里出来，雷岚唏嘘。

她对丁咚说："这房子相当可以，对我来说，可惜首付不够，如果连税和其他费用的话，我还差了七八万块钱。"

丁咚说："别急，我帮你算一算。走，算一算去，看看还有啥办法。"

2

这个下午，回到门店后，丁咚和雷岚坐在桌前开始算钱。

丁咚按着计算器，花呗、借呗、信用卡套取，连同抵押贷款，都盘算了一遍。

看他这么算着，雷岚心烦意乱起来，她说这些借贷方式她从来不用的。她对他摇手，劝他别算了，她准备放弃。

她说："这太疯了，我突然发现，这有些疯了。"

他就问她是不是还可以向别人再借一些。

她说:"我也就那么几个要好的女友,昨天晚上我已经问过了,估计最多还能借个3万,缺口还是填不上。"

"男生呢?"丁咚问,"要好的,我指的是比较要好的。"

她睥视了他一眼,告诉他:"男的?我从来不向男的借钱。"

"为什么?"

"还用问为什么?"

他说:"哦,我懂了,好像是不太行:有女朋友有老婆的呢,他们的女朋友老婆会想多;而没女朋友的人呢,他自己会多想,可能还巴不得你哪天还不了,借机索爱。"

雷岚没笑,她说:"小门铃,其实,你想一想,男生,像你这个年纪的,他自己也要买房成家呢,他能借得出吗?我好意思借吗?"

"嗯。"丁咚说,"要不向你妈借呢,你不是每月有6000元给她吗?"

"我不是没想过,有想过,但不可以。"雷岚说,"我外公、舅舅看病,也得用钱啊。"

她看到了他眼里的同情,她笑道:"丁咚,你还记得我给我妈的钱,我只跟你提起过一次,你就记得这么牢。"

她瞟着他手里的计算器,继续说:"我发现,给你这么算了一遍,我隐私都没有了,全被你掌握了,蛮可怕的,你们这些做中介的人。"

"我保密。"丁咚笑道。

她笑道:"我给我妈的钱,是不可以再去动的,否则只会让我觉得欠得更多。"

那好吧。那还有啥办法呢?

丁咚埋头再算算还有啥办法。

店长路伟成、小妹金缨、小哥潘岳都一起过来为她想招,想了一通,网上借贷她不想试,信用卡套取额度也有限,没有别的招。

雷岚决定放弃,她说:"丁咚,我看算了。"

丁咚说:"我借你。"

雷岚一怔。她看到了他当真的表情。

他说:"最后差的这 5 万块钱我借你,我刚好也就存了这点钱。"

雷岚说:"这哪行。"

丁咚笑道:"没事,我不会打主意索爱的,你放心,借你。"

她站起身,摆手,说:"这哪行。"

他放下计算器,拉她坐下来,他说:"我看行,就算我加入投资,就算我们合伙投资这房子好不好?它涨我跟着涨,你以后给我投资回报就是了。"

他按计算器:"要不我们算一算,会有怎么样的一个回报率。"

她脸上有感动的表情,她知道他这么说是为了让她接受,是好心。

她握住他的手说:"小门铃,我不要。向别人借钱我可以,但向你借,我不可以。你哪有钱啊?你这么辛辛苦苦跑来跑去赚这点钱,我不可以向你借,全天下哪有买房子的人向中介借钱的?我如果这么做,感觉会更差。谢谢你,心意领了。"

丁咚说:"你就这么看不起我?"

雷岚说:"哪有,心意领了。你这么卖力帮我找房子,已经将功补过了,完全补过了。如果你再借钱给我,那就是我欠你了,不可以的。"

她这么说,让他心里有些难过,这份难过原来是没有的。

他说:"你从小就看不起我。你是觉得我赚的钱比较低端吧,所以吃不消向我借是不是?我就知道。你尖子生如今向我借钱,没面子是吧?啥面子?是我愿意救急,别看不起我,钱是一样的钱,为什么我不可以借给你呢?"

她脸色绯红,说:"小门铃,你吓了我一跳。心意领了,心意全领了,但我不能向你借,你那点钱来得不容易,你好好存着,你以后压力比我还大,这我懂的。"

丁咚说:"救急不救穷,我只是救急,你就差一口气。我弟昨天向我借钱,我没借是因为缺口大,没戏,而你是有戏。"

雷岚摇头,说:"我不可以。"

丁咚说:"那当作我跟你一起投资呢?你给我一个投资的机会。"

雷岚笑了起来，摇头说："投资？凑份子投资？我买房，你投什么资啊？我知道你这是好心，算了，谢谢，心意领了。"

丁咚说："你和可可不也想过联手买房吗？"

雷岚摇头，在她眼里这不太一样，她们买房还有个合住的目的。

她站起身，说："丁咚，我知道你是好心，但我不想这么办。说真的，我这么跟你在说话，像是在梦里一样，有种很不真实的感觉，但是这么说着说着，我又更清楚了，这一单我不做了，因为这么凑钱太激进了，欠了一身债的感觉，真是结结实实欠了一身债，还没买就开始欠了，啥时候还啊？一想这个，脑子就嗡的一下，以后每个月如果四面八方还一遍债，不知道还能剩多少钱过日子？丁咚，这颠覆我的认知了，太激进了，如果再借下去，那就整个儿成悖论了。我从小接受的教育就不是这样的，我从小就不喜欢欠别人的，再穷，我以前也没借过谁的钱。这次向女友们借了20万，已经突破自我了，不能再滚雪球了，真的，像做梦一样，丁咚，算了。"

丁咚解释这是"用杠杆"，而雷岚说："好了好了，我回去了。算啦，这个135万的房子，我就不考虑了，我的极限是120万以内，最好是110万的。算我保守好了，我还得量入为出，量力而行。丁咚，谢谢你。"

她出了门，走到马路边，她对站在门口的丁咚摇摇手。路灯下，她笑了一下，又走回来，伸开手臂，拥抱了一下他。她发丝飘逸，有香波暖暖的气息。

她像个姐姐似的拍拍他的头，说："谢谢，小门铃，有钱留着自己好好花。"

然后她转身离开。丁咚看着她飞快地走向地铁站。

3

雷岚走了，丁咚收起计算器，骑车回家。

这个晚上，其实还有一笔账也在等着他回去盘算。

丁咚回到自己的"雨林小屋",见金岩还没走,米娅也在,他俩坐在小沙发上,在等他回来。

屋子里青枝绿叶,灯光明亮,而他俩看上去有些心事。

丁咚问米娅:"家迎姑妈还没走?"

米娅告诉丁咚:"我妈今天回滁州了,我和金岩在等你,是想请你帮我们盘算一下。原本请金缨算一下也可以,但她跳广场舞还没回来。"

丁咚知道,这是让他盘算房子,否则还能算啥?

米娅告诉丁咚两个信息:一是她爸妈愿意支援他们一半首付;二是她妈这次来,态度有变,没特别反对她跟金岩在一起了,只要金岩能跟她一起把房子买了。

丁咚笑道:"好消息呀。一、不反对你们在一起了;二、还送给了你们半张车票。"

"半张车票?"沙发上的两位支棱着眼。这让丁咚觉得他俩有点呆头呆脑。

"一半首付,不就等于是半张车票吗?买房上车的车票。"才从前一笔账里出来的丁咚,忍不住告诉他俩,"要是刚才我那位女同学有这样的半张车票,她可能高兴得要笑昏过去了,这样的车票,也就爸妈才肯给的。"

此刻的米娅显然不是刚才的雷岚,她爸妈给的这"半张车票"没让她兴高采烈,反而让她有些为难。

她说:"丁咚,你帮我们算算看,另外半张车票,我和金岩最少还需要准备多少钱。房子大小嘛,要考虑我爸妈的房间,因为我妈退休后要来住的,这是她的梦想。我爸妈出了钱,他们得有房间。"

丁咚问:"他们给你的首付款大概有多少?"

米娅说:"35万到40万吧,如果还能给他们省一点下来,那最好。"

丁咚说:"如果他们以后要过来跟你们一起住,这房子就不能是小户型,不考虑地段,你们起码还得再准备20万元左右,否则住着就太挤了。即使加20万,也是最紧凑的那种,最好像你妈说的那样,40万只是一半,再来40万。"

米娅瞥了金岩一眼,金岩盯着墙上的那株常春藤,表情有些不自在。

丁咚开始按手机上的计算器，结合具体地段和各类小两居、小三居的面积，给他们列举首付、贷款、月供、利息、税等费用，以加深他们对买房供楼的认知。

算着算着，他感觉到坐在对面的他俩在犯愁。忧愁在这屋子里弥漫。

"这样的话，即使首付解决了，金岩也得赶紧找到靠谱的工作，否则月供还不了。"丁咚听见米娅在说。

丁咚从计算器上抬起眼睛，看了金岩一眼，金岩也正看着他。

他温和、无力的眼神，让丁咚有些心软。

刹那间，丁咚意识到了，对拿着爸妈"半张车票"的米娅来说，到底让不让她这男友搭车，这成了一个需要立刻解决的问题，因为房价在涨，这"半张车票"经不起拖延。

他懂了：难怪，这"半张车票"竟对米娅产生了压迫，让她有了负担。

十二　伤情与爱情

1

"在我们看房的第三天，我就帮师苑新村那位女老师把房子给卖出去了，卖得急了一点，现在那房子至少值155万，市中心的房子啊。"

丁咚说这话的时候，已是两个星期后了。

他和雷岚坐在石板桥小区5幢前面的台阶上，等房主过来开门看房。

在他们面前，阳光落了一地，雷岚从随身包里取出墨镜戴上。

最近的这两个星期，公司派雷岚去广州出了一趟差，前天才回来。

以丁咚的话说，"出门的时间都变成了房子的成本，现在别说110万以内的，就是125万以内的都很少放出来了"。

今天他们来看的这套房子，建于20世纪80年代初期，房主开价122万元，因为5幢与小区外的马路只有一墙之隔，所以，墙外的车声清晰可闻。

坐等在这片喧哗的车声中，雷岚心里的不甘和犹豫在升级，她说："原先看的哪一套都比这里的环境好，现在回想师苑新村那个老师的房子真是心疼啊。"

这就有了前面丁咚说的那句话。

说完了那句话后，丁咚接着说："每涨10万，就等于拿在手里的首付款少下去了3万块钱，而那位女老师的房子是涨了近20万元。"

他侧转脸来，看着墨镜下她的眼睛，说："20万，雷岚，如果你当时同意我借给你钱，同意我投资，我们俩就赚了20万块钱。"

他看见墨镜下她闭上了眼睛。

阳光灿烂,墨镜将她的脸庞衬得美丽生辉。

这一刻,他心里对她有奇怪的情绪——想惹她后悔(谁让她看不上自己的钱),但又对她有些怜悯,他说:"20万,我们对分的话,能各得10万,当然,我们不能对分,大头是你的,你投得多,但无论怎么样,都比我干几个月的活收入高了,而且,它还在涨上去。"

他装出可怜的样子,想刺激她,其实,他也在为她委屈。

她看到了他委屈的表情,她说:"丁咚,你这么说着说着,我身边就像坐着一只小马达,嗒嗒嗒,心里一片焦虑。"

他赶紧闭嘴,他看见墨镜下她想要哭了的嘴型。

她没哭,她伸出手握他的手,"丁咚,咋办?姐可能是有点书生气,但没关系,姐学呗"。

她起身,站在阳光下舒展了一下双臂,吐了一口气。

丁咚抬头对她说:"哎哟,你哪能做我姐?我们是同学。"

她居高临下地看着他,墨镜下红唇灿烂,她说:"我比你大,丁咚,你是我们班最小的,姐当年给你抄作业,现在得向你学了。"

说完,她就跑到楼间空地上去了。

她在那里东张西望,挥着手臂,做伸展。

他看得出她是想提振一下情绪。

"哎,这里有一株李子树。"她说,"这里还有柚子树。"

他看着她在楼间逛来逛去。

她装着兴冲冲的样子,不知为什么让他有些难过。

他突然感觉自己眼眶里有水。怎么回事?从来没有过的多愁善感让他对自己有点惊愕。他捂住眼睛,指缝间,是她静不下来的身影。

他想,可能是为她着急了,可能是从小知道她的来历,现在知道她的不容易。

等她坐回到他身边的时候,他已管理好了自己的情绪。

她看他不声不响地看着对面的楼房,就问他在想什么。

他说没想什么,晒太阳呗。

她指了指面前的暖阳,说:"哎,这么好的阳光,丁咚,咱们做点美梦吧,我有一个直觉,到明年这个时候,我已经搞定房子了,你信不信?"

他说:"信。"

有一辆大卡车轰隆隆地驰过墙外,路面震动,震得身下的台阶、身后的楼都像是在晃动。

雷岚和丁咚静默了几秒钟,等车过去之后,雷岚问:"你说这楼会不会倒的?刚才它动了。"

丁咚扭头看身后这幢5层旧楼,说:"如果倒了,那得赔你多少钱啊?你放心,只赚不赔。"

"哎哟。"雷岚拍了拍丁咚的后背,站起身,"倒了还赚?那万一我在里面呢,赚给谁啊?我明白了,为什么这房子这么便宜,我不要了,这房子我不能要。"

雷岚一边往台阶下走,一边说:"丁咚,你叫房主别过来了,这样的房子我不要了。"

雷岚昂头向前走,她说:"我就不信我只配买这样的破房子,丁咚,走吧。"

她往前走,她昂然的背影透着不服气。在5幢和3幢之间的回廊上,有一道玻璃隔断门,玻璃映着外侧几株怒放的月季花,不知她是被夺目的月季花吸引了视线呢,还是她心急想绕近道,还是阳光在玻璃上有反光,总之,步履匆匆的她一头撞上了玻璃门。

"哎哟!"她叫了一声。

丁咚看见走在前面的她捂住了墨镜。

丁咚问:"要紧吗?"

她捂着墨镜:"撞了一下,哦,镜片跳出来了。"

丁咚看了看玻璃门,纳闷道:"这你也会撞上去?"

她把镜片推回槽里,对丁咚笑了笑,推开玻璃门,继续走。走了两步,她摸了摸左眼眶,看了一下手掌,说:"糟了。"

手上有血。

左眼眶上有一道口子,血流下来了,是跳脱的镜片划到的。

丁咚凑近看，说："好险，如果再下一点，就划到眼球了。赶紧去医院。"

2

在离石板桥小区最近的惠民医院，值班医生对雷岚的伤口进行了简单包扎。

医生说："伤口不是太长，却比较深，需要缝合，但我这儿缝不了，最好用很细的美容针来缝，否则疤痕会明显。这么好看的脸，破相怎么可以？赶紧去整形医院吧，或者去市第一人民医院也行。"

给她这么一说，雷岚、丁咚就风驰电掣地赶往市第一人民医院，因为整形医院远在郊外。

星期天的眼科诊室里，只有一个实习医生模样的小男生在值班，他察看了雷岚的伤口后，认为需要缝合，他说："我给你缝吧。"

他稚嫩的模样让人生疑，雷岚捂着眼眶问他："真的要缝吗？不缝要不要紧？会留疤吗？"

小男生医生往后退了一步，他打量着她漂亮的脸庞，有点吃不准了："或者你们去整形医院也可以。"

丁咚突然想起表哥项天帆，他不就是这家医院的吗？问问他看，或者，托他找有经验的医生救个急。

丁咚打电话给表哥天帆。

天帆没在医院，星期天他在休息，他说："我在家里呢，丁咚，要不你拍张照片传过来，我看下伤口怎么样。"

丁咚照办，他告诉雷岚，自己表哥是这儿的外科医生，博士。

天帆很快就回话过来："我过来吧，要缝的。我过来给你同学做吧，会缝得好一点。"

40分钟后，项天帆迈着大步从走廊那头走过来。

他身材修长，温文尔雅，虽是一路赶来，却淡定从容，不慌不忙。

他看了看雷岚的伤势，对那位小男生医生说："我来缝好了。"

小男生医生笑道："OK。"

趁天帆去换白大褂的时候，小男生医生对雷岚说："你放心，手部的神经有多细啊，他都缝，你嘛，就是小菜一碟，你看看他那双手，那样的手应该投保的。"

等天帆穿着一袭白衣、戴着口罩回来的时候，雷岚就去留意他的手，修长，精干，一望而知的有力。

这确实是一双利索、灵巧的手。在雷岚后来的记忆里，这个中午，无论是看房的失意，还是撞伤后的疼痛和惊慌，后来都淡成了影子，唯一印象深刻的就是一双手和口罩后面的一双眼睛。

她微闭着眼睛，这双手轻巧地在她面前晃动，打麻药，穿针引线。她想，手跟脑子一样吧，也有聪明和笨拙之分。

他说："快了。"

因为打了麻药，她感觉不到疼痛。她注视他口罩上方的眼睛，很大，沉静、专注，同时又变换着丰富的眼神，像是提示她屏声静气，放下心吧。

丁咚在一旁龇牙咧嘴，不忍心看。

工作状态中的表哥天帆，白衣白帽，手脚利索，让丁咚有些眼生。其实，丁咚跟这表哥也不是很熟悉，小时候就不太在一起玩，后来长大了，这表哥长成了一枚安静的美男子，除了是医生，还是古典音乐、漫画、航模的发烧友，丁咚跟他的差距恍若隔着万水千山，所以，没什么往来。今天，是没办法，丁咚才找他，他这么赶来救急，丁咚觉得是够给面子了。

丁咚拿出手机，给手术中的雷岚、天帆拍了张照，说："雷岚，传给你留个纪念，以后走路不能太心急，得好好看地上。"

雷岚说："是的，是的。"

天帆麻利地缝了七针，他对雷岚说："一星期后，它就会慢慢好起来，不用回来拆线了，羊肠线会融掉的。"

左眼眶包上了纱布的雷岚形象凄惨，她说："谢谢，星期天还麻烦你过来。"

天帆摘下口罩，说："缝合的伤口会肿起来，今天晚上会肿得很厉害，过几天会慢慢消退。这样吧，过三天后，我再给你看一看伤口恢复得怎么样。"

雷岚说："三天后，我到这里来找你？"

她宛若独眼龙的样子，让丁咚又向表哥求援："她在城西上班，你下班回家不正好经过城西吗，能不能顺路看下她？"

天帆说："可以啊，那就在城西广场附近吧，找个地方碰面好了。"

雷岚说："这太好了，辛苦你了。"

天帆拍了拍衣袖，跟小男生医生告辞："好了，我先走了，你开单让她交费好了。"

雷岚向天帆道谢。

天帆微微笑道："不用谢，丁咚的同学嘛。"

天帆沿着三楼走廊，轻手轻脚地走了。

雷岚看着他的背影，对丁咚说："今天幸亏有他，丁咚，你还有这样一个表哥，真不错。"

丁咚说："是的，他是不错。"

因为雷岚的伤情，接下来的两周，看房行动按下暂停键。

而房价仍在上扬，到7月的时候，坊间传言，秋冬季可能还有一波大的上涨。丁咚心里着急，发微信给雷岚："脸还肿吗？"

"慢慢在消下去。"

"上班吗？"

"当然上，呵，不赚钱怎么买房？"

"你快点好起来吧。"

3

建工新村灰旧的格子楼掩映在一片梧桐树的苍翠中。

星期天的上午,可可走进了建工新村。

最近每个星期天的上午,可可都来这儿看望小狗尼克。

可可沿着林道往前走。好多年前外公老丁铁还住建工新村的时候,她就常来这儿。这些年来,这儿几乎没有什么改变,一样的梧桐,一样的灰楼,一样的楼下杂院,时间好像在这里停滞了。

可可走到7号楼下,给雷岚打电话:"我来了,你带尼克下来吧。"

今天雷岚不想下来,她说:"你上来吧。"

可可有些诧异,因为前几次来,雷岚总说自己家太小,不好意思请她上去。

雷岚家是小,可可依稀记得,小时候自己来外公老丁铁家时,常去楼下找雷岚,那时走进她家,就觉得小,很多人挤在里面,不太坐得住。外公那时还提醒她:"他们家老吵架,你看苗头不对,就早点上来,别看人家吵架。"

时光荏苒,往事如烟,想起来,却又近在眼前。

可可收起手机,走上楼去。她看见来给她开门的雷岚眼部包着纱布,就明白了她不下楼的原因。

可可吃惊地问:"你眼睛怎么了?"

雷岚一边说自己跟丁咚看房时被撞了,一边把可可引进屋来。

空间逼仄,但光线明亮,桌椅床柜挤挤挨挨,但收拾得干干净净,空气里飘着中药的味道。

在小厨房里熬中药的是雷岚的舅舅雷刚。

靠着床头在听评书的,是雷岚的外公雷鸣。

单田芳沙哑的声音在房间里回荡。

雷岚的妈妈雷小虹坐在小桌边,在包饺子。

而小狗尼克早奔到了门口,围着可可的脚边在打转。

可可抱起尼克,和三位老人打了招呼,就跟着雷岚来到了她的"小房间"。她的"小房间"其实是一只"木盒","木盒"靠近阳台,沿墙打制,分上下两层,上层是一块长木板,作为小床,下层横着一张小台板,作为书桌,书桌边立着一叠塑料收纳箱。

雷岚请可可在小台板前坐下,说:"不好意思,太小了。"

可可就坐进了"木盒",感觉像在"躲猫猫",她忍不住问雷岚:"你为什么不租房子住出去呢?"

雷岚说:"有想过,其实也很有这个需要。除了房间小,我的作息跟他们老人不一样,怕影响他们休息,所以想过租房,还不止一次,但最后都放弃了。主要是每天下班回来看见他们看着我高兴的样子,就算了,你可能不理解,我在外面读书的时候,老想着他们,他们也一样。"

可可点头。从她坐的地方看出去,小小的门厅此刻被笼罩在一片明亮的光线里,雷岚妈妈在煮饺子,水汽从厨房里弥漫出来,有温馨的味道。

"如果每月花个三五千块钱租个房子,我是可以的,但我难保我妈不把我押回家来。用我妈的话说,房子只是睡一觉的地方,你辛辛苦苦加班挣这点钱,白白丢进租金里去了,又不是你自己的房子。呵,她说得也对,所以我还是想自己买房子,"雷岚看着可可头顶上方那块可笑的木板,说,"住这儿,就是把租金省下来,为了买房,还是很有动力的。"

可可捂嘴而笑,夸她跟自己一样,"省就一个字"。

雷岚笑道:"其实也还好啦,又不是没吃过苦,一家人挨挨挤挤,以前还常吵架,现在是相依为命的感觉了,总比以前好。挤是挤了点,家嘛,习惯了就这样。"

可可知道这只"木盒"将被自己记住一辈子了。

坐在这儿,有那么一刻,可可想起了自己在北京跟人合租一张床的情景,那时自己也像面前这"木盒里的女孩"这么满不在乎,只不过,后来像被拔了"气门芯"。她就忍不住说:"你这人啊,比我彪悍。"

雷岚笑道:"彪悍是说不上的,就是我从小就没怕过,因为怕没用。"

这个上午,可可探望了尼克,参观了"木盒",还看了雷岚在海外留学时拍的照片。这些照片被雷岚妈妈挂在墙上,是这旧屋子里最鲜亮的点缀。

这个上午,雷岚跟可可讲了自己最近跟丁咚看房的经历,以及认识她表弟项天帆医生的过程,"挺有意思的一个人"。

这个上午,雷岚又提到上次的建议:"要是我有你尚城公馆那样一个房子,什么活都干了,要不你复出吧?可以复工了,我们公司缺网页设计师。"

可可垂下眼睛,笑道:"我这人是很慢的,我还得等一等,等到我觉得好了,我再来吧。"

这么说着的时候,突然丁咚来电话了。丁咚是打给雷岚的,视频,说要看看雷岚伤口怎么样了,是不是可以跟着他去看房了。

雷岚连线,结果丁咚看到了雷岚,还看见可可坐在一旁在对他招手。

丁咚说:"你也在啊?"

可可说:"我来看尼克。"

雷岚妈妈端了碗水饺进来,请可可尝尝。

可可咬了一口,鲜美得都想流眼泪了,问雷岚:"怎么这么好吃?"

雷岚笑道:"我妈每天在外面摆摊,不好吃的话,怎么做生意?"

4

雷岚跟"超级宅女"可可密切来往,没让丁咚奇怪。让他惊呆的是,几天后,雷岚和天帆手牵手走进了门店。

他们说请他一起去吃饭。

丁咚对着他俩叫了一声"妈呀"。

他支棱着眼看着他们,他发现这一对帅哥美女是那么般配。他说:"你们,在一起了?"

雷岚和天帆并肩而立,冲着他笑。

丁咚心里有奇怪的滋味。

他搔着头说:"我怎么什么都不知道啊。"

是的,他没想到,他和雷岚暂停看房的这些天里,雷岚火线进入了爱情——爱情的起点，是那天在医院里的约定。手术三天后的傍晚，雷岚站在城西广场西侧，等下班路过的项天帆医生。天帆那天晚到了20分钟，说刚做完手术。他的脸神有些疲惫，他的诚恳也一目了然。他帮雷岚揭去了纱布，说"恢复得不错"，他给她换上了创可贴，然后说"三天后我再看一下"。到第二次碰面的时候，雷岚邀他在城西广场的星巴克坐下来，除了谈伤口的愈合状况，他们还聊了天，关于IT，关于外科，关于大数据，关于"缝老鼠"，觉得很谈得来。后来，他们道别的时候，发现旁边的电影院在放《冰雪奇缘》，突然都想看看，可惜票没了，就约好第二天一起来看……与所有一见钟情的帅哥美女一样，随后种种心动、燃情，毋庸赘述，总而言之，雷岚眼眶上的伤痕在一天天淡下去，情感却在日益升温，到第二个星期天的时候，他们就手牵手来"良屋"门店看丁咚了，要请他这个无意中的撮合者吃饭。

他们冲着他笑，他们浓情蜜意的样子，像在丁咚面前撒了一把狗粮。

丁咚说："我靠，我居然一点都不知道，你们居然搞在一起了。"

他问他们，自己算不算是他们的红娘？

他们一起对他笑道："算吧，所以来请你吃饭了呀。"

丁咚婉拒了他俩的邀请："来不及了，我约了个客户，12点钟要去书香雅苑看房子，以后吧。"

他把他们送到门外。看着他俩手牵手地沿着街边走远，大街上阳光炙热，他感到心里空落落的。

他想，妈的，别不是看房看出了共情？

他想，或许，都是离异家庭子女，都处在婚恋鄙视链末端，产生了同情？

后来，他带客户看了书香雅苑回来，他发现自己心里的空落感还在。

他想，如果她小时候知道我以后会对她这么在意，那她真要笑死过去了。

他让自己Stop。

他对自己说，小时候你就知道，她哪怕好成了一朵花，那也跟纽约一样，离你十万八千里，小时候你就知道这点，现在你不知道了？

好吧，那就祝她和天帆牵手顺利吧。他心想。

十三　恋爱合伙人

1

如果没有丁家李的透露，丁家春还不知道儿子天帆找了个女朋友。家李打电话给家春，夸天帆女朋友漂亮。

家春说："啊，他找了女朋友？这小子，没跟我说啊。"

家李笑道："他居然没跟你讲？他女朋友是可可的朋友，我见过，很漂亮。我以前也不了解她，还拦着可可没让她俩一起买房，最近这一阵子我对这女孩算是有点了解了，人真不错，海归，懂事理。她最近在劝我家可可出去上班，她还给可可找了个工作。你家天帆有福气。你怎么不知道？哎，那你就别问他了，免得小孩怪我多嘴。"

等儿子晚上回来，家春还是问了。

天帆承认："是啊，才谈呢。"

"那你怎么不跟我说？"

"不是说了才谈嘛，又没完全定。"

"多久了？"

"两个多星期了。"

"她是干什么工作的？"

"IT 的，海归。"

家春笑道："听着不错哟。她家是干什么的？"

"还没问。"

"她也没说？"

"嗯。"

"那你怎么不问问？都谈了两个多星期了。"

"没想到呀。"

"她也没跟你说？"

天帆摇头。

"那你明天问问。"

天帆掏出手机，给妈看两人的合影。

家春一看，果然形象气质颇佳，问儿子："怎么认识的？"

"丁咚介绍的。"

家春笑了，撇嘴说："丁咚倒是热心的，他自己都没有女朋友吧，还知道先给你介绍女朋友。"

她关照儿子："明天问一下，她父母是做什么的？"

天帆第二天回家后，家春问他："问过了吗？"

天帆高兴地说："问过了，她说她妈是做餐饮的。"

"开饭店的？"家春脸上略有惊讶。

"不是，她说是做饺子馄饨的。"

"那她爸呢？"

"她没说。"

"那你怎么不问？"

"干吗问？查户口啊？认识也不久，这多不好意思。"天帆笑道。

他单纯的样子，让家春疑虑起来了，她说："不是查户口，跟人谈恋爱，总要了解人家。"

为了让妈妈了解人家，天帆掏出手机，滚动雷岚的微信朋友圈和微博，给妈妈看。他说："你看看这儿，不就了解她了。"

家春拿过儿子的手机速览：她在上班的，她在旅游的，她拍的花草。文字轻灵，画面阳光，呈现的生活一如她这个年纪所有好人家的女生。

但，她妈妈怎么是做饺子馄饨生意的？开连锁店吗？她想。

她记住了雷岚的微博名"岚之语"。

第二天在办公室里,她在电脑上对雷岚的微博进行细览,她一条条看过去,5年前雷岚在学校论坛上发言的照片,3年前在公司年会上唱昆剧的照片,2年前在海边穿泳装的照片。当她两次看到雷岚跟某位男生的合影时,她就多凝视了几眼。

她想,这么漂亮的女生,应该是很老练的一个人吧?不会没有故事没有经历吧?

等儿子晚上回来,她说:"问过了吗?"

天帆说:"问啥?"

家春说:"她家情况啊,比如,她爸爸啊?"

天帆笑了,说问过了:"她说她没跟她爸在一起。"

家春说:"就是吧,显然她爸妈是离婚的。"

天帆皱起了眉。家春说:"天帆,她的微博我看了,很有社会经验的一个女生,这一眼就看得出来,人又这么漂亮,到这个年纪了,也不算小了,人家的来历我们得搞搞清楚。妈妈今天做了一张表,你让她填一下,就说你家里人想了解。"

家春把表发到了天帆的手机里。

天帆一看,OMG,是张个人情况表格,"父母姓名""父母职业""父母婚姻状况""本人第一学历、第二学历及获取时间和毕业院校""恋爱经历""曾交往过几个男友"等等等等。

天帆说:"你要雷岚填简历?"

家春笑道:"天帆,一个人对自己喜爱的人有什么不可以交流的呢?背景的东西藏着掖着,总会有知道的一天,还不如摆上桌面,这对感情的进展只会有利,省去了很多误解和猜疑。"

家春是报纸情感版的专栏作家,儿子天帆当然说不过她,而且天帆看得出她对这事是顶真的,他从小就明白,当她顶真时,自己是拗不过她的。

他心想,填一下就填一下呗,省得她烦心。

作为一个安静从容的外科医生,天帆的敏锐感不是在这种问题上。

这时,他爸项大伟推门进来了。这是一个面容沉稳的男人,身材有点发福,穿着他这个年纪的公务员常穿的藏青夹克,手里拎着一只头盔。今天他回到家的时间是晚上9点,跟平时一样,以他的说法是先在单位食堂吃晚饭,稍作休整,然后沿江骑行。他喜欢夜骑已经有好几年了。家春平时总笑他:"身材怎么没有瘦下来?"

回到家的项大伟在听说了"填简历"之后,笑道:"旁敲侧击问一下就行了嘛,干吗搞得这么正经?"

家春说:"你儿子跟你一样,又不是个精明人,让他问也等于白问。你不知道,如今有些小姑娘不知有多厉害。"

项大伟笑着去洗澡了,他对家里的这些事基本不做主张,用他自己的话说,就是"抓大放小",反正儿子总会给他自己娶个不错的媳妇回来的,因为有这么一个懂情感问题的妈在。

天帆走进自己的书房,心想,咱家也不就是个普通人家,好像有多少人打主意似的。

第二天傍晚,在城西广场"宁记"餐厅里,天帆把手机里的这份个人情况表格传给了雷岚。

他对雷岚说:"哦,有件事,我妈听说你了,她很好奇,要了解你的情况。"

雷岚好奇地打开表格。

餐厅里的喧哗声仿佛刹那间隐去,雷岚盯着手机,一声不吭,那个还未曾谋面的天帆妈好像浮在这表格的每一行里,她在表达她的怀疑。

雷岚想吐,她想,啥意思?

她抬起头,瞅着天帆,说:"你妈让你叫我填,你就真把它交给我?你也真是的,你不知道这是对我的侮辱吗?"

天帆瞪大了眼睛,他没想到她会有这么大的反应,他说:"不就填个简历吗,找工作、升职不也常填吗?这有什么?"

她说:"我找你不是找工作,你家人认为我需要政审?"

他吃惊地看着她,好像反应不过来她为何生气。

她明白他的单纯。她不说了。她之前受挫的爱情,让她对这段刚开始的感情有不好的预感,于是,她收起手机,匆匆吃了几口,就以晚上加班为由,提前结束约会。

她心想,项天帆,我不会填这个表格的,我又不是找工作,你们又不是HR,你们就比我高级?

但晚上回家,她推门进屋的那一刻,她又改变了主意,因为妈妈雷小虹问她:"有什么好消息?"

"有什么好消息?"——其实,每天晚上回到家,妈妈雷小虹都这样问她,这几乎成了口头禅。而今天,她在说了"没啥特别的事"之后,心里突然有明显的难过。昏黄的灯光,拥挤的房间,舅舅罗刚、外公雷鸣,以及刚收摊回家的妈妈,都微笑着面对进屋来的她。这些亲人的面孔浮在这一片光影里,眼睛里都对她充满了希冀,这让她在一刹那有很深的怜惜,也是在这一刹那间,她决定填那张表。

她想,天帆,不完全为我为你哦,如果不是想着他们会为我难过,其实,对我自己来说,成不成家有什么关系?这一点,我三年前已经想明白了。

2

这个晚上丁咚走进了西河卫生院。

他对值班的何秋红医生说:"最近消化不好,想配点消化药。"

何医生一边开药,一边建议他注意饮食卫生,三餐要规律,尤其早餐要吃,不能饱一餐饥一顿的。

见他点头,她就相信这小伙子已经听明白了,她继续建议:"另外,要多运动,运动有助消化。你平时有什么运动吗?"

他说:"每天遛狗算吗?"

她笑起来:"遛狗?遛狗算散步吧,你也可以试试慢跑,另外呢,肠胃运动跟情绪有关,打工干活,劳逸结合,尤其不要思虑过多。"

"思虑过多?"他看着她桌上的一小盆发财树。

她知道他这个年纪的小孩如今不容易,今天一天就有好几个来看情绪的、失业的、失恋的,各种不舒服里都有"消化不良"。

于是,她告诉他:"消化食物是消化,消化情绪也是消化,两者相关。"

她还给他配了点复合维生素B,告诉他:"这药对缓解紧张、焦虑有益,是滋养神经系统的。"

他点头,他看着她桌上的发财树,突然说:"这个该换盆了。"

她说:"别人给的,我是随便摆摆,我养不好这些,换盆的话,说不定还给我换死了。"

他告诉这个医生:"很简单的,下次我给你带个盆来好了,种植物是我的爱好。"

她说:"种植物?你种在哪里呢?"

"家里呀。"他说。

"种些什么呢?"

"绿宝、龟背竹、绿萝、散尾葵、鹿角蕨、万年青、琴叶榕。"

她怀疑地说:"种这么多?你家这么大?"

这问题把他惹笑了,他说:"不大。"

她说:"这怎么种得下?"

他说:"我还真种下了。"

这中介小哥又养狗又种绿植,这让何医生觉得有点意思。

她当然认出了他是上次的那个中介小哥,她说:"嗨,我也正好想找你,我有个房子考虑卖掉,房子在书香雅苑,要不到时候找你?"

丁咚记得她上次说她家在翠芳东苑。

他心想,是二套房吧,这么说,是混得比丁家风好。

他说:"谢谢,你这是给我生意做,哪天我去看一下房子?我上次给你留过电话的,你没丢吧?"

果然,她笑道:"应该没了,给我留电话的病人比较多。"

这次他把号码报给她,他看着她记在了手机的通讯录里。

他说:"这下你就不会把我的号码搞丢了,有需要的话,随时叫我。"

何秋红医生说:"好,我最近这几天就叫你。"

从西河卫生院出来后,丁咚回到了老机电厂的宿舍楼。

走廊里灯光昏黄,他听见有喧哗声从走廊尽头的那间女生宿舍传过来,他听出来了,是地方方言。

不用走过去看,他就知道这是金缨妈妈来了。

每次这大妈从老家过来看儿女,走廊上不是飘着炒辣椒的味道,就是传响着他们方言声。

这个晚上,后来丁咚在洗衣房洗外套的时候,这声音一直传响在耳边,因为洗衣房正对着金缨的房间。

在这片响亮的声音中,丁咚听懂了那个大妈跟金缨说话的某些字句,她在说米娅,她说:"我跟你哥讲,买房子我们没钱,她要愿意,租房子先结婚,她要不愿意,那就让你哥先拖她个几年,拖她个几年后看她还能找谁去,还不就跟你哥了。"

狠的。丁咚朝水槽里扑了一盆水。

他眼前晃过表姐米娅的脸,你呀,米娅。

丁咚端着脸盆从水房出来的时候,看见金缨倚着门框,背对水房,在跟她妈说话。

金缨听到身后的动静,回过头来,见是丁咚,说:"哈,我们这么大声没吵到你吧?"

丁咚摇头。

金缨告诉丁咚:"我妈来了,她来看病,看耳朵。我们现在才知道,她平时说话这么大声,其实是神经性耳聋。"

丁咚往门里张望了一眼,见她妈目光炯炯地坐在床沿上,在对他点头。

3

雷岚填完表格，传给了天帆，她预感这段恋爱即将遭遇麻烦。

哪想到，丁家春看到表格后，又惊又喜，她自言自语："天哪，居然是雷小虹的女儿，难怪这么好看。"

家春坐在办公室里发呆，她想，兜兜转转，真不可思议，她的女儿跟我的儿子走在一起了。

她给自己泡了一杯茶，往日的片段在她面前晃动起来：

1987年，家春和雷小虹都是市工人业余话剧团的成员，那年冬天，话剧团抽了几名文艺骨干去南京参加一个培训班，带队的是才从市团校调过来的项大伟。性格活跃的项大伟文采飞扬，深受团里女生的青睐，但谁都看得出他对雷小虹情有独钟，谁都看得出他俩在渐渐走近。培训人员出发前夕，雷小虹却突然请假，说自己所在的汽轮机厂有一系列厂庆活动，自己脱不了身。雷小虹向项大伟推荐了自家的邻居丁家春，说她在写剧本。家春由此顶替雷小虹前往南京，"南京之行"就此成了她此生至关重要的节点：在那一年岁末的金陵街头，她和项大伟站在街边看反官倒的人群，他们看啊，走啊，青春激荡之时就相依相偎在了一起，等培训结束，他们返回尚城的时候，已是一对情侣了；"南京之行"给家春的另一个收获是，她结识了给他们上课的著名编剧华明山，因他的指点和帮助，家春在《电影故事》《剧本》杂志上发表了两个作品，也因此，她从钢铁厂调入市文联。这些年来，她都不敢想象假若没有"南京之行"，自己的这一生还有哪种可能，别的不好说，但这两点是明确的：一、她没大伟这样一个老公，也就没天帆这样一个优秀的儿子，也就没有这样一个家；二、她无法离开钢铁厂，她一定早已像厂里的那些姐妹，在15年前已经下岗。

"南京之行"是个转折点，而对"名额"的转让者雷小虹，家春一直怀有既感激又微妙的心理——从南京培训回来后，家春发现，雷小虹对她与项大伟的牵手之举似乎宽宏大量，雷小虹与她的交往也一如既往，并且，不久后，雷小虹跟链条厂的姜峰谈了朋友。尽管如此，家春心里对这邻居家的女孩还是有隐隐的歉疚，好像欠了她什么。后来话剧团解散，后来家春调入市文联，再后来家春和项大伟在北大街新村成家生子，家春的生活就渐渐远离了原先厂区里的那些文艺爱好者，也远离了建工新村的那些邻居，即使偶尔她回建工新村看爸爸，她跟雷小虹也打不上照面。后来有一次回去，她听说雷小虹婚姻不顺，当时她特别想去找她，想了半天，还是犹豫不决，因为不知道自己是能劝到她呢，还是会让她更为心烦，结果就没去。再后来，无论是爸爸老丁铁，还是邻居雷小虹母女都搬了家，家春和雷小虹就更没了联系。这两年，年过半百的家春或许是到了怀旧的年纪了，她常会想起雷小虹。她想，雷小虹变得怎么样了？应该也下岗了吧？她想，有机会，我还是得去见见她。

往事闪回，心有惆怅，家春对着办公室窗外的雾霾天叹了一口气。

她给儿子发了一个微信："看样子，妈跟这女生比你还有缘。"

滨江公园的长椅上坐着两个女人，丁家春和雷小虹。

多年不见，重新相逢，彼此都唏嘘感慨：这样的重逢，居然起因于下一代的恋情，茫茫人海中，这不是命是什么？

家春说："这些年我常常想起你，我还以为真的失散了，其实我早该来找你了，找一找还是找得到的，不好意思，小虹。也真有意思，居然是儿子女儿帮我们找到了彼此。"

"我倒是常在报纸上看到你写的文章，我也不好意思来找你啊。"雷小虹捂了一下自己的脸，"早些年一直不顺，灰头土脸的，也不好意思跟人讲，所以就跟以前的姐妹们都没了联系。"

家春轻抚雷小虹的手背，这双粗糙的手呈现了她这些年的沧桑。

雷小虹对家春说："你没怎么变化，而我老成这样了，是不好意思来看你这个大作家，平时看报纸上你的文章，知道你的好，为你高兴。"

家春谦虚道："我也说不上好啊，普普通通，简简单单，有一个家，还算小康。大伟当到副处后，一直上不去了，好在他还开心，我自己呢，这两年在单位虽有点边缘化，但好在干的还是一份清静的活儿，儿子倒是蛮争气的。"

雷小虹眼里透着羡慕，她说自己这些年没什么特别值得提的地方，"好在最难的日子已经熬过去了，也习惯了，我爸和我哥身体一直不好，我白天在家照顾他们，晚上在咸阳路上卖饺子，日子一天天过得也是很快的。就这么过了二十年，这些年唯一让我高兴的是我女儿，她是我的宝贝，呵，跟你写的文章一样，她是我的代表作。"

丁家春说："是啊，你培养这样一个女儿真不容易，看她的简历，这是一目了然的。"

冬日暖阳，江水流淌，一如她们流逝的岁月，至于未来呢，那是儿女的事了，所以，在她们的叙旧中，不时重复的一句话是："想不到我们的子女在找朋友，这是缘，希望他们能成。"

这一刻，雷小虹脸上洋溢着对女儿放下心来的喜悦，而家春心里则充满了对往事的柔情。

在年过半百之时，家春终于对当年的伙伴提及了自己埋藏在心里多年的感念，她对双方子女如今的牵手也表达了期待。

当然，她也意识到了，隔了这些年，即使重新坐在同一张长椅上，彼此状况的差距也已比面前这条江还宽广了。

4

丁家春回来后，给雷岚写了一封信：

雷岚，我亲爱女友的女儿：

在见到你之前，我见到了你的妈妈，你可能无法想象我对于此次重逢的感叹。机缘真是不可思议，它让我在你这么大的时候，跟你母亲有了让我感念至今的牵连，如今它又把你和我儿天帆连在了一起。我相信冥冥中的天意，对于你们的未来，我有真诚的期望。我相信缘分，我相信我和你之间一定会有彼此的尊重，并且，

会尽快地彼此喜欢。

你们的爱情才刚起步，我希望它能够平顺成长。正因为有如此心愿，我在考虑了一天后，还是决定给你写这封信。我想把一些问题先摆上桌面，虽然它们可能显得超前了一步，或者，也有可能，它们显得比较实际、细琐，但我把它们摆上桌面，恰恰说明我是往爱情的归宿（婚姻）方向考虑的，我希望你们的情感能修成正果，不负我和你妈妈的期望。我觉得这些方面可以明确一下：

关于你们未来的经济生活：你名校海归，我儿天帆医学博士，以你们的收入，按目前的消费水平，在不负担房贷和房租的情况下，小日子可以过得富足。天帆的未来成长性尚可，将来如果以天帆工作挣钱为主，你不想太拼的话，也应该没有问题，男人养家理所当然。

关于我方家庭需求：我们养育了天帆20年，作为父母，不求回报，所以，未来我们不用你们给生活费，而我们也不对你们提供经济支持，这样做是希望减轻彼此的压力，让你们轻装上阵，独立生活，建设好你们的小家庭。（顺便说一句，我喜欢并且理解"个体独立"，我和天帆他爸至今都实行AA制，当然，生活中有商有量，彼此懂得。）

关于你方家庭需求：在听了你妈妈对你的介绍后，我感动于她的付出，你得感谢她对你全力以赴的培育。我了解我儿天帆，他是一个恬淡的专业人士，对人情世故缺乏了悟，也缺少主动，并且目前实力有限，你的娘家没有培育他，所以你们也不要太寄望他对于你娘家的回报，如果他基于对你的爱情，愿意承担责任，那么我们也感到欣喜。至于我和他爸，则不会有任何经济上的援助。这一点请你和家人谅解。

关于房子：鉴于目前房价急速上涨的现状，房子是每个恋爱者的问题，甚至成为争分夺秒的问题，好在你们不存在这样的问题，我们已给天帆购房一套，110平米，在南二环，新房，前年买的。

因是婚前财产，父母出资，如果哪天你和天帆结成姻缘，房产证上也不会有你的名字，望你理解。此房你有永远的居住权，但请你尽量不要安排你家人入住，因为面积有限。房子还没装修，若你和天帆成家，装修款也可以由我和他爸来出。如若哪天你和天帆结成姻缘后，还想自己买房，我和他爸也愿意视具体情况给予一定的支持。

这封信通过天帆的手机，传给了雷岚。

雷岚好好看了两遍。

天帆有点忐忑地问她："怎么样？"

雷岚笑道："非常清晰、理性，如果是个婆婆，一定是个头脑清楚，非常有逻辑思维的婆婆，我说不了什么。我理解她说的每一条，当然，我也清楚地看到了，她画了一条线，哪些是你们的，哪些是我的。她划了这条线，把我划在了线外，这可能是她心疼儿子，怕我和我家人拖累你吧？我能理解她这当妈妈的心情。"

天帆脸红了，说："你别在意她说啥，她是文青，你别看她说得厉害，其实她心很软的。"

雷岚笑道："我觉得她也没错，房价这么在涨，对很多未来的事早一点想清楚，也好做规划，否则会浪费时间。而浪费时间，对于购房者来说就是浪费钱。"

天帆听她这么说，舒了一口气。

雷岚继续说："如果我和你成了，房本上没有我的名字，这理所当然，一点都没错。但我又想，如果哪天我们结婚后又离了，那我不就被扫地出门，无家可归了？"

天帆说："你怎么就被扫地出门了？"

雷岚说："房子是你的，我啥都没有，我怎么留在那儿？所以，我想，我们自己还得买房，有我份的房子，这样我对婚姻才有安全感。"

天帆听着，觉得好像有她的道理。

他说:"那么,我们如果结婚,就买呗。"

她脸红了一下,说:"到那时买,我们可能会更买不起了,因为房价涨上去了。"

他睁大眼睛,说:"现在就买?我们才谈了三个星期。"

他想,难道她现在就想跟我结婚了?

雷岚说:"天帆,我可以筹到30万块钱,你能出多少钱?我们合起来赶紧去买吧,我们就把它当作投资。就像你表弟丁咚说的,只是投资,恋爱可以慢慢谈,如果我们哪天谈成了,房子就是婚房,如果谈不成,房子就是投资,我们把它卖了,把钱分了,没准还有的赚。"

天帆点头,有点明白她在说啥了。

她笑道:"房不待我,先拿下房子,我们就可以静下心慢慢谈恋爱了,成不成没关系,没有爱情,还有投资合作的友情,为什么?因为买房子比谈恋爱赶时间。这么说着,我也觉得像是个笑话,但这是真的。你不信去问丁咚,他现在说起这些,也会把我吓一跳,但我发现,脑子这么一转也没啥关系,想明白了,心就松了。天帆,就当咱们是合伙人,恋爱合伙人,一边共同投资,一边谈恋爱,总有一头能拿下,这样也是美好的。"

天帆说:"嗯,只是我没你那么有钱,我平时花在唱片、航模、旅游上的钱比较多,我大概有10来万。"

雷岚说:"我也没这么多,30万中20万是借的。"

天帆说:"那我想想办法看。"

雷岚给丁家春回了一封信,她说自己完全能够理解家春阿姨关于未来生活的建议,同时,她也表达了自己对未来"没房子被净身出户"的危机,以及自己对母亲的歉疚和想在家里给她留一间房的心愿,所以,她提到自己将和天帆一起买房的打算。

家春看了回信,觉得她的说法也能理解。她想,这女孩知道孝顺母亲,这无论如何都是美德。

但家春没想到,当天晚上,儿子天帆回来对她说,两人合资买房,不是将来的哪天，而是现在就买。

这吓了家春一跳，她说："现在就买？现在你们又没结婚，才谈了一个月不到，再说，现在就买你们有钱吗？"

天帆说："雷岚凑了30万，我有10万，妈，要不你和爸爸支持点作为首付？"

家春心想，现在的女生怎么了？这雷家的女孩看样子蛮厉害的，才谈了不到一个月，就知道让男朋友回家来要钱买房。

家春对儿子说："这不是啃老吗？才谈了一个月不到，结婚的事还没影子，名不正言不顺的，怎么，就要求买房了？我们不买，我们有房子的，又不是没有。"

天帆将"合伙人"的概念说了一遍，可能是他说得有歧义，也可能是当妈的心里有情绪，总之，家春对这事比较恼火。

她对儿子说："我也不知道你准备怎么去回她，这样吧，你明天请她来家里做客，我跟她聊聊。你放心，能配合你们的话，我总是会配合的，我想明白你说的那个'恋爱合伙人'是什么意思，到底是合伙恋爱呢，还是合伙买房子？"

天帆说："好吧。"

第二天晚上，雷岚来到了天帆家。

天帆爸爸项大伟在单位开会，所以，这个晚上只有妈妈家春在家。

雷岚光彩照人的样子，让家春看到了雷小虹年轻时的模样，心里先软了两分。

在礼节性的寒暄之后，双方直奔核心话题"合伙买房"。

比想象的神奇，这个晚上，雷岚跟这男友的妈居然交流得十分顺畅，可能是因为她的表达比天帆清楚，也可能是她所说的合伙投资，放在眼下房价涨的背景下，有一种无奈的现实主义。

并且，很重要的还有一点，关于天帆向家春要求的援助，雷岚特别主动地说道："我主张借，我们俩一起给你和天帆爸开借条，以银行的贷款利率算,也就是说,我们不想啃老。"

家春看出了这女孩的利落和直接,是个明白人。

她笑道:"雷岚,这可以说是民间的急中生智,愿天下有情人最后既不错过购房时间,也不错过爱情,双线并行,合伙成功。"

她端起茶杯,跟雷岚碰了一下,说:"恋爱合伙人,这简直是一个专栏的好题材。"

雷岚告诉她:"这是丁咚告诉我的方法论。"

家春笑道:"丁咚?他还有这鬼点子?"

家春又说:"这样吧,我跟天帆他爸商量一下,算一算我们能帮天帆垫多少。"

雷岚说:"是我们向你们借。"

十四　犯愁

1

　　丁咚的表姐米娅从中山医院大门走出来，她脸上是余怒未消的表情。
　　这两天中午和傍晚，米娅都从出版公司来到中山医院，给住院治疗神经性耳聋的金岩妈妈李爱娟送饭，才送了两天，她就发现自己情绪很糟。
　　昨天李爱娟嫌弃送去的青菜老，"城里人怎么这么老的菜叶子都要？"；今天这大妈又怀疑送来的小炒鸡肉是发的，"挂吊针的人能吃吗？"；昨天她暗示邻床病友有人送水果，今天她见米娅把苹果送过来了，又说"水果我也就一说，你就买来了，你带回去吧，苹果太生冷"。
　　米娅就不信这女人在家里也这样难搞，一农村人，又不是啥有钱人家，树什么未来婆婆的下马威啊？
　　更让米娅火大的是，这大妈居然把医生开的核磁共振、CT、血常规单子递给她，啥意思？想让她去交费？
　　米娅想，我管你儿子吃住你以为理所当然，连你看病的钱，你也觉得该由我来付？
　　她就对大妈说："你自己给你儿子吧。"
　　这大妈看着她笑，说："他们不是没在这儿吗？给你也一样，我没文化。"
　　看着她的厚脸皮，米娅让自己笑起来，然后怼了过去："哎哟，这要什么文化，叫你儿子女儿过来交钱去就可以了。"
　　米娅甩手就走了。
　　她怕再待下去，要吵起来了。

米娅在街边飞快地走着。

给李爱娟送饭，这本该是她儿子女儿的事，只因为金缨带人看房时间不定，还因为李爱娟心疼儿子，认为"准备考研要紧，跑来跑去浪费时间"，这事才落到米娅的头上，因为她就在附近上班。

米娅原本抱着"再难搞也就一星期"的心态上阵，但哪想到，才两天，就受不了了。

其实，对这未来婆婆，米娅一直感觉不佳，这大妈也就一农村打工妇女，却爱在人前呈现不可名状的得意，比如，她向米娅夸自己儿子的各种好（帅啦，从小学习好啦），夸着夸着，就开始暗示米娅长得不够好看，没金缨好看。

米娅心想，那你怎么不想想金缨连初中都没毕业，金岩连工作都没有呢，也可能你觉得你举全家之力好不容易供出了个大学生，他得配天仙？也可能你觉得我不找你儿子就找不到婆家了？

更让米娅觉得可笑的是，这大妈居然一本正经地要她多照顾她儿子，好像忘了金岩比她还大了两岁。

米娅忍住了才没怼过去："我照顾他还不够吗？你有没跟他说过要他多照顾我呢？穷人家难道还有妈宝男？"

这一刻走在街边的米娅心烦意乱。

米娅回到了幸福家园的出租房，她余怒未消的样子，金岩看在眼里。

每当她从外面气鼓鼓地回来，他就知道她今天有什么不开心的事，他就表现得很乖。

今天，他一声不吭把已经做好的饭菜端到了她的面前，盆子里有他用心烤的麻辣串烧。

他在她身旁坐下来，用小狗一样的眼神看着她，仿佛在等待她的发落。

米娅说："从明天起，你要么医院订餐，要么给她叫外卖吧，我不送饭了，因为我服侍不了。"

"你别跟她生气。"

米娅说："我还没嫁给你，我能这样对她已经够好了，我连我妈都没服侍过。她有没有搞错？"

说完这话，她突然意识到他们可没搞错，是自己搞错了，问题就出在这里。

她对他和对自己的恼火，就从脚底冲上来，她尖声说："你吃我的，用我的，你妈一定觉得是因为我贱吧，你妈觉得你有本事找更好的，你找别人去好了。"

他唯唯诺诺，让她别这么想，他说他还能找谁去，谁要啊？

她说："我没听我妈的话，我还在跟你来往，你觉得我贱是不是？"

金岩知道她在说气话。他一百个赔礼道歉，说知道她对自己好，说自己还在考研还没工作，全是她在帮衬。

他小狗一样呆萌的眼睛和他脸上的惶恐，让米娅纠结。

每次看着他这副表情，她都会心软，每次她在公司或别的什么地方受气回来，对着他一顿吼叫，心里都会好过一点，但今天，她让自己别心软。

她想，又有谁对我心软呢？我对你心软，只会让我更没用，啥事都没解决。

她让自己安静下来，沉下声音说："金岩，我现在问你，买房子的事你和你家到底是怎么想的？我妈老催我，所以我问你。你给我拖了这么一个月，房价又涨了一截，这等于让我爸妈的首付款又损失了好几万块钱，如果你家不打算买那就直说，让我也好做后面的打算。"

这后面的打算是否是让他走人？

金岩脸红耳赤，支吾道："我想办法。"

2

米娅生气的这个晚上，丁咚走进了城东的书香雅苑。

他按2幢4单元402室的门铃。他听到了对讲机里何医生的声音："谁啊？"

"中介。"

丁咚上楼，进屋，屋里空旷，没什么家具，屋里有两个人，何秋红和一位戴眼镜的男士。男士年近六旬，身材适中，温文尔雅。

丁咚有些心跳，心想，这就是她现在的老公吧？

何秋红指着男士，向丁咚介绍："这是老唐。"

老唐温和地笑着。

丁咚心想，气质不错嘛，比丁家风高级，就是老了一点。

老唐风度翩翩，讲一口标准的普通话，他告诉丁咚："房子是我单位分的，中医药大学的宿舍楼，1992年的房子，78平米，朝西，当然有西晒喽，但光线好，这也是优势。"

丁咚就知道了老唐是高校老师。

何秋红医生在一旁问丁咚："你觉得能卖多少？"

"210万左右吧。"丁咚说。

何秋红笑吟吟地说："最好能再高一点。230万？卖得好的话，我们给你奖励。"

丁咚笑道："那我一定尽力。"

接着，何秋红医生许诺给了丁咚一个更大的甜头："我还有一套房子也想卖掉，这两套房子的售房款到时候合起来，再凑一些钱，我和老唐想去买个排屋。丁杰克，如果这一单你做得好，后面两单到时候我都托你办。"

丁咚心想，哇，排屋。

丁咚对何医生说："我一下子有了三单，谢谢你。"

丁咚一边拿着手机给房间拍照，一边夸他们条件好，能买得起排屋。"买排屋好啊，排屋这一阵价格还没怎么动，因为总价高，炒房客没盯着。"

两位主人相视而笑，他们告诉丁咚："条件好也说不上，只是到我们这个年纪，还有多少时间好享受呢？所以就想换个好房子，空气好一点，环境好一点，改善一下居住条件，至于涨啊，跌啊，人住在房子里面，都是说说的账面财富。"

丁咚看了一圈，对这房子，以及对她的房产家底，心里有了数。他对两位主人说："我回去就办，这两天就带人来看房。"

唐老师给他留了一把钥匙，说："我们平时不住这儿，你带人过来看房注意保持室内卫生。"

丁咚答应，他和他们一起下到楼下。

丁咚开动自己的电动车，他们走向停在小区林道旁的一辆小车。

丁咚问他们："你们住翠芳东苑是吗？"

何医生说："是啊，你怎么知道？"

丁咚笑道："你上次跟我讲过的，你忘记了？"

丁咚骑着电动车沿林道行驶，不一会儿，他们的小车从他身边驰过。

他看着小车远去，心想，何医生，混得不错嘛，能买得起排屋，你比丁家风强得可不是一点点。

从第二天起，丁咚就带人去书香雅苑看房。

有天中午，丁咚带了一位女客户开门进去，被惊了一下，因为房间里有人，一个女人，瘦高个，披肩发，四十多岁的样子，她正诧异地瞪着丁咚。

她冲着丁咚生气地说："干吗？谁让你们进来的？你们是谁？怎么有钥匙？"

丁咚嗫嚅："我们是来看房子的，我是中介。"

她扫了一眼他的工牌，念了出来："良屋"。

她又扫了一眼他身后的那位女客户。

她生气地说："有没搞错，这房子不卖，我是他女儿，我不同意卖。我就知道那个女人在打主意，哼，我不同意。"

丁咚立马明白了，这家人在卖房问题上意见不统一。

丁咚回头对身后的女客户说："看样子，她爸妈和她有分歧，我也不知道这房子还有这个情况，不好意思，让你白跑一趟，那我们走吧。"

"她可不是我妈。"那瘦高女人可没想让丁咚走，她拉住了他的衣袖，问他："谁说的这房子要卖？是他们两个一起跟你说的，还是我爸跟你说的？"

丁咚刹那间开窍，哦哟，原来还有八卦呢，何秋红。

丁咚对瘦高女人说："他俩一起跟我说的。怎么，何医生不是你妈？"

瘦高女人仰脸笑了一声:"呵,还没成我妈,手就伸得这么长,如果成了我妈,那不知会怎么样?听着,你这中介,这房子跟她没关系,哪怕我爸让你卖,你也卖不了,因为我不同意,我不会让他卖的。"

说罢,她又换了一种温和语气,对那位白跑一趟的女客户表示不好意思:"这位朋友,不好意思,家家都有一本难念的经,我爸被人怂恿了,这房子不卖了,希望你理解。"

从书香雅苑回来后,丁咚没给何医生和唐老师打电话。

他知道,自然会有人去跟他们讲的,争的,吵的。

果然,第二天傍晚,唐老师来到了"良屋"华北路门店,他站在门口向丁咚招手。丁咚赶紧过去。

站在昏黄的街边,唐老师神情难堪。他对丁咚说:"不好意思,房子不卖了,因为我女儿不同意,你从网上拿下来吧。"

丁咚说:"我已经知道了。"

唐老师说:"你知道就好。"

唐老师转身想走,丁咚无法遏制心里的好奇,就故意说了一句:"你女儿吓我一跳,她好凶哦,看样子很生气。"

这就触动到了唐老师压抑了一天的情绪。

唐老师仰脸叹了一口气,说:"到这个时候,我怪她也怪不来,我总不能为了卖房子跟女儿闹翻吧,要怪就怪我一直太宠她了,从小宠到大,没教好,这么大了还不懂事。"

街边的光线在转暗。唐老师忍不住向这素不相识的小伙子倾诉心里无法排解的郁闷,他说:"我和何医生交往快20年了,我这女儿,不反对我跟何医生好,但不希望我跟她在财务上有牵扯,更不希望我跟她结婚。在这点上,我女儿很固执,哪怕我跟女儿讲,卖了这房子和何医生合伙买新房,各人所出比例可以写清楚,以后哪一部分是你的,也说得清楚,她都不行,很任性。算了。"

丁咚已见识过了他那瘦高女儿的脾气,现在丁咚更感兴趣的是他跟何秋红的关系,他忍不住说:"啊?你跟她好了20年了?"

唐老师看着马路上晚高峰时段拥堵的车流,说:"何医生是我以前的学生,我教他们的时候,其实对她没啥印象。直到他们那届毕业15周年同学会,我和他们班重逢,一群人聊天过程中,有人觉得我跟她合适,就来牵线。当时我丧妻已经8年,而她离婚后也一直单身,我们由此重新有了来往,有了感情。当时她在深圳,我常过去,因为我是大学老师,有较长的寒暑假,每年一放假我就过去,有时候,她请假过来。其实,我们早就该结婚了。"

唐老师叹了一口气,继续说:"其实早该结婚了,阻碍就来自我女儿,她一直不同意,最初我和何老师来往时,她就是这态度。那时她还在读大学,在我眼里仍是个小孩,我怕她委屈,也就依了她;后来,女儿工作,成家,总算是长大了,但在反对我再婚问题上,她仍很固执,她说我可以跟何医生好,但不可以领证,否则两户人家将来在财务上、养老责任承担上扯不清。总而言之,最初她是因为对她过世的妈妈感情太深,也可能是对我太依恋,所以不同意,后来呢,就是在意家里的那点财产,不同意。当然,这些年她也不反对我跟何医生好,她说,你们一起过呗,你们不是已经在一起过了吗?我不同意你跟她结婚,我不想她当我妈。就这样,一拖就快20年了,也因为一直无法结婚,何医生也一直没调回来。这几年她年纪大了,越来越想有一个稳定的家。前年她下决心从深圳调回来了,这给了我压力。无奈我女儿仍是不同意,每当我一提再婚这事,她的情绪就大到让我担心她抑郁。唉,她自己这些年婚姻也不顺,前年跟老公离了婚,还得过抑郁症。唉,我就算了吧。"

丁咚心想,原来何秋红还有这样的事。

唐老师脸上的无奈和沮丧一览无遗:"说起来真是很丢人,年轻时怕孩子委屈不敢再婚,年老了怕孩子利益受损不敢领证,想必别人,包括何医生,都会这么看我。"

丁咚说:"我懂了,原来你和她是同居关系。"

"同居,听着很难听,是不是?我欠了她一纸婚约,欠了20年。"唐老师脸红着摇头,说,"怪我没教好我女儿,从小就没教好。"

街边的光线在飞快地转暗,街灯都亮了。唐老师跟丁咚告辞:"跟你说了这些,我心里也好过了一些。"

丁咚看着他穿过街去对面的停车场。

丁咚在心里希望他再加一把劲:呵,你不使劲,我就少了三单,一下子少了三单呢。

站在街边,丁咚也想起了诊室里的那张脸。

现在他知道了,那个女医生看上去温婉安静,可她心里可能比丁家风还烦呢。

十五　上车

1

"恋爱合伙人"共识达成后，雷岚的购房行动势如破竹。

星期天，在凯蓝酒店大堂吧，天帆、雷岚、丁家春、项大伟、雷小虹坐在了一起。

双方家庭的首次碰面，竟是因房子而来，就算这是房价上涨时代的效率吧。

丁咚作为出谋划策者，也受邀坐在一旁。

交流是在轻快的氛围中进行的，最后商定：天帆雷岚合资购买新房一套，价格200万元左右，60万元首付款的出资方式是雷岚25万、天帆7万、项大伟丁家春夫妇28万，其中，项家长辈出资的28万元属于借款，由天帆雷岚7年内还清，利息按银行贷款利率计算。新房的银行贷款部分，由天帆雷岚共同承担月供。房产证上天帆雷岚共同署名。房子的未来功用，若天帆雷岚有情人能成眷属，该房就作为婚房，若无缘，则作为共同投资的理财产品。

商量过程中，雷小虹说让她也出点："我出5万吧。"

雷岚说："妈，你省省吧，家春阿姨项叔叔已经给了这么大的支持了，已经够了。"

雷小虹说："那我总得做点贡献。"

家春在一旁笑，她知道这老友想尽母亲之力，还有就是没搞清楚"恋爱合伙人"的意思，她说："小虹，这是合伙人方式，合伙人是他俩，不是我们。"

雷小虹笑道:"你们都合伙投资,干吗不让我投资进来?"

家春睁大眼睛说:"你合什么伙呀?他们是恋爱才合伙,你凑啥热闹。我跟大伟也没合伙的份,我们是借钱方。"

在一片叽喳声里,坐在沙发一侧、穿着运动服的项大伟看着手机,早有点坐不住了。

昨天他就对老婆说今天自己有安排,跟骑友们约好了要去梅山骑行。"家春,你一个人去谈呗,也没多大的事儿,也没啥好多谈的,反正是借钱给儿子。"家春没同意,她说:"买房子是大事啊,难道你真当它是小菜一碟,你多有钱啊?你怎么可以不去呢?你去坐一会,看谈得差不多了,你先走呗,骑行来得及。"这样大伟今天才过来。对于这老公,家春还是比较了解的,这么多年来他一直是性情中人,改不了的随性和自在,不是那么顾家,但也不钻牛角尖,总的来说,还是好说话的。夫妇俩AA制多年,虽然家春开始有点不舒服,觉得他藏着掖着似的,哪像一起过日子的?但后来也习惯了,因为每次要他出资,尽管有时他可能会先装没钱,但最后总是乖乖把钱拿出来,比如这次,她让他出18万元,自己出10万元,她笑道,"不是我要,是儿子向你我借,我不知道你藏了多少钱,18万总有吧。其实,你拿不拿你的那点钱最后总是都归儿子的,拿出来吧,做个负责任的爸",他就投降了。

项大伟在这片欢快的声浪里又坐了一会儿,不时地看手表,终于起身,对他们说:"要不,你们再聊聊,我下午跟几个朋友约了去梅山骑行,我得走了。"

他就拎起随身带着的头盔,先走了。

雷小虹看着他的背影,对家春说:"大伟看着还是很年轻,性格比以前沉稳了。"

家春笑道:"哪里,其实还是有点孩子气,玩性大,钓鱼、骑车、雕刻石头,自得其乐着呢。"

两个妈妈说话之际,雷岚已写好了借条,和天帆一起签上名字,交给家春。家春收下，笑道："蛮好玩的，祝买房顺利。"

这时大家才想起了丁咚。

丁咚一直在一旁玩手机呢，他的脸上有遥远的表情。

他心里在想，算她狠，我也就"合伙人"一说，她居然创造性地发挥出一个"恋爱合伙人"，合伙投资，谈情说爱，一样不落，双保险啊。

雷岚、天帆、家春、雷小虹齐声向丁咚咨询："买哪里的新房好？"

卖二手房为主的中介小哥丁咚，跟开发商不熟，他带来了一张最新的房产地图，他向他们摊开。

于是，大家一起凑在茶几上，对着地图研究起来。

2

雷岚重返看房之旅。

她坐在丁咚的电动车后面，穿梭在各个楼盘之间。

对于丁咚来说，这完全是助人为乐，因为这次雷岚和天帆决定买的是新房，这生意跟他无关。

所以，他换了一身便装，陪她找房，陪她上车。

那么，天帆人在哪儿？

天帆说："雷岚，你全权代表就行了，我这几天都有手术，需要心静，这样才能在手术台前站几小时。"

对于天帆的说法，雷岚充分理解，并且，她在跑了几家售楼处之后，庆幸天帆没来，因为站在那儿就像直接站到了风口，呼呼的风直扑过来，心会急速地焦灼起来。焦灼是因为即使现在手里有了钱，要买到新房子也变得不太容易了，去年还需要去库存的那些新房如今变得抢手了，去年态度谦卑的售楼小姐如今转向了冷傲，在不少楼盘的售楼处，都是几百号人挤在一起，耳畔全是温州人的口音……

着急中，丁咚托同学常书凯帮忙。

常书凯说"蓝洲"开发的楼盘都太高端，雷岚天帆这点预算不够，只能看看别的公司还有什么楼盘。

书凯一通托人，最后在城东新城的"林湾尊邸"楼盘搞到了一套，小三居，89平米，虽属近邻，地段较远，但规划中的地铁12号线经过小区门前，因是尾盘房，价格给了优惠，180万元。

雷岚量力而行，果断下单，终于上车。

在雷岚、天帆后来的回想中，这是最及时的上车。

如果错过，那么，半年后房价将进一步飞扬，一年后"抢房潮""号子争夺战"将陆续登场，两年后各种名目的"茶水费""更名费""室内设计合作费"将接踵而至，再后面，就是捧着全款的竞争者，那些棚改拆迁户了，再接下去，就是摇号了——验资、冻资，不停地摇，有钱也不一定买得到了。

对于上车，雷岚心满意足。

她让丁咚带她去向常书凯道谢。

对于雷岚的道谢，书凯笑道："不客气，你是丁咚的同学嘛。"

书凯还告诉雷岚："说实话，我自己有多想买你这套房子啊，只是我和我老婆的协同作战意识不如你们强，我们买不了。"

看雷岚不解，他就解释："就目前的家庭理财而言，两口子其实是一个团队，一个Team，我和我老婆结婚3年，她为了守着她那套婚前38平米的小房，而放弃眼下让家庭资产大幅度增值的好机会，所以说，我和她作为一个团队，真的不如你们能干。你们还只是朋友关系，就已经知道协同发展了。哪天有机会，真得请你给我家桂美上上课。"

雷岚笑道："那是我没房子，如果我有了，也可能像你太太一样了。"

雷岚走后，书凯对丁咚开玩笑："这样的美女，是你小学同学？你自己跟她合伙才对。"

"她哪会愿意跟我合伙？"

书凯笑道："你早干吗去了啊？从小学的时候，你就该追起来了。"

"你不知道她跑得有多快，我哪追得上啊？"丁咚用手指弹着面前的茶杯,"那时追不上,现在她上车了,就更追不上了。"

对于这房子,丁家春、雷小虹也相当满意。

丁家春看到的是"通地铁,有升值空间";雷小虹看到的是小三居,她知道,有一个小房间是雷岚留给她的,这是女儿心心念念的事。

也因此,雷小虹已经在幻想了,以后如何给这小两口做饭,带孩子,因为她觉得家春是女作家,女作家不会干这样的事的。

只有天帆他爸项大伟的反应有点不一样。

他在听说买的是方城房产公司开发的"林湾尊邸"后,对儿子说了一声:"怎么不早跟我说一声?否则我去打个招呼,可以让他们打个再大一点的折。"

家春听见了,说:"你睡着了,现在才醒啊?有关系早干吗去了?"

3

雷岚感谢丁咚送她上车。

她说:"你陪我看房看了那么长时间,我这一单还没给你做,浪费了你这么多时间,真不好意思,我得谢你。"

丁咚笑道:"哪里话,老同学不说客气话。"

雷岚说:"我请客。"

雷岚说请就请,三天后她邀丁咚吃饭,地点就在她和天帆才拿到的新房子里。

雷岚说:"丁咚,去哪儿都不如在我新家请你有意义,只是第一次开伙,家当不齐,就吃火锅吧,简单点。"

丁咚应邀前往,走进新房,见房子是带装修的,室内空荡荡,还没来得及添置家具。

房间里人不少,除了雷岚和天帆,丁咚的两个表姐康可可和米娅也都来了。米娅是受表哥天帆之邀来参观新房子的,她带来了她的男朋友金岩另外，还有丁咚不认识的一个男生，穿着迷彩夹克，正蹲在客厅的地上，在安装餐桌和椅子。

丁咚以为他是宜家的工人，后来才知道是雷岚的同事，名叫贾俊，他是来帮忙的。他蹲在地上忙得满头大汗，可可在一旁提醒他："你装反了。"

贾俊忙了好一通，餐桌终于装好，摆在客厅中央。

火锅和食材被雷岚端到了桌面上，水雾和煮物的味道渐渐弥漫开来，新房子里就有了过日子的烟火气息。

贾俊胃口大，吃得满头大汗。这小伙子最近相亲屡屡不顺，原因是没房子，所以他对这房子无比羡慕，他认为这么好的房子得有个什么"居"、什么"斋"之类的雅号。

一桌人都不是文人墨客，想不出有意思的雅号。

雷岚说："房子不是太大，不是大宅门，就叫小宅门吧。"

呵，小宅门。

热气腾腾的火锅，一桌人，小宅门，这场景蛮适合这名字的喜气。

晚上10点钟，客人们陆续告辞。

雷岚把丁咚送到楼下，她说："以后你有空多来这儿玩，这一路看房买房全靠你。"

丁咚笑道："我也没帮上啥忙，最后是你自己搞定的。"

雷岚指了指正在跟米娅、金岩说话的天帆，笑道："你帮我找到了他，他帮我上了车，你这还不算帮我吗？"

"也是啊，"丁咚伸手握她的手，"好吧，我宣布，雷岚上车委员会就地解散。"

雷岚眼睛里似有被感动了的波光，她说："谢谢，小门铃，我上车了。"

女生雷岚就这样一路狂奔，登上了买房子的车。

十六　生变

1

在中山医院住院部 3 号楼四楼的走廊里，李爱娟对儿子金岩说，没钱。

她说："钱不都已经花给你了吗？你一路读书下来，花了总有好几十万吧，还能从哪里再去搞个三四十万呢？她家逼死我们也没用。"

走廊里飘着消毒水的气味，金岩沉默无语。

李爱娟看着儿子苍白的脸，说："你可怜你爸吧，他在新疆的工地上已经待了三年了，你也可怜你妹吧，那么小就出来打工了，真是像小鸟一样一点点把钱衔回家，你读书的钱她已经支持不少了，这个家哪还有三四十万再给你呢？"

金岩在发怔。一张轮椅从他面前被推了过去。

李爱娟说："我知道，金缨现在手里还有十来万，但她这点钱我撬不出来了，她现在护在手里，谁都不会给了，因为她也大了，知道以后出嫁也得有份嫁妆，所以，我也说不出口要她把这钱拿出来给你买房。她从小在外面吃了这么多苦，总得给她自己留一点吧，你就可怜你这妹妹吧，别叫我去动她的这点钱了。"

金岩说："嗯，我不要。"

儿子茫然的样子又让李爱娟很心疼。

她告诉儿子，房子嘛，本来确实应该是男方家承担的，我们是不该耍赖皮的，"如果不培养你读书，你像你妹一样打工，在村里找个女朋友，房子在老家肯定已经盖起来了。问题是培养你了，你出来了，回不去了，家里也没钱了"。

她说,村里也不单自己家这样,哪家小孩书读得越多,家里的房子在村子里就越旧,"那么,还要不要相信读书呢?妈妈是相信的,所以,儿子,你要争口气,考上研究生"。

她继续说:"不是我们存心想要赖,确实是她家逼死我们也没用,如果她家能帮我们解决,那一辈子感谢人家,如果她家也解决不了,那你先想办法跟她结婚吧。"

金岩懂她的"策略",之前她已经说过多遍。他摇头。

李爱娟瞅着儿子笑,说:"哪有这么好分手的?要分手她早跟你分了。女人的心思我知道,她看逼不了你也就算了,反正已经跟你两三年了,都住一个屋了。在她面前,你也别太畏畏缩缩,你是男人,你越不在乎她,她对你越跟得牢。这我知道的,你不要太老实,男人是不能太听话的。"

金岩没响,李爱娟说:"我在她面前,就有意不当她回事,捧得太高,以后难管教。"

金岩盯着走廊的尽头,米娅恼火的脸在他面前晃动,他感觉到了双向的压迫。

李爱娟让儿子先回去,她说:"我下午出院,东西都收拾好了,傍晚金缨会过来接我去她那儿。你不要等了,你先回去吧,看书要紧。"

2

傍晚的时候,金缨来了,她沿着病房的走廊一路笑着走过来。

今天她的心情很好,她告诉妈妈李爱娟,今天碰到一单,差不多搞定了,是个豪宅。

她给妈妈办了出院手续,母女俩手提大包小包,走出了中山医院。

在去地铁站的路上,金缨的情绪还沉浸在自己的单子里,她告诉妈妈,碰到一个好有钱的女人,太神了,1000万元的豪宅,这女人看了一次,就基本认定了。

金缨说:"这一单做成的话,我有好几万块钱的提成。"

李爱娟喜出望外:"真的?"

这么说着,金缨突然决定带妈妈去看看那个豪宅,反正钥匙在她手里。

于是,母女俩拎着大包小包,坐地铁在天风南路下车,走了100米路,拐进了昆玉公馆。

黄昏时分的昆玉公馆,像一组错落有致的积木,沉浸在暮色中。

金缨领着李爱娟绕过喷水池、泳池和花园,走进4号楼明净的门庭。电梯直上,28层,当金缨打开那套310平米的跃层大宅,李爱娟有眩晕的感觉,只见白色大理石地板泛着波光,灰蓝色墙体上投射着幽幽蓝光,四下一尘不染,空气中有香芬在轻漾。李爱娟抬头,从天而降的水晶吊灯光芒万丈,几乎让她迷失了方向。

金缨问她:"你服帖了吧?"

李爱娟点头,呢喃:"怎么上面还有一层?"

金缨告诉她,今天自己碰到的那个女人太神奇:"她有两个户口,两个名字,两个身份,反正全都不一样的,我不知道她啥来历。"

李爱娟如坠幻境,她搞不清这大屋子里到底有多少个房间、多少个卫生间。后来,金缨把她拉到了弧形的落地窗边,她的视点才找到了落点,天哪,外面是城市的高空,俯视下去,楼宇如林,万家灯火,灿若星河,像电影里不真实的世界。

李爱娟闭上了她的大嗓门,她屏声静气,像被这片景象震慑住了魂。后来她席地而坐,对着这片灯海发愣。

静了好一会儿,她对女儿说:"有这么多房子,人怎么会不够住呢?"

金缨说:"哪够住?每年有这么多人来,哪够?"

金缨伸出手指,指着屋内和窗外,问她:"服帖了吧?"

"嗯。"李爱娟点头。

看她服帖的样子,金缨心里既有得意,又有解气的感觉,如今她对她这妈常有敲打的冲动。

她这妈虽是农村妇女,对人对事的认知,却一向透着自以为是的不服气。这种不知深浅的自信,通过她的大嗓门,常会让听者气闷。金缨做了中介小妹后,见多了人事,就越发觉得她这妈主观,"这世界又不是你想象的",金缨这两年常对她妈这样说。

所以,接下来,当李爱娟对着窗外说"啥时候金岩也能在那些楼里搞到一个小格子"时,金缨就直说了:"基本不可能。"

李爱娟像被戳了一下。

金缨心想,你以为你儿子是个大学生就有多了不起。

她没看扁哥哥金岩的意思,相反,她从小就对这个哥哥感情很深,家里让哥哥读书,没让她读下去,她能理解,因为她老家那边都这样,有限的资源总是用在儿子身上的,她认。她看不惯的只是她妈那种自以为是的劲儿。

她看着窗外,对她妈李爱娟说:"金岩没这个可能,米娅倒是很有可能。"

"米娅?"

"是的,只要她离开我哥。"

李爱娟恼火地转过脸来。

金缨笑了笑,指着面前的灯海,说:"妈,你看看外面就知道了,你儿子还能去哪里找米娅这样一个老婆?"

李爱娟短促地看了她一眼,说:"我怎么不知道?我太知道了,所以才怕她翘尾巴。"

金缨说:"你怕她翘尾巴,她就不觉得她是在扶贫?你以为你是谁?"

做中介小妹的这两年,金缨见识了各种各样的买房人,所以她如今对"扶贫"之类的词也了然于心。

果然,李爱娟深叹了一口气。

这时金缨的手机响了,是米娅打过来的,米娅问:"金岩在你那边吗?"

金缨说:"没。"

米娅说:"不知他去哪儿了,包也背走了,到现在还没回来,电话也不接。"

3

这个晚上，到 11 点，金岩还没回来。

金缨在追问了一遍李爱娟跟儿子说了啥之后，就带着李爱娟出门，赶到了幸福家园，跟米娅一起去找金岩。

快到 12 点钟的时候，他们在幸福家园小区门前的天智街口，看见金岩背着个大包，一步步地走过来。

她们冲着他喊："你去哪儿了，手机也没开？"

金岩的眼神有点迷糊，他告诉她们："我去找工作去了。"

"怎么找到这么晚才回来？"她们抱怨他，他嘴里嘟嘟囔囔着一些理由，她们也没跟他论理，因为时间不早了，以后再说吧，虚惊一场就好。

金缨、李爱娟在路边跟米娅、金岩分手，她们回老机电厂的宿舍，金岩跟着米娅往幸福家园小区走。

一路上米娅一声不吭，金岩小心翼翼地留意她的脸色，看她是否在生气。

走在小区的林道上时，米娅终于回过头来，说："你背这包干吗？"

他局促地笑了笑，他告诉她，他在城西广场坐了好一会，他在想，还要不要回来耽误她了？回来的话，她会让他滚吗？后来，他还是放不下，也没地方去，就厚着脸皮回来了。

他说："我想，你能不能再给我一点时间？我会想办法的。"

他脸上的虚弱一览无遗。米娅心中滋味万千，刚才他妈已经在马路边对着她哭过了一场，说"自己心里有多么喜欢她这个未过门的儿媳"，说"我儿子去哪儿找你这么好的姑娘"，说"自己嗓门大性子急其实是耳朵聋的关系"，说"我心里是很在乎你的"，哭得稀里哗啦，吓了她一跳，以为是演戏。后来，那女人又从手腕上捋下一只金手镯，往她手腕上套，说"这是金家传下来的，金岩奶奶给我的，现在就交给你了"，搞得路人回头打量，场面尴尬。

路灯下，米娅踢了他一脚，说"滚"，又伸手抱住他，说："别说了，上楼吧。"

4

一星期后,丁咚骑车经过中山路的时候,看见米娅在路边走。

他停下来,喊住她,问她去哪儿。她说去排版公司。

他问她还买不买房。她说不买了。

"不买了?"丁咚问。

米娅笑了笑,小小的脸上表情淡然,她说:"就算认了吧,不买了。无论我怎么算,这房子的砝码加上去的话,我都过不好眼下的生活,哪怕我搞来另一半首付,还有房贷、月供。算了,现在不买了。"

因为是自己的表姐,丁咚就直接问:"是金岩不给力?"

米娅告诉他:"有关系,但不完全是,哪怕我拿着我爸妈给的一半首付,火速再去找另一个人,也会碰到人家愿不愿意,有没这个能力,以及愿不愿意买个房子还考虑给你爸妈留一间让他们过来同住这些问题,所以,这也很烦。因为设置了条件,条件就是你手里拿着的这'半张车票',你有条件,别人也会有条件,想着都烦,所以,没这么容易,我想了一星期,觉得自己再愁下去会生病的,就算了,顺其自然吧,要不怎么办呢?所以,放下了。再说,我也吃不消用我爸妈的钱,他们都到这把年纪了,用掉了他们的钱,他们以后养老怎么办?我挺抗拒用他们的钱的,我都这么大了。"

丁咚笑道:"所以,就这么放下了?"

米娅说:"嗯。"

大街上阳光炙烈,车流飞驰。丁咚和米娅往路边的梧桐树荫下走。

米娅说:"我对被房子绑架的生活也比较畏惧,经济能力越有限,就越怕被绑住,像只小蜗牛,不能有闪失。丁咚,最近这两天我想明白了,买得起就买,买不起租也行。房子是租的,生活可不是租的,能在这儿待下来最好,待不下来去周边中小城市也行,我身边好多人都这样。世界这么大,何必像只小蜗牛? 如果连眼下的日子都过不好,那就是跟自己过不去,所以,顺其自然,再说再说,也只能这样了。"

她说她的道理,丁咚听得明白。

其实他自己也一样，混着过呗，要不怎么办呢？

丁咚知道她暂时不买了，但他也知道她妈家迎不会放下，他问："那你妈呢？她不是想回尚城吗？"

米娅说："她这么想来尚城，她自己买她自己的好了，她就用她给我准备的那些钱为她自己买个小户型好了，等我有条件的话，我愿意帮她还一部分按揭。说真的，我从初中毕业离家来尚城读书起，就一直比较独立的，我和我妈这么久没一起住了，想着以后她要跟我住一起，我看还是算了吧，要吵架的。"

丁咚想起了家迎姑妈心事重重的脸。

他发现，她这女儿显然跟她不一样，她这女儿在说："来这里买房是我妈的梦想，她在我很小的时候就把她的梦想绑在了我身上，而现在，我越来越发现自己没这个能力，我只能认怂，我只能告诉她我能力有限，可能帮不了她，否则我每天发愁，要抑郁了。"

丁咚笑道："嗯，也对，只是这有点可惜了那'半张车票'，房价涨上去，就等于它在毛掉。"

米娅说她不想要这礼物，"这礼物压力太大"。

十七　停车

1

买房上车的雷岚并没随车走远,她陷入了巨大的忙碌中。

有天雷岚路过"良屋"华北路门店的时候,推门进去,给丁咚送了一盒手工年糕。丁咚发现她面容疲惫。

果然,她说:"最近我在翻译一批国外的经济学资料,天天熬夜。"

"这么辛苦?"丁咚问。

她笑道:"挣钱呗,银行月供得还,向人借的钱也得还,欠了一屁股债似的。"

"每天一觉醒来,先想想你的房子在涨吧,然后呢,你就会觉得欠钱没啥了不起,不欠债的那些人过两年一定觉得自己是个傻瓜。"丁咚说的这话,是中介小哥最近劝人的行话。

雷岚告诉丁咚:"这翻译书稿的工作,还是米娅给牵的线,是他们出版公司的活儿。"

"稿费高吗?"丁咚问。

"不算高。"雷岚笑道,"但也还好啊,多少补贴一点月供。"

"月供每月 6500 左右,你跟天帆合起来不是还好吗?"

雷岚告诉他:"合起来的是一块,我欠锦兰师姐的钱也得还呀。丁咚,我发现,天帆做医生的,工资也不高,又是那么专业的一个人,他不可能像我这样想着法子去挣钱,如今要他一起交月供,这其实是难为他了。你知道吗,他以前是常常'月光'的,他本来就没这个供房的需要,是我需要，这我明白，所以，我识相点，就多忙一些，多付一些。他爸妈已经支持了很多，那是他的功劳。"

丁咚看着她脸上丰富的表情，心想表哥走狗屎运了。

他说："你思想倒是好的。"

她笑道："不是思想好，是不敢硬性要求，这我还是识相的。因为一要求，就把人当老公了，恋爱还没谈几天，就要给人家做规矩了，这怎么受得了？得把他吓跑了。"

丁咚笑起来："你别吓他，你跑得太快，人家跟不上。"

她笑道："我会注意的。"

这么说笑着，丁咚还果真发现，这女同学在这么一通狂奔买房得手之后，依然没能收住脚步停下来歇一口气，因为要还钱，她又在跑了，而且同时在如下五个跑道上开跑：

1. 兼职翻译，为出版公司翻译书稿。

2. 重新拾起大学时代给人摄影赚钱的活计，以她的摄影专长和服饰搭配特长，在微博、豆瓣等平台推出"都市森系风格"人像摄影，吸引粉丝，接受订单，目前已揽到了几单，上星期，有一对准备结婚的恋人都找上门来，说喜欢她的调调，"低调中的华丽"，"洋气，不媚俗"。

3. 应科创园一家游戏公司之邀，利用工余时间，兼职做文案策划和海外推广联络。

4. 计划与好友潘琪在科创园东区开一家书吧，名字都想好了，叫"换酒"，资金由几位朋友合筹，主理人将由潘琪担当。

5. 更大的动作是，与高中老同学、两位物理高手组了一个团队，合伙在网上创办了一个名为"中等生学习"的教育平台，对中等生理科学习能力和最弱知识点进行数据分析，设置因人而异的"个性化练习本"板块，进行线上辅导和流量吸引，一旦条件成熟，就租场地，聘师资，开展线下课堂教育，投入真正的个人创业。

雷岚告诉丁咚这些她最近在张罗的事。她的讲述很具画面感，丁咚只觉得目不暇接，然后，就好像看着她一路冲锋，跑到离他越来越远的地方去了。

丁咚眯着眼睛，说："那么，我现在是不是可以称你雷总了呢？"

雷岚笑着起身，说："在不远的将来。"

他装出酸酸的样子，说："就不带我玩吗？"

2

雷岚从丁咚那儿出来后，给师姐锦兰打电话，说想去看看她。

锦兰说自己在"紫云"瑜伽馆，"正空着，你过来吧"。

"紫云"瑜伽馆在绿地公园旁的凯瑞大厦三楼，雷岚走进去的时候，闻到了淡淡的檀香，轻悠的古琴声在空中流淌。

透过落地玻璃窗，雷岚一眼看见了师姐锦兰穿着黑色长裙，坐在会员休息区白色的沙发上。

锦兰见雷岚来了，就起身，向雷岚招手，仪态优雅。

今天雷岚是来向师姐道谢的，她告知师姐自己已经买好房子了。

锦兰说："不谢，借你的这点钱能帮到你就好，别客气，房子买好了就好。买在哪儿呀？"

"在城东，林湾尊邸。"

"哦，城东。"锦兰给雷岚倒茶，幽幽的桂香从陶杯里逸出来。

雷岚说："师姐，我借用了你13万，剩余的4万，我明天给你打回来。这借的13万，我想分三年还你，可不可以？"

锦兰笑道："没关系的，我不急，你慢慢还好了，或者，你以后有钱了一次性还给我也行。"

在她们说话的这会儿，雷岚能看见左侧空中瑜伽教室的一角，紫色纱幔在随风飘动；而右侧的静思教室里，绿色的瑜伽垫上有几位女士在安详地打坐冥想。透过落地玻璃窗，绿地公园的香樟树近在咫尺，大片绿色被引入了室内。

雷岚问师姐："你现在怎么样了？"

锦兰笑了笑，轻声说："离婚的事办得差不多了，快了。"

雷岚看着左侧的空中瑜伽教室，微风在吹动紫色的纱幔，雷岚说出心里的不解："师姐，我原来还以为你过得好好的。"

锦兰瞅着她笑，说："你的眼睛告诉我你在说假话，没人会这样以为的，从我结婚那一天起，就没人觉得，谁都觉得我和他各有所图，自然会各有代价。那时候我未必不明白这点，但那时候我即使明白这点，我也特别想掠过一些阶段，好在跟他结婚后，我们各取所需，还算融洽快乐。最近这些年，随着我年纪渐大，我也像有些嫁给有钱人的女人一样，忍过他外面花花草草的传闻，也打退过那些觊觎正宫位置的三儿。这些我都忍了，我们的分歧不在这些方面，我们的分歧主要在于生育问题，他一直不肯跟我生小孩。"

锦兰看到了雷岚眼睛里的疑惑，她说："当年他和我结婚的时候，他前妻和他的三个子女跟他是讲好条件的，那就是他不能跟我生孩子，这条件不说你也懂，因为涉及他们在家族企业里的利益和股份。当时我还年轻，没把这看得太重，但后来，我发现我是那么喜欢小孩子，尤其近两年，眼看自己快错过生育期了，想有个孩子的念头越来越强烈。为这事，我跟阿秋吵过多次，但都没用。也可能，从他的角度，他没错，他要遵守诺言，而从他子女的角度，他们有言在先，也没错。那么，我算啥呢？年轻的时候被他捧在手里，我没觉得这是个问题，后来，越来越感觉到了，生孩子这女人最基本的权利都无法如愿，我在这个家其实什么都不算，我想，如果不开心，我干吗还要在这里跟他过呢？我不想跟他过下去了，我想走了，我想生孩子，我不想错过生育期的最后一班车。"

雷岚看着师姐美丽的面孔，那双美目曾经顾盼生辉，而如今眼角有了细纹。

锦兰说："我想明白了，人生不会来第二遍，不开心就转身走。跟了他10年，对一个女人，这时候撤有点晚了，但还来得及，我想还来得及。"

雷岚问："那么，你离婚后，还准备生孩子？"

她心里想的是，怎么生啊？

锦兰笑了笑，告诉她："我现在有一个朋友了，其实也是多年的同事。以前在艺校的时候，我就知道他喜欢我，我那时没选择他，觉得他是个不懂事的小男孩，其貌不扬，一天到晚拿着一支笛子在呜呜地吹。这些年，我们一直是剧团同事，在舞台上一直有合作。雷岚，人这一生就是很奇怪，我18岁的时候对他没感觉，但到这个年纪，我只要站在台上，就能听得出他笛子里的一颗心，那种默契，你演过戏，就应该知道。这些年，他一直单身，有一次剧团演出之后喝庆功酒，他喝多了，就说多了话，原来他一直在喜欢我。"

　　雷岚睁大了眼睛，她想起来了，那天在"戏剧盒子"后台，聆听过那一片如丝如缕缭绕不绝的笛音。

　　雷岚说："这么说，你离婚后，会跟他结婚？"

　　锦兰垂下了眼睛，说："也可能。在别人眼里，我转了一圈，花了10年，带着分到的19套房子，又回到了当年的爱慕者身边，这是个策略，甚至是一个圈套。这年头，人会把人想得很坏，但他们怎么不算算，别人宁愿给你19套房子也不愿跟你生孩子，这得有多铁着心？你还不难过，那你对自己得有多铁着心。有那么多房子，你不开心的时候，它们也就是空屋子，不是一个家。以前我青春貌美被别人捧着的时候，这些啥都看不到，现在看到了，就觉得自己没必要这样了，人生不会再来第二遍。"

　　雷岚在听着。

　　对面的空中瑜伽教室里，纱幔在轻柔地飘动。

　　锦兰说："这19套房子，听着有好多，是不是？我把它们带走，这是理所当然的，因为我把最好的10年给了他，想到李凡生等了我10年，我心里有多后悔，为他难过。"

　　雷岚安慰师姐："想明白了就好，走出来就好了。"

　　雷岚告诉锦兰自己的情感状况："我最近找了一个男朋友，是个医生。"

　　锦兰赞道："医生好，技术傍身，靠本事吃饭，实实在在。"

　　锦兰看得出师妹如今的利落和干练，这样的女生，又职业，又精明，看人识物是不会搞错的，这一目了然。

她对雷岚说:"好好恋爱,首次婚姻要慎重,姐这10年,到现在算是明白了这一点。"

师姐妹又聊了一会儿后,雷岚起身告辞,锦兰送她到电梯口,雷岚邀请师姐哪天有空去她的新房子玩:"我最近想去买一些家具,把它布置起来。房子不大,跟你那些豪宅比,是小宅门。"

锦兰笑道:"小宅门有小宅门的实在,顺畅了,就是大欢喜。大宅门呢,我也算待过了,复杂起来,再大的房子都装不下盘算和郁闷。"

雷岚下到一楼,穿过大厅,她走下凯瑞大厦的台阶时,一辆奔驰刚好开到她的面前,一个衣冠楚楚的男士从车里出来。他戴着眼镜,拎着公文包。他仰脸看了看凯瑞大厦,舒了一口气,他也看了一眼长发飘然的雷岚,雷岚从车边走过去。

他是蓝洲集团董事长常淡秋。

他沿阶而上,进入大厦,乘电梯到三楼,走入"紫云"瑜伽馆。他环视了一圈,然后走到了会员休息区,走到了锦兰的面前。

对他的独自前来,锦兰有些意外,而对他提出的那些建议,锦兰没有任何诧异。

他对锦兰说:"如果你喜欢,这瑜伽馆你继续办下去,我请你管理,定个年薪,我们即使离婚了,生意上还是可以一起做的嘛。"

锦兰笑道:"这你放心,这些会员跟了我好几年了,对他们,我得尽责,阿秋。"

他盯着她低垂的眼睛,叹了一口气,说:"都一起10年了,为什么过不下去了?公司发展到这个阶段,我个人生活的变数,以及与它相关的传闻,会影响公司的声誉,锦兰,我再提一句,以大局为重,别离婚了好不好?"

她看着静思教室,打坐的女士们已结束冥想,教室里现在空空荡荡,她说:"阿秋,这事不都已经说清楚了吗?到这个时候,还把问题绕回去?咱们不要再说了,否则又要吵了。"

他压低声说:"我知道你变心了,我现在也知道你的那个人是谁了。"

她没响,心想,你的那些花花草草我也忍过了。

他说:"我这人一向不爱原谅人,如果别人对不起我的话。但是,对你不一样,你从小姑娘时就跟我了,一直跟了这么多年,我原谅你,你别被人骗了,你跟我回家,我不计较。"

她笑了一下,抬起头,说:"正因为跟了这么多年,我现在不想这么过了。"

"你是嫌我老了吧。"他看着她,苦笑了一声,"也是啊,你现在离开我,带着你分到的19套房子和资产,随便跟哪个相好,跟哪个小鲜肉都可以过得很好了,你现在是很俏了。"

她说:"你别这样说话,阿秋,19套房子又怎么样?我10年换了你19套房子,如果你觉得划算,你就别在这儿说了,如果你觉得亏了,你把我如花似玉的10年还我。"

她起身,走向右侧的静思教室。

3

谈了女朋友、买了房子的项天帆,没觉得自己处于谈恋爱的状态。

因为,每个双休日,或者某个不加班的晚上,雷岚都在忙碌:译稿、摄影接单、网上授课、兼职。

她忙着赚钱,来不及跟他花前月下,你侬我侬,营造浪漫。

甚至,连一起约会吃饭,她都精打细算起来:"省省吧,要不我们自己买一些菜,回新房子去做吧?"

天帆笑她:"怎么这么省?"

雷岚笑道:"有月供啊,谁让咱有月供呢?"

这个星期天的上午,天帆在睡懒觉。他以为雷岚在兼职,所以没安排节目。

他对这一天的打算是上午待在家里,多躺躺,听听音乐,前两天连着几台手术做下来,有点累;下午呢,如果雷岚有空了,问她去不去美术馆看米罗画展。

他没想到,这个上午雷岚"中等生练习本"的难点分析课结束得比较早。

雷岚打电话过来的时候是 9 点 30 分,她约他去宜家,她说:"我们再去看看,还得购置几样家具,我想尽快把房子布置起来。"

天帆躺在床上,接着电话。

这个上午他不太想去宜家,他说:"这么急干吗?房子已经买了,买东西慢慢来。"

雷岚在电话那头笑道:"添置一些基本家具后,房子就可住可租啦,否则,这么空着多浪费呀。"

天帆说:"能浪费多少?房子都已经是我们的了。"

雷岚笑道:"房子空置是什么概念?相当于你每天在大街上当众撕掉几百元,而另一边呢,你每天都在还贷。"

当众撕钱?这话说得形象。

天帆就答应道:"好吧,我起来,去吧。"

他们从宜家回到自家"小宅门"的时候,已经是下午两点了。他们带回了一张书桌、一个书架、两张单人床、一个组合柜的配件,大盒小盒,堆放在客厅里。

美术馆当然是去不成了,因为有活要干了。

他们蹲在地板上,对着图纸,进行组装。

即使是干这样的活,天帆的那双手也体现出了卓越的灵巧性。

他微皱着眉,拼搭着一块块板材,他拧着螺丝,家具在他手中渐渐成型,他陷入安静中。

看他专注的样子,雷岚问他累吗,她说:"你歇一会儿吧,你的这双手干这活是大材小用,组合柜我明天自己再过来装,我行的。"

天帆笑笑,没响,他埋头干活,像众多技术男。他做事时投入、专注、寡言,带着好奇心。

雷岚指着两个房间,说自己要开始分配宿舍了,"天帆,你要哪一间?

好吧，主卧给你吧"。

天帆抬头，擦了一把脸上的汗，未置可否，好像没觉得幽默。

雷岚笑道："你住不住随你，我呢，可能会尽快搬过来，因为我家太挤了。"

天帆点头说："你住好了。"

他低头拼装组合柜，在熟悉了安装窍门之后，他的动作在加快。

雷岚有些诧异他的反应平淡。

她就笑道："你住不住随你，我呢，在我妈的眼皮底下，现在我当然不可以跟你未婚同居，但你一间我一间，我想那是没问题的，就相当于合租呗。我们在自己的房子里合租，这蛮好玩的，你那边男生宿舍，我这边女生宿舍。"

天帆抬头，笑了笑，说："我不住，我住自己家里，上班也近点。"

他淡漠的反应让雷岚感觉没趣。

忙到傍晚，天帆终于装完了。房间里有了这些家具，空间丰满了起来，像个可以住人的家了。

天帆直起身，去厨房洗手，"哗哗"的水流冲洗着他修长的手指。忙了这么一通，手指有些红了，也有些酸痛。

他听见雷岚在客厅里跟他说话："好了吗？我们吃饭去了。"

天帆说："我不吃了，我要回家了。"

他甩着湿手从厨房出来。他面对她不解的表情，犹豫了一下，决定还是跟她说吧，那个念头在心里越来越清晰了，他想，还是说吧。

他抱歉地开腔："雷岚，我想，我们还是做朋友比较好，我说的是普通的朋友，这会比较好。"

雷岚扶着主卧的门框，惊愕地看着他。

楼下不知哪家孩子在练钢琴，断断续续的旋律飘进窗子里来。

他说："刚才干活的时候，我一直在想，其实，上午在宜家逛店的时候，我就在想了。"

他停顿了一下，观察着她的反应，继续说："其实，最近这一阵子，我也都在考虑这事，一直想不明白，现在我想好了。"

雷岚微蹙眉，听他说下去。

他走到餐桌旁，坐下来，他脸上有不好意思的神情。他说："雷岚，你发现没？我们两个人其实很不一样，性子不一样，节奏不一样，我没你那么快，我也不是那种想到什么事就立马要去做的人，对赚钱呢，我也不像你这么爱琢磨，有行动力。"

他的弦外之音听着有点怪，她让自己笑起来，说："赚钱是因为要还房贷呀，你看我这么忙着，是不是有些嫌烦？"

他没直接回答，继续说："我这人一直比较慢，比较静，但最近咱们相处下来，我觉得自己改变得太多了。"他摇头，笑了笑，说，"雷岚，我这人不能急，一急这双手的感觉就乱了。"

他扳着自己修长的手指，告诉她，自己最近感觉不是太好，几台手术做得都不顺当，心里好像静不下来了，手里的感觉就有偏差，手颤，这是以前没有过的。"从哪天开始的呢？你跟我妈一来一回写信谈房子的那天，她一句，你一句，话里有话，都这么厉害，当天我做手术手就在抖了，两小时如履薄冰。这很糟糕，我知道这是心里有事，心静不下来，手就变笨了。"

她脸红了。

她知道他想说的是啥意思了。

这要命的房子啊，她在心里对自己说，你觉得自己很拼，而别人觉得心累了，迷失了，想撤了。这没什么不好懂的，本来他就跟你背景不同，他没必要让自己太累，也不想让自己节奏全乱，就这意思。

她深埋的自卑在这崭新的"小宅门"里升起来，像虚无的雾气，将她笼罩。

他带着歉意看着她，说："雷岚，就怪我承受力不行，不像那些做生意的人，刀枪不入，我脑子里每天不能有那么多指令，心里不能有那么多事，一会儿房子，一会儿借钱，一会儿还贷，一会儿赚钱，心里的节奏就乱了，一双手就没了感觉。"

于是，她同情地打量他的那双手，此刻它们搁在桌面上。

她想，是这双手给他这个直觉，那就算它们是对的吧，Stop 吧。

她在心里遗憾，她甚至也为妈妈遗憾了一下，她知道，妈妈对此可能会比她更失望。

她倚着门框，让自己从容，她感受了一下心里的感觉。痛吗？说不上，有点空落，也还好，相恋的时间还不长，还来不及深入。还有，他此刻的诚意和迷失也是一目了然的，这消解了她的一部分失意。

她想，频率不同的人，同吃一个苹果，咬了一口，滋味不妥，有人不想吃了，那总有不能勉强的理由，好吧，那就 Stop 吧。

她让自己笑吟吟地向他走过去，她觉得自己已经调整好了情绪。

她伸出手，拿起桌面上他那双仿佛受了委屈的手，握着它们，对他说："OK，天帆，我听明白了，我没问题，我们做回到朋友，我可以的。"

她呈现出来的明快，让他放下了一些不安，他向她点头。

她为自己带给他的烦乱表示歉意。她说："不好意思，我从小跟你不一样，我从小没你的条件，我从小就比较心急。你别怪我，可能是房子让我太急了，你看，还影响到了你工作。"

她扫了一眼那些刚装好的家具，现在它们在她的眼里好似透着荒谬的气息。

她怪他干吗不早跟她直说："即使我调整不过来，至少今天你就不用陪我去买家具了，你看，刚才还忙了一通，这不是白忙了？"

他脸红了，说："思考也有一个过程。"

他站起身，准备回去了。

她没让他这么走，既然恋爱结束，那么作为合伙人，还有需要交代的事情。

她拉他在桌边坐下来，她说："天帆，这'小宅门'现在真成了我们共同投资的项目了，作为项目，我建议先不出售，因为未满两年，现在卖的话，要交营业税，再说，房价还在涨，谁会把一只正在下蛋的母鸡杀了吃呢？"

天帆点头。

她说："这样吧，这房子我也不住了，先租出去，房租补贴我们的月供，差额部分由我多承担一些,你还是安心上你的班。等哪天时机好,我们再卖,利润我们平分。"

他说:"你定吧,反正我已经看出来了,你做事是不会搞错的。"

她说:"租房这事,你不用操心,我托丁咚帮忙,如果有什么事,我跟你妈家春阿姨对接,尽量不打扰你。你嘛,呵,继续缝你的老鼠吧。"

他笑道:"行。"

他起身,走到了门边,他问她是不是一起走。

她指了指地板上的那些包装纸盒:"你先走吧,我收拾一下再走。"

他回头看了一眼这"小宅门"。经过一下午的忙碌,现在它越来越像一个家了,只是,现在两人却准备分手了,像在梦里一样。

他想,好在她也没生气。

"好在我们还是买了这房子,"她对即将离开的他说,"我们还是有收获的,事实上,它最近一直在涨,至少已涨了 5 万块钱了。"

她笑着的样子显得洒脱、爽利,符合她对自己的要求。她向他挥了挥手,说:"合伙人,有空的时候,我们再聚。"

4

当天晚上 10 点,雷岚来到了丁咚的"雨林小屋"。

刚遛狗回来的丁咚,对雷岚的突然而至有些诧异,他更诧异的是雷岚开门见山,托他把她的"小宅门"租出去。

"出租?"丁咚问,"新房子就出租?"

雷岚坐在小沙发上,告诉丁咚,是的,因为自己跟天帆分手了。

她说得非常简洁:"属于非常和平的那种分手,所以,现在我和他想把'小宅门'租出去。"

她见他嘴角上扬,像是在笑。

她问:"怎么了?你不信?"

他说:"没。"

他好奇的是："是你不要他了吧？"

"哪里，我是被分手的，他提的。"她脸红了。

"他现在这么牛啊？什么原因？"

"可能是我跑得太快，把他吓跑了，给你说准了。"

丁咚说："嗯，你们俩确实是相反的人，你太快，他比较慢，差别比较大。"

她嘟囔，差别比较大，爱又不够，还来不及培育，"苹果咬一口，味道不对，就算了，不吃完了"。

"他连苹果都这么挑了？"丁咚揶揄道。

她笑了笑，说："现在，我和他等着在不远的将来卖了房子，挣一票大的呢。"

看她说得这么潇洒，丁咚说："听你这么讲，说明你们俩从恋人到合伙人模式切换还算顺利，那祝贺哦。"

她听出了他的调侃。

他问："难道你不难过吗？"

"我不难过的话，也不会这么晚来你这儿，跟你说这事。"她苦笑了一下，"跑过了房价，上了车，却跑丢了爱情，你说我会好过吗？"

他瞅着她，她的脸上有些迷糊的表情。这是他少见的。

他说："你很快会好的，像你跑得这么快的人不会把这当回事，这叫来不及难过。"

她听出了他的讥讽。

他说："别怪我当时给你们介绍哦。"

她说："哪会，如果没你介绍我和他认识，我也买不了这房子。"

她见他古怪地笑了一下。这笑意刺到了她，她说："你就不安慰我吗？"

他说："你从小就不需要人安慰的。"

她笑了笑，回击道："这倒也是，有什么好安慰的。我好歹还是有所得的，半套房子，像你还没有呢，所以，也没有什么好安慰的。"

她扬了扬头发，站起身，说："好啦好啦，不多说了，你尽快帮我们把

'小宅门'给租了。不早了,我得走了。"

丁咚从地上拿起一小盆四季兰送她,告诉她,看看它好看的样子,会好过一点。

雷岚没要:"还是养在你这儿好,我养不了几天它就会死的,疗不了伤,反而把它养死了,看着更不好受。"

丁咚将她送到大门口,夜色中,他看着她沿着街边飞快地走远。

在他的眼里,这个已经上车了又分了手的女生,现在手里拿着的是"半张车票"。

十八　争锋

1

星期一的上午，丁咚骑车来到了华英路。

他在"精锐图文"文印店门前停下来，他看见他爸丁家风坐在店里，正在刷手机。

丁咚平时很少来这里，今天，是丁家风喊他过来修电脑。

丁咚走进店。这一刻店里没有客人，30平米的小店里，打印机、复印机、电脑摆得满满当当。

家风见丁咚来了，就把老花眼镜推到额头上，他指着身边一台电脑，告诉儿子："是这台。"

丁咚在电脑前坐下，开始给电脑杀病毒。

家风问："你跟丁松谈过了吗？"

丁咚说："谈了。"

家风说："谈了也没啥用。他已经不跟我说话了。他从家里搬走后，我到现在都不知道他住在哪里。我打电话，他不接，我去他上班的店里找他，他看到我像空气。"

"嗯。"丁咚说，"那么，他跟劳海燕有联系吗？"

"他跟劳海燕有联系没联系都跟我没关系，看样子，他是不想认我这个爸了，就因为我没给他买房子。"家风吐了一口气，叹息道，"人生一场，真的是很残忍，把他当宝贝，到后来落得这么一个结果。"

丁咚说："他说你骗他。"

家风说:"我骗他什么?我原来是想卖了这间商铺给他做购房款,但你看看这周边最近两年哪有生意,这商铺如今没法脱手,卖不了我哪里还有钱?"

丁咚说:"卖了店,你以后靠什么赚钱?"

家风指着小店,让丁咚看:"你看看,有没有生意?一个人影都没有,旁边的两家学校被迁走了以后,生意一下子没了,就是守着这店,我也赚不了钱,你说我到哪里给丁松搞钱去?"

"那你就随他去呗。"丁咚回头,看了一眼家风涨得通红的脸,劝他,"想开点。"

家风说:"丁松这副样子,我以后连爷爷都没的做了。"

丁咚劝他:"我看你做爸都这么费劲,还要做爷爷干吗?"

这话说出口后,丁咚自己一怔。

果然,这话让家风直起了眼睛:"你们都这么看不起我?"

丁咚感觉不妙,好在病毒已经杀完,他站起身,说了声"我走了",就往店门口走。

而家风心里的自卑已被触碰到了,自卑让他猜疑这大儿子对他也有情绪,他心想,也许他是在跟丁松比吧,也许他也指望老子给他买房结婚吧?

这么想,家风就抓狂起来,他觉得自己做这个爸真不容易。

他跟在丁咚的后面抱怨:"你说我去哪里搞钱给你们两个买房子?别人一个儿子都难,我有两个儿子哪,你们逼死我也做不到。"

丁咚回头说:"我不用,你放心,我不会麻烦你的。"

家风以为他是讥讽自己,就说:"老子没钱给你们买房,就这样被你们看不起?"

丁咚已经走到了门口,被家风拉住了胳膊。

家风说:"房子,房子,我告诉你,千万别为房子结婚,结婚也千万别盯着房子,老子吃房子的苦头还不够吗?"

丁咚说:"你不需要告诉我,我就是苦头本身,我不会麻烦你的,我恨房子。"

家风被激得满脸通红:"算我对不起你好了,算我作孽生了你好了。我就知道,你是嫌我对你不好,嫌我给了你这条命,你气不过的话,就打我两拳吧。"

家风拉起儿子丁咚的手,就往自己胸口上捶,"咚,咚,咚"。

架在家风头上的老花眼镜落在了地上,家风情绪冲动:"打吧,打吧,你打吧,如果能让你心里好过一点。"

丁咚惊呆了,他挣脱了爸爸的手,奔出门去,骑上车,飞快地跑了。

丁咚一路飞驰,经过华东路、南一路、沿江路,头脑晕乎。

后来他发现自己坐在滨江公园的椅子上,丁家风的脸在他面前晃动。

他想,他是不是快疯了?

后来他看手机的时候,发现丁家风在"丁家大群"里诉苦,丁家风传了一张老花眼镜落在地上的照片,丁家风在说:"碎了,没钱给儿子买房,被骂,被鄙视,被打。"

群里的大人小孩都聪明地闭嘴,不吱声。

2

家风在群里诉苦的时候,家迎正坐在女儿米娅的出租房里。

这两天她又来尚城看女儿了。

这一刻,她在对米娅说话。她说:"你看天帆的女朋友,谈了一场恋爱,就解决了半套房子。"

米娅说:"我不是她那样的人,你没看见天帆和她吹了?"

家迎说:"我没让你成为她,我是说可以学习别人的行动力。"

米娅没吭声。

家迎问:"买房子金岩那边还是使不了力?"

米娅微微摇头:"这段时间我想过了,我不准备买了,因为就我现在的能力,我不想被这么一个水泥盒子套住。"

家迎微微皱眉:"怎么能不考虑呢?现在不行动,以后在尚城安家的成本只会更高，从妈妈上次回去后，尚城房价又涨了不少，这等于是爸妈给你准备的首付款又少了一些。要不，妈妈这次回去就把钱打给你吧，你拿在手里自己看着办？还有，如果男朋友那边真的使不了力，爸爸妈妈再想想办法看，我这次回去再借点凑点，先买个小套房。"

米娅摇头说："钱你不要打给我，我不想看着办，因为我办不了，因为我也未必一定要在尚城待下去，如果这里生活成本高，那我可以去成都、嘉兴、湖州，甚至出国发展。"

家迎瞅着女儿脸上一点点透出来的倔气，笑道："别傻了，去成都、嘉兴、湖州？那儿工作机会有尚城多吗？全国各地的人都在往尚城跑，你都已经在这里了，还要走？还有，如果不想待在尚城，我们为什么高中就来尚城了？你年纪小小就离开家来尚城借读，爸妈朝思暮想，我们付出了很大的代价了，不就是为了能在这里留下来吗？"

米娅说："那是为你自己，为你自己这一辈子做的尚城梦。妈妈，我现在可能帮不了你完成你的梦了，因为它变得太贵了，你别指望我了，你也别指望我找某个男生帮你完成你的梦。"

家迎哭笑不得："帮我完成我的梦？妈妈自从有了你，妈妈哪还有自己的梦啊？妈妈做梦都希望你过得好，妈妈做梦都想让你能在尚城安个家，这才是妈妈的梦，因为妈妈太知道一座大城市能带给你什么，妈妈的梦想现在也就剩这点了。"

米娅心想，说来说去，你还是把你的梦想跟我联系在一起了。

米娅说："无论是你的梦，还是你对我的梦，只要变成对我的要求，就是压力了。9年前我就带着这个压力来这里寄人篱下读高中，然后，上大学，上班，你看到的是我什么时候落脚，你没看到我一个人在尚城的感受。这个压力现在越来越大了，因为这个梦太贵了，贵到了要用一生付出来换一套房子，这个梦通过房子，对我该具备怎样的个性、找怎样的男友，都提出要求了，我做不到。我看透它了，我累了，我可没觉得非得待在哪儿做只蜗牛才是梦，我还年轻，我还想自由，没想被某个梦压死。"

家迎说："年轻？一晃眼就不年轻了，有些压力也只有年轻的时候去扛，为自己，也为后代。你以后自己做了妈，你才会懂妈妈现在的心急，妈妈希望你过得好，希望我们的后代站在一个更好的平台上，如果妈妈当时留在尚城，你现在就没这么吃力。"

米娅看着桌上那盏橘色的台灯，笑了笑，对妈妈说："如果我自己都没法过得开心，还考虑什么后代，我不开心，能让他开心吗？难道要他帮我实现我的梦想？每个人都有自己的梦，自己的梦得由自己来完成，如果你想回尚城，你就用你的钱给你自己买个小户型吧。你们的钱我不要，我吃不消啃老，这样买来的房子，对我只有压力，我不能压力再大了，前一阵我整天想这事，都快抑郁了。"

家迎说："买房子这事让你纠结，是因为关系到金岩吗？其实，你该纠结的不是爸妈对他提要求，而是他带给你了什么，还是他透支你了什么。"

米娅说："你看不起他，但他让我安心，这些年我漂在这里，他让我有相依为命的感觉，温暖的感觉，这也很必要。"

听女儿这么说，泪水在家迎眼眶里打转。

米娅看了一眼妈妈，说："我从小到大，你们已经给我花了很多钱了，我不想用你们的钱了，同样，我也不想去逼人家的父母了，最近几天我一直在想这事，逼死人家也没用。"

米娅要妈妈想开点，她说："我这个年纪的人，很多人也都在租房过日子，房子是租的，生活可不是租的，我相信房价是会跌的，难道一直涨上去吗？"

母女俩谁都没说服谁。

家迎哀愁难抑，当晚她没在女儿住所留宿，而是直接坐高铁回滁州了。

高铁在夜色中飞驰，家迎想着女儿逆反的眼神，心想，你什么时候能懂事呢？房价可等不及你懂事的时间。

邻座一位穿蓝色冲锋衣的女士递给家迎一张餐巾纸时，家迎才发现自己泪流满面。

3

晚上10点，丁咚推开数码城楼下"创咖啡"的玻璃门。

他看见弟弟丁松正在擦桌子，准备打烊。丁松是这家咖啡店的店长。

丁咚说："我路过这儿，顺便进来看看你。你最近怎么样？"

丁松放下抹布，找了一张桌子，和丁咚一起坐下，说："一般般。"

"你现在住哪儿？听爸爸说你已经从家里搬出去了。"

"我和小丽借住在一个朋友的房子里。"

"你对小丽说了吗，爸爸没钱给你，你没钱买房？"

"没，先拖着没讲。"

"还没讲？"

"不知道怎么讲。出尔反尔的事，我没脸讲，再说，她怀着孕，我怕她情绪激动，也没敢讲，我只能先拖着，先稳住她。"

"先稳住她？"

"嗯。我对她说，你现在怀着孕，跑来跑去看房不方便，即使我们买了房，还要装修，刚装修的房子不环保，会影响胎儿发育，我们过一段时间再买吧。这样我先把她稳住了。"

"但你总得跟她说实话，拖下去的话，她只会更觉得你在骗她。"

"嗯，真的很纠结，晚上想着这事都睡不好。"

"听爸爸说，你已经很久没理他了。"

"我不想理他。"

"他一直对你这么好，你就算了吧，我看他是真的没钱。哪怕他还有几个钱，如果你都拿去买房了，那他以后养老怎么办？"

丁松支棱着眼睛，说："跟他一说话，我就觉得烦，不想理他。"

丁咚说："他一离异人士，以后没钱养老了也很可怜，到时候压力还是在你我身上，你别跟他较劲了，不值。如果他真的把那商铺卖了，以后只能摆地摊去了。"

丁松无语。

丁咚说:"他今天让我揍他,说是为了给我解气,他自卑得快疯了,你还是回去看他一下吧。他要是真疯了,也是我们的负担。"

丁松无语。

丁咚问弟弟:"你借朋友的房子在哪儿?"

"在东方苑小区,也借不了多久了,你能不能帮我租一间?"丁松问这做中介的哥哥。

"租房子?"

丁咚突然想起了雷岚天帆的房子,那个"小宅门"。

他告诉丁松:"对了,天帆表哥买的新房子最近想出租,要不你就向他租吧。房子在城东新城,那一带的小三居租金大约4500元左右,你直接跟天帆表哥或家春姑妈谈,让他们给你便宜点,我想他们会肯的,你不用通过我,你们自己谈。"

丁松说:"好的,我问问他们看,不过4500元对我来说贵了,不知能便宜多少?"

丁咚说:"你们自己谈。"

丁咚跟弟弟告辞,他在走出咖啡馆之前,决定借给丁松4万元:"我这两天转给你,你先用吧,你租房子也正好用上。"

丁松万分感谢,他正需要用钱。

两天后,丁松租下了雷岚天帆的"小宅门",月租4000元。

四天后,丁松和小丽就住进了"小宅门"。

至此,"小宅门"作为雷岚和天帆共同投资的项目,正式进入运转:在随后的日子里,它像一只风筝,随楼市热风翻飞而上。到当年12月,它的市场价已值210万元,到第二年9月,更大的狂飙袭来,限购令再次出台,一夜之间,它涨到了270万元,进入2017年春夏季节,它更是扶摇而上,在"限价""惜售""新房难买""茶水费套路"的声浪中,它值310万元了。

"晚上梦到它,不是笑醒过来,而是发抖,想到万一没买,那就错过了上车。"雷岚后来对别人这么笑言。

她还说:"当然,我拿着的只是'半张车票'。"

她拿着的是"半张车票"。

在中介小哥丁咚眼里,搭上了车、拿着"半张车票"的她,与车下目送她远去的他,差距由此从 10 万、20 万、30 万、50 万、100 万元,一路拉大。

这让她更加遥不可及。

那就遏制自己对她的惦记吧。

那就祝贺她赚到了钱吧。

也祝福她此后一路顺利吧。

丁咚心想。

十九　风云又起

1

窗外是2017年的阳光，康可可坐在科创园"雅凯数媒"公司大办公室的角落里。

一身灰黑衣服的她，像一颗灰尘，蜷缩在办公室的边缘地带。

一年前，她终于告别"宅居式生存"，重返职场，如今一年过去，她已渐渐适应了这里。

可可的工位在角落里，她的身后是一间小杂物间，如果往后退几步，人就可以退进杂物间，让自己陷身于那些废弃的电脑和纸箱中央。

可可很喜欢这个小角落，如果不吱声，就没人会注意到她的存在。

而只要她竖起耳朵，就可以听见这屋子里大大小小的声音。

这个上午，可可听见雷岚在她半敞开的办公室里给"第一工作室"的人布置选题，听上去，选题好像跟房产有关，因为雷岚在举"小宅门"涨幅的例子，"晚上梦到它，不是笑醒过来，而是发抖"。

这个上午，可可还听见"第二工作室"的人在窃窃私语："不想上班了，想放下手里的活，马上去看房子"；"二手房成交量昨天破了4000套"；"中介门店挤爆，晚上3点钟都在签约"；"坐在轮椅上的老人也被推进店里去了"；"买家直接加20万，往上加"……

这些声音，让办公室里飘逸着一点"鸡血"的味道。

后来可可听明白了，"鸡血"其实来自最近的一则传闻——"有关部门为调控房价,从下月起,将对房产个税进行调整,从1%提升至20%"。

可可听见他们在说,这传闻不知是真是假,但它却引来了激荡,连日来各家中介门店被人挤爆,二手房成交量和房价比翼双飞,连创新高。

每当别人谈论房子的时候,可可也在想她的房子,"尚城公馆"。

她如今坐在这里,就是为了能早日重返她的新屋。

就目前的成效来看,很不错,以她如今上班的薪水,加上做微商和外接版式设计的收入,已可以覆盖月供了。

她也已经找租客谈过了,说自己要住了,不想租了。

让她没想到的是,租客家里的小孩快高考了,租客哀求她再租大半年,等孩子考完马上搬。那个小男生呆萌的样子让可可有些心软,再加上租客是妈妈同事的妹妹,她也不太好意思强来,就答应了。

那就只好再等一等吧。

只是这样的等待,对可可来说,有点煎熬,这是因为自她重返职场后,她妈丁家李虽放下了一桩心事,但另一桩还在心头,那就是催婚。所以,如今可可下班回家后仍无法摆脱被催婚的氛围,有时看着爸妈忧心忡忡的样子,她真想夺路而逃,逃回公司这个小角落里。

今天可可一边干活,一边听同事议论楼市,坐在她外侧的男生贾俊突然转过脸来,对她说:"民政局门前排长队离婚,我靠。"

可可不知该说啥,就没理他。

因为她既不想结婚,也不用再买房了,所以,在这个问题上无语。

在这间办公室里,可可最怕跟人尬聊。

来这儿的这一年来,可可少言寡语,小心翼翼,怕多事,怕被人觉得怪,怕被人嫌弃动作慢。好在到目前为止,一切安全,没发生状况,她觉得这得归功于两点:一是有雷岚,有她等于是有一座小靠山;二是有贾俊,有他等于是有人给自己垫底。

很明显,这个名叫贾俊的男生,比她更慢,更笨手笨脚,更招人注意。

贾俊今天想跟可可聊聊"民政局排队离婚",可可没反应。贾俊敲了一会儿键盘后,被雷岚叫去了她的办公室。贾俊迈着慢悠悠的鲨鱼步过去了。

可可听见雷岚在给贾俊布置晚上加班的工作。

可可听见贾俊在说:"我晚上要去相亲。"

雷岚说:"怎么还没相好?问题出在哪儿?"

贾俊说:"没有房子。"

雷岚说:"房子你不是卖了吗?"

贾俊说:"卖了,所以没了。"

雷岚说:"那就想办法先解决核心问题,做事要有目标导向。"

贾俊说:"好的,目标导向。"

偷听的可可忍俊不禁:目标导向?

可可想起那个"小宅门",它是目标导向的结果吗?

她不禁暗笑起来。

2

这个上午,沐浴着同一片阳光,在距离科创园 5000 米远的河柳新村小花园里,丁咚的爷爷、可可的外公老丁铁在跟人下棋。

77 岁的老丁铁面色红润,一头灰白短发,整齐得像是板刷。

老丁铁一边下棋,一边听其他老人聊天。他们聊的不外乎是子女、国际大事,还有房子,稀里哗啦,像一地纷飞的鸡毛。

听着听着,老丁铁就有些走神,连输三局,被人换下,就坐到一旁的长椅上休息去了。

坐在暖暖的阳光下,老丁铁渐渐有了睡意,迷迷糊糊中又被老张师傅叫醒了。老张师傅对他说:"听到没有,老丁,你那点房子,现在不能告诉小孩你准备给谁,否则他们会跟你闹得鸡飞狗跳的?你越不说,他们就越对你有盼头,就对你越好,等你哪天走了,随便他们去。"

老丁铁睁开眼睛,笑起来:"鸡飞狗跳?我的那点小破房,能值几个钱啊？"

老张师傅说："哎哟，值几个钱？咱们这儿的房子现在差不多值400万啦。"

"400万？"老丁铁笑道，"有这么好的事？瞎讲。"

他心想，我们家的都是老实小孩。

老丁铁闭上眼睛继续打盹儿，阳光下，家桃、家李、家迎、家春、家风和他们的子女美缇、可可、天帆、米娅、丁咚、丁松的脸在他脑海里晃动，一张张都带着他老丁家的厚道表情，那是他在这世上的宝贝。他想，这么好的太阳，他们在忙什么呢？

他突然决定去看看丁咚，他知道孙子如今穿得笔挺在华北路卖房子，华北路离这儿不远，走过去四个路口。

他就站起身，对老张师傅说："我去看看我孙子。"

这个上午，"良屋"华北路门店人声鼎沸。

50平米的空间里，热气冲天，30多位争分夺秒的购房客人头攒动，丁咚奋战在人堆中，他不知道爷爷老丁铁已从家里出发，正在向他走过来。

丁咚汗流浃背地指点购房客陈海贝签完合同，然后，他把她送到店门外，让她赶紧去区婚姻登记中心办离婚。

他对她说："你办好后，马上打电话给我，我把你的购房信息录入房管局网站就OK了。"

陈海贝点头。其实即使丁咚不交代，她对此也已熟门熟路，这是她本季度第三次离婚。这三个月里她离了结、结了离，突破限购，已购进了三套房子。

海贝从包里掏出一张纸巾，递给丁咚，让他擦擦额头的汗水。

海贝刚才忙了一通，到现在才来得及对丁咚表现出一点多愁善感，她问："丁咚，你还好吗？"

丁咚说："好的，你去吧。"

海贝说："那我走了，你要多吃点，太瘦了。"

丁咚看着海贝匆匆奔向路边打车的背影,这个长着娃娃脸的前女朋友,如今身着小香风,提着爱马仕,已是名媛范了。

当年海贝跟他分手的时候,还是一个软妹子,当年他俩分手是因为海贝爸妈不同意她找丁咚这么一个来自离异家庭的男生。海贝后来找了一个家里开公司的,很快结了婚。丁咚这些年的生活原本跟海贝没什么交集,直到最近半年,她托他买房子又有了来往。也因为买房子,他目睹了她结了离、离了结的全过程,他笑她"红本本换绿本本,绿本本换红本本",她哈哈笑,笑得像个机智的富婆。

丁咚送走海贝,转身进店,他的肩膀突然被人抓住了。他回头一看,呀,是爷爷老丁铁。

老丁铁在笑,一张脸红彤彤的,像个老小孩。

丁咚愣了一下:"爷爷,你怎么来了?"

老丁铁看着店里的那些人,好奇地问:"这里怎么这么吵啊?"

丁咚说:"你有事吗?"

老丁铁说:"我没事,我在家没事,就过来看看。这里怎么这么多人?"

丁咚把爷爷安顿到一株发财树的下面,他对着爷爷的耳朵大声说:"你在这里先等一会儿,我正忙着。"

然后,他就去忙自己的了,有一对小夫妻正等着他的指点。

老丁铁就缩在发财树的下面看着忙碌的人潮。他看见墙角的复印机被黑压压的人群围得像个蚂蚁窝,有个厉害的小姑娘为插队,与人发生了争执,小姑娘竟然爬上了复印机。他还看见有两个年纪比他还大的老头,坐着轮椅被人推进来了,其中一个还带着氧气瓶。

忙了一圈,丁咚回到发财树下,他把看晕了的老丁铁领到门外,让他透口气。

老丁铁满脸是汗,问丁咚:"生意这么热闹?"

丁咚说:"你先回家吧,我过两天去看你。"

老丁铁看着橱窗里的房价标牌,嘴里念出来:"300万、400万、500万、600万。"

老丁铁转过头来,眼睛闪亮,对丁咚笑道:"这么说,我住的房子也要好几百万了?"

丁咚说:"400万了吧。"

"400万了?昏了头吧。"

丁咚看他对这些牌子有兴趣,就说:"要不你先在这儿看一会儿,我等下陪你回去。"

老丁铁说:"不用,不用,我自己走回去。"

老丁铁嘟囔着"一辈子也赚不了这么多钱",就往马路边走。

"路上当心。"丁咚对爷爷的背影说了一声,就转身进了热火朝天的店里。

3

一个小时后,丁咚接到了朱依奶奶的电话:"丁咚,你爷爷摔了一跤,在中山医院。"

"啊?"丁咚吓了一跳。

他问:"是从我这里回去的路上摔的吗?"

朱依奶奶说:"不是,是在家里,人都已经进屋了,被绊了一跤,跌得很厉害,几个邻居帮我把他送到医院里来了。"

等丁咚赶到中山医院,老丁铁已住进了病房,大腿骨折,不能动弹。

丁咚走进三楼病房,见爷爷躺在床上。

二姑妈家李和四姑妈家春都已经在了,七嘴八舌中,丁咚听明白了,原来是老丁铁开门进屋,兴冲冲地说:"嗨,我们这房子400万了。"朱依奶奶正踩着小凳趴在窗台上晒被子,400万?她被惊了一下,人在小凳上摇晃,但她稳住了。摔倒的是老丁铁,因为他见老伴重心不稳,就想快步上前去扶一把,结果自己被门垫绊倒,结结实实地摔在地上。

见丁咚来了,两位姑妈齐声责怪丁咚:"你以后别刺激老人,什么400万、500万,老人经不起这样激动的,400万,他一辈子都没有的钱,他听了还不跌跤啊?"

丁咚脸红耳赤。

老丁铁同样红了脸，说："这跟丁咚没关系，是我不小心。"

家李抱怨老爸："400万虽好，但你看看，你这一激动，十天半个月是起不来了。"

家春对老爸说："400万，几百万，人住在房子里面，一分钱都没多，激动个啥呀。"

朱依不好意思地承认："是我听着400万被吓了一跳，差点从凳上掉下来。"

老丁铁面有羞色，他想换个话题，因为老张师傅说过的话在他心里闪过，他不想当着这一群子女的面说房子。

两位姑妈继续批评丁咚："老人的血压又不是房价，可以不停地升上去，你这一说，他还真以为自己是百万富翁了。老人要静心，心平气和，老年人最怕的就是跌跤……"

丁咚百口莫辩，这时大姑妈家桃来了，家桃解了丁咚的围。

家桃是带着女儿美缇、女婿虞晴川和小外孙虞豆豆一起赶到的。

跟两位妹妹对老爸、丁咚的埋怨不同，家桃给老爸用精神疗法，她说人得想开心的事，腿就不痛了："哈，爸，别说400万，明年这个时候，你这房子600万，真的，我肯定。"

"600万？瞎说。"老丁铁和朱依奶奶惊呆了。

家桃笑道："河柳新村虽旧了一点，但它是什么地段啊？黄金地段，说不准哪天拆迁的话，那是真发了。丁咚，你说是不是？"

丁咚刚才已被两位姑妈抱怨过了，他这会儿哪敢说是。

家桃见丁咚没反应，就想起了一个事，她把女婿虞晴川拉到了丁咚的身旁，她对丁咚说："你哪天带晴川去看看房子，美缇和晴川他们还想买一套，这次我们让晴川做主。这次我不管了，全由晴川决定。"

虞晴川是一家报社的广告部副主任，戴着眼镜，身材瘦小，比他老婆美缇还矮了一点。他对丁咚微微点头。

丁咚问："你们还有房票吗？"

他这么问，是因为尚城已于去年秋季实行限购，而他知道他们手里已有六七套房子了。

表姐美缇笑道："有啊，他有。"

"也用离婚的办法？"丁咚问。

美缇笑道："我们早离了，上一轮限购的时候，为买房我们就离了。后来一直懒得去结回来，都5年了，结果这一轮限购正好又用上。"

美缇有些得意："最近假离婚的人实在太多，据说要对离婚年限做出限制了，好在我们离得早，怎么限都限不到我们，呵呵。"

病床前的一圈人都傻眼了："离了5年了？你们真够胆子大的。"

家春逗小男孩虞豆豆："豆豆，你是跟妈妈还是跟爸爸？"

虞豆豆说："跟妈妈。"

虞晴川摊手，笑道："我是被净身出户的，啥也没有了。"

病床上的老丁铁说："胡来，5年都不去结回来？"

美缇对外公说："现在为买房子敢离婚的，都是真爱。"

这时丁家风进来了，他听到了他们关于离婚的话题，他笑得尴尬，而其他人都笑得很欢。

四姑妈家春难得遇到中介小哥丁咚，她就趁这个机会，悄声向他咨询："你看，天帆雷岚买的那个房子现在是不是该出手了？"

哦，那个"小宅门"。

丁咚笑道："满两年了，现在价格也在高位，要卖的话，可以卖。"

家桃耳尖，听到了，就对家春说："是不是林湾尊邸的那个房子？你要卖的话，卖给我家算了，我喜欢城东那一片，那里现在通地铁了，挺方便的。"

家春告诉姐姐："我只是问一问，卖不卖最后也得按小孩自己的意愿。"

人在说房子的时候，声音总是忍不住往上扬，邻床病人在皱眉了。家李提醒各位小声点。

于是一大家子人重新把视点落在了老丁铁的腿伤上，老丁铁指了指朱依奶奶，催各位回去："有她在，你们放心，你们好回去了。"他知道有几位要去上班的。

几位子女就一起向朱依道谢:"妈,你辛苦了。"

他们这么客气,是因为朱依是他们的继母。

他们的亲妈蔡咏梅死于36年前化工厂的一次爆炸事故。蔡咏梅去世那年,丁家"桃、李、迎、春、风"五个孩子分别是19岁、17岁、17岁、15岁、13岁。等老丁铁将最小的儿子丁家风拉扯到18岁成人,他自己也到了知天命之年,这时有热心人上门牵线,线的另一头是建工技校的朱依老师,一位大龄姑娘,比老丁铁小12岁。丁家子女对父亲的再婚表示理解,朱依老师就搬进了这个家。此后近30年,老丁铁与朱依老师相偕相伴,一路走来。随着老丁铁进入老年,丁家子女越发庆幸老爸能跟朱依老师结缘,别的不说,你就看看朱依老师这些年把老丁铁照顾得面色红润,清清爽爽,没她还真不行。

丁家儿女在离开病房前,还需要排一张送饭的日程表,小学数学老师丁家李飞快地安排着:"一周七天,家桃、我、家春两天,家风一天,依次轮流,我把表发在丁家大群里。"

丁咚的手机在响,他知道客户在找他,他就先告辞出来。

丁咚走到医院楼梯口的时候,听见有人在后面喊他,回头看,是大姑妈丁家桃。

家桃走过来对丁咚说:"丁咚,刚才我说的是真话,你带晴川多去看看房子。他这人哪,一方面嫌我不放权,说我一手掌控家里的财政大权,手伸得老长,插手他家的事。你看,说得多难听,我辛辛苦苦帮他们打理,炒房赚来的钱还不都是他们的吗,我又没用掉吃掉。另一方面,他自己又拖拖拉拉的,本来说好了,我全权放手,让他自己拿主意买一次房,但从去年到今年,他都没给我拿出什么主意来,问他怎么样了,他总说在看在看。你看,由他做主,怕是要踏空了。"

丁咚看着大姑妈焦虑的面孔,说:"我明白了。他名下确实没房子吧?"

家桃摇头:"他现在没有。家里原本有7套房子,我名下4套,美缇2套,他1套,去年我让他卖掉了他手里的那套老破小,用来换购新房。这事他拖拖拉拉，一直拖到现在也没办好，那点售房款，已损失了不少，而新房子也越来越难抢到了，只能考虑二手房了。"

丁咚劝大姑妈别着急："我带他看房，只要他手里有钱，总能买到的。"

4

丁家四女儿丁家春从医院回到文联，刚坐进办公室，就有人来找。

是一个西装笔挺的中年壮汉，打着领带，目光炯炯，小平头。

他说他是孟玉的爸爸。

"孟玉是谁？"

"是你儿子的女朋友呀。"壮汉笑道，"他们在处朋友。说出来不好意思，我听孟玉说你在文联工作，我今天正好来尚城办事，就来看看你。"

壮汉掏出一张名片，"萧山工艺家具公司董事长"。

家春诧异万分，因为在雷岚之后，天帆没说过自己又找女朋友了。

孟虎说："我这么找上门来，有点冒昧。丁老师，我就直说了，我家丫头这两年多少人给她介绍对象都对不上眼，她还就偏偏喜欢你家项天帆。我对她找项天帆没意见，只要她自己喜欢，只是希望他们谈恋爱不要太磨蹭，年纪也都不小了。"

家春就对孟虎笑道："我还真不知道这事，我儿子没说过。不过你说的也是，现在的小孩自己都不太急的。"

孟虎笑了："这样吧，丁老师，你看好不好，我们女方这边出400万，你们呢，也出400万，让他们把房子去买了，然后可以准备起来了。房价在涨，先买先准备，都不小了，得准备起来了。"

家春瞬间傻眼，接着就是想笑，他这是提亲吗？

她就笑了起来，她三观端正地对孟虎说："让孩子们自己去商量比较好，他们这个年纪应该自立了，你这个爸爸也别太操心了。"

家春把孟虎送走后，独自笑了半天，觉得他土。

她想，这人是给我们下指标说他女儿得住800万元的房子呢？还是担心我们负担不起房子而拖延他女儿结婚呢？还是想表达他的爽气？这爽气的意思是，他这个女方家长愿意出力，出400万元，而按习俗，女方家原本在房子上是不用出钱的。

她回想着他刚才说话的样子，觉得太土，太搞笑。

她上网查"萧山工艺家具公司"，一下子也查不出什么名堂。查着查着，心里的滋味又有转换，她想，儿子居然找了个土豪的女儿，女方家长居然要求两家对等？如果不对等呢？不对等，替儿子想想，好像也不是滋味，低了人家一等。但400万元，怎么可能？去哪儿搞来这400万元，这不是搞笑吗？他以为谁都像他这样开公司赚大钱？

这么想着，心里有些憋闷。

憋闷了一会儿后，她又觉得其实他也不容易，这么冒昧地上门，你以为他不别扭，你以为他不怕被人笑话？他这是为了女儿，所以，也算是个好爸爸。

她就给老公项大伟打电话，描述了一通，然后问："400万，这是吓唬我们吗？"

电话那头的大伟笑了，他的第一反应是"儿子被人看上了，否则谁提着400万上门"，第二反应是"呵呵，想用钱砸我们？谁砸谁啊。"

他说的这些，家春听不出个对策，放下电话，她给儿子天帆发了一条微信："在吗？方便通电话吗？"

天帆刚从手术台上下来，正在办公室休息。他回："可以。"

家春就打过去，问他是不是找了一个女朋友，叫孟玉。

天帆说："哎哟，你怎么知道？她是我们呼吸科的，我跟她才谈了没几天。"

家春三言两语说了"提亲"的事。

"啊？还有这样的事？"天帆一脸蒙圈。

他想，她爸居然上门了，400万元？啥意思，想吓人吗？

他对妈妈说："我问问她看。"

放下电话，他心想，我找的这两个女朋友是怎么回事，一个认识没几天就要合伙买房,一个谈了没几天就要我家拿出400万元?

下班后,天帆在医院小花园里等孟玉。

孟玉沿着回廊走过来。她长着一张小圆脸,长发,身材娇小,还像个学生。

她和天帆的这场恋爱,始于三个星期前;而她对他的爱慕,则始于去年她分配来医院的第一天,那天项天帆作为医院的青年骨干给他们做职前培训,她对他一见钟情。作为一个谨慎的女生,她的这份爱慕,直到这个月初,才通过师姐、外科主任林莉向天帆做了表达,随后他俩就开始了交往,算下来才三星期。

孟玉笑吟吟地向天帆走过来。她对今晚心有期待,因为约好了一起去看芭蕾舞《天鹅湖》。然而当她走到他的面前时,她发现他的神情有些不对劲。

他说的话更让她吃了一惊,他说:"你爸上我妈那儿提亲了,他要我妈出400万。"

"啊?我爸?"孟玉脸红耳赤,"我星期天才告诉他我跟你在交往,他就上门了?他这人怎么回事?"

一向安静的天帆表现出了从未有过的激动,他说:"问题不是上门,而是400万,一上来就400万,啥意思?吓唬人哪,还各拿400万呢,看样子跟你恋爱,我谈不起。"

天帆扳着手指,脸上是生气的表情。

他觉得这触碰了礼数和底线。

他转身要走的样子,让孟玉有些茫然,她小心翼翼地问他:"还去看演出吗?"

天帆说:"我得回家,我家人被震晕了,我得帮他们去消化。"

天帆回到家,对妈妈家春说:"你就当是开玩笑,哪有400万?"

家春在儿子回来之前,在想另一个问题,现在她得跟他讲,她说:"天帆,你和雷岚买的那个房子,我看是不是该出手了?我今天跟丁咚也聊起了这事,一方面这房子也满两年了,另一方面,无论你以后跟谁谈恋爱结婚,人家可能都会提出来一起买房子的事,因为人家女生也想在房本上有名字。所以,我看你和雷岚把那个房子卖了算了,钱拿在手里,也好有个准备。再说,现任女友如果知道你跟前任还买过一个房子,心里总是有疙瘩的,不如趁现在房价在高位,赶紧卖了。"

天帆态度随意:"那也行。"

家春说:"那我就跟雷岚说一声。"

天帆吃完饭,就进自己的房间看书去了,看了半天也看不进多少。他在想自己与孟玉未来在一起的可能性,800万元的房子,她家希望现在就去买?

家春在客厅里给雷岚打电话。

5

暮色苍茫,雷岚坐在公司楼下"全家"靠窗的座位上,她的面前摆着一份双拼盖饭,她侧着头,拿着手机在听。

她听见家春阿姨在电话里说:"雷岚,我和天帆商量过了,我们想把林湾尊邸那套房子给卖了,你看好不好?"

雷岚看着小广场上的喷水池,说:"现在还在涨呢。"

家春说:"涨才卖得掉,趁现在行情好,可以卖了。这两年下来,这房子应该赚得不少了。哈哈,说到这房子,你们当时是买对了,我算了算,赚得不好说了。"

接着,家春在电话里告诉雷岚,天帆找了个女朋友,交往顺利的话,就该买新房准备结婚了。"400万,几百万的,人家家长已经提出来了,口气是吓死人的,所以我们也得准备着点,卖了你们这房子,也是为了给他买新房。"

家春这么说了,雷岚就没有理由不同意了。

雷岚说:"原来是天帆快结婚了,恭喜恭喜,卖房子赚到的钱,就当是给他结婚的大礼包吧。"

家春咯咯笑,她觉得这话说得幽默,前一段恋情送给下一段恋情的一只"大礼包",潇洒,现代,简直可以写篇有趣的专栏。

家春笑道:"所以,我说你们当时是买对了,阿姨观念还是跟得上的吧?你和天帆没缘分,阿姨觉得可惜,但你们一起办成了买房这事,也算对得起时机,没浪费时间,积累了财富。"

接着,她问雷岚:"你怎么样了?"

雷岚说:"我有一个人选了。"

家春说:"这就好,否则你妈真要急死了。唉,遗憾你和天帆没缘分,要不然,这房子也不用卖了,小孩都抱在手里了。"

雷岚将情感话题转回卖房子的事:"家春阿姨,就请丁咚帮我们卖吧,我跟他打声招呼。还有,你得跟房子里的租客打个招呼,说我们要卖了,不租了。"

家春说:"好的。"

雷岚放下手机,给丁咚发了一条微信:"你在店里吗?在的话,我过来。"

丁咚回:"在的。"

二十　继续合伙

1

雷岚打车来到了"良屋"华北路门店，推开门，见丁咚在等她。

好久没见了，她发现丁咚还是老样子，两年的时间就这么一晃而过，好像啥都没变，除了即将要说到的房子，那个"小宅门"。

丁咚也发现，雷岚推门进来的样子依然昂扬、抖擞，也没什么变化。

雷岚跟丁咚说想出售"小宅门"的事。

丁咚说："刚才我四姑妈打电话过来了，跟我说了。"

雷岚在丁咚面前坐下来，问他："这房子如今能卖多少钱？我们大致可以赚多少？呵，丁咚，我这两年其实一直在估算，但肯定没你算得专业。"

丁咚想了一下，说："能卖到300万元以上，如果谈得好，卖到330万元也有可能。"

雷岚笑道："那我能赚多少呢？"

丁咚揿着计算器，帮她算："房子是2015年春季买的，当时180万，你们付了60万首付，贷120万，30年，每月的月供是6369元，两年已还15万（包含利息），目前这房子大概可以卖到300万至330万，按最少的300万元算，那么300万减110万未还贷款再扣60万首付，剩下的130万就是这房子这两年所赚的部分，对半分，就是65万。"

丁咚抬起头，对雷岚笑道："总共赚了大约130万，你们两人每人可分65万元，这还是按最少的算，如果以330万计算，你们每人就是80万，不少吧？"

雷岚笑道："呵，还真不少，这么说，幸亏我当时坚持买房，天帆和我如今都有获得感。"

丁咚笑道："你这人哪会做吃亏的事，这我从小就看得出来。"

雷岚说："天帆也没吃亏呀，跟我谈了两个月的恋爱，他赚了65万元。"

她眼睛里波光流溢，两年的时间，心里对于那段短暂恋情的伤感已消淡了，如今这好像已不是打理爱情遗物，而是打理理财产品，她说："如今回头看，这事变得更平和了，爱情不在了，房价补回来，这是爱情的地产经济转换模式。"

丁咚问她最近还好吗？在忙以前说过的那些事吗？书吧开了吗？教育培训搞了吗？摄影还在做吗？可以称她"雷总"了吗？

雷岚告诉他，书吧开过，最近关了，因为连科创园的年轻人都不怎么买书了，营业额连两名服务员的工资都赚不回来，"结果我只能用自己的工资养这个书吧，这怎么养得下去，就关了"；而培训呢，一直没做大，要做大，就得完全应试化，"我读中学时经历过那种磨人的刷题战术，它违背我如今的认知，所以就算我可怜那些中学生，我就不参与了"；摄影倒是维系着，定位小众化，接单量还行。

雷岚笑着，指指丁咚桌上的计算器，"都比不上这个，两年这么一转手，就赚130万，难怪，那么多人冲着房子去了"。

这么说着，雷岚突然说："这么算，我还真舍不得把这房子给卖了，不是有种说法，现在房价这么在涨，一旦把房子卖了，用同样的价钱可买不回来了，是不是？"

丁咚说："是的。"

丁咚看见她眼里有狡黠的光，他听见她在说："买不回来了，就意味着我又上不了车了？"

丁咚说："嗯。"

她说："这么说，我就不能下车。"

他有点明白她想干啥了。

果然，她说："这也是我今晚来找你的原因。你是不是觉得我应该把天帆的那一份买下来呢？这样房子就属于我了，省得我以后再去买。"

丁咚说："如果有能力，可以这么考虑。"

她说："我手里拿着'半张车票'，就目前的房价涨幅，我一旦下车，就多半上不去了，所以，我不想下车。"

她拿过桌上的计算器，啪啪按着。

她说："我如果能把另外'半张车票'买下来，那么这房子就属于我了。"

丁咚说："那当然。"

她说："这也就是说，这房子接下来的买卖其实就发生在我和天帆之间，他卖给我他的那部分就行了，所以，我来这儿是告诉你，这房子你别挂上网。"

丁咚笑了："这我明白，如果价格被人推上去了，你还得多花钱。"

雷岚说："可是我现在没这么多钱，即使这两年我又存了一点，但肯定没有100万，即天帆赚的65万，加上欠他父母的28万，再加上他首付的7万，和给他爸妈的利息，统共100万左右。"

丁咚点头。

雷岚说："所以，我想建议我现在的男朋友一起合力。"

听她说"现在的男朋友"，丁咚不禁睁大了眼睛。

他心想，呵，让他买你前任的那一部分房子？

他揶揄道："你真聪明。"

她笑道："是急中生智。"

她继续说："丁咚，我想过了，如果我和现任男友有购房需求的话，买哪一套都不如买这一套划算和简单，因为我已经有一半了。"

"很好理解。"丁咚笑道，"你酷的，第一轮合伙人下，第二轮合伙人上，几轮下来，唰唰唰，赚了好几票。"

雷岚没在乎他的讥讽，她说："我可不想从车上下来。"

这时玻璃门被推开了，中介小妹金缨带着一个客户从外面看房回来，那客户一路走，一路关照金缨："不能给我发短信。"

金缨点头："知道。"

客户说："打电话给我的时候不能说'房子'两字。"

金缨点头:"知道。"

客户说:"你打通后,马上挂掉,我会给你打过来的。"

金缨点头:"知道。"

他说得这么神秘,丁咚雷岚就忍不住多看了他几眼。

一普通中年人,戴黑框眼镜,穿着黑色夹克,看不出有这么神秘的必要,而他则警觉地看着雷岚和丁咚。

雷岚起身,向丁咚告辞:"那我先回去了。"

丁咚也拎起自己的背包,说:"我也走了,我家松果在等我了。"

他们一起来到店门外,雷岚说:"我好久没去你家了,你还跟一条狗、一房间树在过日子?"

丁咚笑道:"是的。"

"我怎么觉得你赶紧找个女朋友才是正确方向。"雷岚笑道。

丁咚启动电动车,回转头,对她笑道:"正确方向有很多种吧。"

她告诉他,是的,但她希望他有这一种。

而他问她,要不要送她到地铁站?

她说"好呀",她就坐到了他的电动车后面。

他沿着街边驰行,他问她:"哎,他是不是比你小?"

"什么?"

"我说的是你的男朋友。"

她捶了一下他的背,笑道:"这个倒没有。"

到地铁站了,她从车上下来,她向他挥挥手,说了声"加油",笑着走进了地铁站。

2

丁咚在回家的路上,去了一趟西河卫生院。

夜晚 8 点 30 分的卫生院里人影稀少,白色的灯光,空静的诊室。

丁咚像每次来这儿一样,又坐到了何医生的面前。

何秋红医生问他:"哪里不舒服?"

丁咚说:"想配点风油精,天热,在外面跑有点头昏脑涨的。"

何医生知道这样的中介小哥整天在外面带人看房,跑得辛苦,就问:"最近生意好吗?"

丁咚说:"市场很热,新房限价根本抢不到,带动了二手房热销,只要房价在涨,生意就好。"

何医生叹了一口气。

丁咚知道她为什么叹气。

他说:"这两年不少地段涨了两三倍都不止。"

她说:"是啊,如果前年把排屋给买了就好了。"

丁咚看得出她对上次买房未果耿耿于怀,他也能想象得出她对唐老师心存怨言,但他也知道,这两年她仍跟那位唐老师在交往,他在华新超市遇到过他俩两次,一次见他俩在买菜,一次见他俩在买凉席,是一起过日子的感觉。

何医生给丁咚开了风油精。

在丁咚离开之前,她轻声说:"哎,丁杰克,我最近又在考虑买房了,到时要你帮助。"

丁咚问:"还买排屋吗?"

何医生说:"是的。"

丁咚说:"你男朋友答应卖他书香雅苑的房子了?"

"男朋友?"何医生的脸刹那间红得像番茄,她知道这小哥因为上次卖房已知道了她的底细,她含糊地说,"随他吧。"

丁咚心想,前年还有五六百万的排屋,今年位置好一点的,都要上千万了。

所以,他相信她已经搞定了唐老师,否则靠她一个人怎么买得起?

那就祝福她吧。他想。

何秋红看着这小哥有点躲闪的眼睛,告诉他:"我不想再等下去了。买个大房子,是我年轻时就有的梦想,甚至我发过誓。"

丁咚垂下眼睛，心想，这我知道。

3

丁家春来到林湾尊邸。她掏出钥匙，打开"小宅门"。

她推门进去，见房间里有人，一个年轻的妈妈和一个在地上爬的婴儿。

年轻妈妈见有人闯门入室，很诧异，她睁大眼睛问家春："你是谁？你怎么有钥匙？"

家春笑道："我是丁松的姑妈呀。你是他爱人？"

家春一边说，一边环顾房间。透过粉色窗帘的阳光，给家里蒙上了一层暖暖的色调，墙上贴着婴幼儿动漫画片，地上放着不少玩具，一眼看去非常温馨。

年轻妈妈说："我是小丽。"

小丽对家春的贸然闯入显然不满，她指了指小书房，对东张西望的家春说："你们的东西什么时候搬走啊？"

家春顺着她的手指往小书房里看了一眼，沿墙堆着一大堆书，还有两个箱子。家春知道这是雷岚的东西，雷岚家小，放不下，就存放在这里。

家春还没来得及说话，就听见小丽在嘟囔："我家新房成你们的储藏室了，都放了两年了，丁松也算是好说话的。"

小丽不客气的脸色让家春有些尴尬，而她说的这话让家春莫名其妙。

家春想问"怎么是你家的新房？"突然她意识到了什么，就闭嘴了。

她悻悻地从房间里退出来，下到楼下，她心跳有些快。

她走到小区花园里，给丁咚打了一个电话，她说："丁咚，我在林湾尊邸，我碰见你弟弟老婆小丽了，第一次见，我感觉好像不对头，你弟是不是对她撒谎了？你弟是不是对她说这房子是他的？我没敢多说，怕出事。"

丁咚正带人在山水苑看房，一听姑妈这话，他立马明白了："啊？这小子，我等下去问他。"

家春说："这事只能让他自己去跟她说清楚，搞不好，这个婚都会没的，我们小心点,别卷进去。"

从山水苑出来,丁咚直奔"创咖啡"。

上午10点钟的"创咖啡"里,人声嘈杂,空气里飘着咖啡浓郁的芳香,丁松黑着眼圈,一脸憔悴地站在柜台后面。他见哥哥丁咚来了,赶紧出来。

"你是不是没跟小丽说实话?"丁咚问。

丁松脸色苍白,木然地点头。其实,昨晚家春姑妈在电话里告诉他"房子要卖了,不租了"的时候,他就陷入了巨大的不安,一晚没睡着,不知该如何迎接这场即将到来的风暴。

丁松脸色苍白,对哥哥说:"事情是这样的:当时我租到了天帆的房子后,告诉小丽有新房子住了,是我姑妈帮忙的,小丽去房子里一看,这么新,连家具都是新的,特别高兴,她还问我,这新房她家不用出钱了吗?我说不用。看她高兴极了的样子,我有些纳闷,后来我明白了,原来她是把这房子理解成我爸向我姑妈借了钱然后给我买了这房子;她还把我说得含含糊糊的原因,理解成这钱也未必真的是借的,现在不是有很多家长都声称向亲戚借了钱给儿子买的房吗?其实未必是真的,他们是想等哪天真正确认子女婚姻没问题了,才以赠予的方式将房子转给儿子媳妇。小丽暗自理解成这样,还偷着乐,我知道,她一定是觉得反正婚也结了,孩子也有了,又不用她爸妈掏钱了,而这房子迟早会给我和她的,所以就很高兴。我看她高兴的样子,加上她当时怀着孕,我就没说破。这事就一天天拖着,越拖越不敢说了,房价这么涨上去了就更不敢说了,怕她受不了,怕她说我是骗子,怕她怪我误了她一辈子的买房时机。"

丁咚看着丁松的眼睛:"你是骗子。"

丁松哭丧着脸。

丁咚说:"现在还能怎么办?如果你有钱,就把这房子买了,但你又没钱,这房子也不是两年前的价格了。"

丁松茫然地看着他。

丁咚竟从弟弟的脸上看到了老爸丁家风的神情,这让他感觉荒谬。

丁咚说:"现在你只能跟她说实话了,不能再骗了,别人跟她讲就等于是揭穿,只有你自己好好跟她讲了,其他一点花招都没用。"

丁松点头。

4

丁松晚上回去向小丽交代实情,小丽惊呆。

她拒绝相信,她说:"我不会搬走的,这是我的家。"

她冷着脸说:"如果是你骗我,你就得承担一切后果,在你承担结果前,这房子就是我的。"

丁松苦着脸,给姑妈家春打电话,说:"她不哭不闹,认定房子是她的,你说我怎么办?"

家春叹了一口气,说:"你把这问题丢给我,我也没办法,如果房子是姑妈的,我就让你们住下去,但房子是天帆和他那个超厉害的前女友的,这房子本身就有问题。丁松,你现在是大人了,你骗了人家,就得自己面对。说真的,姑妈也没碰到过这样的事,这样的事,姑妈最多是在报纸的情感版上写写的。"

连着几天,丁松苦着脸去上班。

他出门以后,在他面前不哭不闹的小丽,抱着宝宝泪如雨下。小宝宝对着她说:"妈妈,你哭了。"

小丽说:"那是妈妈眼睛里水太多了。"

小丽抱着儿子哭了四天。第五天丁松下班回来,发现人去室空,除了小书房里别人的那一堆书和两只箱子。

去哪儿了?她抱小孩去哪儿了?

这是丁松这两年来最为担心的一幕,现在它发生了。

他抓狂地打电话,小丽关机,他抓狂地四处寻找,找到晚上还没找到。

丁松脸色苍白地找到哥哥丁咚的宿舍,要求留宿,他对丁咚说:"房子腾空了,她抱着小孩跑了,我没地方去了,我在你这儿住几天吧。"

丁咚收留了弟弟。

失魂落魄的丁松,看着这满眼苍翠的"雨林小屋",叹气说:"还是你好,种花养草,一个人多自在,其实结婚干吗?多烦啊,结婚了才发现结婚是多傻的事啊,搅和了一堆事情进来。"

丁松还说:"我是真的想不明白,还是你想得明白。你看看丁家风都离了三次婚了,其实我看看他,就应该知道讨老婆生小孩弄房子的味道好不好,你比我明白,可能是因为你一出生就明白了。"

而到半夜,丁松又开始想宝宝丁米了,他在黑暗中抓狂地说:"他在哪儿呢,他在哭吧?"

丁松找了三天,终于从小丽的父母那儿打听到了,她住在北环新村她一个远房亲戚家。小丽的父母远在四川成都,他们正在赶往尚城的路上,他们在电话里对女婿丁松进行了谴责:"房子可以买不起,但骗人不可以。"

丁松找到了北环新村。对他的上门,小丽拒不相见。小丽在门里说:"你滚吧,骗子,从结婚骗到现在。"

丁松说:"我是怕你生气,怕你不要我。"

小丽说:"骗子,你赔我,赔我跟你结婚,赔我给你生小孩,赔我两年前的房价。你赔,你这死骗子。"

丁松说:"我错了,我会想办法的,两年前的房价我一定想办法补回来。"

小丽说:"你有屁办法,你赔不起,就别再来骗我了。"

5

家春左思右想了好几天,终于给弟弟丁家风打了个电话。

家春对家风说:"这事你这当爸的要留个心眼了,看看后面怎么进展,我看丁松还是个愣头青,保不成,他这婚姻会破裂,他小孩还那么一点点大。"

家风站在文印店里,对电话那头的家春说:"我有啥办法呢?他现在都不怎么理我了,他儿子出生到现在,我都没见过,他又没拿我这个爸爸当爸爸。我没给他买房子，他就该去骗别人吗？他压榨父母不成，就该当骗子吗？"

家春说："那小丽是无辜的。"

家风说："那她也不能因为房子跟人结婚离婚，这是跟人结婚呢，还是跟房子结婚？为房子结婚，我吃了多少苦头都不知道。"

家风嘴上虽硬，但心里其实焦虑成了一片。

他从文印店回家后，对同一个屋檐下生活的前妻劳海燕说了这事。

劳海燕听罢，打电话从丁松那儿要了小丽目前的住址，接着，就去北环新村找小丽说情了。结果，无功而返。

劳海燕回来后，对前夫家风一顿抱怨，说当时由她承担的那部分钱她是准备好了的。"20多万，我准备好了，掉链子的是你，是你把这事搞成这样。"

家风说："他要什么，你就给他什么，这就解决问题了吗？他就是这么被你宠坏的。同样是儿子，你看我的丁咚，一分钱都没向我要，不是也没去骗人，不是也在自食其力吗？"

劳海燕嘲笑道："你就强了一张嘴，难道你没发现吗，你越计较，到最后越吃亏的就是你。你想想，我那20多万，没买成房，搁在银行里，这两年被贬掉了多少？如果当时给丁松拿去买了房子，别说保值了，还给我增了值。还有你那个商铺，如果你早一点有给儿子买房子的心思，你会先给自己买个什么狗屁的商铺吗？如果你早点把商铺给脱手了，把钱投入住宅，到现在涨了两三倍都不止。"

家风说："哼，给你这么说，还压榨父母有理了？"

劳海燕讥笑道："当爹的人，有责任的都知道为后代积累财富，没责任的才说儿孙自有儿孙福。"

家风说："给他上了学，给他教育的机会，就是最大的财富了，父母不欠他的。"

劳海燕说："你这么会教育人，你怎么现在不去教育他？"

这对已分手的前夫前妻，在同一个屋檐下又起了争执。

争执是他俩的家常便饭，甚至这成了他俩的生活方式之一。

在旁人眼里，离婚多年，在同一个屋檐下各自为政，又吵吵闹闹，这不可理解。而家风有他自己的执念，他对曾劝他搬出来住的姐姐家桃、家李说过这样的话："我怎么可以从那房子里搬出来呢？为那房子我跟何秋红结婚离婚，那房子害了我一生，我跟它是没完的。"

前夫前妻争执之后，家风也去了北环新村找小丽说情，同样无功而返。

家风回来后，劳海燕对他发出驱逐令："我请你尽快从这里搬出去，别再赖在这里了，我也要搬出去了，为了儿子，我这房子得让给他和小丽。"

家风问："你也要搬出去？"

劳海燕说："我只有这点资源，弥补受骗的小丽。"

家风说："那你住哪儿？"

劳海燕说："那你别管。"

第二天傍晚，家风见劳海燕在镜子前抹口红，打扮得漂漂亮亮，然后，出了门。

第三天傍晚，劳海燕依然一身光鲜地出去了。

对公交司机女汉子劳海燕来说，这无论如何显得反常。

"你去哪儿了？"晚上等她回来后，家风问她。

劳海燕以前所未有的低沉声音说："你还没搬走啊？你还要等到哪天？你问我去哪儿了，我告诉你，我去相亲了，我要把自己嫁出去，把这房子让出来，我告诉你了，你满意了吧？"

这一夜家风辗转反侧。

第二天一早，他拉着个大拉杆箱出门，离开了这套让他爱恨交织的房子。

6

雷岚来到市第一人民医院门口，她给天帆打了个电话："我在医院门口。"

正是午休时间，天帆穿着白大褂走出来，仍是原来恬淡的样子。

两年没见了的他俩，看着对方，握手，都夸对方"你没变"。

没变的是乍一眼的模样，而彼此曾经有过的心动，则像此刻大街上飞驰而过的车流，已一去不复返了。

既然关系已有转变，那就以合作投资者的方式开始谈话吧。

雷岚说："你妈跟我说了，想把咱们的房子卖了。我这两天向丁咚讨教过了，他帮我算了算。你知道吗，我们能赚多少？"

天帆摇头笑："多少？"

雷岚说："这房子现在值300万元以上，如果卖得好，330万。"

她看着天帆扬起的眉毛，继续说："我给你算一下，以最少的300万元计算，扣除向你父母借的28万元，扣除给他们的利息，扣除首付中我的25万和你的7万元，再扣掉贷款部分和这两年的月供，余下的部分我们平分，你说有多少？"

站在车来人往的医院门口，没人知道他俩正在算账。

天帆笑道："多少？我一下子心算不过来。"

雷岚说："每人65万，这是按300万算，如果卖到330万元，我们每人80万。"

天帆睁大眼睛："每人赚了80万？呵，我有的赚是你的功劳，你多一点好了，你首付出得多。"

雷岚看着他温和的神情，说："得谢谢你爸妈才对，没他们当时出手，我们做不了这一单，所以，到时候我们得给足他们利息，我说的是向他们借的那部分钱。"

天帆点头说："好。"

作为商务合作的部分已经谈完，接下来，雷岚还有一个问题要问他："我想问一下，你有没有买下这房子的想法？"

天帆有些不解："我买下它？没有啊。"

雷岚说："我倒是有这个想法，也就是说，我想买下你的那一部分，这房子就归我了。"

天帆明白了："那可以的啊。"

雷岚说："你这么说，我特高兴，那么，到时候我把属于你赚的那部分钱，还有你爸妈借我们的 28 万，以及利息和你的首付，都给你。"

天帆笑道："这没问题，如果你要这房子的话。"

雷岚握他的手："我当然要。这样的卖法，我想，说不准还可以用你赠予我的方式，省去各种交易麻烦。"

天帆笑，夸她脑子好使："怎么有那么多点子，我是跟不上了。"

雷岚说："哪里哪里，那是因为我跟你不一样，我太想要有一个自己的房子了。哎，天帆，我们最初合伙买房子的时候，好像也想到了今天，对不对？"

天帆脸红了，咧嘴笑："是的，是的。"

虽然他有些脸红，但在她眼里，他的神色还是很平和的，挺高兴的样子。

于是，在她的感觉里，这样的交流还是轻松的，呵，想不到，比想象的更平和，感觉还不错，甚至可以说相当不错。两年前那一段短暂的交往是有遗憾，而如今赚了钱，就算这是对爱情无果的弥补吧。

站在医院门口的他俩都在笑。

雷岚知道等一会儿天帆还要上班，她就跟天帆告辞。

她去路边打车，走了几步，又回头喊住天帆："哎，听你妈说，你快结婚了。"

"哪有这么快。哎，你呢？"

"我有一个朋友了，也在谈。"

雷岚从市第一人民医院打车回到城西科创园，走进大门，穿过小广场，隔着 3 号楼的回廊，她看见有个男生坐在紫藤花架下。

刚才雷岚在回来的路上给他打过一个电话，所以，现在他在那儿等她。

他看见雷岚了，起身走出回廊，向她挥了挥手。

他长着一张年轻的脸，瘦高，微长的头发，白 T 恤，迷彩裤，中帮皮靴，有艺术气质。

他是雷岚如今的男朋友，名叫陶春。他是科创园"幻空间"动漫公司的动漫设计师，去年夏天他和雷岚相识于一个文创论坛，他对她一见倾心，追了半年，两人于去年底进入恋爱模式。

雷岚向他走过去。

现在她将跟他谈谈她的"小宅门"，谈谈"恋爱合伙人"的概念。

7

"丁咚在吗？"

晚上 7 点 30 分，一个背着双肩包的高个大男生推开了"良屋"华北路门店的玻璃门，向店里的人打听。

其实，这一刻，店里只有丁咚一人。

丁咚举手，对大男生说："我在这里。"

大男生大步走到丁咚的桌前，拉开椅子坐下，他说："雷岚让我过来找你，她说你是她的小学同学，对房产交易有经验，她让我跟你聊聊，她说有套林湾尊邸的房子不错。"

丁咚就知道他是谁了。

丁咚心想，她倒是蛮会找男朋友的嘛，帅哥一枚。

他又心想，雷岚你自己跟他介绍还不够吗？

丁咚对男生笑道："林湾尊邸啊，不错的，地铁房，学区也不错。"

陶春想聊的显然不是这些信息，他盯着丁咚，眼珠转了一下，就不躲闪了，直接说主题："雷岚建议我跟她一起买下这房子的另一半，让我听听你的说法。"

丁咚一听，有问题，这多半是她还没说服她这男友，所以搬出自己这中介小哥来。

丁咚就告诉他："我知道她那房子的来龙去脉，现在你们把那房子的另一半买下来的话，确实是比较划算的，也是比较便捷的，无论是从以后自住的角度考虑，还是作为投资。"

陶春说:"我明白,这大概要多少钱?"

丁咚说:"估计一百多万,具体多少呢,其实她还可以跟这房子的另一位房主商量,劝他让掉一点,毕竟是她自己买。"

陶春脸上掠过一丝尴尬,呵呵地笑:"跟她前面的合伙人商量?"

给他这么一问,丁咚觉得有些幽默,没敢笑,点头。

陶春仰脸笑了一声:"合伙人,她跟我讲了合伙人买房的玩法,这蛮想得开的,你知道吗?"

丁咚说:"嗯,确实是个有意思的理念。"

陶春晃悠着他的长腿,站起身,在夜晚的店里打转,他说:"现在她邀我合伙,但这并不意味着她现在答应以后嫁给我,这我想得通,毕竟恋爱未成熟嘛,这我理解的,谁让房价这么涨,给逼的。"

他伸手摸着墙上的地图,对丁咚说:"谈得成恋爱就是爱人,谈不成就是投资合伙人。人一换角度,事情属性就不一样了,属性不一样,人就心平气和了,是不是?谁会跟房价较劲呢?这也是一种智慧,不是吗?"

这么说着,他笑起来,表情有些魔幻。

丁咚说:"嗯,算它是一种攻略。"

陶春看了看头上的灯,说:"但是,我在这么跟你说话的时候,突然想到,既然是合伙投资,那我干吗非要买这个房子呢?反正是合伙,她卖掉这房子,拿了她的那一半钱,我再跟她合伙,去买一个新的房子,这也是共同投资,不是一样吗?"

丁咚感觉他还没理解何为"便捷",就说:"这样卖出买进,比较周折,卖房、看房、买房走两遍程序,税费和中介费都是两次,而且中间不能踏空,否则就可能损失,因为房价分分钟在上涨。"

陶春注视着丁咚,微皱着眉,手叉着腰。

丁咚继续说:"而如果你们想买下这房子的另一半,只要她跟前合伙人商量好,签个协议,办转让、赠予都可行,这是比较简单的办法。她是我小学同学,我才这么支着儿,而从收中介费的角度,一般都愿意做卖出买进这样的连单。"

陶春对丁咚摇头:"你说的我懂,她的需要我也理解,而我的意思是,如果我买了这房子的另一半,我在这房子里跟她谈恋爱,包括以后结婚,我怎么感觉有点怪怪的,我跟她重新买一套新的,是不是更好?合伙可以接盘,但谈恋爱,新的才是重新开始嘛,否则怪怪的,毕竟还要掏这么多钱。"

他没把话全说透,丁咚已经明白了。

丁咚看着他,没敢笑,这么看过去,他的"接盘侠恐惧"在灯下弥漫。

陶春尴尬地笑了笑,说:"你说,是不是,我们这次合伙,比之前他们的合伙更有难度?"

他站在丁咚面前给雷岚打电话,他告诉雷岚:"我想了一个新的办法。"

陶春走后,丁咚收到了雷岚发来的微信:

"我接受他的想法,并且很有些感动。他不是不想合伙买房子,他是想在合伙的同时,也想把房子当作他自己以后的家,所以,他希望我卖了房子,再跟他合伙,从头再来。我能理解,谁会不在乎自己的家有以前别人的影子呢?情感上更是如此了,这很好理解,丁咚,这样吧,你帮我把'小宅门'卖了吧。"

二十一　夜奔

1

城西科创园"雅凯数媒"的大办公室里,灯火通明。

坐在工位上的年轻人都在加班。当他们窃窃私语的时候,主要话题仍是房子。

只言片语,掠过耳畔,可可就知道了他们中有人最近在看房子,有人在借钱,有人在抢房,有人在假离婚……房子,房子,甚至,据说连贾俊都把车给卖了又重新买了房,据说如今他买的是 Loft 公寓。

现在贾俊就坐在可可的外侧,他正啪嗒、啪嗒不紧不慢地敲着键盘。

自从他买了房以后,他晚上加班的频率显著增加,由此,可可估计他相亲应该顺利。

所以说,还是雷岚讲得对,哪怕相亲也得有目标导向,既然核心问题出在房子上面,那么不管怎么兜转,到最后还得解决核心问题。

当周围人都在为房子焦虑的时候,可可感受到了没人在意她的自在,比如,这个晚上,她加了两小时班后,看看快到 9 点了,她就拎起包,先走了。

可可走过雷岚半敞开的办公室时,见雷岚正拿着手机埋头发微信。可可知道雷岚最近又为房子忙起来了,因为打算出售"小宅门"。

时间真快啊,这"小宅门"买了都有两年了。可可心想,这次卖了它,应该能赚不少钱吧,比在这公司上两年班赚得多是一定的。

可可回到家，妈妈丁家李、爸爸康忠正在客厅里看电视。

可可跟他们打了个招呼，就准备溜进自己的房间去，免得他们又老和尚念经，催她相亲。

爸妈催婚，对于她来说，相当于每日一课，非常头痛。

今晚在可可回来之前，家李、康忠在议论丁松骗婚的事，这事最近在丁家亲戚中引起轩然大波。

丁松的事本来与可可无关，但哪想到，这个晚上妈妈家李见女儿回来了，竟然有本事把这事扯到可可身上，她对可可说："这个丁松，愣头青一个，结婚生小孩倒是蛮活络的。可可，他是你们这辈里最小的，你今年31了，他今年才24……"

看样子今天的"每日一课"又无法逃脱了，可可一阵心烦。

可可说："你放心好了，我会给你们生一个的，哪天生出来就给你们好了。"

"生出来给我们？"康忠看着这宝贝女儿笑起来，心想，像是给我们完成任务似的。

康忠在企业工作，性格比较直，他说："你这么慢吞吞，女人生小孩有时间的。"

可可说："那就冻卵呗，代孕呗。"

家李说："冻卵？"

可可告诉他们："我最近是在查哪里可以冻，考虑去台湾冻呢，还是去美国冻。"

两个大人瞠目结舌。

康忠说："不切实际的事你倒花时间琢磨，找个男朋友又说没空。"

话题又在飞快地坠入"每日一课"，可可抱怨道："我这样996，天天加班到晚上，去哪儿找男朋友呀？要么我不去上班了。"

一听她说又不想上班了，妈妈家李急了，赶紧说："找你身边的人呢？同一公司里的人也有合适的，要发现人家的好。"

灯光下，爸妈都是焦虑脸，可可没好气地说："找身边的人？每天在办公室面对面 12 小时,回家再对着?你知道吗,办公室里的人谁也对不上谁的眼?"

爸妈齐声说:"这年头,工作这么忙,哪有时间去了解一个人?每天对着的人才能更了解,不要傻了。"

可可对妈妈说:"好了,别吵了。我上了一天班回来,累了,你们再吵,头都痛了。要不你跟你同事说去,让她妹别租我的房子了,我要住了。我受不了了,你们天天盯着我,我都 31 岁了,该有私密空间了,你们去问问我们公司的人,看看有几个人还跟大人住一起?"

康忠平时管理一大群工人,说话直率,他对女儿说:"30 多岁的人了,做人做事不主动,像只小蜗牛,如果再有私有空间的话,那只会变成自闭的壳。"

家李一听,就觉得坏事了,这宝贝女儿这一年已经走出了一步,已经在公司上了一年班了,还要她怎么样呢?

家李白了老公一眼,哄女儿道:"人家儿子高考,我也不好意思强要人家搬,再说,租给人家总有租金收,你辛苦上班挣的这点钱,多留一点给自己花不是挺好吗?"

女儿可可没听她的。可可冲动地进了她自己的房间,在里面砰砰作响了一阵,家李要进屋来劝,被康忠拦住了,康忠说:"随她去,这么大了,在外面老实得像只猫,回家把最不好的一面发泄给对她最好的人,让她去发泄。"

一会儿后,可可拎着一只大包出来,准备出门。

家李问她去哪儿。可可说:"我住出去。"

"这么晚了,你去哪儿住啊?"

可可说:"你别管。"

可可一袭黑衣,不可阻挡地出了家门。

家李、康忠两人面面相觑。

家李反应过来后追出家门,在路边拉住了可可的大包:"你去哪里住?这么晚了。"

可可已伸手拦到了一辆出租车,她一边坐进车里去,一边说:"我去公司宿舍。"

家李问:"公司有宿舍?"

可可说:"有。"

2

公司哪有什么宿舍?

可可坐在出租车里,窗外是城市迷离的夜色,她心里堵着气,头脑发晕,心想,去哪儿住呢?

车子在靠近城西科创园,她上班的地方。

好像除了办公室里的那个工位,这城市没有她的另一个落点了。

去哪儿住呢?她想。

当出租车在城西科创园大门口停下时,她想好了。她想,就将就地过一夜吧。

她提着包,走进大门。她走进大门的这一刻,与刚下班出来的雷岚迎面相遇。

雷岚问:"这么晚了,你还来?"

可可说:"我回到家才想起来有一组图还没处理。"

雷岚笑道:"那抓紧点,不要太晚回去。"

可可往前走,走过小广场,向3号楼方向走,一身黑衣的她融入科创园的夜色里。

可可没直接上楼,她在紫藤回廊里坐到了深夜1点钟,才悄悄潜回"雅凯数媒"公司。

她走过空寂的走廊,刷开门。

此刻的办公室里空无一人,她没开灯,她摸黑走到自己的工位,那个小角落里。

她推开身后那间小杂物间的门,走进去。杂物间六七个平米,窗外透进来的灯光照着那些废弃的电脑和纸箱,还有一张破了一个角的小沙发。她放下包,在黑暗中笑了一下。

平时她蜷缩在办公室一角的时候,就有留意身后的这个杂物间,想不到今晚它被派上了用场。

她轻手轻脚地去洗手间洗了把脸,刷了牙,回来后,整理了一下小沙发,把它当床,自己的那只黑包就当枕头吧。被子呢,没有,但没关系,不少工位的椅背上都搭着空调毯,她走过去收了三条,李易莲的、张玉兰的、陈珊的。她注意了一下花色,明天一早得给她们放回去。

后来,她就蜷缩着身体,躺在小沙发上。楼下的灯光折进这小小的天地,落在天花板的一角,她盯着这片光影,心想,这里不错啊,又不用房租,明天一早,又不用急着去挤地铁,不错呀。

或许是路上来回这么一通折腾,可可有点累了,很快就入睡了。

睡到迷迷糊糊之际,她感觉杂物间的门好像被人推开了,有人进来了。她微睁开眼,吓了一跳,在她面前站着一个人,贾俊。

可可惊跳起来:"干吗?"

贾俊同样被吓了一跳:"啊,你在这里?"

"你干吗?"

"你今天怎么睡到这里来了?"贾俊问。

可可感觉脸颊在燃烧,她捂着脸说:"我加班晚了,不回去了。"

贾俊说:"我不是看着你回去了吗,你怎么又来了?"

可可感觉脸更热了:"我稿子没处理好,又来了。"

贾俊可不关心她的理由,他关心的是这个小空间以及她正坐着的小沙发的归属问题,他说:"这是我睡觉的地方。"

可可问:"你睡觉的地方?"

贾俊从纸箱堆里掏出一只枕头、一条毛毯,说:"你看,我天天睡在这里的。"

他的意思是这是他的地盘。

可可大吃一惊,这小子居然天天睡在这里。

可可说:"那我刚才进来的时候,你怎么不在?"

贾俊说:"我在楼下逛呀,我得等人全走了,才进来睡啊。"

可可问:"不是说你已买了 Loft 公寓了吗?"

他说:"买了,但我租出去了。"

她说:"你租出去了?"

她心想,跟我一样。

他说:"我挂在短租平台上租出去了。"

她看着他的圆脸:"有新房你干吗不住,要住这里?"

"买了房也住不起。"他哭丧着脸,他说自己现在很穷,住不起自己的新房子,"欠了一屁股的债,房子 78 万,我卖掉了车凑了 9 万,贷了银行 39 万,强总以公司的名义借了我 30 万。借公司的钱是要算利息的,强总给了我优惠,3 个点,让我三年还清,公司每个月从我工资里扣。这么扣下来,我每月的收入只剩 300 块钱了,所以,新房子必须租掉,以租养房。"

可可心想,我的天,比我穷得多,他这 300 块钱还要管吃饭,自然没钱再去租房了,只能睡到这里来了,这么说,今天是自己占了他的地盘。

可可说:"那怎么办啊?"

她说的是今晚她怎么办,而他说的是他以后怎么办:"强总建议我赶紧去找个女朋友一起还贷,或者我的月薪还贷,她的收入给我吃饭。"

可可笑道:"还有女孩愿意做这样的事?"

贾俊说:"估计没有人会肯的,所以,买了房子,我感觉还是兜了一个圈,更找不到女朋友了。"

他笑了,很傻的样子。

可可说:"你好像每个星期都去相亲,怎么还搞不定?"

他承认搞不定:"一年看了 200 个女人都不止,越看越现实。人一现实,就没感觉。"

他憨态可掬地说着"现实"和"感觉",这让可可觉得有点不可思议。

她笑他:"见 200 个?搞得这么累,还不如一个人过。"

这么说完,她发现自己这话对如今的他来说毫无意义,因为他现在确实需要找到另一半解决吃饭问题了。

而他给她的回答倒没这么现实,他说一个人过那可不行,"因为太孤独"。

她听见他在问她:"你家人不催你吗?"

光影投在天花板上,大楼里寂静无声,有一种荒谬的气息恍若梦境,这让可可对他说了实话:"所以,我才跑到这里来住了,家里因为这个问题,生态系统出了问题。"

黑暗中,贾俊看着她悲哀的面容,问:"你不准备结婚了?"

"现在是越来越没动力了。"可可说。她发现自己有点说多了,在这间办公室里她平时不说这么多话的。

贾俊说:"我爸妈也催我,他们说我再找不到女朋友的话,他们就来尚城拉我回家。"

"你不想回去?"

"不想。"

她没问他理由。当年她坚持在北京不是也不想回家吗?是她妈家李把她拉回来的。

这么想,她就给他加油:"房子会有的,面包也会有的。"

贾俊搔着脑袋,向她道谢:"跟你这么一聊,心里好过了很多。"

他转过身,把那堆纸箱和旧电脑往边上腾挪,移出了一小块空地。

可可问他:"你干吗?"

他说:"我睡这边啊?"

可可惊跳起来:"这怎么行?"

她心想,我们同睡在这么一间小屋子里,这怎么可以?

黑暗中,贾俊笑了笑,问她:"怎么不可以?我搬三张椅子进来,并排一摆,就可以躺了,将就,我不打呼噜的,你放心。"

可可想了想,说:"好吧,但门可别关。"

于是,她掉过头,躺下。

她听着他在另一侧摆放椅子,然后,也睡下了。

安然入睡,一夜无梦,在这白天喧哗、夜晚无声的办公楼里。

3

接下来的几天，可可晚上都悄悄地住在自己工位后面的小杂物间里。

白天，她和贾俊坐在办公室的人堆中，彼此无语，像守着一个共同的秘密，而夜晚，他或她不是拖到最后一个下班，就是先佯装回家，然后在外面逛到深夜1点，再折返回来。

对于妈妈家李询问的"你晚上住哪儿"，可可回复的是"我住公司宿舍"，俨然投入了集体生活的样子。

事实上，她与贾俊也确实像在过集体生活。

只不过这是隐秘的小集体，只有两个人。

在这个小集体中，她和他各处一隅，各不相关，相安无事。

当然，因为与白天正经八百上班时的状态不同，夜居在办公室里的他们也呈现了各自不同的生活方式，比如：可可刷剧，有时会刷到凌晨3点钟；而贾俊的奇异之处是他会给自己煮吃的，比如，他会用一口小电饭锅给自己煮皮蛋瘦肉粥，煮水饺，煮番茄饭。

对于他的这一爱好，可可充分理解，并且深深同情，因为对一个每月只有300元余额的人来说，把自己的肚子搞饱，这是天经地义的事情。

所以，深夜时分的办公室里，常飘着煮物的香味。

有一天晚上，可可吃惊地发现，贾俊居然用电饭锅煮了一锅麻辣串烧，香气四溢。

这胖小子还拿了两串过来，让她尝尝。

可可咬了一口，哎哟，还真的不错。她看着他和他身后空空荡荡的办公室，突然有做梦的感觉，她说："社畜，传说中的社畜，都没我们更像社畜了吧？我们吃住干活都在办公室里了。"

小胖子嘿嘿地笑，这一刻，他绝对像是一只社畜。

她忍不住放声大笑。

二十二　第一轮买卖

1

对雷岚和前男友天帆来说,"小宅门"进入出售环节。
对雷岚和现男友陶春来说,重新购房,进入看房阶段。
对丁咚来说,卖出买进,须无缝对接,以免踩空。
所以,丁咚对雷岚说:"卖房、看房、买房,同步进行吧。"
这又是一场挟风带电的奔跑。

卖房方面,因为大姑妈家桃有言在先,所以丁咚先向表姐夫虞晴川发出邀约。
虞晴川答应得很爽快:"林湾尊邸?好啊,你带我去看看。"
他回应爽快,但丁咚对他没有多少期待,因为丁咚最近已经发现了此人挑剔、难搞,最近这段时间丁咚已带他看过了不下20套房子,每一套都被他说得一无是处,天昏地暗,所以,丁咚觉得这人有点叽叽歪歪。
果然,这一次也不例外,晴川看了雷岚天帆的"小宅门"后,反应是:"太远了,太乡下,不考虑。"

丁咚从林湾尊邸回到店里,表姐林美缇的电话就追了过来:"他看得怎么样?"
"没看上,他觉得地段远了。"
美缇的声音里透着怀疑:"都通地铁了,也就40分钟的车程,远什么呀,再说是投资,投资就要投地铁房呀。丁咚,这不行,让他再这么慢吞吞地看来看去,手里的那点钱都要被他看没了,我算了算,已经损失几十万了。丁咚,我自己过来看。我这两天在无锡参加培训,五天后回来,你给我留一下这套房子,我就不信它会差到哪里去。"

丁咚在答应表姐的同时,松了一口气,他好像看到了自己和虞晴川漫无目的的看房之旅即将结束。

丁咚对电话那头的美缇笑道:"还是你自己来吧。该带他看的,我差不多都带到了,真的没什么好推荐的了。"

买房方面,雷岚也在快马加鞭。

丁咚在马丁小区找到了一处房源,他打电话给雷岚:"95平米,开价355万,面积不小,这个价格明显比周边同类房子便宜一大截,不知为什么这么低?快去看看。"

雷岚火速赶来,她对已等在大门口的丁咚说:"陶春在美术馆布置动漫展,我先过来看看。"

要看的这套房子,位于小区中央,原是工商局的宿舍楼,房子在一楼,紧凑三房,室内光线较暗,但有一个明亮的院子。

房子里住着一位纤瘦得像纸片的女生,她文静地看着前来看房的丁咚和雷岚。

"355万,没错吧?"丁咚问。

女生实话实说:"是的,我开价便宜是因为这房子有抵押贷款,目前还款出了点问题,所以得尽快卖了,把欠款还了,否则房子会被收走拍卖。"

原来如此。

雷岚问:"能不能再便宜一点,350万?"

女生面有愁色,说:"让你1万吧,354万,这价格已经很便宜了,不能再低了。卖了房,还了债,剩下的钱,我也要当作首付,重新买个小房子,否则我自己住的地方也没有了。"

她细声细语,连同这房子,一眼看上去,就是个有故事的人。

雷岚环视洁净的房间，淡黄色的墙纸，粉蓝色的格子窗帘，桌上铺着蓝色桌布，说实话，无论是谁，不到万不得已，是不会出售自己这么温馨的家的。

雷岚问丁咚："这是抵押房，我买的话有问题吗？"

丁咚说："没什么问题，有流程可走的，她拿到房款后，把欠银行的钱还了就可以了。"

女生在静静地等着雷岚做决定。雷岚觉得她像极了电视上的林黛玉。

雷岚说："我很喜欢这房子，价格真的不能再商量了吗？"

女生说："那么就353万吧，不能再少了，因为我也要买房子，也很不容易。"

雷岚看着她苍白的面孔，忍不住问："这房子挺好的，如果我是你朋友，会舍不得你把它卖了。这房子当时抵押了多少钱？"

女生告诉这个年纪相仿的漂亮女孩："180万元，是我爸大前年抵押的，抵押的目的是帮他的一个战友周转资金，那人是做生意的。我爸帮人做这事却没跟家里说，所以我和我妈都不知道，甚至不知道他有这样一个值得他把自家房子抵押的朋友。我爸去年得了肺癌，临死前才把这事说出来，我和我妈这才知道我们住的房子居然被他抵押了，而他的那个所谓战友在他死后不认这笔账了，那人说他没全拿这笔钱，那人说他借我爸的那部分钱已还给我爸了，银行的抵押贷款他每月在还，这是出于他对我爸的义气……我妈被这事气得大病一场，今年1月她在单位上班时突发脑溢血，在医院躺了两星期，也走了。最近那个生意人跟我说，他的生意做不下去了，给银行的还款也马上付不下去了。我查了一下，他这两年已还银行60万，还有好多没还，如果接下来他不再还贷，这房子就要被收走拍卖了，我就没了家，也没地方住了。"

雷岚和丁咚面面相觑，院子里阳光明媚，待在这屋子里感觉有些冷了。

女生说："我不知道我爸跟这人到底是什么关系，是真朋友吗，还是交易，还是被人拿着什么把柄？"

她对雷岚叹了一口气："生活中朝夕相处的家人，可能是陌生人，我爸把这些秘密带到另一个世界去了,我妈妈也带着对我爸的埋怨走了。我原本去年结婚,但男朋友看我家出了这样的状况就溜了。"

她逆着院子里的阳光,脸上溢满了哀愁。

雷岚说:"我知道了。这房子我要的话,就355万吧,我不还价了。我回去跟我男朋友商量,今晚,最迟明天,我让他过来看下房子,他不反对的话,我们就马上签购房意向合同,把定金给你。"

女生把丁咚雷岚送到单元门口。外面热风吹荡,空气中飘浮着含笑花的香味。

雷岚加了这女生的微信,她知道了这女生名叫尤琪。她对尤琪说:"这是最难的时候,尤琪,我会抓紧办的,你一定会有住的地方的。"

2

在"金桔"奶茶店,雷岚和丁咚临窗而坐。

从马丁小区尤琪家出来后,雷岚请丁咚喝杯奶茶,借这点时间,她想盘算一下购房款项,请他听一下。

雷岚按着手机上的计算器,算了好一会,她抬起头对丁咚说:"我的房子到底能卖多少,现在还不知道,你说过,330万都有可能,那么我先保守一点,以310万算,310万扣除110万未还贷款,扣除60万首付,扣除给天帆爸妈的利息,两年利息多少?大约3万块钱吧,我想我再客气一点,算他10万吧,当作我们对他们的感谢费,扣除这10万,那还剩余130万元,我跟天帆分,每人65万。我这65万,加上拿回来的首付款中自己的25万,就是90万,这90万中,有13万是我朋友锦兰的,这两年还了7万,还要还6万,这次就全还掉,这样我就剩84万。尤琪家的房子当初抵押180万元,这两年已还60万元。如果陶春能凑35万,那么我和他的钱加起来作为首付款,就基本可以付清这房子的抵押款。陶春昨天说过他应该能筹得到40万,另外,'小宅门'还可能多卖个十几到20万,所以,应该够了。"

丁咚问："房本写你和陶春的名字？以后按揭还贷你们平摊？"

雷岚说："这当然，因为是合伙，房本上自然写我和陶春的名字，如果以后我和他没有成家的缘分，我们根据各自所出的比例，算未来增值部分的所得。"

雷岚笑了笑，又说："很显然，我出得比他多。"

丁咚擦着额头上的汗水："嗯，如果陶春那边没问题，你们就尽快跟尤琪签购房意向合同吧，她这房子的总价算是便宜的。"

马路上阳光灿烂，热气涌动。盘算过账，心里有底之后，雷岚开始唏嘘那套光影斑斓的房子，那个纸片一样单薄的女生，和那个已逝去的父亲。

丁咚告诉雷岚，这两年因为卖房子，自己看多了诸如此类的故事："看房子看房子，有时就这样看到别人家里去了，什么故事都有，不敢多想，想多了怕自己没了力气。"

雷岚想起了一件事，她告诉丁咚，自己昨天去"小宅门"看了一下，发现房间里的家具都被席卷一空了。

丁咚皱了一下眉头，就跟她说了丁松小丽的事。

他说："小丽可能以为家具是他家自己买的吧，就搬走了。"

雷岚睁大眼睛："这算骗婚吗？这年头还有这样的事？"

丁咚说："这是低端的瞒骗，还有'高端'的骗。上个月，一个十八线小明星找上我们店来，她老公，一个澳门叠马仔，租了套豪宅，骗了她的婚。"

说到弟弟丁松，丁咚说："我也不知道他们会怎么收场。"

关于追讨家具，丁咚有些为难："到时候我帮你去问问她吧，现在她在气头上。"

雷岚说："家具就算了，就给她好了。说真的，只要想起那天下午天帆帮我把它们一样样装起来的样子，到现在我心里还会很在意，所以，那些家具我看着难过，不用也罢，就给她她吧。"

丁咚点头。

雷岚说："我原先在墙上还挂了一些画框，那些画框最好还我，里面的风景照都是我留学时拍的，我要留下来做纪念。"

丁咚答应过些天去问问。

这么说着,丁咚突然起意,要不现在就过去找小丽吧。

他听丁松说过小丽现在住在北环新村,北环路就在眼前,北环新村近在咫尺,现在去一趟,省得以后再来了。

他对雷岚说:"要不,你现在跟我过去,我们拿了画框就走人。如果可能,你也帮我劝她几句,我弟这两天住我那儿,我看他都快疯了。"

雷岚诧异地说:"我?我又不认识他们,我能说啥呀?"

丁咚觉得自己得拉她去。

他说:"你知道吗?我现在有多后悔当时把你的房子推荐给他,不管怎么说,这事最初跟你托我租房有关,我不沾手这事的话,说不定我弟和他老婆就不会这样。去吧,我弟都快家破人亡了,帮个忙,作为房子真正的主人,你跟她说明一下真相。"

丁咚给弟弟发了个微信,要小丽的具体住址,"雷岚要去拿回自己的东西"。

两分钟后,丁松把地址发了过来。

3

北环新村的一间毛坯房里,如今住着小丽、宝宝丁米,还有小丽刚从成都赶来的父母。

这是小丽远房亲戚空置的房子,如今暂借给小丽救急。

经历了最初的惊愕和愤怒,现在的小丽对未来一片茫然。

这个中午,她的父母在给她拿主意:"要不先租房子过?要不爸妈这边出首付,让他每月去还贷?"

年迈父母忧心忡忡的样子,让小丽不忍直视。

她心想,算女儿没用,给人家牵着鼻子在走,生米做成熟饭了。

她对爸妈说:"首付你们也别出了,否则不正中某些人的下怀吗?我也不服气。"

爸妈说:"但是僵着也解决不了问题,日子总是还要过下去的。"

正说着,有人敲门。

小丽妈妈开门,小丽见进来的是一个穿西装的中介小哥,还有一位女生。

中介小哥对小丽说:"我是丁咚,丁松的哥哥。"

他这么说,小丽就认出来了,她生丁米的时候,这小哥曾来医院看过她。

跟着丁咚一起进门的那个女生,小丽没见过。小丽注意到了她高挑的身材和令人悦目的面容。

小丽抱起脚边的宝宝丁米,问两位有什么事。

他们告诉她,他们是来拿画框的。

那位高挑女生说:"家具就给你了。"

小丽一脸蒙圈,心想,怎么?这些东西也都是别人的?那个死鬼,那还有什么东西是你丁松自己的呢?别连你也是假的吧?

小丽指了指墙角,一组画框,大小六个,叠放在那儿。

小丽见他们拿了画框没马上走人,又看他们想跟她说话的样子,就知道了,他们除了要她还东西,还想来劝她。

果然,那位高挑女生在她面前说起了一些话,这些话与那套房子有关。

小丽抱着小孩,听她讲。

作为那套房子真正的主人,高挑女生解释了自己当初出租房子的目的,由此就讲了那房子的由来,还讲到了那些家具,讲到某天下午天帆辛辛苦苦装好了这些东西。"无论是家具,还是房子,两人谁都没用一天,所以,家具就给你吧,我也不用了,因为心里想着那天,就很在意。"

在小丽眼里,高挑女生说话时脸上有生动而惆怅的表现力。这让小丽对她的劝说没像对丁家风、劳海燕那样产生抗拒,她好奇地听了下去,她注意到,这女生把那套房子叫作"小宅门"。这"小宅门"这女生自己没住一天,如今要卖掉了,看得出她其实很在意,因为在意,她还有这么一句叹息:"当时是同时冲着爱情和房子去的,结果朝房子跑的速度更快了一些,就乱了节奏,房子跑下来了,而其他没戏了。"

小丽在心里也叹了一口气,心想,原来那套房子还有这样的来历,这么漂亮的女生也会搞不定,而看上去,她跟丁松那个当医生的表哥是多般配啊。

宝宝丁米从妈妈的怀里下来,在地上玩,一会儿之后他又缠到了丁咚的脚边,丁咚抱起他,对他做个鬼脸:"我是你伯伯,真不好意思,今天没给你带个玩具。"

因为宝宝丁米近在面前,丁咚对小丽的劝说,很自然地就说到了自己的小时候,除此之外,没有什么能说得动她了吧,所以他说了自己的出生与一套房子有关:"房子,房子,从我出生那天起,他们就在讲房子,所以我从小就恨它。哪想到,现在我靠它吃饭,所以,对于房子,我想,如果没有了它,再没了家,没人会比我更知道这后面还有啥滋味。"

小丽茫然地看着丁咚和他手里抱着的丁米,说:"原来你是这样的?丁松从没跟我说过,我不知道原来你是这样的。"

丁咚对小丽说的话,让雷岚有些感伤。

从北环新村出来的时候,雷岚拎着画框,皱眉对丁咚说:"好在现在已经不是小时候了,我认为,现在你得赶紧去成个自己的家,听见了吗?"

丁咚笑道:"省省吧,你先管你自己吧。"

雷岚神情顶真,一如当年那个爱督促人的小班长。她说:"你不像我,我跟我妈我舅我外公每天挤在一起,也算是个家,你是一个人。"

4

晚上,丁咚牵着松果出去散步,一轮圆月升在空中。走到运北桥时,手机响了一声,是雷岚发来的短信:"陶春看过房子了,他很满意,我们明天一早就过来,跟尤琪签购房意向合同。"

"OK。"丁咚回复。

这一票还算顺利。

丁咚和松果回到宿舍的时候,已近11点钟了,走廊尽头,金缨宿舍里喧哗声一片。

后来,这片说笑声离丁咚的"雨林小屋"越来越近,直至到了门口。

丁咚回头一看,见金缨领着一个人进来了,那人笑道:"丁咚,你还认得我吗?"

哟,这不是"爱宅"的"方狗"方歌子吗?

丁咚说:"哟,方经理,你怎么来这儿了?"

方歌子和金缨一起对他笑。

"嗨,你们俩怎么认识的?"丁咚好奇地问。

"方狗"咧嘴笑道:"我是她舅,她是我姨妈。"

金缨捂嘴而笑:"真的,他是我舅,我是他姨妈,有时我是他表妹,或弟嫂。"

丁咚反应不过来这是啥关系,他笑道:"很八卦,你们不会是在谈恋爱吧?"

"方狗"注意到了满屋的绿色植物,他惊讶地说:"天哪,丁咚,原来你在这里隐居哪。"

金缨告诉丁咚:"方哥在收二手房,我跟他在合作,他看好房子后带我一起去谈,有时我扮他姨妈、堂妹,有时他扮我舅。"

"谍战吗?"丁咚笑这中介小妹战术升级,"从跳广场舞,到玩假亲戚、假夫妻的戏码了?"

金缨与"方狗"相视一笑,看来相当默契。

"方狗"在小沙发上坐下来,他摸出打火机,点了支烟,烟雾在他头顶上方的叶片间缭绕。他跟丁咚叙旧,他说自己如今已不做"田青内部讲话"模式了,"田总现在去蓝洲总部了,分管市场销售这一块"。

"你不跟他过去?"

"方狗"说:"他没这个意思,我怎么去?"

烟雾缭绕,丁咚心疼他头顶上的那株散尾葵。终于,这"方狗"起身说:"走了,走了。"

他就先走了。

"方狗"走后,金缨告诉丁咚:"他是来付我钱的,他给了我1万块钱。

对于他这一票来说，这是小意思。"

金缨兴致勃勃地向丁咚介绍自己跟"方狗"的合作模式，即，"方狗"专找那些最不起眼的"老破小"，看好目标后，约她扮作他的"堂妹"，他以"堂妹"买房子的名义，跟房主谈价，谈妥后，过了一两天他又告诉房主，"堂妹"去了外地，暂时回不来，"堂妹"全权委托他办理购房相关事宜。他跟房主约定，由他先把购房款打给房主，等"堂妹"回来后再更名过户，更名过户之前，让房主先把房子委托给他，让他能先为"堂妹"装修。接下来，他花10万块钱对房子做最表面化的美化装修，装修后的房子看上去焕然一新，他将房子提价100万至150万元转卖出去，直接从房主那儿过户给下家，这样不仅省了他买进卖出不足两年的营业税，还大赚一票。

丁咚听明白了，确实有点谍战的意思。

金缨说："没办法，人家眼光就是好，什么样的房子有包装潜力，怎么样的涂脂抹粉最有效果，他一点都不会搞错的，真是眼光好。"

金缨拿起"方狗"刚才忘在沙发上的打火机，啪啪地按着，小火苗往上蹿，她对丁咚说："其实，我跟你也可以这么做，我们俩扮哥哥和妹妹，也可以试一下。"

丁咚说："算了，这样搞来搞去，多费劲。"

金缨笑道："还好啊，装修虽然麻烦了一点，但一转手，赚个100万，也挺值得，装修再麻烦，比我们每天跑来跑去总要轻松。"

丁咚没答应跟她一起试一试，因为直觉自己做不了。

他看着她手里蹿着火苗的打火机，说："哎，你别玩火。"

二十三　探访

1

　　为探望住院的爸爸老丁铁，一大早，丁家三女儿丁家迎就从滁州坐高铁来到了尚城。

　　家迎已经好久没来尚城了，这一年她得了一场大病，好在经过治疗，如今身体在逐渐康复。

　　这一年来，对于自己生病这事，家迎对尚城的家人包括女儿米娅只字未提，因为怕他们担忧。

　　他们的担忧对她来说，是一种负担。

　　这一年里，家迎给爸爸老丁铁和"桃李春风"四姐弟的说法是："这两个学期，我课多，还要写论文，太忙了，就不过来了。"

　　家迎给女儿米娅的说法是："妈妈课题任务重，学校要考核，你忙你的，你工作忙就不用回家来了。"

　　家迎给女儿发的微信中还这么说："如果你有空的话，还是多去看看房子，买房成家的事还是要推进。其实，从年轻人身心自由、轻装上阵的角度说，妈妈也没觉得你不买房的想法不对，但是，现实总是强按人头，现在自由不等于未来自由，两年时间，薪水没变，房价在涨，买和不买，自由和不自由，它都给人答案了，再拖下去，爸妈仅有的那点能力也帮不了你了。"

　　虽这么说了，但家迎知道，嘴上说说没用。

　　如果不是这场突如其来的大病，以家迎的个性，她这一年里早就多番来尚城紧盯女儿推进这事了；同样，如果没这场病，对于女儿的婚恋问题，她也肯定要他们交答案了，到底怎么样，嫁他？他继续以考研的理由不正式工作？你养他？这样的感情能养多久？这些，原本她都需要他们拿出答案。

但因为这场病，她无力紧盯女儿，医生又关照她不能焦虑，所以，她硬生生地把这些问题逼出了大脑之外。

结果呢？她想，结果是时间又晃过去了一年、两年，房价又涨了一大截，现在靠一个家庭单方面的力量，是真买不起了，哪怕小户型可能都不够了。

她在心里叹息，女儿小时候还是蛮听话的，怎么长大了却不听话了呢？是不是只有等以后吃到了苦头，才会后悔没听爸妈的话？但那是什么代价啊！

只要想到这些，焦虑就会涌上家迎的心头，而医生关照她不能焦虑。

家迎来到了中山医院，她看着靠在床上的老爸，心里有很深的愧疚。

她对老丁铁说："我在外地，送菜送饭都是家桃他们在做，这些年我什么忙都没帮上。"

老丁铁笑道："没事，幸亏你姐妹兄弟多，有他们在呢。家迎，你自己以后是个问题，你只有米娅一个小孩，她还不在你身边，你退休以后还是早点回来吧。"

对于这个养父，家迎从小深怀感恩。

家迎对站在一旁的朱依老师道谢，然后又对爸爸说："等一会儿，我去白杨新村看看奶奶。"

老丁铁说："你帮我去看看她也好，现在我这个样子，一个月都没法过去看她了。好在她身体还可以，就是脑子越来越不清楚了，尤其这半年，退化得很厉害。"

朱依对老丁铁说："你妈到底是97岁的人了。"

老丁铁笑道："也是，有几个能到她这个年纪的。"

家迎消瘦的样子，让老丁铁发现了她的异样："家迎，你这次比上次来的时候还要瘦，有没有什么不舒服？"

家迎告诉爸爸："我好的，可能是课多，累了一点。"

家迎从中山医院出来后，没马上去白杨新村，而是先去了幸福家园女儿的出租房。

这次来尚城，家迎没跟女儿米娅打招呼，所以，现在她去女儿的住所等于是"暗访"。

米娅租住的是合租房。家迎在楼下揿了好一会儿门铃，一个女生用慵懒的嗓音问她是谁，然后给她开了门。

家迎走进合租房，房间里光线幽暗，一片凌乱。

家迎穿过狭窄的过道，走到了次卧的门前，这是米娅每月花2800元钱租的房间。家迎推开门，果然，他在。他坐在电脑桌前。

她不知他是在看书，还是在玩游戏？在她的学生中，有人课不来上，每天窝在宿舍里玩游戏，这让她深恶痛绝。

金岩听见有人进来了，回头看了一眼，问："你找谁？"

家迎说："我来看看。"

天哪。他恍悟过来，知道她是谁了。

虽然米娅至今还未带他见过家长，但他认出来了，因为米娅跟她太像了。

于是他惊跳起来，书从桌上掉了下来。

现在家迎看到了这长相清秀的男生是在看书，英语习题册，而没在玩游戏。

家迎对他笑了笑："别紧张，我来看看。"

金岩硬着头皮说："阿姨，米娅去上班了。"

家迎在床沿边坐下来，问："你不上班？"

金岩说："我在准备考研。"

家迎说："你不上班吗？"

金岩点头，又摇头："一星期去培训机构上两天班，不是太正式，兼职性质的。"

家迎问："没别的工作了？"

金岩腼腆地摇头："也找过其他工作，找不到合适的，所以就想还是从根本上解决问题吧，所以还是想考研。"

家迎问："从根本上解决问题？"

"是的。"金岩告诉她，自己原来学的是公共卫生管理专业，学校一般，不好找工作，所以，自己准备考北京大学金融专业研究生。

跨专业，还北大呢？实际吗？家迎心想。

她问："为什么非北大呢？"

"北大毕业生好找工作呀。"

她觉得像是在听一个天真的小朋友在说话。

她问："你考过几年了？"

"已经四战了。"

"倒是很有毅力啊。"

金岩脸上有梦幻似的表情："没办法，考上就好找工作了。"

家迎心里叹了一口气，她理解如今的小孩各有各的难处。

如果他不是女儿的男朋友，那就随他继续考下去吧，也算是一种梦想，但因为他是女儿的男友，她就决定不跟他绕了，她就直说了："考了四年了，一直没正式工作，不是怕进入社会吧？"

在她教过的学生中，有人把考研当作不想上班的理由。

金岩脸红了，摇头。

他告诉她，为什么自己一直在考研："因为我觉得我现在还没到最好的状态，我想通过读研，让自己能有最好的状态，然后再进入社会。"

他眼睛躲闪。在家迎眼里，他说话的样子倒有几分单纯可爱。

家迎心想，这样的农家小孩，可能是怕了别人的轻视和拒绝，受挫过，就迈不出去了，窝在这里，也回不了乡下，"隐居式考研"，考试成了心理上的逃避和想象中的对策。

家迎今天来这儿原本是想跟他谈谈买房子的事，但看他这个样子，就知道谈房子已无必要，谈怎么先把自己养活才是当务之急。

家迎让自己别急,有话慢慢说,跟他聊聊天吧。

家迎问他:"你这么四年考下来,有什么感受吗?"

他告诉她:"有时也会没信心,但想着自己是在准备考研,就觉得自己还是在努力,自己还是有指望的。"

他说得实在。而她没办法说没指望。

她告诉他,谁都想等自己有了最好的状态再进入社会,这样可以少一点受挫,少一点被人拒绝,但因为怕被拒绝,而自觉不自觉地拖延了步入社会的时间,这也可能会成为一种逃避。人有自己的意愿这没错,但人还有一个"社会时钟",逆"社会时钟"生存,就像到了某个点,早该毕业了,但心理上仍没法离校。

他支棱着眼睛,对她点头,他承认自己有点胆子小。

他还承认自己是有那么点"鸵鸟心理":"有时候,是恨不能把头埋进自己的翅膀里,有时候还有点拖延症。"

她笑了笑,告诉他,我们谁最初的时候胆子就大呢?都是慢慢不怕的,人总得先把自己养活,最好的状态又靠什么激发呢?靠多读几本书,多刷一些题,它就有了?

她继续说:"'最好的状态'有一个积累的过程,收入也一样,这没法一次性从根本上解决。说到从根本上解决,这几年来,从根本上解决你问题的是米娅,你说对不对?她早出晚归上班挣这点钱,在这个大城市里把她自己和你养活下来,这几年我没看见她买过什么衣服,这几年我也没看见她存下什么钱来。现在我坐在这里,说这些,一阵阵心疼,当她还是个小女孩被我抱在手里的时候,我没想到有一天我这宝贝会这么倔地去为她喜欢的人扛起这些,所以我相信她对你有感情,但你也要让我能想明白,如果你爱她,你是怎么舍得让她在她最好的年纪为你这样奉献,凭什么?是因为她天生勇敢,还是愚笨?如果你不是她的朋友,我对你工作不工作都没任何意见,但正因为你是她的朋友,我对你的要求就是你先把你自己养活了,自食其力,然后让她过得好一点。你是男生,至少应该跟她一样扛起担子,如果你们还想在一起的话。"

金岩红着脸说:"阿姨,我会回报她的,我以后一定会回报她的。"

家迎遏制心里的激动,让自己放轻声,缓缓说:"生活不是考试,你也不再是一个只需要管住自己学习的学生了,生活比考试更综合,你得拿出你当下的解决方案,不可以像考研一样,可以一年年考下去。"

金岩点头,答应想办法,拿出方案。

家迎起身,说:"我还有事,我先走了。你不用跟米娅说我来看过你,这是我跟你的聊天。"

金岩说:"明白。"

金岩送家迎到楼下。站在单元门前,家迎想着自己刚才说过的那些话,心里的直觉是可能作用有限,这年头要说服别人很难,因为你不在他的处境上,说出来只是让自己好过一些。

这么想,让她有些茫然。

金岩把手放在胸口,向她摆动道别。

他腼腆而惶恐的表情又让她有些同情,她告诉这小伙子不要怕:"沟沟坎坎每个人都得自己去过,迟过、早过,都要过的,过着过着,就会有了你说的最好的状态,最好的状态其实就是勇敢能干的样子。"

金岩说:"我知道了。"

家迎对他说:"你得对自己说:我毕业了。"

站在热风吹荡的楼间林道上,金岩说:"嗯,我毕业了。"

2

离开幸福家园,家迎去枫林路的"香翠斋"饼家买了四盒糕点,然后坐6号线去白杨新村看望奶奶苏冬娟。

老丁铁的妈妈、"桃李迎春风"五姐弟的奶奶苏冬娟,今年97岁了。这些年来,老人家一直居家养老,由保姆李姨陪护。

上午10点30分,家迎走进白杨新村。茂盛的桂树,灰旧的楼房,三三两两在楼间走着的老人……这里的一切都让家迎觉得亲切。9岁那年,她被苏冬娟从苏北乡下领到了这里,这里是她步入尚城的第一站。

作为步入丁家大家庭的养女,家迎从小就清楚自己的身世:亲生父亲杨小川是尚城永乐饭店的少东家,他的人生际遇比他的饭店更为坎坷,20世纪50年代永乐饭店从公私合营转为国有后,一大家子人从饭店后面的杨家洋楼搬到了地下储物间,20世纪60年代一家人又被下放到了苏北农村,家迎就出生在苏北,最初她叫杨梅,她前面还有三个哥哥。

把杨梅带回尚城的苏冬娟,原是杨家少东家的奶妈。杨家人下放后,苏冬娟留在永乐饭店成了服务员。翻身做了主人的她,分到了杨家洋楼的一间房。20世纪70年代中期,城市拓宽马路,杨家洋楼拆迁,苏冬娟因拥有杨家洋楼的一间房,而分到了当时刚建成的工人小区白杨新村的房子。苏冬娟是个念旧的人,在那些年里她常去苏北看望落魄的杨家人,她对自己哺育过的杨小川说:"就让小囡跟我回尚城吧,跟着丁铁家的四个小孩一起过,总有口饱饭吃,总有书可以读。"

由此,杨梅被苏奶奶带到了尚城,作为老丁铁的养女,改名丁梅,老丁铁和蔡咏梅对她视如己出,她17岁那年决定将自己的名字改为"丁家迎"。为什么?因为"桃李春风"自成一体系,她改名后,就成了"桃李迎春风",与他们融成了一体。

家迎来到奶奶家,推门进去,见保姆李姨在。
她还看见弟弟丁家风从靠阳台的次卧里探出头来。
家迎说:"家风,你也来了啊?"
家风说:"嗯,我现在住这儿。"
家迎说:"你怎么住这儿?"
家风说:"我现在还能住哪儿?我住这儿还能照顾她。"
他这话里的意思,家迎暂时还没回过味来,她对弟弟说了声"我今天刚从滁州过来,我刚去医院看过爸爸了",就走进了奶奶的房间。
奶奶苏冬娟正靠在床上打盹,上午的阳光穿过窗棂落在墙角上,明晃晃的一片。

家迎把糕点放在床头柜上,在奶奶床沿上坐下。

奶奶苏冬娟睁开了眼睛,见家迎来了,一张脸笑得像皱皱的菊花。她想下床,被家迎按住:"奶奶,你坐着,别动。"

奶奶苏冬娟问家迎:"你是坐火车回来的?"

家迎心想,呵,她脑子还清楚着呢。

家迎说:"是的,我刚坐火车过来。"

苏冬娟问:"这次回来几时回去读大学?"

她这一问,家迎又明白了,其实她还是迷糊的,家迎大声告诉她:"我早读完大学了,连米娅都读完了,米娅都工作了。"

奶奶的眼睛在亮起来。"哦,米娅都工作了,真是高兴死了。"她又问家迎,"你怎么不带米娅一起来?"

家迎说:"米娅在上班,小孩上这点班很辛苦。"

奶奶笑眯眯地告诉家迎:"我刚才回了一趟家。"

家迎问:"回家?"

老人说:"嗯,回去了一趟。"

奶奶苏冬娟的老家在苏州,她16岁来尚城谋生,老家那边的人早就没了来往。

家迎心想,你做梦的时候,灵魂跑出去玩了一趟吧。

奶奶突然从枕头下掏出了100块钱,递给家迎:"奶奶以前没给过你红包。"

家迎笑道:"我不要,你自己留着。"

奶奶非塞给她:"我只有100元,再多我也没有了。"

家迎接过钱,给奶奶调整了一下枕头,把这100元塞回了枕头底下。

奶奶问家迎:"现在是傍晚了吗?"

家迎知道她又迷糊了,就指着墙角上的那片阳光,告诉老人:"现在快中午了,你看太阳多好。"

阳光在墙角缓缓移动,与往事相关的温情在屋子里漾开来。

3

家迎从奶奶的房间里出来的时候,客厅里只有弟弟家风,保姆李姨去小菜场了。

家迎对正在刷手机的弟弟说:"家风,我准备走了,你还好吗?"

家风说:"还行。"

家迎知道家风这些年状态不好,生意难做,就说了一句:"钱少赚点不要紧,身体自己还是要管牢的。"

她突然想起,刚才弟弟说过"我现在住这儿",她就问:"你住这儿多久了?"

家风说:"不久,但我一直要住这儿了。"

在"桃李迎春风"五姐弟中,这个丁家唯一的男孩从小就被爸爸丁铁妈妈蔡咏梅视为宠儿,几个姐姐对他也十分宠溺,尤其妈妈蔡咏梅去世时他只有13岁,一家人对他更是呵护有加。或许正因为这样,等这男孩长大后,她们发现,在这个家里,他比她们任性、个人中心,习惯了要她们让他。

现在家迎站在门口,心里就有他被宠坏的感觉,心想,你倒是精明的。

于是,她就说了一句:"到时候我回尚城看病养病,如果没地方住,我也住这儿。"

家风脸上有为难的表情,他指着小客厅,对她说:"你看看,没空间了。"

他一点客气的表示都没有,这让家迎不舒服。

家迎心想,你总是这样,门槛精的,你为什么不住到爸爸家去呢?你还不是冲着奶奶年岁已高来日无多,你就惦记起这房子来了。房子,房子,你离婚了没房子这是事实,但这是你自己的问题,你第一次离婚的时候,为了你跟何秋红分那房子,我们都帮你出了钱,你第二次、第三次离婚,房子被人搞走了,是你自己没用,你在外面没用,就只会回来打自己家里人的主意。

家迎就对弟弟笑道:"没有空间?以前这屋里住8个人不都住了?"

家迎指了指客厅,继续说:"客厅里的沙发如果换成沙发床,不就又可以住一个人了？"

她这么说，只是为了刺他。

而家风当真了，一脸心急地说："这哪行，我儿子结婚了，没房子住，这房子得救他的急。"

家迎就更不高兴了，直说了："你儿子有困难，这房子又有什么责任？你儿子有困难，那得你自己去解决。要说困难，我家米娅一女生，这几年一直在外面跟人合租，被房东提价，被黑中介半夜赶到大街上，这些事说起来都是一把泪。"

家风打断她的话："丁松最近惹了事，没房子，他这个婚都要没了。"

家迎说："那是你自己教育出了问题。"

家风懊恼地看着家迎。

家迎说："奶奶还在呢，你就开始打主意了？你从小到大，知道的就是向家里人伸手。我们顺你宠你，也该有个边界了，因为你已经大了，不，你已经老了。"

家迎心想，在外面，你像狗一只，连劳海燕都搞不定，被吴莉骗得团团转，就知道回家来霸道，就知道姐姐们会让你。

家风说："米娅干吗不结婚啊？女生要解决什么房子呀？找个老公不就有了？"

他淡漠的样子，让家迎恼火。家迎说："我现在是癌症患者，你知道吗？我跟家里谁都没说。我哪天回尚城看病养病，在这里住几天都不可以了？还要你同意？奶奶都没不同意，你倒不同意了。你有什么资格同意不同意的？难道我还需要你同意？就你儿子的事是大事？"

家风说："你身体不好，我也不好。"

家迎心里的悲愁在升起来："我在外地30多年了，现在我想回来你们都不愿意帮我。"

家风说："你可以卖了你安徽的房子，来这儿再买一个啊。"

看他说得这么轻松，家迎说："你说得这么轻松，你干吗不给丁松去买一个呢？你让我卖了滁州的房子，即使我卖了那边的房子，也买不起这里的房子，同样为国家工作35年，那边的收入跟这里可不一样。再说，我退休了，我老公还没退休呢，卖了那边的房子，他住哪儿？"

家风说："那也不能怪我，谁让你去读大学？谁让你被分到了外地？难道地区经济差异也要怪我吗？我有什么责任？"

家迎说："你儿子结婚没房子，奶奶的这个房子，包括爸爸的那个房子也都没有责任。咱们这个家已经很老了，旧了，没东西了，榨不出什么了，只有这两间房子了，我劝你不要像电视剧里演的那些抢房子的人，你不要打主意了，奶奶人还在，你就打主意的话，其他几位都不会答应的。宠你顺你，到今天得有个边界了，否则再下去，是害你了，也会害了这个家。"

家迎的话，让家风火冒三丈："哼，我公证书都有了。"

家风转身进了次卧，不一会，拿出一张纸来，在家迎面前晃动："奶奶赠我房子的赠与书，有公证的，看见了吧，赠与书。"

家迎瞪大眼睛，心想，你真做得出来，你怎么变成这样一个人了？

她说："屁，奶奶认知都不清楚了，这赠予不成立。"

家风说："她清醒的时候比谁都清醒，我现在天天住在这里，我比你知道，她签赠与书的时候认知是清楚的。"

家迎生气地说："哪来这么荒唐的公证？"

家风说："难道你想跟我抢这房子？你又不是我家的人，你是我们家抱来的，你手伸得这么长干什么？"

家迎惊呆了，她差点哭出来："你真没良心，从小到大，我对你这么好，当年你跟何秋红分房子的时候，我还帮你出了3万块钱，那时我自己又有多少钱？你现在这样说话，一点良心都没有。"

老人苏冬娟记忆力退化，但耳朵挺好，她听见两个孩子在外面大声说话，就问："家迎，米娅什么时候过来？我要看她。"

家迎赶紧走到奶奶的房门口，对老人说："米娅在上班呢。奶奶，我先走了，过些天再来看你。"

家迎转身，没瞧弟弟家风一眼，直接出了门。

4

家迎在尚城的大街上漫无目的地逛到下午,她给女儿米娅发了个微信:"妈妈来尚城了,来看你外公,晚上就到你出租房去。"

傍晚,等家迎再次来到女儿的出租房时,金岩已没了人影,房间里收拾得干干净净。

妈妈已经很久没来了,米娅发现妈妈脸色憔悴,人瘦了很多。

米娅还注意到,妈妈谈兴不浓,甚至没提买房子的事,更没提金岩的事,这有点反常。

米娅问妈妈:"你身体没事吧?胃病好一点了吗?"

家迎说:"身体好的,今天一早出门,是累了,我想早点休息了。"

半夜里,米娅感觉身边有动静,她感觉自己的脚被妈妈握在手心里。她起身,看到了妈妈泪流满面的脸,她吓了一跳:"妈妈,你怎么了?"

家迎说:"没事。"

米娅说:"你怎么了?"

深更半夜,妈妈暗自哭泣的样子,让米娅也情不自禁地哭了起来,因为她明白妈妈在难过什么,她怎么会不明白?

家迎看她哭了,也坐起来,搂着她:"没事,妈妈想到了一些事,妈妈今天去了你太太家,遇到了一些事情,想想心里痛。"

妈妈家迎就讲了舅舅家风的事。

米娅吃惊舅舅怎么有这样的吃相,她劝妈妈:"你别生气,他也是为儿子急了吧。"

米娅抱了一下妈妈,劝妈妈睡觉:"明天一早还要去高铁站。"

她突然发现妈妈胸前空空荡荡,明显瘪下去了一大块,她吓了一跳:"你这里怎么了?"

妈妈在黑暗中笑了笑:"没事,拿掉了。"

"乳腺癌?"

妈妈点头:"手术做得好的,没事。"

米娅哭起来:"你怎么不告诉我?"

妈妈没回答,她抱住哭泣的女儿,让她不要哭:"现在好了。会好的。你要听妈妈的话。"

米娅泪如雨下,呢喃:"我听的。"

家迎泪眼模糊:"妈妈现在没想靠你回尚城了,妈妈只想你在尚城能早日有个家,这样房子小点也可以了。只要你在这里有个家,妈妈心里就放下了。"

二十四　下车危机

1

像所有一波三折的买房故事，已在车上不想下来的雷岚，还是遇到了她的麻烦。

麻烦，如你所料，来自她的现男友陶春。

陶春在购房意向合同签订后的第三天突然掉了链子，他给雷岚发了一条微信："我筹不到钱了，没法跟你一起买房了。"

与此同时，他还转给了雷岚一封短信，信是他妈写给他的："我妈把这信发到网上去了，她说要让人评评理。"

对于男友的临阵退出，雷岚心头一乱，她慌忙点开那封信。

陶春妈妈在信中这样写道：

"我儿陶春，最近我们之间出现了一些问题，你想让爸妈支援你买房，爸妈没有同意，你对爸妈有了情绪，两天了，你家也不回，电话也不接。想着你对我们的埋怨，想着这27年来爸妈对你的付出和你给爸妈带来的快乐，如今这样的僵局，让爸妈心里难过，有些话，我想在这里跟你交流一下。

"你说房价一直在涨，你说身边的人都在买房，你说现在不买以后更难下手，你说你找了女朋友，以后结婚也需要房子，所以现在想跟女友一起买房。你有你的道理，可是在我看来，已经27岁的你，该独自去承担一些事情，而不能总像一个小孩，伸手向爸妈讨要东西，只要哭一下，说一声，就总能得到自己想要的东西。

"爸妈这次拒绝你只是希望你能明白，你终归不能永远赖在爸妈的怀里,你终归要自己飞翔,要一个人走向未来。

"而爸妈,在未来能不给你增添负担,就已是我们最大的心愿,所以爸妈也得准备自己的未来。妈妈希望,你能通过自己的努力得到自己想要的,无论是房子,还是梦想……"

雷岚看完,明白他向家长要钱没成功,家长没肯。

她想,没肯也正常啊,这得想得开,肯是情义,不是义务。

她想,我忘记跟他说一声了,如果问大人要钱,最好是借,就像前年我跟天帆和他爸妈说的那样。

她心里有不好的预感。

是什么呢?

这一刻她有点说不清。是给他添麻烦了?是让他跟家人产生矛盾了?是让他家人觉得是她要他去要钱的?

手机上的文字像一片细密的气压,雷岚看着它有些气闷。

她后悔把他拉进"恋爱合伙人"里来了,原本拉他是出于直觉,当然也是出于心急,因为他是男友,因为房价涨得快,因为想爱情与房子两手抓两不误,因为怕被房价拉下来。

而现在,这封信让她发现自己还是想得简单,看来房子就像是线头,拉扯起来,那一头连接着不同人家的不同境况,最后会拉扯出些什么东西来,还真不好说。

思绪纷乱之间,另一个更为迫切的问题闪现在了她的面前:尤琪那房子怎么办?都交了定金了。

她给陶春发了一条微信:"我们再想想看还有什么办法。"

半天,陶春没回过来。

她走出办公室,给陶春打电话,发现他已经关机。

她下楼,去科创园东区"幻空间"动漫公司找他。

那里的人说,陶春今天没来上班。

她纳闷,他昨天为什么一点都没透露他向爸妈要钱的事?

她想,他昨天看着还好好的。

她有点恼火，心想，关机干啥？怕我怪你临阵脱逃？怪你也没用啊！你早点告诉我，我还可以想别的办法；你早点告诉我你不参加了的话，那也不会把尤琪的房子带进这麻烦里来。现在尤琪的房子怎么办？5万块钱的定金都交了。如果没能力买了，那得赶紧告诉尤琪和丁咚，让他们赶紧找下家，尤琪的时间耽误不起。

她心烦意乱地穿过小广场，心想，定金还拿得回来吗？

雷岚不知道，这一刻她手机里的这封信正在网上飞快地传播。

连尚城日报的公众号"尚城24小时"都推送了此信，并取名为"一个妈妈给儿子的断奶文"。

甚至，连坐在中山医院病床上的老丁铁这一刻都看到了这封信。

朱依老师看着手机，对老丁铁说："写得有水平。"

邻床的病友说："钱都给小孩买房了，以后我们养老怎么办？"

老丁铁叹了一口气，说："这妈妈也是，能帮就帮着点，不帮就别说自立，现在的房价让小孩自立，就等于买不了。"

朱依老师说："27岁了，早该断奶了，啃老只会让小孩成为白眼狼。"

而病友家属不同意，她说："这样的婆家，我女儿不嫁。"

雷岚回到办公室，不停地拨打陶春的手机，他一直关机。到傍晚的时候，她想，只能随他去吧。

雷岚准备随他去，可是，有人没肯随她去。

他们找上门来了，他们是陶春的父母，他们是来向雷岚要人的。

他们对雷岚说："他三天没回家了，他跟你在一起吗？"

雷岚说："没啊，他没跟我说他这两天没回家。"

他们说："他一直不接电话，公司里也没他，我们不知他去了哪里，你知道吗？"

雷岚说："我也在找他。"

他们说："我们找不到他，只能来问你要人。"

他们生气地盯着她,说:"自己家没钱,就不要逼别人家的小孩。"

他们懊恼地说:"婚都还没结,我们对这婚都还没同意,就要人家去买房子,现在的女生怎么这么说得出口?"

他们原本就不支持儿子跟这女生谈恋爱,因为他们知道她家境不佳,无奈儿子不听他们的话,现在他们当然迁怒于她。

他们站在雷岚的办公室里,向她要儿子,这让办公室里的同事们大为吃惊。

雷岚坐在众人的视线里,脸红耳赤,如坐针毡。

雷岚对陶春爸妈说:"我没逼他,我可没让他向你们要钱,是他自己愿意跟我合伙的。合伙投资,你们知道吗?"

陶春爸妈说:"他哪有钱啊?他不问我们要还能问谁要?你会不知道这一点吗?你不教唆他,他这个时候会突然想到要我们买房吗?家里的房子又不是不够住。他一笨小孩,一直很单纯的。"

他们说:"我们年纪大了,不知道合伙投资这些名堂,我们只知道如果他不见了,我们会跟你没完。"

雷岚答应帮他们去找他。

雷岚委屈地说:"他都这么大了,我怎么可能左右得了他?愿意不愿意买房都可以商量。"

2

雷岚像一阵风,跑遍了城西广场、凡人书店、南山咖啡馆⋯⋯

到晚上9点30分,她都没找到陶春。

去哪儿了呢?她徒劳地拨打手机,心想,买不了就买不了,定金不要了就不要了,有什么好躲起来的。

后来她从枫风书店出来走上过街天桥的时候,听见手机响了一声,一看,是陶春发来的信息:

"对不起,我在海口了,飞机刚到。接下来的日子,我将在海口我一朋友的工作室上班，我不回来了。他们要我飞翔，那我就去飞翔吧。不好意思啦，我也不能参与你的'恋爱合伙人'了。既然不合伙了，那我也不指望恋爱了，我就先撤了，耽误了你和尤琪的时间，对不起。希望以后我回来的时候，能让你看到不一样的我有多精彩。"

陶春有了下落，雷岚松了一口气，她感觉眼里有泪水在流出来。泪眼模糊中，她倚着栏杆，把这条微信看了一遍又一遍，他的压力仿佛破屏而出，它呼应了她心里的歉疚和茫然。她想，他买不了房子，连恋爱都不要了？

她给他回了一句："不合伙买房没关系。"

他没回。

她又回了一条："就这样跟我分手了？"

他没回。

她回："愿看到更精彩的你。"

他仍没回。

她看着脚下的车流，心想，哪怕他撒手跑了，房子、爱情都不要了，我也没法撒手了，因为已交了定金，5万块钱，而且，尤琪那边等不及，也得有对策。

于是，站在过街天桥上，她给丁咚打了一个电话，问他是不是在店里。

丁咚说自己不在店里，回家了。

她说："我赶紧过来，买房子的事有变，我得跟你说一下。"

她听见了那头诧异的声音："啊？有变？你们不买了？"

3

丁咚接到雷岚的电话时，正在宿舍里帮弟弟丁松收拾东西。

丁松才从咖啡馆下班回来，他告诉哥哥，刚才回来的路上，接到小丽的电话，小丽让他现在过去，要他承担责任。

丁咚听丁松这么说，就手脚飞快地把丁松丢在沙发上的衣服、笔记本往他的背包里塞。

丁咚告诉弟弟："这是她给你机会，快去。今晚你就别回来了，想办法留在那儿，这样还有戏。"

丁松问哥哥："你跟她说了啥？她说是看在你和丁米比较可怜的面子上，让我拿出解决方案。"

"我？"丁咚笑了，"我也没说啥，我一卖房子的，平时做人思想工作就是劝人下单，你说我能劝啥？你快去吧，好好在她面前跌倒，趴下。"

"拿什么解决方案呢？"丁松问。

丁咚说："你又有啥解决方案？她这么说了，多半是她已经想好了。"

丁咚抱着松果，把丁松送到老机电厂大门口，看着他远去。

半小时后，一辆出租车开过来了，停到了大门口，雷岚从车上下来。她对等在门口的丁咚说："我男朋友跑了。"

4

坐在散尾葵下的小沙发上，雷岚告诉丁咚事情有变，陶春突然跑脱了，买房子的事有了麻烦。

她茫然的样子，给丁咚的第一反应是：她要下车了。

而这一刻的雷岚，心思已不在"上车还是下车"上了。

她的失落和茫然全都聚焦在"情感"上面，这使得一向硬朗、利落的她显出了难得的多愁善感。

所以，在丁咚眼里，今晚的她有些异样。

她说："糗大了，他爸妈都找上门来了。"

她说："今天办公室里一堆人在看，实在狗血。"

她说："我相信，从他们的角度看过来，我这样一手抓恋爱，一手抓房子，分秒不差，一样不落，那得有多功利，多直接。"

她说："今天陶春他妈看了我一眼，你不知道，她那眼神像刀子一样。"

她说："其实，经过上一轮和天帆的合伙，我对这一轮还是很谨慎的，我没强求陶春买房,我只是给他建议,至于他参不参与,决定权在他。你看,他不想买'小宅门'而想重新买一套房子,我也听他的,但即使这样,这事还是搞砸了。"

她说:"他说,既然不合伙了,那就不指望恋爱了。"

…………

夜晚的风穿窗而入,散尾葵的婆娑叶影落在她的脸上。

她茫然的样子,像被"恋爱合伙人"打了脸,而她向丁咚诉说的那些言语,在丁咚听来,既像是辩解,又像是自嘲——她说是不是跟"恋爱合伙人"沾边,其实是谈不了恋爱的?她说自己还是想谈恋爱的,否则也不会考虑跟他们去买房了。她说,对于恋爱,自己是有诚意的,也可能别人不这么看,也可能,当恋爱绑着房子的时候,就是这样的,要么让人感觉是顾不着恋爱了,要么是让人感觉压力很大,"因为它实在太贵了"。她承认作为"恋爱合伙人",自己谈房子多了点,谈恋爱的感觉少了点,"因为它实在太贵了",这样是不是有点异化的感觉了?……

她说得混乱,但丁咚听得明白,他知道,她对自己絮叨这些,是因为这一刻情绪过不去了,女生嘛,再要强,再硬朗,也有情感化的一刻,要不然,她才不会深更半夜跑来说这些,没准明天还会后悔呢。

谈论情感问题丁咚很没水平,他不知如何劝这小学同学,他就胡乱地说,合伙投资得职业化,不能掺入感情,"因为有感情,就有指望,有指望,就有压力,有压力,人就想跑,合伙投资跟感情也许是个悖论"。

她看着他,突然说:"早知道这样,丁咚,还不如当初向你借5万块钱买那位老师的房子,我跟你合伙。"

"跟我合伙?"丁咚睁大了眼睛。

"是的,因为我们是阶级感情。"

丁咚笑得眼泪都快出来了。

她说:"阶级感情没那么腻歪,人没那么多事。"

他看着这当年的同桌,就笑着对她叹一口气:"两年前我对你还能阶级感情一把,那时候只需要我出5万块钱,而现在,是半套房子,这一差就是100多万了，我现在出不起啦。现在你和我差了半套房子，我们也不是一个阶级了。"

"不是一个阶级了？"

"嗯，你是百万富翁了。"

"百万富翁，"她似笑似哭，"那我一定是超穷的百万富翁，你去我家看一看，你就会明白你比我住得还好一些。"

这么说着，她环视丁咚的房间："丁咚，还是你会打理，你还知道把自己住的地方搞得舒服一些，这么个小破屋被你住出了植物园的感觉，这么看过去，还是蛮美的，我发现。"

看她平静了一些，丁咚问她："尤琪的房子怎么办？你都交了定金了。"

雷岚说："刚才我在街上找他的时候，也恨不得像他这样撒手了，但现在我撒不了手，因为我已交了5万块钱定金，还因为尤琪的房子等不及，我现在撒手的话，等于浪费了她几天时间，她的时间比火烧眉毛更急。"

丁咚问："那你准备借钱？"

雷岚说："刚才我在大街上找他的时候，就在想，其实，与其让他去借钱，还不如我自己借，他借来的钱我也得帮他一起还，那我又何不自己来呢？我现在才想明白这点，可见我独立性还是有限，你说是不是？所以，尤琪的那套房子，你再给我两天时间，如果我筹得到40万，那我就买下，如果我不行，那你就赶紧帮她找下家，我给她的定金，她如能退还我一部分，那最好，如果她不愿退，也只能算了。"

丁咚说："那就赶紧借吧。"

5

雷岚开始了疾风般的借钱行动。

第二天上午，雷岚来到了鲜花怒放、绿草如茵的江畔豪宅"丽景一号"，她走进了一间可以鸟瞰整个江景的380平米大平层。

这是师姐锦兰如今的家。锦兰自从前年夏天跟阿秋离婚之后，就一直住在这里。

如今锦兰已与剧团同事、笛子手李凡生结婚了。再婚后的她,生活的重心已从舞台、瑜伽馆移到了家里。

在洒满阳光的客厅里,锦兰穿着一件宽大的棉背心,靠在沙发上。

雷岚注意到了她苍白的气色。雷岚问她身体没事吧。

锦兰笑道:"在调养。"

锦兰告诉雷岚,自己现在的头等大事是"一心一意地调养",因为自己这两年一直没怀上孕。

雷岚问:"现代医学不是有很多辅助受孕的技术吗?"

锦兰说:"我种了六次了,都没成功。"

雷岚安慰师姐不要急,她给她讲了一个新闻:"教育厅一位女处长从30岁种起,一直种到了58岁,才怀上,上个月生下来了。"

锦兰睁大眼睛:"这是吃了多大的苦啊,快60岁了才做成妈。"

锦兰告诉雷岚:"你不知道,每种植一次有多难受,真是说不出的难受。"

雷岚指着近在咫尺的宽阔江景,劝师姐放宽心:"多豪的房子,坐在这里看出去,像画一样,你多看看景,心情轻松了,就会顺的。"

锦兰每天面对浩荡的江水,已有审美疲劳,现在让她感叹的是像水一样流逝的时光。她说:"我现在最后悔的就是没能早几年下决心从那场婚姻里出来,否则现在也能少受点罪。雷岚,女人最好的时间有多短啊。"

她微垂眼睛,解嘲道:"早个几年出来,房子呢,是会少了几套。"

会少了几套呢?这听着有点怪诞。

锦兰自己说出来了:"他给了我19套房子,算是一年2套,而我给了自己现在要吃的苦头。"

师姐锦兰虚弱的样子,让雷岚实在不好意思开口借钱,坐了一会儿,她就借口要去上班,告辞出来。

从"丽景一号"出来后,雷岚站在江边给妈妈雷小虹打电话。

她简洁地告诉了妈妈如今卖房换房差钱的事(她隐去了陶春跑脱的部

分），她硬着头皮向妈妈借钱。她知道妈妈除了卖水饺赚的那点钱和自己每月给她的 6000 块钱之外，没其他收入了，而这点钱平日得用于家用和为外公舅舅看病上面，想来所剩有限。

雷岚问："妈，你这边能拿出多少？救个急，到时还给你。"

雷小虹说："我这边有将近 11 万块，你拿去好了。"

雷岚没想到妈妈还能攒下 11 万元。

而雷小虹没想到女儿会向自己借钱，因为这不是她这女儿平日里的风格。雷小虹心想，你早上出门的时候怎么没说起这事呢？

6

雷岚坐地铁到了解放北路。她在泰康大厦楼下，拨了一个电话。

小郑老板在。他在电话里说："啊，岚岚啊，快上来，快上来。"

雷岚坐电梯到 21 楼，义乌小老板小郑站在都宝贸易公司的前台，冲着她笑。他说："难得，难得，到我办公室去坐坐。"

雷岚笑道："刚路过这里，来看看你。"

小郑老板 40 岁模样，个子不高，有点胖，精干的板刷头，眼睛小而有神。他笑容可掬地指给雷岚看他办公室里收藏的各种石头和书柜里他刚自费出版的书。

他指着一块白石头，说："这是我刚从新疆搞来的，猜猜多少钱？"

雷岚说："我不懂，很贵吧。"

他说："120 万，算便宜的。"

雷岚指着他的那些东西，说："很有儒商的感觉。"

他看着雷岚笑："叫你来我公司上班，你又不来。"

雷岚装傻说："我现在不是来了嘛。"

他哈哈笑，说："来来来，喝点普洱，暖胃的。"他就给雷岚倒茶。

这小郑老板是雷岚大前年在一个中小企业年会上认识的。在那个年会上雷岚唱了一段折子戏，唱罢，这位小郑老板走上前来，说自己是京剧迷，搞了一个京剧社，以后请她指点。认识了以后，小郑老板多次劝雷岚来他公司当总经理助理，也就是他的助理。他开出的年薪比雷岚供职的"雅凯数媒"高得多，雷岚犹豫了好久，还是没去，主要是不想放弃自己的专业。对于她的婉拒，小郑老板说："暂时不来也没关系，我这里的门永远向你这样优秀的人开着，我真的喜欢和你们这些IT人士交朋友。"因为有这样的赏识，这两年，小郑老板在微信上跟雷岚互动得比较多，他常邀她前往他的京剧社看排练，他说："我就喜欢这一口，你是专业水平，给我们指点指点。"雷岚去过几次，觉得这人还算实在。

今天雷岚是硬着头皮上门，抱着问一问的态度，她说："小郑老板，今天我还真的有点私事来找你，不知能不能帮忙。"

小郑老板一挑眉毛，说："岚岚你还记得让我做事，说明你觉得我是哥们，我高兴哪。"

雷岚说："我要买个房子，首付还差了一部分，大概25万左右。原来可能也够了，因为那房子有个抵押贷款，所以首付多一些。"

小郑老板笑道："这么点小钱，还要说什么理由，借你30万好啦，啥时还随你高兴。"

雷岚慌忙说："不用，不用，25万就行了，我想分四年还完，每年发年终奖的时候还一部分，不知可以吗？"

他冲着她爽气笑道："没事。哎，你呀，这么个大美女，还要借钱，钱送上门来才不算亏待。"

小郑老板拎起电话让财务过来一下。财务过来后，他吩咐财务下午把25万元打到雷岚的卡里。

雷岚把银行卡号写给了财务，心里落下了一块石头。

雷岚起身告辞，准备赶回公司上班，小郑老板请她吃了饭再走："你回去也要吃饭的，一起吃个便饭，也好聊聊。"

雷岚不好意思推辞，因为才借了他的钱。

小郑老板开车带雷岚去了"豪庭五号"的露台餐厅。面对红酒、江风，雷岚一边吃，一边看手机，争分夺秒审核编辑贾俊他们发到"红桃"审稿平台上的稿件。对自己这样的分心,雷岚有些不好意思,好在小郑老板表示理解,他夸她敬业。他一直在说着什么,雷岚东一句西一句地听着,好像他在说他想投资拍电影了,好像他在说他们那里最近热这个,集资啊,洗钱啦,他甚至说可以和制片人谈谈,让雷岚去演个女二号、三号。

雷岚笑起来:"我?我去演?没做梦吧?"

后来小郑老板亲自开车,把雷岚送到了科创园的大门口,雷岚向他道谢,一谢借钱,二谢请客。

他摇摇手,笑道:"谢谢你才对,一起聊天很开心,我可没读过大学,和你们这样的气质女生打交道,都不知说什么了。开心,今天开心。"

雷岚回到办公室的时候,手机响了一声,是银行的到款提示,25万元。

雷岚想,这么快,挺靠谱的。

她给小郑老板发了一条微信:"到款了,谢谢您。"

下午的时候,雷岚坐在办公室里,开始想"小宅门"的事。她想,明天丁咚的那个表姐林美缇过来看房,不知会怎么样?最好能马上定掉。

她想,这样的两头对接,真像走钢丝,一步踏空都会有麻烦。

这时手机响了一声,一看,是小郑老板发来的,小郑老板回她刚才的微信,说"好朋友不说客气话",并约她晚上去看周杰伦演唱会:"我想你肯定喜欢。"

雷岚皱起了眉,她以往的经验告诉她这有点麻烦,她回:"晚上加班。"

一会儿后,手机又响了一声,他又约她:"明天或后天,京昆艺术中心《伐子都》看吗,一起去?"

雷岚想着那25万元,觉得这钱有点麻烦,她以往的经验告诉她,得把话说死。

她回他,告诉他"加班狗"晚上哪有时间娱乐,最近工作忙,最近又在翻译一批外文资料,家里事也多,借他的钱一定尽快还他。

小郑老板回了一条过来,像是带着点小情绪的开玩笑:"当一个女人老了的时候,她发现自己最好的时间都花在996上了,只会悔恨。"

雷岚心想,啥意思,这男人?

她回过去:"呵呵,让别人悔恨应该比到老了自己悔恨自己要好啊。我开始干活了。"

然后,她扔开了手机。

这个晚上,雷岚10点钟从公司出来,坐地铁,倒公交,回到建工新村。

她还没走到大门口,突然看见小郑老板从巷道旁的冬青树后面站了出来。

雷岚吓了一跳,心想,他怎么知道我住在这里的?

她马上明白过来,有两个星期天她受邀去他的京剧社,他派司机来这里接过她。

小郑老板冲着她笑,一股酒气迎面而来,他说:"岚岚,今天晚上你无论如何要跟我走的。"

雷岚发现他醉醺醺的。

他伸手来拉她的胳膊,说:"走,我挺仗义的是不是?今晚你得跟我走。"

她想,这是啥男人啊,帮了人转眼就想换回去?奇葩呀。

她推了他一把,说:"你别搞得太让人丢脸,情分都没了。"

他的样子有点晕乎乎的,像一头憨熊,他说:"你这样,很不够意思的,有多少女生想跟我交朋友,我都瞧不上。"

他说:"我每月给你3万块总可以了吧,这样你都不用借钱了。"

雷岚不知道他是真醉了还是在装,但他喝了酒这是一定的。

雷岚甩开他的手:"你把我当什么了?"

他呵呵笑,轻声说:"你比她们好,所以一个月4万行不行?先一年吧。"

雷岚说:"有病,你再在这儿胡搅蛮缠,我要报警了。"

他嘿嘿一笑,伸手拉她,说:"我借你这么多钱,我都可以不要你还我了,你倒要让警察来抓我,你有没有良心?"

雷岚要吐了,她想,我怎么会想到向他借钱的?真他妈的倒霉。

她推开他，朝他脑门上飞起一脚。

她从小学昆剧练功，也学过跆拳道，在国外留学时，练过自由搏击，身手矫健。

他喝了酒，晕乎乎的，当然不是她的对手。她踢得他打了个趔趄，反扭他的手，把他扭得龇牙咧嘴。她说："去你妈的钱，老子马上退回给你。"

她推开小郑老板，转身就往建工新村大门方向走。

她听见他在后面说："呵，当你人老珠黄还穷着的时候，只能怨你自己想不开。"

雷岚走进家门，她没藏好脸上的烦乱，妈妈雷小虹看出来了。

雷小虹说："你还好吗？钱我明天去银行转给你。"

雷岚说："先不用，现在这事不那么急了。"

雷岚心想，明天把小郑老板的钱退回去，那么钱又缺了一大块，还买什么房呀？

她脑海里又闪过刚才的一幕，惊魂未定。

雷小虹给女儿倒了一杯水，说："雷岚，这两天看你心事重重的样子，我是想跟你好好谈谈，如果钱不够，买不了房子，你就算了，你和天帆把合伙买的房子卖掉，已经能赚不少了，我们也心满意足了，不一定非要再买了。"

雷岚说："我知道。"

这一刻外公在里屋咳嗽，舅舅在厨房里吃中药，房间里是熟悉的中药气味。

雷小虹对女儿说："妈妈现在担心的是，你这么整天房子房子的，心思都在房子上了，工作怎么办呢？房子是房子，事业是事业，你好不容易读了这么多年书，事业要管牢，别搞丢了饭碗。这是妈妈最担心的。"

昏黄的灯光照耀着雷小虹忧心忡忡的脸，雷岚点头。

雷小虹说："房子嘛，我们住这里，挤是挤了点，但习惯了就还将就，你看前面1号楼，张姨家16个平米，一家人住了30年，也在过。"

雷岚对妈妈说："我知道了。"

二十五　有些房子，有些声音

1

从无锡出差回来的表姐林美缇，一下火车，就赶到林湾尊邸，丁咚已经在"小宅门"等她了。

美缇进屋，看了一圈，对房子相当满意，问丁咚："他们开价多少？"

丁咚说："330万。"

美缇说："亲戚买嘛，可不可以便宜点？"

丁咚说："你自己跟天帆商量喽。"

美缇给天帆打电话，天帆说："这事不是我一个人说了算，你想多少？"

美缇让天帆开价。

天帆说："我不懂的，我就让雷岚说吧。"

雷岚这个上午有点凌乱，因为陶春爸妈又找到公司里来了，他们要雷岚把陶春叫回来。

雷岚当着他们的面给陶春打电话，陶春不接。她给他发信息，说他爸妈要他回来。过了好一会儿，他回过来了，没头没脑，只一句："像风一样自由。"

在这片纷乱中，雷岚接到了天帆的问询，雷岚哪有谈价的心情，她回："320万。"

天帆回美缇：320万。

美缇问："318万可以吗？"

天帆问雷岚，雷岚回："行吧，或你定。"

既然谈定，美缇就急着签购房意向合同，如今房子一天一价，即使是亲戚的房子，也怕夜长梦多。

丁咚就给雷岚和天帆发微信，问他们中午能不能来店里一趟，把意向合同给签了。

雷岚说可以。而天帆说他在医院走不出来，让雷岚代表。

美缇给老公虞晴川打电话，让他赶紧去"良屋"华北路门店。她说："房子我看过了，好的，我现在就过去，你也马上过去，马上签。"

丁咚带着表姐美缇回到了门店。

一个小时后，雷岚打车过来了。她一脸疲惫，因为她好不容易从陶春爸妈的纠缠中脱身。这事这两天让她在公司里有些丢脸。

丁咚备好了购房意向合同，雷岚、美缇坐等了半小时，虞晴川还没到。

雷岚急着要回去上班，她对美缇说："你代表你老公签了不就行了？只是个意向书，又不是最后的合同。"

美缇笑道："我和我老公离婚好几年了，这次是以他的名义买，让他也做回主。"

雷岚明白了，这是"假离婚"，她没法签。

快到1点钟的时候，虞晴川才出现在店门口。他没进来，他在门外向美缇招手，意思是有事需要先在外面商量一下。

美缇一边抱怨"怎么现在才来"，一边走出去。

这一去，就半天没回来。

接着，店里的人都听见他俩在外面争吵的声音。争吵声震得玻璃门砰砰响。

丁咚、雷岚赶紧出去，他们看见美缇脸色苍白，指着晴川在骂："原来你闯了这么大的祸都瞒着我，都这样了你还假模假样看房，你想骗我到哪天去啊？"

丁咚知道情况不妙，赶紧劝架："吵架不要吵，房子不买没关系，吵架不要吵。"

美缇手脚发颤，她对丁咚说："他把上次卖房子的钱拿去炒股了，亏在里面了，现在没钱了，房子没法买了。"

丁咚刹那间明白过来了，原来如此啊，怪不得晴川每次看房都那么叽叽歪歪。

丁咚想把美缇拉进店里来，她没肯，她站着店门口继续怒斥老公的瞒骗。

晴川在他老婆的这片骂声中，嘟嘟囔囔，转身就走。

美缇挣脱丁咚的手，朝她老公奔去。急火攻心之际，她从随身包里掏出了一把小小的水果刀，生气地指向老公。

晴川见老婆拿着小刀冲着自己过来了，感觉不妙，他就围着路旁的小花坛转圈。她追着他转圈，嘴里喊："你还我房子，还我钱。"

丁咚和雷岚被惊得目瞪口呆，他们一起冲上去，拉住美缇，夺下了她手里的小刀，他们劝她冷静："房子不买事小，刺伤了老公事大，不值。"

丁咚拉着美缇往店里走。

雷岚没进去，她知道这购房意向合同今天签不了了，她对丁咚挥了一下手，说："我先走了。"

雷岚往地铁站走。今天一早到现在，她就像在参演电视剧，一会儿是男友爸妈再度闹上门来，要她还他们儿子，一会儿又是买家发飙，刀刺老公。

雷岚决定算了，尤琪那房子不买了。

她站在街边给丁咚和尤琪发了微信，说自己没法买了："钱不够，你们赶紧找下家吧。"

第二天上午，丁咚接到表姐美缇的电话。

美缇说："丁咚，房子我不买了。我老公昨天一夜未归，真可笑，他的气比我还大。我现在才知道，他不仅把卖房子的钱给搞没了，他还用杠杆借了200万，也亏在股市里了，也就是说，我家现在欠债200万。"

丁咚安慰她别急。

她说："对他，我现在不急了，我现在平静如水，他这人与我无关了。你看，他这么大的事瞒我，还有什么不瞒我呢？今天一早，我去他单位转了一下，想了解了解他还有什么情况藏着掖着。结果我一到报社，就被人告知，虞晴川早在去年2月就被报社广告部裁员了。一年多没工作了，每天还装个样子去上班，其实是在证券公司里炒股，想一步登天，实现人生翻盘，结果掉坑里了。"

丁咚无比惊讶："啊，还有这样的事？"

美缇说："我现在不急了，反正我早跟他离婚了，他早是我的前夫了，他的事归他。"

晴川两天没回家，第三天傍晚他回家了，但他怎么也开不了门，门锁换了。

他敲门，无论怎么敲，美缇在里面都不开。

而且，他听见美缇在里面大声关照儿子虞豆豆和她妈丁家桃："他不是我们家的人了，别理他。"

后来，美缇终于把门开了一条缝，对他说："你走吧，你的债是你一个人的事，你还想让我还你的债？我们早离婚了，我这么说了，你总懂了吧，别连带我和儿子背你这身债了，如果你想回来，去，先把债给还了。"

她砰地推上了门。

晴川对着门狠拍了两下，门里的人再无回应，他只能转身离开，回静泉公寓他爸爸家。

2

美缇将"前夫"虞晴川逐出家门的这些天里，丁家风在对前妻劳海燕展开跟踪。

这个上午，他跟到了风帆广场的"相亲角"。

这里最初是大伯大妈为子女相亲的地方，后来，有些丧偶的大伯大妈也来这里为自己寻找老伴，结果这两年这里就演变成了"老年相亲角"。

家风坐在"相亲角"外围的台阶上，他的视线在追踪着人群里的前妻劳海燕，他看见她在人堆里笑容可掬地说话。

后来，他笑嘻嘻地走上前去，跟她打招呼，问她搞定了吗？

劳海燕懊恼地白了他一眼，没理他。

他凑近她的耳边，夸她搞得蛮活络的。

周围一片嘈杂，劳海燕又白他一眼，心想，捣什么乱啊，活络？你以为谁都可以让你住到他家去？不是六七十岁的老头谁要你啊？不是想找个不花钱的保姆的，谁要你啊？就是把你当保姆，人家还得防你骗他家房子呢。

"活络还会来这里？"她压低声说。

见她眼圈夸张地红了起来，丁家风就有些高兴，他得意地说："我找到了。"

"你找到了，关我什么事。"劳海燕转身欲走。

他拉住她："我找到房子了，你就别找了。我有套房子可以给丁松了，所以，你别找了，这儿都是老头子，没别的。"

劳海燕一向看不惯他自我感觉良好的样子，她说了声"省省吧"，就转身走开。

她准备回家，被他这么一搅和，她兴致全无。

家风在她后面跟了一路，直到看她走进了中山路地铁站。

3

丁家风回到奶奶苏冬娟家，见家里来了一个女生，短发，瘦小，仔细一看，是米娅，三姐家迎的女儿。

家风问："你怎么在这儿？"

看他问得直愣，米娅心想，我怎么就不能在这里？

她说："我过来看看太太，我妈让我过来的。"

家风想起那天吵架的情景，就没头没脑地嘟囔了一句："嗯，你妈倒真是的，还知道叫你过来。"

米娅想起妈妈那天夜里哭泣的面容，说："我不能来吗？"

家风说："我又没说你不能来。"

米娅说："舅舅，请你以后跟我妈说话客气点，她生了大病你知道不？"

家风说："我承认，那天我说话有点过分，但那天她说话有多伤人你不知道。"

米娅说："她哭了一晚上，她现在是病人，请你照顾她点。"

家风说："她自己找气受，她看我住在这里不爽。"

米娅说："她好好的干吗找你生气？她从大老远过来干吗找你生气？有没搞错。"

家风说："大人的事你不要管，你要管的话，你管好你妈就是了。"

米娅说："我现在不就在管我妈的事吗？请你体谅她一下。"

家风感觉这小丫头是专门来跟自己吵架的，就说："我看你跟你妈一个样，你们两个外人，手伸得这么长干吗，这房子不给我这个孙子难道给你们？"

米娅生气地说："舅舅，你不讲道理。"

家风说："我最讲道理，我有遗嘱，还有赠予书。"

米娅说："切，太太神志都不清楚了，谁知道这赠予书是真是假？"

家风说："你不服气的话，你可以打官司告我呀，现在我告诉你，你别在这里掺和大人的事。你妈这么跟我争，还不是为了你，如果你自己争气的话，还用得着你妈来替你打这房子的主意？"

米娅脸色苍白，咬着嘴唇，盯着他，觉得他怎么这么口无遮拦。

家风说："我告诉你，我如果是你的话，赶紧回家去照顾妈妈都来不及，还搅在这里干什么？你知道吗，如果你妈走在前面，不仅你别想跟我叽歪这房子归谁，你家在滁州的房子都有我的份？"

米娅说："你真是贪心贪疯了。"

家风说："我没贪心，我说得一点不错，你妈如果先走了的话，你外公还在，所以，你家的东西就有你外公的份，有你外公的份以后就有我的份，你还不赶紧回家去护着你妈。"

米娅说了声"疯子"，扭头就走，走到楼下，心里直跳，脸上都是泪水。

米娅泪眼婆婆地走在街边。

舅舅的话像一片片玻璃,碎裂在耳畔。

米娅想,太太先走还是妈妈先走,有人居然在计算这个,这还是不是人?

米娅一路哭泣到环东路口,她在公交站的座凳上坐下来。面对飞驰的车流,这一刻,买房子的意念,在她心里变得比以往任何时候都明晰和强烈。

这两年来,在买房这件事上没什么进展的米娅,有她自己的纠结:

虽说她对妈妈家迎表示了"不想被房子绑架"的执拗,但其实,说她没一点动摇那也是不真实的,这是因为在这两年间"过来人的经验"逐一得到了应验:房价在涨,薪水没动,杯水车薪,差距越来越远,租房的糟心事层出不穷,房租也在上涨。另外,身边一些同事和同学买了房,对她也产生了压力。

有动摇,也有压力,但总的来说,米娅这两年更多的仍是无奈和拖延,这是因为在房子与情感之间,她对穷男孩金岩无法割爱,这就使得她哪怕收下了爸妈给的"半张车票",她也难以买房,哪怕她买了房,她也无力还贷(因为金岩一直找不到稳定工作,她自己的那点收入都用于两个人的衣食住行了,日子过得紧巴巴的)。这样的无奈,再加上她依然对被房子绑架的生活怀有不安,依然对"啃老"心有障碍,依然不相信房价会永远涨上去,这就使得她以抗拒买房的姿态,维持爱情的延续。

但最近这两天,她的情况有变。

哪怕她内心的纠结、动摇全都还在,买房的时间线和动力也被强行推压到了她的面前。

因为妈妈病了。

因为半夜哭泣的妈妈让她无比伤感,让她想给妈妈以安慰。

因为舅舅怼她的话让她如此不服气。

因为妈妈前天回滁州后已把40万块钱打到了她的银行卡里。

这都汇成了她必须行动的压力和动力。

此刻,坐在公交站台上,米娅眼睛红肿,内心坚决,她看着远处的天色在转阴,像要下雨的样子,她像被某种力量强按着头,决意向房子发起冲击。

这一刻，她对已经过去了的两年也有些懊悔。

她想，两年前首付四五十万元的房子，现在首付得 90 万、100 万了吧，如果当时也像雷岚一样，想办法冲一把，那么，现在自己也在车上了，哪怕手里还是"半张车票"，但增值了一大截，而不像现在，爸妈给的 40 万首付等于减去了一半的购买力。

25 路公交车来了，米娅站起身上车。她准备去华北路，找丁咚。

米娅推开"良屋"的玻璃门，与正要出门的表弟丁咚撞了个满怀。这个下午，丁咚约了人，准备去看尤琪的房子，他急着把它卖出去。丁咚注意到了米娅苍白的脸色、红肿的眼睛。

他心想，怎么了，没事吧？

米娅对表弟笑道："丁咚，我现在铁了心要买房了，我过来向你咨询一下。"

"是吗？"丁咚问她，"一居室，还是两居室，还是三居室？"

"两居室吧。"

因为要出门，丁咚匆匆告诉她："刚需小两居，上车盘，远郊至少二百四五十万，近郊三百多万；新盘因为有限价，买到就赚到，所以都在抢，基本要托人搞号子；市中心两三百万的二手房不多了，大多是'老破小'。"

米娅迷茫的样子，让丁咚知道她还需要做一些房产的基本功课。

他告诉表姐，这两天房价还在涨，像雷岚他们那套"小宅门"这两天可以卖到 330 万元了。"要不你考虑一下'小宅门'。"

米娅笑道："那套房子当然好啦，我不是在那儿还吃过火锅吗？可是我只有 40 万。"

丁咚说："能凑到 100 万吗？"

米娅说："不够的。"

丁咚一边往门外走，一边劝米娅不要急。他答应帮她找房子："你和家迎姑妈的需求我知道的。"

4

米娅回到出租房，金岩不在家。

他这两天在外面找工作，他告诉她的理由是："最近复习不进去了，想调整一下。"

米娅坐在房间里，等金岩回来。她的视线在床、书桌、小书柜上移动，这里虽小，关上门还算温馨，也住了三年了，像一个家了。

她听到手机响了一声，一看，是银行到款通知，第一个数字是"2"，她数了数后面的"0"，一共5个。

20万元？她吃惊地睁大了眼睛。谁啊？哪来的20万元？

她给妈妈家迎打电话。

家迎在电话那头说："是我上午汇出的，钱是你爷爷、大伯、二伯给你凑的。"

"啊？还要他们掏钱包？"

家迎说："这是他们的心意。他们喜欢你，希望你好。"

挂断电话后，米娅看着手机上的"200000"，出了一会儿神，她想起舅舅丁家风刚才说的"你自己不争气"，就哭了起来。她想，连爷爷都出手了，他能有多少钱？这是把他们都榨了一遍。

一小时后，金岩回来了，他一进门就告诉了米娅一个不错的消息："我又找了一家培训机构，每星期去三次，每次200块钱。"

他发现她没什么反应。他看到了她哭泣过的眼睛："你怎么了？"

米娅说："金岩，我有事跟你讲。"

看她这样子，金岩不安地坐到了她的面前。

米娅讲了两点："我想买房了，如果你合力，那我们就相处下去，一起咬牙赚钱，还月供；如果你不合力，那你走吧，因为我要还月供，没钱养你了，对不起了。"

看金岩点头，米娅就说得更明确一些："如果你还要住这儿，就得付一半的房租，让我去还月供。"

金岩说:"我合力。"

"你怎么合力?"米娅说。

她心想,我家把底都掏了,你这边一分钱都出不了。

"我去借。"金岩说,"我去上班,不管钱多钱少,我都去,我去兼各种职。"

5

在米娅为买房忧愁的日子里,"社畜"可可和贾俊正在进入办公室隐秘生活的欢乐时光。

欢乐的来源,是贾俊藏在杂物间里的那口电饭锅。

每到深夜,那口锅就热气腾腾,香气四溢,它让贾俊成了大厨,让可可成了蹭吃者。

在可可眼里,贾俊将这口可笑的锅操持得出神入化,什么皮蛋瘦肉粥、麻辣烫、鱼圆汤、鸡翅煲,样样都能出品,甚至有一天半夜他用这口锅做了一只蛋糕,他说:"今天我生日,你祝我快乐吧。"

可可一问,才知道,他比她小了3岁。

"生日快乐,夜晚欢乐。"可可笑晕了。

作为旁观者和蹭吃者的可可,深知这胖小子如今穷得叮当响,所以有些食材由她出钱,她说:"这是应该的,否则你多了我这一口,不就更穷了?拿去,400块钱,等你不够了,再问我要。"

有一天,在夜晚2点钟的办公室里,他俩头凑头,围着那只小锅吃鸡翅煲。吃着吃着,他俩突然决定,以后晚上多做点量,可留作明天的午餐,这样既省得老吃外卖,又节省钱,口味还有变化,岂不快哉。

像两个潜伏者,他们白天在办公室里装得若无其事,晚上煮啊,吃啊,快乐得接近欢脱。

或许是太欢脱了,有一天半夜,贾俊尝试着做了麻辣香锅,香味浓郁,甚至弥漫到了走廊上。可可说:"太香了,明天早晨来上班的人会闻得出来吗?"

不用等明天早晨,大楼的两个保安已循香而至,他们刷开办公室的门,看着贾俊、可可和他们面前那口热气蒸腾的锅,惊得目瞪口呆。

第二天,大楼物业找上门来,强总又好气又好笑地说:"啊,深更半夜有人在这里煮饭、睡觉?这还是互联网公司吗?怪不得每天都有酱油兮兮的味道。"

"关于夜宿大楼、开火做饭的安全检查通报"贴在一楼大厅,许多人在笑。

可可"社恐症"上身,她拎起大包,沿着墙根,落荒而逃。

她走到楼下小广场时,听到后面有人叫她,她没回头,她知道是贾俊。

贾俊追上来问她准备去哪儿。

可可说:"不知道。"

贾俊问:"你今天晚上准备去哪儿睡?"

可可答非所问:"糗大了,我不想再来上班了。"

贾俊说:"太糗了,我只有回家去睡了。"

可可说:"你的 Loft 不是出租了吗?"

贾俊说:"我只能不租了,反正是短租,我就让人走了,不租了。你去吗?"

可可说:"去你那儿?我去干吗?"

贾俊说:"Loft 有两层,上面一层租给你吧,你的租金刚好帮衬一下我的月供。"

可可说:"都惹这么大笑话了,你还在算你的账,我不租。"

贾俊说:"去吧,否则我还住不起我自己的房子。"

他拉着可可非要她去。

可可后来就跟他去了,反正她不太想回家。

一进贾俊的 Loft,可可发现还不错,比办公室强多了,上下两层,上层有一张床,下层有一张沙发。

可可说:"你要我付租金的话,那我就选上层,你在下面。你不能上来,知道吧?"

贾俊说："懂的，懂的。"

于是可可入住。

入住了 Loft 的可可，半夜醒来，感觉像在船上，摇晃感其实来自心里的不安。她想，我明天去上班吗？

她想，这听着多可笑啊，居然跟他在办公室里同吃同住、烧火做饭，通报贴得全楼皆知，太受不了了。

她想，如果他们知道我从办公室出来后直接住进了他家，那得说我拐骗小孩吧？

她无法想象自己被人指指点点的样子，于是决定明天不去上班了。

第二天一早，贾俊洗脸，刷牙，叫可可起床，去上班。

他笑道："你不去上班，哪有钱付我租金？我吃饭的补贴从哪里来？我不就更穷了？"

可可尖声说："你这说的是什么话？你这是周扒皮，把我当长工养在家里了？"

贾俊说："我不是周扒皮，我晚上给你做吃的，我还是周扒皮？"

贾俊叫不动她，只好自己一个人出门。

出门前，他对可可说："我可不敢不去上班，我欠了强总的债，现在我是他的包身工了。"

这天下班回来，贾俊告诉可可："根本没人说起昨天的事，今天大家看的热闹是雷岚男友的爸妈又找上门来了，谁还管昨天的事啊？你明天可以去上班了。"

第二天一早，可可忐忑不安地去了公司，像一颗灰尘，躲进了自己的小角落。

好在没事，好在公司里每天都有新话题诞生。没人问起她在办公室开火做饭的事，更没人会想到她如今居然住进了贾俊的 Loft 公寓。

住进了贾俊家的可可，给贾俊定了个规矩：不能走到上层来。

贾俊作为憨厚的小伙子，当然是懂道理的，只是，每当他在下面烹饪美食，他总得对室友表示客气吧，总要端一些上来给她吧。

所以，他还是要上来的。

所以，有一天，他在送一把烤串时，还加了一枝玫瑰，然后单腿跪在楼梯上向她求爱求婚，这也没什么好奇怪的。

可可被惊得咯咯笑起来："我都比你大。"

贾俊说："不就3岁嘛，正好是块金砖。"

二十六 "三根稻草"

1

带着爸妈、爷爷、大伯、二伯的钱包,米娅走上了购房之路。

她没有丢下穷男孩金岩,因为他答应合力,所以她准备带着他一起买房上车。

准备上车的米娅,目前手握 60 万元。

如果想买到适合她和金岩居住,且日后爸妈来尚城也能入住的房子,这笔钱作为首付还是不够的。

这是因为这个"适合"关系到了面积,还关系到了地段,地段最远只能到近郊,而不能是远郊,否则上下班不行,而这样的房子如今售价在 250 万至 300 万元,也就是说,首付起码得 75 万到 100 万元。

如果再考虑到她和金岩不高的月收入,若想为以后的日常生活开支留下余地,即交了月供,还能过日子,那就更得增加首付的数额。

所以,作为合力者,金岩的使命就是借钱。

星期天的上午,金岩坐在出租房里给人打电话,借钱。

能向谁借呢?这年头,城里的年轻人因为买房、租房、还贷都已经没什么钱了。

米娅听见金岩在向他留在老家的中学同学借。

从前天到今天,他一直在给他们打电话。

他给当年的同桌王强打电话,王强如今在老家的街上开了一家小面馆。

他给当年的班长韩炜林打电话，韩炜林如今在老家一所中学做语文老师。

他还打电话给当年一起在复读班奋斗的张大磊，张大磊如今在当地开长途车，跑运输。

甚至，他还打电话给当年对他有好感的女生余珠儿，余珠儿如今在老家的医院里做护士。

…………

米娅听见金岩这么对他们说："实在不好意思，尚城房价太贵了，我和女友首付差了一口气，你能借我2万块钱吗？借期4年，到期一定归还，如果在这期间你有急用，我一定想办法把钱还给你。"

米娅听见那些同学是这么回他的："没关系，钱要借很多呢我们也没有，两三万块还是有的，你不急着还，你先用好了，大城市里房价贵，理解。"

米娅看着他的背影，觉得他像只羞愧的小蚂蚁，爬出了老家的地盘，又爬回去向他们求援。

这么想着，听着，不知是感动、感伤，还是羞愧，她眼里有泪水流出来。

不能再听了。米娅站起身，拿起墙角的垃圾袋，去楼下倒垃圾。

米娅走到楼下，在单元门口遇到了正要上楼的房东女孩林莲。

林莲冲她笑："25号交租金哦。"

米娅说："知道，不会忘记的。"

女房东林莲跟米娅同年，是郊区菜农的女儿，早些年她家因征地拆迁分到了9套房子，这些房子除一套自住外，其余均由林莲打理出租，所以她不上班，尽管她是工大化学系的毕业生。

米娅和金岩悄悄给林莲算过，如果每套房子都像幸福家园这套一样，隔出隔断，住进五六个人来，那么，即使以人均租金1500元算，月入也相当惊人，相当于每间房都在给她打工。有什么办法呢？就算她投胎好，或者馅饼从天上掉到了头上吧。

在单元门前，米娅跟房东林莲打完招呼，就往前走，没想到林莲喊住了她,还有话要说。

林莲说:"金岩说你们准备买房子了。"

"是啊,我们是想买房了。"米娅轻快一笑,言下之意是,我们买了房,就不用再租你的房子了。

米娅跟这女房东一直对不上眼,不是仇富,而是因为这女房东常趁米娅白天上班的时候,过来这边跟在屋里复习功课的金岩聊天。

这是对他有好感呢,还是看上了他?米娅不舒服。

米娅问过金岩:"她这么爱跟你聊天,你们聊什么呀?"金岩说:"没聊啥,她是太空闲,没事干。"没事干的女房东有一天居然约了金岩,去美术馆看星云大师书法展,还拍了合影,发了朋友圈,被米娅看见了。米娅对金岩说:"你离她远点,她那么空,干吗不找男朋友呢?老是这么来找你,是想玩暧昧吧?"金岩一脸难堪,说"哪里哪里"。米娅知道他为人老实不懂拒绝,也知道那女人看不上他,只是太无聊而已,但她心里还是不舒服。而金岩说:"我们租她的房子,总要跟她保持好关系,对她客气一点,她才不会提价。"

此刻女房东林莲站在单元门口,看着米娅微微笑道:"你呀,也别太逼他了。"

米娅心里一跳:"啥?我逼他?"

林莲笑得有些高深:"我看他到处在借钱。"

米娅脸红了,心想,他连这都跟你讲了?

米娅笑道:"这是我逼他吗?他这么跟你说的?呵呵,就算我逼他好了,又不关别人的事,谁让他是我男朋友呢?"

林莲笑道:"还真有点关我的事呢。"

米娅心想,真不要脸。

林莲说:"我借给他5万块钱。"

米娅脑袋里嗡了一声:"他问你借钱了?我让他还给你。"

林莲笑道:"没关系,我不是借给你,是借给他。"

米娅说:"他不用你借。"

林莲说:"他可没这么说。"

米娅感觉到了这女人像是有意在撩拨自己对她的疑神疑鬼，并以此玩味。

有病啊，米娅心想。她手里的垃圾袋在颤抖。她让自己笑道："我们不像你条件好，我们只能自己想办法。"

女房东笑道："我条件也没什么好的，就是如果一个男生我喜欢，我愿意给他提供宿舍，这一点我还能做到。"

米娅匆匆转身，去倒垃圾，倒了垃圾回来，在楼下小区走了一圈，再上楼。等她上去，发现林莲已经走了。

米娅走进自己的房间，见金岩还在打电话。

米娅看着他的背影，发现自己心里的垃圾还没倒掉。

等金岩打完电话，米娅问："你借了林莲的钱？"

金岩高兴地说："借了。"

金岩没注意到米娅脸上正在外溢的怨气，他告诉她，老家有9位同学答应借钱，其中7位借出2万元，1位借出3万元，1位借出4万元，这样，加上林莲的5万元，就有26万元了。

米娅说："你把钱还给她。"

金岩这才意识到了她的不高兴："干吗，好不容易借到的？"

米娅说："她说她这钱是借给你的，不是借给我的，那我要她这钱干吗？"

金岩显然为难，他说："你想这么多干吗？不就借钱吗？"

米娅说："你向她借钱，为什么不告诉我？她这样的包租婆会借钱给别人，这可是稀罕事，我看她是看上你了。你跟她去吧。她说她愿意给她喜欢的男生提供宿舍，她有那么多房子，你让她给你提供宿舍好了，省得你再去借钱，也省得你觉得我逼你。我逼你了吗？"

他哭笑不得地看着她。

她倒了一趟垃圾回来，变成了一个哀怨的女人，这让他觉得好怪。

她说："如果你跟她去，我就成了剩女，我这几年为你花完了钱还成了剩女，你这么没良心，那就跟她去吧，但你欠我的，得赔我。"

她像受了刺激的女人，情绪起伏，胡搅蛮缠，金岩知道她这是因为买房子的压力而心烦意乱。他抱住她，保证自己哪里都不会去，人家提供宿舍也不去,他答应把 5 万块钱还给林莲。

这时他的手机响了,一看是妹妹金缨打来的。

金缨在电话那头说:"哥,我在你们小区花园里,我刚才带人在这里看房,你下来一趟。"

金岩对米娅说:"金缨在楼下带人看房,她让我过去一下。"

2

在楼下的小区花园里,金缨倚着一棵巨大的香樟树,在向哥哥金岩招手。

她穿着深蓝西装,戴着工牌,扎着马尾辫,她问走过来的金岩:"丁咚说米娅和你准备买房子了,是吗?"

金岩说:"是的。"

"钱呢?"

"借啊。"

金缨说:"我知道你在借钱,堂哥说的。"

金岩心想,消息倒是传得快的。

堂哥金锋是他的小学同学,在老家菜场卖牛肉,前天答应借他 2 万块钱。

金缨看着哥哥笑。

她没告诉他,这事可不是堂哥金锋告诉她的,而是妈妈李爱娟昨天在电话里对她讲的,妈妈在电话里说这事的时候还哭了。"他向金锋借钱,金锋卖菜的能有多少钱? 他还在村里到处说。"

金缨当然知道妈妈打电话给自己的意思,她也知道她哭的意思,她还知道妈妈原先想让她为自己留点嫁妆,而现在却给她打这个电话的意思,因为情况总是会随压力而改变的嘛,这她懂。在他们那儿,一家人把所有的资源都集中在儿子身上,这理所当然得都成了习俗,这她知道。

所以,她今天就来这儿一趟。

其实,以她从小打工、挣钱不易的经历和视钱为命的个性,近些年来她对自己挣来的辛苦钱是看得越来越紧了。家里是个无底洞,随着她年龄渐长,她明白了这点,她还明白自己对它的奉献已经够了,所以,这些年跟人抢单六亲不认的她,对家里要钱的要求也开始拒绝。但是,在她心里,也有柔软之处,那就是对于哥哥金岩她一向呵护,作为妹妹,她甚至像姐姐一样呵护这个文弱的哥哥,所以,她今天来这儿,不完全是因为妈妈李爱娟对她哭了一场。

站在香樟树下,金缨问哥哥:"你们借到了多少钱?"

金岩说:"借到26万了,但现在5万要还回去,所以,是21万,都是我向中学同学借的。"

金缨看着哥哥的眼睛,说:"我也有21万,你拿去吧。"

金岩说:"我不要。"

金缨告诉哥哥:"没关系,你先用好了。"

金缨还告诉哥哥,赶紧去买雷岚的房子,"那房子在林湾尊邸,那一片我熟悉的,不错的。我听丁咚说,他表姐家里出了一些状况,没能买下来,所以你们动作要快,错过就没了"。

金岩摇头说:"不可以,我读书已花了你不少钱了,不可以再要你的了,你留给自己吧,我不要。"

金缨说:"没关系,我最近做了几单,提成多的。现在你这事比我的急,其他呢,我也帮不了你。"

金岩摇头。他记得两年前妈妈在医院跟自己说的话。

金缨看出了哥哥的心思,她告诉他自己借钱给他的目的:"你去哪儿还能找到像她这样对你好的女生?好女生和好房子是一样的,错过了就没了。我是看她好才这么做,否则我还不愿意呢。"

金岩咬着嘴唇,不吭声。

金缨说:"钱用掉了还可以赚的,她走了,你就没有了。"

金岩看着香樟树苍老的树皮,视线模糊。

哥哥无声流泪的样子,让金缨难过,她让自己笑起来,她告诉他一个事,想让他觉得有趣:"你说妈妈好不好笑,她说这两天她要来尚城,想去医院给人做护工,她说她就不信在尚城挣不到钱"。

但是哥哥金岩没笑。

金缨看着他,也难过起来。

兄妹泪眼相对。小区花园里一片葱绿,有两个小朋友骑着滑板车,从他们面前经过。

金岩回到出租房,米娅问他:"金缨怎么不上来?"

金岩说:"她有事,赶回店里去了。"

金岩没立刻跟米娅讲自己下了趟楼已为她凑足了 100 万元,因为他心里低郁的情绪还需要消化,刚才对着妹妹这么哭了一场。

他在电脑前坐下来,拿过纸和笔,写着"60 万 +21 万 +21 万 =102 万",102 万元,这就可以买林湾尊邸,买她心心念念的那个"小宅门"了。

这么写着,他突然决定拉她去林湾尊邸。

他想,坐地铁过去看一下那个"小宅门",前年还在那屋子里吃过一餐火锅呢。

他想,到那里再告诉她首付够了,可以买下它了,也算是给她一个意外惊喜。

这么想着,金岩有点高兴起来。

他回头对米娅说:"要不我们去城东逛逛,看看那边到底怎么样,我们也去林湾尊邸再看看,看看你表弟在卖的那个房子?"

米娅说:"钱又不够。"

他说:"我们去看一下,给我们增加一点动力。"

3

下午 1 点,米娅和金岩出现在了林湾尊邸。

他们站在楼下向上张望,他们看到了"小宅门"的窗户和阳台。

他们还看到了楼下如茵的草坪,悠长的步行道,蓝色的戏水池,秋菊盛开的花园……四下安静,让他们心生欢喜。

后来，他们坐到了回廊里，米娅抬头看着"小宅门"："这么好的房子，如果我是雷岚或者天帆，我真舍不得卖掉。"

金岩说："他们都散伙了，他们现在看这房子，感觉跟我们是不一样的。"

"也是。"米娅说，"所以得卖掉。"

金岩遏制心里的激动，问她："如果我们要买下它，还要多少钱？"

米娅说："我们不够的。"

金岩扬起粗粗的眉毛，对她宣布："我现在告诉你，这房子马上是你的了。"

米娅笑了："省省吧，加上你老家同学的钱，我们还差了20多万。"

"现在我有了。"

米娅当然以为他是在逗她。

"金缨给了我21万。"金岩说。

米娅张了一下嘴，心想，难怪金缨刚才人都到楼下了也没上来。

金岩问米娅："怎么样？"

米娅看着远处戏水池的蓝色波光，有点发怔，她摇头："这好像不太好吧，你说呢？"

她这么说，是因为她知道，这笔钱对他来说，不是借，因为他还不了。

她想，这钱是他妈要金缨拿出来的吧？

他没响。他也知道不好，但是他没其他办法。

他咬着嘴唇的样子，让她觉得自己和他都相当悲哀。

其实，今天她看着他给老家同学打电话的时候，这悲哀就在她心里蠢动，等遇到房东林莲时，它开始在心里奔突，而现在它冲到了口腔里，让她憋闷。

金缨，21万，什么概念？米娅心想，她比我还小了3岁，她这人平时有多在乎钱啊，这钱是他妈要她拿出来的吧？从她那里撬出这点钱来，她得有多委屈？这该是她这些年来风里雨里带人卖房子的全部积蓄吧？

这么想着，她像是被吓了一下，惶恐在心里弥漫。

于是，在这片阳光下，她飞快地动摇起来。

于是，老家同学、房东林莲、中介小妹金缨，成了今天压垮她的"三根稻草"。

她想，算了。

"算了。"她对金岩说，"我不能要，因为这会让我感觉很差，读了这么多年书，到头来，居然还要拿她打工小妹的钱，这是你妈要她拿出来的吧？这不可以，这欠得太多。"

金岩想说什么，米娅向他摆手，让他不要说话，她说："我不要她的钱，我也受不了林莲的钱。你不知道，看着你向老家同学借钱的样子我心里有多难过。算了，我不叫你买房了，你也别欠你同学和你妹妹了，他们的钱你还不了的，算了。"

这么说着，她觉得自己想带他买房上车真的是一个离谱的梦。

她想，借钱？他怎么还？他连稳定的工作都没有，他借来的钱，怎么还？我也还不了。我有没搞错？

金岩说："我自己以后还他们，不用你还。"

他着急而无力的表情让她感伤。"算了，就算我可怜你妹妹，"她站起身，抱住了他，"其实，早就该 Stop 了。现在走到这里，我搞明白了，你别跟着我买房了，因为这事不好做。"

她这么说让他惊讶，他拍着她的背说："我想买房。"

她说："算了。"

她把脸贴在他的胸前，她嘟囔："就算我可怜你、你妹妹和你爸妈吧，你也可怜一下我妈，我要买下房子让她安心。对不起了，别怪我，我要还月供了，不能带上你了，你自己好好过。"

她眼睛里有泪水在流，她忧愁而缠绵的样子，让他明白她话里的意味。

他想，这就是结局吗？

他哀求她别不要他。他说："你怎么了？你刚才来的时候还好好的，你怎么了？"

他惶恐地亲吻她泪水纵横的脸，说："我怎么会怪你呢？我欠了你这么多，我都还没有还你。"

她说自己不要他还了。她抱紧他的背，发现他背上的汗水渗过衬衣。

她呢喃："工作会找到的，你看金缨都攒了 21 万，我们都没有。"

他说："那是你花在我这儿了，我吃的用的住的都靠你，研究生也没考上，我欠了你这么多。"

她抬起头来，泪眼婆娑，告诉他，自己跟他在一起的这几年也有过开心。"你自己好好过，胆子大一点，我保佑你。"

他知道这就是结局了。

他说："我以后会还你的。"

这个下午，丁咚带常书凯来林湾尊邸看房，书凯对正在出售的"小宅门"有兴趣。

如今的书凯和老婆桂美终于下了买房子的决心，这倒不是因为桂美准备卖掉她婚前的小房子以增加家庭购买力（婚前小房是她的心头肉，她是永远不会卖的，哪怕她想卖的话，她妈也是不肯的），而是经过这两年的积攒，夫妻俩手头有一笔钱了，他们考虑再向别人借一部分，作为首付款。

丁咚带着书凯过来，远远地，丁咚看见楼下回廊里有一对男女拥抱在一起。

走近了，丁咚认出来了，这不是表姐米娅和她男友金岩吗？

他猜想，他俩这是想买"小宅门"而过来侦查环境。

那么，他们钱准备好了？他想。

见小情侣深情相拥，丁咚没好意思打招呼，他赶紧带着书凯上了楼。

书凯在各个房间里走动的时候，丁咚又往楼下看了一眼，他看见回廊里拥抱的那两个人还抱在一起。

书凯看了一圈房，对丁咚摇头，说："房子是好的，可惜多了一个房间。"

"多了一个房间？89 平米，设计出了三房，这不是正好吗？"丁咚说。

书凯摇头："多了一个房间，桂美她妈就有理由住进来，她妈住进来的话，我这个家就成了她妈的家。这两年我已经看明白了，只要她妈黏在她身边，她妈就是我和她的领导，我吃不消了。"

"两房的话，她妈也可以住进来的呀？"

"如果是两房，我可以跟她妈说常贝是小男子汉了，他该独自睡觉了，该有自己的房间了。"书凯脸上有愁容,他说,"如果是两房,她妈可以住桂美的小房子,也可以住回她自己的家去,她就没理由挤过来。"

丁咚只能呵呵笑,他不知道书凯这理由能否说服丈母娘,但不管是否能说服,这一点很明确:住怕了38平米的书凯,对大房子也怕。

在离开房子之前,丁咚去关窗,他向楼下的回廊又看了一眼,他看见相拥的两个人还在相拥。

阳光下,那样的拥抱缠绵悱恻,有些异样,让丁咚感觉不妙。

果然,当天晚上,丁咚接到了表姐米娅的电话。

米娅先是告诉丁咚:"我有60万首付了,但买雷岚天帆的那个房子还不够,你就按60万这个数目帮我找别的房子吧,最好能近一点,如果实在没有合适的,远郊房我也考虑了。"

接着,米娅告诉丁咚,自己跟金岩分手了:"算了,一考虑买房,就觉得跟他一起不是太现实,不难为他了,算了。"

米娅还告诉丁咚:"现在他可能正在来你这边的路上了。"

米娅说得没错,当晚9点30分,金岩背着大包来到了老机电厂宿舍楼,向金缨和丁咚求助。

在金岩借宿的日子里,他的生活由妹妹金缨接盘帮衬。

在金缨的操持下,金岩的生活有了变化:每周三天去培训机构辅导小朋友做作业,其余时间,跟着金缨做中介。

也就是说,金岩当起了他妹金缨的助理,上网发布房源信息,去小区门口举牌,站街发放楼盘广告,金缨去跳广场舞的时候,他在一旁跟大妈搭讪。妹妹金缨的业绩里有哥哥的一份,所以她给他发钱。

4

丁咚急售尤琪的房子。

丁咚火烧眉毛的样子,中介小妹金缨看在眼里,就想帮他一把。

金缨翻了一遍自己的客户资料，对丁咚说："我这边有个客户，是个景观设计师，他想找安宁路一带的房子，马丁小区离安宁路不远，要不我问问他看。"

金缨把设计师领来了，是个文质彬彬的小伙子。丁咚赶紧带他去马丁小区尤琪家。

设计师一眼就看中了房子，尤其喜欢那个院子。

签购房意向书，签合同，付首付，一切顺畅。

设计师一下子拿出了140万元做首付，他说这是他自己的钱："我从大一就开始兼职了，帮人画图纸。"

设计师对房子有感觉，房子里的那个女生也让他很有感觉。

金缨看出了这一点。她向丁咚打探："那女生有没有男朋友？"

丁咚说："没有。"

金缨说："我这客户还没有女朋友，他有托过我，说他家里催得紧，过年他都不敢回家，他让我在卖房子的过程中看到好的女生给他介绍介绍，要不你向你那女客户透露一下，说我这男客户求交往。"

对于金缨的建议，丁咚忍俊不禁，最近买卖"小宅门"引出的一地鸡毛让人沮丧，而这事听上去倒是有点美好。

丁咚对金缨说："给你这么一说，我觉得他俩还挺配的，都是文文气气的那种，我马上去探探底。"

丁咚给雷岚打电话，让她帮忙去问。

丁咚知道雷岚如今跟尤琪成了朋友，他还知道尤琪把定金还给了她。

雷岚这几天应对每天找上门来的陶春父母已苦不堪言，她在电话里对丁咚说："还有这样的事？买房子的人想把房子里的人一起打包，还有这样的事？这听上去好欢乐啊，我怎么遇不到这样的人？你怎么不给我介绍这样的男生呢？"

丁咚笑道："你？打包你？打包了你还得给你还月供。"

雷岚笑了一声，答应去问尤琪。

丁咚说："如果她不反对的话，我可以安排他俩吃个饭或喝个茶。"

雷岚放下电话，就去问尤琪。

尤琪说："那男生看上去还是蛮舒服的。"

第二天晚上，丁咚安排尤琪与设计师楼波在"蓝屋"茶吧相亲。

才从房屋交易中出来的买卖双方，由两位房产经纪人相陪，立马进入相亲环节。这情节如果被电视台知道了，可能会来拍节目的。

丁咚和金缨陪了一会儿后，提前告辞，让两位客户继续深谈。

走在秋夜的街边，晚风中飘着桂花的香气，金缨一边走一边哼着歌，看得出她心情很好。

这中介小妹虽然平时抢单成性，但这次好歹跟丁咚合作了一把，并且连带做了红娘。

丁咚问金缨："哎，前天我在东山小区大门口看见方歌子跟你推推搡搡，好多人在看你们，这也是谍战戏的一部分？"

金缨捂嘴而笑："你这都看见了？"

"看见了。"

她停下脚步，咯咯笑道："这是他要给我钱，我没敢要。"

丁咚笑道："钱都不敢要了？"

金缨说："我怕了，你知道吗？他这人最近玩疯了，他最近联合几个炒房客调动了一批资金，买下了万泉小区的一批房子，他要我去小区发动广场舞大妈，建立价格同盟，把万泉小区的均价往上拉个1万块，他的说法是'让每家的资产都升值'。我都怕了，搞不好会被他弄进局子里去的。"

丁咚说："发动广场舞大妈，建立价格同盟？他想得出来。"

金缨说："这一发动，还真的很灵，但我怕了，因为这太疯了。我不想玩了，他还不肯，拿了一沓钱来给我，我没要。"

丁咚说："难怪他不肯，他能去哪儿找像你这样跳广场舞的经纪人？"

金缨说："我还是省省吧，我是外地人，在这里打工，还是太平一点算了。"

二十七　谈判

沉浸在"互助模式"中的贾俊，认定可可是块"金砖"。

可可接受了他的求爱，并决定跟他将"社畜过家家"的游戏玩下去。

于是，两人准备去结婚。

在去民政局领证之前，可可觉得这事得跟妈妈家李说一下。她就回了一趟家，告诉妈妈家李，自己要结婚了。

家李又惊又喜，心想，果然还是住公司集体宿舍好，果然还是过集体生活好。

家李向女儿打听贾俊的情况。

这一打听，无论是 Loft 公寓，还是女儿与小伙子的"互助模式"，都让她倒吸了一口凉气：天哪，什么呀，这怎么行？

家李对女儿说："结婚前双方家长总得见一面吧，你请他们来尚城玩。"

可可就通知贾俊。贾俊就赶紧打电话回老家上饶。

贾俊他爸贾建军、他妈冯琴接到儿子主动打来的电话，欣喜若狂。这儿子这两年跟他们保持距离，他们每每想到他，心里就有抓狂的感觉，而现在儿子不仅主动打电话回来，而且还捎来了一个天大的喜讯。

他们说："天哪，他闷声不响，居然找好了对象，还把房子买回来了，能干的，怎么这么能干了？"

与两年前他们一路流着泪从尚城回上饶的情形不同了，这次他们在来尚城的高铁上一路在乐："想不到啊，儿子居然还能找个尚城本地姑娘，不是说尚城本地人因为房子太值钱,是不找外地人的吗?不是说尚城本地人只跟本地人强强联合吗?哈哈哈。"

他们欢天喜地从上饶赶来。

双方家长客气见面,吃饭,然后进入商议环节。

商议的主题,当然直奔结婚事宜,而婚房是首要话题,分歧也因此而生,事情变得一波三折起来:

先是冯琴喜滋滋地说:"我没想到贾俊还这么有心,房子都买好了,我还不知道呢。"

家李夸了贾俊几句,然后不紧不慢地说:"Loft公寓看着洋气,总价低,所以小年轻喜欢,只是小年轻没社会经验,这种房子40年产权,商水商电,不划算,入住人员混杂,增值也慢,而且它还不能落户,没有学区,我看,作为婚房不合适。"

"学区?"冯琴和贾建军一怔,他们看着家李,这位小学数学老师面含从容的笑意。

家李说:"所以,我觉得,还是赶紧把它卖掉,换成住宅。"

冯琴见老公贾建军没反应,她就说:"没有学区,不能落户,这倒是个问题。"

贾建军点头,说:"这两年我们也有想过给儿子买房,只是尚城的房价太高,我们那边收入不高,也不太能帮上,要不现在这样吧,让贾俊把他的Loft卖了,我再跟我家几个亲戚一起凑笔钱,凑成首付,先帮贾俊重新买套住宅当婚房,以后月供让他们自己还。"

家李问:"结婚前买?"

贾建军说:"是啊,这样他们结婚了就能用了。"

家李问:"房本上写不写可可的名字呢?"

贾建军笑了,说:"名字呢,可可就不写了吧,因为首付里有亲戚的钱,要不这样,以后月供就让贾俊自己还,可可不用还,这样可能好一点。"

家李也笑了,说:"贾俊自己还?哎哟,他们成家后,贾俊的钱也是夫妻共同财产,无论他一个人还,还是两人一起还,都是一样的。"

家李继续说:"再说,贾俊的工资还了月供,吃什么呀?还不是要用可可的钱?呵,其实啊,现在他供这个Loft,就已经是可可在帮他了,所以,贾俊爸爸,哪怕他婚前买,还是等于可可在和贾俊一起还贷,所以,我看可可的名字也一起写上吧。"

贾建军和冯琴一时无语,觉得这未来的亲家比较能干。

家李又笑道:"婚房如果是婚前买,除非全款没的说,而如果还有按揭贷款,那等于有相当一部分属于婚后财产,所以,房本上双方名字都得写,其实,首付里有多少亲戚的钱、多少你们的钱,先签个协议,也是说得清比例的。"

小学数学老师说得清清楚楚,明明白白。

冯琴有些慌乱,她说:"亲戚会担心的,所以,还是想分得清一点。"

家李心想,这跟亲戚有啥关系,总是以你们的名义借的吧,难道还是以贾俊的名义借的?唉,还不是防着我们可可。

当然,她也能理解,这年头大人好不容易存了一辈子的钱,可别让小孩稀里糊涂谈了一场恋爱,玩砸了一段感情,而把钱给搞没了,这换成哪家大人都会担心的。但是理解归理解,作为女方家长,她还是得维护自家女儿的利益。

冯琴有些犹豫,她看看贾建军。

贾建军说:"要不,我们跟亲戚商量一下?"

家李告诉他们:"其实,在我们尚城,在婚房问题上,现在女方也讲一个买房权,如果买婚房没女方的份,她就会因为没这个份,而在这个家里失去个人财富增值的机会。不是我们话说得不好听,媒体上不都有这样的报道吗?婚后若感情有个三长两短,房子又是属于男方的婚前财产,万一离婚,那女方不就等于净身出户了?我指的是婚房。"

冯琴、贾建军听明白了,原来是这样啊,他们的脸色都沉重起来,知道这妈妈是顶真的。

家李说:"这样吧,我们双方一起出,一起买,房本上写两个名字,这样无论婚前婚后买,都是公平的。"

听说女方家长愿意一起出钱，冯琴很有些感动，她说："谢谢你们，到底是大城市里的人格局大，我们两家合力这太好了，说真的，这还不是为了小孩以后生活质量能更好一点。"

家李觉得沟通还算顺畅，就提具体方案，她说："我这两天正好看了我妹妹儿子在出售的一个房子，在林湾尊邸，房子不错的，地铁房，总价三百三四十万的样子，首付我们两家各出一半，好不好？"

贾建军说："总价三百三四十万，那么首付款就是100万，我们各出50万？"

家李笑道："100万首付？不会吧。贾俊买过房子了，贾俊也有贷款记录了，这是二套房的概念了，首付是六成，那就得200万。我看这样吧，我们两家各出100万，合起来200万首付，贷款130万，好不好？"

面前的两位没反应，因为要他们拿出100万元有点难。

冯琴看着她老公，问："100万？"

她老公说："我们考虑考虑。"

第二天上午贾俊带父母去逛街。下午，两家人在新园饭店大堂吧继续谈。

冯琴对家李、康忠夫妇说："我们考虑了，我们出70万，你们出130万，不知可不可以？我们是男方，原本应该我们多出一点，但实在能力有限。"

看对方没响，冯琴对家李笑道："我想，这也是合理的，因为我们这儿子培养出来，现在留在尚城，等于是给你们家了，平时总是帮你们家多，我们在江西，一年也见不到他几回，呵，等于是送给你们家了。如果你们家可可愿意去我们江西安家落户，那么在那儿的房子我家出全款，还有，我们也知道尚城本来是没有彩礼的，这70万，就都包括了吧，包括结婚办酒席的钱。"

听她这么说，家李心想，你这儿子送给我家了？你这是啥意思？什么你家我家，你儿子就是你儿子，又不是做我家上门女婿，彩礼我们本来也没想要，但你这么一说，我想起来了，都说你们江西的彩礼是最贵的，你省了这笔钱，还要这么计较，说的是什么话呀。

康忠不高兴了，心想，你自己出个70万，怎么就给我们硬性划定了130万呢？你是谁啊？

康忠就很冲地说："那么，就各买各的吧，我们原先就和可可一起买过一套房子，这套房子以后归我和她妈做改善型住房，我们再给可可另外去买一套离她上班近一点的房子，你们呢，也给贾俊买一套住宅。两套房子，都是婚前房，做双婚房，谁都不用担心谁，让他们各还各的贷款，这样不就公平了？"

贾建军说："那他们还了月供都要吃西北风了。"

可可和贾俊坐在一旁，不知所措，他们看着两边大人情绪满满地告辞。

第三天上午，在"兰芳"茶馆继续会谈。

冯琴对家李说："昨天听你们说起，你们给可可买过一套房子，我想，既然这房子原本是为可可买的，那么这房子能不能先给他们当婚房呢？贾俊的这个Loft也留着。这样也省得再花钱了。他们年纪都不小了，婚事从简从速先办了。"

家李心想，那是我家的房子，我和他爸还占了大头，那房子怎么安排，是我家的事，不需要你打主意。

家李还心想，这是啥意思，是说我家可可年纪大，要我们倒贴？

家李见老公康忠眉头都皱起来了，怕他说话冲，她赶紧笑道："那房子呀，那房子是我们和可可合力买的，其实也就是一个投资，买的时候还真没考虑以后给可可当婚房。为什么我们和可可要合力投资那个房子呢？这是因为我家就可可一个女儿，以后我们养老也不能把担子全压给她啊，所以，这套房子我们就当作是为以后养老做准备的。现在钱贬值得快，只有房子才保值，过几年我们退休了，卖了这房子，补充养老金，这也是为可可以后减压，所以这个房子也是为了可可的。既然你提了，我想这样吧，这个房子归这两小孩做婚房也可以，你们拿200万给我们，房本就改成他俩的名字。为什么要200万呢？因为我们以后养老也是要用钱的，这房子是个大套,现在至少值550万了,你们就付我们200万吧。这钱我们留着以后养老用,而房子就归两孩子做婚房了。"

冯琴和贾建军看着面前的女方家长,她每一句话都精确,入理,从容不迫,但听着又不舒服。

结果,双方家长客气而郁闷地分手。

丁家李康忠打车回家,冯琴贾建军奔赴高铁站,坐返程的火车。

留下可可和贾俊面面相觑。

他们发现,在双方家长的商谈过程中,自己被视作了两个儿童,毫无存在感。

他们还发现,对方家长比较计较,没给自己家长留面子,这相当别扭。

他们不知道这婚还要不要结了。

贾俊后悔,他对可可说:"谁要他们来的?我都28岁了,要他们管?"

可可说:"你以为我妈想?可是房子太贵了,他们才这么掺和进来了。"

二十八　官司

丢了男友的米娅，像一只孤独的鸟雀，独自出入于幸福家园的出租房。对于女房东林莲探询的目光，米娅佯装视而不见。

米娅怀疑这女人跟金岩近期有微信上的互动，这样的疑心让她备受折磨。

处于情绪低潮中的米娅，告诉自己得打起精神，抓紧时间跟丁咚去看房。但哪想到，她突然接到了法院寄来的起诉状。

这让她震惊、恼火。

原来这是丁家风把家迎、家桃、家李、米娅一起告上了法庭，理由是她们妨碍赠予执行。

家风如此火大，是因为他"巧夺奶奶房子"之事被三姐家迎曝光在了"丁家大群"里，几位姐姐义愤填膺，这让他又急又恼。

在这场纷争中，家桃、家李站队家迎，她们说："开什么玩笑？这是一套房子啊，又不是小时候要我们让一块饼、一块糖。"

她们说："一套房子在今天是什么概念？低则几百万，高则上千万。家风，你瞒天过海这么搞，这是超越了自家人的底线，凭什么就你知道向家里伸手，而不知道自己到外面去淘？你还有脸说你儿子丁松啃老？我们决不答应。在我们看来，你利用奶奶认知不清，做这样的事情，这是道德出了问题，这次我们不能纵容你了，否则就是害了你，害了这个家。"

姐弟中，只有家春站队家风，她也因此没被家风列入被告。

家春是这样想的："算了吧，家风总不能一直跟前妻劳海燕挤在那个房子里，他早晚会被劳海燕赶出去的，而他那两个儿子丁咚、丁松呢，一个没房骗人差点毁了家，一个没房多半也结不了婚。家风这一次的做法确实让人不齿，但看在他为儿子的分上，就可怜他这个当爸的吧，他混成这样，也是真没别的办法了。再说，那房子即使哪天由我们姐弟五人平分，分到每个人头上也就一点点，又不能解决啥问题，还不如让家风拿去先解决他和儿子的事。另外，奶奶的房子要传也是先传给爸爸，爸爸都没发话，我们说啥？"

爸爸老丁铁尚在住院，对这事，他持回避态度。

但其实，谁都看得出来，他的思维一如既往，即，希望几个当姐姐的能让让弟弟，让家风能够早点再婚，没房子谁跟他过呢？

虽是这个态度，但老丁铁这次没直说，他如今年纪大了，怕烦。他也知道几个女儿平日里比儿子对他更为上心、孝顺，尤其如今住院这段时间，女儿们前后张罗，辛辛苦苦，是真正的"小棉袄"，他不想惹她们不快，更不想因这事得罪了她们，他如今老了，她们也不年轻了，对这样的事，他开始逃避。

对于这场纷争，老丁铁夫人朱依老师看在眼里，她也不好多说，她是孩子们的后妈，说了也没用，这她知道，所以她避开点。

窗外的天色在转阴，好像要下雨的样子，米娅翻着起诉状，为妈妈家迎心痛。

她想，妈妈肯定也收到了，妈妈是个容易焦虑的人，她突然收到弟弟的起诉状和法院的传票，她会怎么被刺伤？

她想，丁家风，难道你要她这个病人来出庭打官司？你是想房子想疯了。

恼火难以遏制，米娅差点撕了这起诉状。

后来，米娅带上起诉状，出了门，来到了"创咖啡"。

她看见丁松站在柜台后面，她把起诉状丢在了丁松的面前。

她没顾店里坐满了客人，她大声对丁松说："丁松，你知不知道，大人闹成这样，都是因为你？"

丁松不知道她在说啥,他看着火冒三丈的米娅,吃惊地问:"什么?为什么?"

米娅说:"为什么?因为你不争气啊。"

她把丁家风说她的话,丢还给了他儿子。

说完,她转身,气呼呼地奔出了咖啡馆。

丁松看了一遍起诉状,目瞪口呆。

本来,这几天他的生活正在回归平和:小丽同意他回来了,他们暂住小丽亲戚家,小丽和她父母给他开出了条件,条件是小丽爸妈出80万元首付款买房,房本写小丽的名字,此后由他还贷。对这一条件,丁松没有犹豫的资格,他千恩万谢,说,会一辈子对小丽好的,会一辈子把她的爸妈当自己的爸妈的,不,是把她的爸妈直接作为自己的爸妈。

哪想到,这边刚平复,那边老爸丁家风又出了幺蛾子。

丁松翻看起诉状,脸红耳赤,米娅的声音在他耳边回旋:"大人闹成这样,都是因为你","因为你不争气"。

米娅离开咖啡馆,回幸福家园。走到半路上,天突然下雨了,电闪雷鸣,风雨交加,她浑身湿透地回到了出租房。

因为淋了雨,受了寒,到傍晚,她头痛欲裂,开始发烧。

这是这场病的开始。接下来的几天,白天黑夜,她虚弱地躺在床上。

这是她参加工作以来病得最厉害的一次。她知道,生病与淋雨感冒有关,也与连日来低郁的情绪有关。

病中的她,迷迷糊糊看见住主卧的那对姐妹进来过几次。

每次她们进来,都给她喂一碗粥,她俩问她:"要不要叫你家里人来?要不要把金岩叫回来?"

她摇头。她听见自己在对她们说:"真是没有一点力气,好像走在棉花里。"

躺在床上的她,一次次梦见太太苏冬娟和妈妈丁家迎,梦中的她们坐在一条船上来看她,她们在向她挥手。

这样的梦境让她更为不安。

在梦中,她对他们大声喊:"你们谁都不可以先走,舅舅在算你们谁先走呢。"

有一天早上,她欠起身,看了一下手机,她看见丁咚给她发了一条微信,说帮她找了两套房源,一套在云河里,一套在香湖大道。

她给丁咚发了条语音,说自己生病了,这一阵没法跟他去看房了。

"病了?要不要紧?"丁咚回语音过来,"身体重要,看房再说。保重啊。"

二十九　奴隶女婿

1

表姐夫虞晴川在店门外向丁咚招手。

丁咚知道他如今已被表姐美缇赶出了家门。

丁咚赶紧出去，晴川对他笑道："你表姐啊，太情绪化。"

丁咚说："你们怎么样了？"

晴川说："还僵着。女人嘛，胆子小，看大难临头，先想的就是各自飞。这年头的女人除了你自己的妈，没人会真对你好，都是自私的。"

看他唉声叹气的样子，丁咚眼前就浮现出了美缇手拿小刀指着他的狠样，他懂他的失落。

晴川找丁咚，显然不是为了来抱怨老婆的。

他对丁咚说："我还有一套房子，我在考虑出售。房子在静泉公寓，你有空的时候帮我去看一下，帮我估个价。"

静泉公寓离华北路很近，隔了一个街区，丁咚说："我现在就有空，要不现在就去看看。"

于是两人一起过去。

在路上，晴川告诉丁咚："这房子其实是我爸的，等会儿你见到我爸，别跟他说起我和美缇闹矛盾的事，我给他的说法是，豆豆最近在准备'小升初'选拔，我怕影响豆豆复习，所以才回他这儿住。"

丁咚说："明白，做中介小哥的都知道不介入客户的生活。"

来到静泉公寓，他们走进了晴川老爸的家。

老先生在家，白衣飘飘，一头银发，正坐在阳台上看报。

丁咚看了一圈房子，觉得这房子起码能买到600万元，因为学区好，三居室，户型方正，采光明亮。

老先生见家里来了人，就过来招呼，晴川介绍这是老婆美缇的表弟。

老先生问丁咚："在哪里工作？"

丁咚说："做中介，在华北路的'良屋'，离这里不远。"

老先生说："'良屋'我知道的。"

听说是美缇的表弟，老先生就以为家里来了亲戚，拉丁咚坐下来聊天。

聊了一会儿后，丁咚就知道了，这老先生叫虞南山，夫人5年前去世之后他一直独居在家，这些年晴川一般每周回来看他一次，如果忙，就有可能几个星期都不回来，不回来的话，就电话联系，父子互报平安。

丁咚感觉到了，晴川最近住回了家，这让老先生很开心，因为这样他每天都能看到儿子了，在这屋子里，也有人跟他说话了。

丁咚知道什么该说，什么不该说，他对老先生说："表姐夫在你这儿能休息好，这里安静。"

老先生笑了，说："对啊，晴川太忙，参加工作到现在都没好好休息过，在他自己家里呢，大人小孩的事多，没我这里清静，在我这里他能休息得好。"

2

第二天上午，虞南山老先生突然来到了'良屋'华北路门店，他推开门，来找丁咚。

他对丁咚说："小丁，我的房子是不卖的。"

他在丁咚的桌旁坐下，他说："昨天他带你来我家，原来是想卖我的房子呀，你走了后，我才明白过来。"

他凑近丁咚的耳边说："昨天你走了以后，晴川告诉我，他想把我的房子卖了，好让我去养老院，他说我一个人独居他不放心。可是，我可不想去养老院，我在家里住惯了，清清静静，我干吗去养老院？我现在完全能自理，我不去养老院。"

丁咚看得出老先生对去养老院的抗拒。

老先生说："我也知道他是好心，怕我一个人住不安全，我也知道他工作忙，照顾不了我，所以想让我去养老院。但我不想去，花那个钱不值得，我向小区里的其他老人打听过了，养老院每月七八千到一万块钱，没几个老人舍得卖了房子去住养老院。房子好歹是家产，是个家，可以一代代传下去，卖掉了不就没了？"

丁咚安慰他："你不想卖，晴川是卖不了的，你放心。"

丁咚拍拍老人的手背，凑近他耳边，提醒他："你自己看着点。"

老人听说要他"看着点"，就笑着起身告辞，说："我看着，我看着。"

第二天上午，老先生又来了，他对丁咚说："我又来了。"

他在丁咚桌旁坐下来，说："我儿子听我说不想去养老院，又想出来了一个办法，他说把我这房子卖了，然后在远一点的地方，再给我买一个小一点的房子，他说卖出买进赚来的差价，是好大一笔钱呢，可以做投资。他说我一个老人住这样的学区房是浪费，房子的价值没体现。他说到我这个年纪，房子的价值就应该让它变现，用来改善生活。"

丁咚看着老人焦虑的脸色，说："他这是想让你换房？"

老先生说："可我还是不想换，这房子是我和他妈像鸟做巢一样，一点点搞起来的，除非我哪天走了随它去，只要我还在，就不舍得卖，角角落落都是有感情的，怎么舍得？再说，我在这个小区住惯了，邻居都熟悉了，有事的话邻里之间多少还有个照应，我不换。"

老先生叹了一口气，说："我儿子说，人生一世才多久啊，省了一辈子，现在得想得开了。"

老先生的眼睛里有很深的忧愁，他说："我现在明白了，他怎么一下子变得这么好心肠了，肯回家陪我住了，原来是打我房子的主意啊。"

丁咚无限同情，他劝老先生放心，他说："我帮你看着，他如果找我，我不会帮他卖的。"

下午，老先生又来了，他对丁咚说："在家里没事，还是过来跟你小丁商量商量，看看有什么对策。"

老先生说："他现在这么住在我家里，我都有点怕了，他在房间里东翻西翻，我问他找啥，他说，没找啥。他还问我，房产证上面积是多大。"

老先生拉开随身的手提包，给丁咚看了一眼："你看，我现在出门都把房产证随身带上。"

丁咚拍了拍他的瘦手背，说："嗯，藏好。"

老先生说："就那么大的一个房子，又能藏在哪儿呢？想不到，到这把年纪，要像防贼一样防儿子了。"

丁咚说："找一个你记得住的角落藏好。"

老先生点头，拎着包告辞。丁咚把他送到门外，说："路上小心点。"

老先生拎着他价值连屋的手提包，小心翼翼地走在路边。走了几分钟，听到后面有人叫"爷爷"，回头一看，是丁咚骑着电动车跟上来了。

丁咚说："我送你回去吧。"

老先生摆手："不用不用。"

丁咚瞅着他手里的包，轻声笑道："我送你的包。"

老先生就坐上了丁咚的电动车，丁咚载着他飞跑。丁咚感觉后背压着老先生的那只包，丁咚告诉老先生："你以后出门，不要随身带着房产证，搞丢了更糟。"

第三天傍晚，虞南山老先生又推开了"良屋"的玻璃门。

丁咚注意到他开心地笑着，他手里仍然拎着那只黑包。

老先生今天穿了一身格纹西装，显得很精神，像个帅老头。他在丁咚身边坐下来，对丁咚说："我有办法了。"

他拉开包："你看。"

丁咚吓了一跳，包里装了一大摞房产证，足有十几本之多。

老先生把它们一本本掏出来，像摔扑克牌，一本本轻摔在丁咚的桌面上，15本，占满了桌面。老先生呵呵笑道："你看看。"

丁咚惊呆了，天哪，这老先生有这么多房子，从哪儿来的？

老先生凑近丁咚的耳边："昨天你送我回到家后，我左思右想，想出了个办法，那就是赶紧做一批。你知道吗，我退休前是新辉印刷厂的工程师？昨天晚上我交代我徒弟帮我仿制几本，原件我拍了照片传过去，这样的活对我们搞印刷的人来说，是小菜一碟。结果他帮我印了15本，今天就给我送来了，你看看，是不是以假乱真？"

丁咚笑："像真的一样，但那又怎么样呢？"

老先生诡秘一笑，凑近丁咚的耳边说："我会把它们放在家里的各个角落，让他去找吧，他找出来哪怕拿走也没关系，我用这个办法臭臭他。"

丁咚哈哈笑起来。

中介小妹金缨往这边看了一眼。"哇，这么多房子。"她惊叫起来。

她这么一叫，整个店里的人，那些经纪人和客户，全都跟着惊叫起来："这老头有这么多房子。"

虞老先生将错就错，满脸牛气，他把"房产证"一本本收起来，往包里放，他得意地说："不多不多，这算多吗？"

"哇，这么多房子。"满屋惊叹之声。

虞老先生在这片羡慕的声浪中，拎着包，高高兴兴地走了。

3

虞老先生一口回绝了儿子卖房子的建议，虞晴川只有另找门路，去还他自己的债。

老婆让他还了债才能回家，他还有什么招呢？

他没别的办法，所以，他又来拍打林美缇的房门。

他对门里的美缇说："开门，开门。"

他对死活不开门的美缇说："你就想这样让我净身出户？屁。想得美。

我们之前是假离婚,我的财产可不止被我卖掉的那套房子这么一点点,难道我只有这么一点点吗?听着,我们是为了买房名额才假离婚的,当时划在你名下的两套房、划在你妈名下的4套房,里面都有我的份。你要让我走很容易,你先把我的那份还我。"

美缇在门里不理他。他就在门外喊丈母娘丁家桃开门。

家桃假装没声息。

晴川就烦了,对着门喊:"丁家桃,你给我开门,划在你名下的房子难道是你的吗?我告你,它们每一平米里面都有我的血汗钱,是我上了18年班挣的钱,我得把它们带走,你还我!你4套房子里至少有我两套,你还给我,让我去还债。你还不还?你脸皮真厚,手伸得真长,你霸占了你女儿女婿的家产,你这个地主婆。难怪啊,有其母必有其女,你们两个地主婆,你们是把我当作这个家的奴隶了吧,榨干了,就一脚踢出门。"

他拍着门大声喊:"林美缇,我问你,你找我结婚,是为你自己找老公呢,还是为你家找个奴隶女婿?他妈的,你们压榨了我十几年,想让我这样走人?没门。大小两个地主婆,我当了这个家十几年的奴隶,吃了点啥,用了点啥?我挣的钱都被你们变成房子了,就连我卖掉那套房子赚来的钱,有一部分还不是在帮着你们还月供?我又没花天酒地,又没找小蜜小三,我借钱炒股还不是为了多赚点钱?谁让你们背了这么多房子,想累死我啊。"

他开始踢门,像愤然反抗的奴隶,他说:"还我钱,还我人权,你们这些没人性的女人。"

美缇在门里说:"你再不走,我报警了。"

晴川说:"你报警好了,正好让他们来评评理,让他们看看如今的母老虎是怎么压榨男人的。"

家桃觉得太难听了,她开了一条门缝,探头出去,说:"晴川,现在我们这个家哪有200万让你去还债?这个家没有现钱。这不,房子都还欠着银行的贷款呢,连我的养老金、退休工资不都在给你们还月供?"

晴川说:"钱不都在房子里吗?房子不是钱吗?把房子卖了。"

丁家桃说:"房子哪有这么好卖的,也不是说卖就能卖出去的。"

晴川用力推门,想挤进去:"那我给你去卖。"

家桃和美缇合力,一起用力把门往外推,终于碰上了门。她俩筋疲力尽,面面相觑。

晴川开始在门外喊儿子虞豆豆开门,他说:"儿子,爸爸给两个地主婆赶出家门了,爸爸现在啥也没有了,连你也不是爸爸的了。"

晴川这么一说,自己就哭了起来,呢喃道:"爸爸除了你,啥都没了。"

他哭得震天响,实在丢人,美缇隔着门说:"儿子你要我给你,要房子没门。"

豆豆正在桌上写作业,他抬头问妈妈:"你要房子不要我了?"

美缇摸着儿子的脑袋,对他说:"你和房子之间,妈妈即使选择了房子,也是为了你,房子在妈妈手上以后才能留给你,给他的话,保不准给哪个女人搞走了,哪还有你的份?就像你家风舅外公一样。"

4

第二天傍晚,虞南山老先生又来找丁咚了,这次他苦着脸。

他对丁咚说:"这下我搞明白到底是什么名堂了,我昨天去了趟豆豆的学校,小孩子三言两语就被我问出来了,原来是晴川欠了债,没了工作,被老婆赶出门了,不还完债不给回家,难怪啊。"

丁咚心想,你知道就好了,那就更不会被儿子骗了。

哪想到老先生对丁咚说:"我原来是不想管这事的,我一老人,我的那点家底,包括那套房子,哪经得起他欠债还债这些事,随他去吧,他这个年纪了,他自己的事得由他自己负责。但今天,小丁,我左想右想,还是不能不管,因为我想着他们这个家要是没了也不妥,豆豆可怜,心烦哪。"

丁咚睁大了眼睛。

老先生拍着自己的胸口,重重叹了口气:"我这儿子啊。唉,小丁,我还是考虑把我的房子卖了,先让他去把欠人的钱还了。你说,以他现在这个样子,又失业了,还有什么办法呢?"

老先生心软的样子,让丁咚难过,丁咚说:"爷爷,这得慎重,我再问问晴川看。"

老先生走后,丁咚给晴川打电话:"你爸想卖他的房子了。"

丁咚还没来得及劝他慎重,就听见晴川在那头说:"不卖。即使他想卖,我也不会让他卖的。丁咚,我现在算是看明白了,这世上除了你爸妈对你好,还有谁对你好呢?我给美缇家做牛做马,她们对我都这么无情无义,我干吗还非要挤进那个家去呢,我犯贱啊?现在即使她们请我回去,我都不回去了。我爸妈把我当宝贝,我平时都没怎么照顾他们,我妈还走了,现在我爸一个人了,我还不赶快对他好点,还想卖他的房子,我傻了?所以我爸的房子,我现在不卖了,哪怕打死我,我也不卖。"

丁咚放下电话,吐了口气。

哪想到,第二天,虞南山老先生又来了,他仍然带着他的黑提包。他对丁咚说:"小丁,我在家没事,我来跟你聊聊天。"

他在丁咚桌旁坐下来,他拉开包,掏出那本房产证,说:"我儿子跟你说了吧,他不想卖我这房子了,而我呢,还是想卖了。"

这事现在像个皮球,滚到了丁咚这边。

丁咚说:"爷爷,你这房子现在卖不了?"

"为什么?"

"因为房子产权有一部分是属于晴川的,他同意才可以卖。哪一部分是属于他的呢?是你夫人的那部分,她去世后,她的这一部分就有你儿子的份了,所以你们俩必须意见一致。"

老先生看着丁咚,面有愁容,说:"那怎么办?"

三十　交换和深呼吸

1

雷岚和天帆的"小宅门",像一团带电的线球,跟它牵扯上的人,都有被电到了似的痛感,并且都有了各自的心烦。

丁松、美缇、虞晴川、米娅、金岩、雷岚、陶春、虞南山、丁家桃,还有,对它动过心的书凯、家李,以及与家李有关的可可、贾俊、冯琴、贾建军,他们无一例外。

雷岚在向丁咚了解"小宅门"的出售情况时,对这些飞舞的琐事有所耳闻。

她给天帆打电话,问他出售这房子急不急。她说:"据说你家有好几个亲戚想买,但都没买成,所以拖了些时间,还有,我最近要去一趟海南,所以,这房子的出售就没那么快。"

天帆说:"我不急,等你回来后再慢慢卖好了。"

天帆心想,我可没说过我很急,原来不急,现在更不急了。

雷岚说:"那我让丁咚再捂一下,最近这房子一直在涨,晚一点卖,我们也能多赚点。"

天帆说:"好吧,你定吧。"

天帆语气里带着明显的倦意。

雷岚没好意思问他最近怎么样,因为她自己最近实在不怎么样——男友跑到了天涯海角,男友爸妈整天上门来讨要儿子,还能怎么样?

对于出售"小宅门",天帆如今确实不着急。

这两天让他着急考虑的问题是:跟女友孟玉的恋爱是否还要继续谈下去?

这事让他摇摆。心里有事,手就颤抖,两年前的那种状况仿佛重现了。

这一次,事情起因于双休日他跟孟玉去了一趟萧山,那是孟玉的老家,在那儿,他见到了孟玉的爸爸孟虎。

虽然之前他已听妈妈家春描述过孟虎的土豪模样,但等亲眼见了,发现也就一普通人,长得壮实,一直乐呵呵地笑着,有些快人快语,一望而知是急性子。

想想也是,如果不是急性子,这大叔怎么可能贸然上门提亲,还说什么"各出400万去买房子"?

这一次,说到房子,孟虎又体现了他的急性子。

他问女儿孟玉:"听说尚城又现'抢房热'了,我们这儿最近也有好多人赶去尚城看房子,孟玉,你有考虑买房吗?"其实,他是问天帆。

天帆说:"不买也可以,我有房子了。"

孟虎笑道:"我倒是支持你们一起去买个新房子。"

天帆皱了皱眉,心想,莫不是又要提议什么"400万"了吧?

天帆就直接告诉他:"要买新房子的话,我这边可以拿出七八十万。"

天帆这么说,心里还有些得意,这数字不算少了,而且,这也是把卖了"小宅门"后他能得到的钱都算上去了。

孟虎咧嘴笑,他向天帆摆手:"哎,不用不用,你这笔钱你自己用吧,你们买房的话,钱先由我来出。"

孟虎告诉天帆,他可以出1000万元。

他说:"我有个朋友在尚城开发房产,你们要买的话,我就赶紧托他。"

天帆目瞪口呆,心想,你这么想买豪宅,钱又是你的,那你就自己去买呗,买来归你女儿作为婚前房好了,这1000万元,我一辈子也还不起,别拉上我。

当然,天帆心里也在飞快地高兴起来,他想,如果她家买了这么个豪宅，我能住在里面也不错啊，岂止不错，是沾了光。

看这年轻儒雅的医生被吓了一跳的样子，孟虎满心欢喜。

孟虎说："我家就这么一个女儿，家里什么东西以后不是她的呢？我能给你们买个房子，这也是我当爸爸的心意。我女儿从小读书好，从小到大我就没在她身上花过什么钱，现在买个房子是应该的。"

孟虎夫人是个温和的主妇，她在一旁补充："房子是你们俩的，房本上呢，写上你们俩的名字。"

天帆几乎不敢相信自己的耳朵，心想，到底是有钱人家啊，不计较。

孟玉在桌下伸过手来，天帆紧紧地握住她的手，心想，这下丁家春项大伟你们该放心了，没人要你们出 400 万了。

天帆在孟玉家开心地玩了两天。

没想到，从萧山回到尚城，峰回路转，孟玉问他："我爸让我跟你说一件事。"

"什么事？"

"他要我们以后的小孩跟我家姓。"

天帆觉得突兀，就问孟玉："是因为等于给了我 1000 万房子的一半，所以才提这个条件？"

孟玉感觉到了他的情绪，说："钱都由我家出嘛。"

天帆有些不舒服。其实原本他对未来小孩跟谁姓无所谓，他在意的是"交换"，即，出个钱，买个房，是有条件的，500 万元买个"跟姓权"，不舒服的地方就是你有钱就想跟人换，钱摆在那儿，这样换，感觉是被人压了一头。

他想，我也没这么需要 1000 万元的大房子呀。

他还想，这交换好怪哦，都是有价格的吗？

他对孟玉说："有这样交换的吗？"

孟玉看出了他的不高兴，就为难地说："我爸我妈没有男孩，没男孩的人家在我们那儿是有这样做的，这是风俗。"

"什么风俗？这不是上门女婿吗？"家春听天帆说了这事，十分恼火。

虽然1000万元的豪宅很诱人，但让儿子当上门女婿，家春这当妈的还不能接受。

另外，在她看来，这还不只是跟谁姓的问题，而是就你家有钱，就以为可以出钱搞定别人，就以为可以用钱来提要求？

她不同意，那么，当爸的能接受吗？

项大伟说："有病，他以为自己有钱，想用钱砸我们啊，谁砸谁呢？跟他家姓孟，孟七孟八的，那我家不就断了姓？"

像两年前一样，心里有烦乱，做手术就会影响手感，天帆感觉到了。

也像两年前他跟雷岚商量一样，他对孟玉说："这几天我的手在抖，这很不妙。"

他对孟玉说："我想，要不你找找别人看，别人可能会愿意的，到底是1000万的大房子。而我呢，不是不想要大房子，而是我不认同这种什么都有价、什么都可以用钱来解决的方式，我心里不能有事，否则上不了手术台。"

他让她问问别人愿不愿意。

孟玉可不愿意问别人，因为这事听上去有多傻啊。

再说，她喜欢的是天帆。

2

雷岚来到海口寻找陶春。

陶春在骑楼老街的一家咖啡馆里跟她相见。

陶春仍是半长头发，T恤，迷彩裤，中帮皮靴，跟离开尚城前没有什么两样。

对于女友的到来，他没表现出属于爱情的情绪，这一目了然。

这让雷岚怅然若失，她心想，他是连房子和爱情一起不要了？这要命的房子。

雷岚告诉陶春,虽然他父母隔三岔五来公司找她让她不胜其烦,但她心里对他和他父母都是有歉疚的,因为这事是她惹出来的,所以,她来劝他回去。

陶春回绝了,他说:"我不想回去了,至少最近这一两年我不会回去了。"

他捋了一把头发,笑道:"我这是飞翔。"

他咧嘴笑着,没心没肺似的。

他说:"你们说我这是逃避也行,说我隐居也行,对我来说,我得换个地方,换一下呼吸。"

老街上人来人往,他主意已定的样子,说明他对于这段短暂的爱情也如同需要更换呼吸一样,已做了告别的打算。

这是因为"断奶文"让他面子受挫,压力太大?

还是因为有了自知之明,觉得她迟早会因为他买不了房子而跟他分手,所以先撤了?

雷岚心想,如果是这后一点,那自己最后是否会像他想的这样?如今许多女生不就因为房子而做出这样的选择吗?

坐在街边,雷岚捧着一只椰子,茫然地想着,maybe,不好说,不好说自己,也同样不好说那些女生,总是各有各的压力。她也知道那些男生由此而来的压迫感。坐在他乡的街头,这一刻,她对他,对自己,都有怜悯。

她问他:"是不是因为那封被公开了的信让你觉得没面子,所以不想回去?"

陶春说:"90后买得起房子的谁不是'拼爹',谁还不都一样,有什么面子不面子的?"

他告诉她,自己这两天想明白了,"房价高成了这样,老老少少都觉得是互相给对方压迫,那就别玩了呗,他们别逼婚,咱们也不买房"。

雷岚笑起来。

他问她:"你说是不是,房价被比我们大的人搞得这么高,我干吗要接受这样的玩法?我不玩了,在我这个年纪,玩别的也可以。"

她说:"怪我当时叫你一起买房,结果搞成了这个样子。"

他摆手说:"你不叫我参与'恋爱合伙人',别的女生也会叫我买的。"

她还是劝他回去,说:"既然你想明白了,那么,在哪儿都能放下,也不一定非待在外地才能放下,海南的房价不也在大涨吗?"

他捋了捋头发,说自己只是想换一个环境:"我发现,换一个地方,改变一下周围,脑子还能想点别的事。这感觉还真的不一样,哪怕是换个地方睡一晚上,感觉都会不一样。我跑出来了,才发现这一点,所以我暂时不回去了。"

他说话一向感性,雷岚能明白他的感觉和情绪。

她还明白,这些感觉对于这一刻的他来说,比爱情更需要。

陶春指着老街上的人,让雷岚看,他说:"这世上有这么多不同的人,怎么样活着的都有,人与人,相同的只有起点和终点,而在这两点之间,有很多种路途,不是只有一种。"

雷岚惊讶他突变了的画风,说:"哎哟,你成哲学家了。"

陶春说:"这话可不是我说的,是我师姐前天跟我说的,她如今在五指山上种茶叶,特别有意思的一个人。"

这么说着,他就决定带她去看师姐,顺便请雷岚领略雨林风光,如果彼此还能默契地把此行视为"分手之旅",那就更好了。

雷岚同意前往。

于是,第二天他们乘车来到了五指山。在云雾缭绕的高山茶园里,雷岚见到了陶春的那位师姐。

师姐面色黝黑,目光清澈。十多年前,她放弃深圳一家大公司高管的职位,来这里种茶。

她热情地接待了来自远方的拜访者。在满眼苍翠的茶园里,她带着雷岚和陶春登到了圆锥形山顶。她指着层层叠叠的环形茶田,告诉雷岚,当年自己初来乍到的时候,这里还是荒芜山坡,每逢雨天,山路被淹,只能划着竹排进山。

师姐对这片茶园的情感,使她的讲述带上了文艺气息。她向雷岚描述早晨茶园里鸟鸣声声,午间茶叶散发着铃兰的幽香,蜜蜂在茶花丛中采蜜,而到傍晚时,荔枝树上的猫头鹰唤人归家……

她说:"我不打农肥,不施化肥,全手工除草,生态种植,它们长得慢一些,不要紧。有什么好急的呢?茶树和人一样,都有它的生长期,没有什么是'来不及了'的,树和人是一样的,急了,就不是原来该有的滋味。"

她说:"因为不施农药,小鸟飞来为茶树除虫,每天清早,叶片上全是露珠,小鸟就在忙了,这是茶园该有的样子。"

她也说到了自己当年的选择:"十几年前,我卖了深圳的房子来这里种茶。那房子以如今的价格计算,该值上千万了,换句话说,也就是只要啥也不干,守着房子,就是躺赢。呵,可是,我干了,房子没了,也没了这上千万。"

那么,总也得到了些别的什么吧?

师姐笑道:"有了这好山好水好空气,有了每天在这茶园里的劳作生活,也有了带着黎族妇女种茶脱贫的经历,这也是财富吧。"

师姐俯下身去清理茶树上的一片枝叶。她贴着叶片的样子,让雷岚觉得眼熟。

对了,她想起了丁咚,那个破旧宿舍楼里的那片绿植,她还想起来了,丁咚把他那个小角落也叫作"雨林"。

雷岚对着这片真正的雨林地带深深吸了一口气。

雷岚回尚城的那天,陶春把她送到了美兰机场。

到这时,他才问她:"尤琪的那个房子卖得怎么样?你的'小宅门'卖了吗?"

雷岚心想,你现在才问。

雷岚说:"尤琪的房子已卖了,不仅很顺利,而且她和买家,一个很不错的男生在谈恋爱了。"

陶春说:"那就好。"

雷岚说:"我的'小宅门'呢,由于想买它的那些人遇到了一些事,所以还没卖掉,正因为还没卖掉,最近这些天它又涨了,如果以它现在的价格,都不需要你当时去筹钱了,真像做梦一样。"

到别离的这一刻,陶春的眼睛里有了柔情。他说:"雷岚,我真想劝你也别回去了,但我知道,你还得走,因为你跟我不一样。"

雷岚说:"我可是被你分手的哦。"

陶春脸红了,说:"你跟我不一样,我去过你家,知道你不能像我这样,你得管你妈你外公你舅舅,管你那个家。你确实得有房子,你又那么认真,我没你这么有责任心,我又帮不了你,你得有人帮。我想会有人能帮你的,我祝你好运吧。"

雷岚握他的手,准备去安检。她告诉他,这一趟,虽没完成他爸妈交给的任务,但也没白走:"像你说的那样,我也换了一下环境,尤其那片茶田,印象很深。再见。"

三十一 "新门当户对"

1

丁家李对于婚前异性合租不能接受,她喊女儿可可回家来住。

她对可可说:"这叫哪门子互助啊,你这等于是在给他还房贷,房本上又没你的名字,而且还是套 Loft 公寓。别傻了,我跟你爸想好了,爸妈住到尚城公馆去,老房子旧了我们出租掉,再给你在科创园附近重新买套新房子,这样也方便你上下班。你跟他结婚后,你们各有其屋,各自还贷,房子的事别跟他搅和在一起,既然他家长这么计较。"

贾俊听闻此方案,直吐舌头,说:"各有其屋,各自还贷,那就是各过各的意思呗,那还结婚干吗?你妈也太计较了。"

贾俊这么说,是因为各有其屋、各自还贷后,他和可可只能喝西北风了,过日子的钱都被月供耗光了,所以,其实是没法各有其屋、各自还贷的。

可可听他责怪妈妈家李计较,就有点火:"你爸妈才计较呢,让你把 Loft 卖掉,跟我一起重新买个婚房,你家叽叽歪歪,非要比我家少出那么多钱?有道理吗?"

贾俊无语。

可可说:"我家买的尚城公馆现在值 550 万都不止,这两天差不多到 600 万了,让你家拿出个 200 万,你家都不肯,这还不精吗?"

贾俊说:"我爸妈哪有 200 万?"

可可说:"我爸妈的房子总不能白给你当婚房,他们以后养老也需要钱。"

"怎么叫白给我当婚房?我又没想占你家的便宜。"贾俊委屈地说,"其实,我有 Loft 住已经很可以了。唉,那好吧,你去买吧,以后你住你的房子,我住 Loft,结婚后,我们各有宿舍,相互串门。"

可可没觉得好笑。

他说:"我发现,这简直是亲家互逼互害模式,相互折磨。"

她没笑。

他说:"其实,有这 Loft 已经够好了,我们在公司杂物间都住过了。要不我们干脆就别管他们了,随他们叽叽歪歪去,我们就住 Loft,回归初心,你 31,我 28,他们管不着了。"

可可想起妈妈焦虑的面容,对于"初心"摇头。

"Loft 就加上你的名字呗。"贾俊搔着脑袋,"你妈又不干,她嫌 Loft 不是住宅。"

两人这么盘算着,不知所措。

现在他们发现了,这么盘算一遍之后,结婚就变成了一桩难缠的、需要勇气的事了,因为不好玩了,甚至还不如偷偷摸摸住在办公室里好玩。

可可起身收拾东西,准备回家,因为她不回去,她妈又要来拽她回去了。她对贾俊说:"你说得没错,结婚干吗?"

贾俊慌乱阻拦:"别走,别走。"

情急中,他说:"要不让丁咚帮我们算一下,看看还有什么方法。"

2

丁咚握着计算器,不知手指该往哪里按。

因为他发现,这不是算房子,也不是算家,而是算"对等"。

他还发现,对面的这两人,被爸妈的问题给缠住了,表情呆萌呆滞,像俩超龄的儿童,巨婴。

他心想，这怎么算啊？难道要把账算到人家家长灵魂深处一闪念，看看什么才是他们的安全感？

他嘟囔了一句"对等"。

可可也跟着说了一句："可见还是要门当户对。"

这是妈妈的教诲，她一不留神就说出了口。

贾俊脸红耳赤，反问她："啥门当户对？你爸妈是老师和工程师，我爸妈是老师和医生，这有什么不门当户对的？"

这好像还真不是今天的门当户对了。

此刻，坐在中介门店里的可可吃惊地发现，这不是了。

那么，什么是"新门当户对"呢？

是你家有几套房子，我家有几套房子，而且，是不是都在"北上深"？

贾俊、可可问丁咚还有什么招？

丁咚对他们摇头，憋了半天，忍不住就说出了口："这是你们结婚，你们又不是小孩，没他们就不结了吗？实在烦的话，只有逃了。"

丁咚是随口一说，意指逃离这样的思维状态，而可可和贾俊回来后，商量了一下，发现与其坐等可可今晚被她妈喊回家，与其左算右算也算不出个头绪，那还不如先溜了再说。于是，他俩立马收拾行李，开始出逃。

当天晚上，他们就登上了开往甘肃敦煌的高铁。

列车飞驰，窗外是暗夜，关了手机，来电不接，他们在飞快地兴奋起来，宛若投入了一场不顾一切的私奔。

他们把爸妈关于房子的那些声音丢在了身后。

车过西安的时候，他们想好了：回去立马结婚，管他的；结婚后，就住贾俊的Loft公寓，管他的；小日子先过起来，管他的。他吃她的，她住他的，相依为命，回归初心，当然，为表达他对她"倾力互助"的感恩，Loft公寓的房本上就加上她的名字。

于是，他俩就给上司雷岚发了一条微信，当作请假："我们私奔了。"

两天后，他们在敦煌给丁咚传来了照片，照片里的他俩相亲相爱，在他们身后，是金灿灿的胡杨林。他们对丁咚说："看，我们私奔了。"

三十二　在龙虾馆

1

现在虞南山老先生每天来"良屋"门店找丁咚，他把丁咚视作了倾诉对象。

他对丁咚说："我儿子现在对我真好啊，好到让我受不了了。"

丁咚看着老先生凌乱的神情，心想，那是晴川觉得自己以前是好到别人家去了，对你孝敬不够，现在补过。

老先生说："这事总得有个收场，我看豆豆小朋友可怜。"

丁咚眨着眼睛，帮他想办法。

丁咚想办法的样子，会让你觉得这年头做中介小哥也不容易，卖房子，卖房子，有时会卖出一堆人际关系，这房子的"衍生品"比房子本身还复杂，谁让房子如今这么值钱呢？

丁咚听老先生说到了豆豆，就想，要不就去找找这个小朋友吧。

下午放学前，丁咚和虞老先生去了一趟文林小学。

他们赶在丁家桃来接外孙之前，跟豆豆聊了一会儿天。

2

这个晚上，林美缇回到家，发现儿子虞豆豆跟往日有点不一样，这小孩吃晚饭的时候，做作业的时候，跳绳的时候，嘴里都在说要去爸爸那儿。

美缇这两天本来就心烦,她没好气地对儿子说:"他在哪儿我也不知道,你没听见他这阵子不来敲门了吗?他死哪儿去了我也不知道。你去他那儿干什么?那是一个坏榜样。"

外婆家桃哄豆豆:"他自己饭都没得吃了,你还去他那儿?跟他去,你可没肉吃。"

两个大人没理会小男生豆豆的无理取闹,结果,第二天放学的时候,家桃去校门口接外孙,没接到。

家桃正在着急之时,手机响了,她听见豆豆在电话那头说:"我去爷爷家了,爸爸在爷爷家,我不回来了,我要跟爸爸。"

家桃独自回家,心里空空落落,不是滋味。

美缇对妈妈说:"让他去,今天就让他去,明天我去接他。"

第二天放学的时候,在校门口,豆豆死活不肯跟妈妈美缇走,他攥着爷爷虞南山的手,对妈妈又哭又嚷:"我要跟爸爸。我要跟爸爸。"

这声音内涵十足,让人浮想联翩。

校门口那些接孩子的家长投来了怜悯的视线,这让美缇万分尴尬,只能作罢。

美缇红着脸悻悻而去,独自回家。

美缇又熬了两天,心急如焚,心想,这样下去怎么行,都快"小升初"了,如果影响了升学面试,虞晴川,你赔得起吗?

接下来的一天,她就赶到静泉公寓,敲开虞老先生的家门,要豆豆跟她回家。

豆豆不肯,尖声说:"你也太狠了,我跟你回去的话,爸爸啥都没有了,你总得给他留点什么吧。"

美缇心想,哎哟哟,被他们挑拨的,被他们教坏了。

她硬着头皮向虞老先生求助:"大人有事,小孩夹在中间,这很不好,豆豆马上'小升初'了。"

虞老先生在阳台上看报,装傻,说:"'小升初'?嘿,那豆豆在我这边正好啊,他做不出的题目,我正好教他。"

美缇满脸不高兴地从静泉公寓出来，走到半路上，心堵，气急，觉得恶心，就对着路边的绿化带吐了起来。

3

第二天傍晚，美缇又去静泉公寓要人。

豆豆说了声"不"之后，就赖在地上，美缇拖不动他。

美缇问虞老先生："虞晴川去哪儿了？我找他。"

虞老先生说："他刚在小区后门开了一家龙虾馆，在那儿呢。"

开店了？龙虾馆？

美缇又纳闷又好奇，她往小区后门去，出了后门，见临街的一排小店中果然有一家龙虾馆，"老爸龙虾"。门前放着两只花篮，新开张的样子。

美缇走进店去，很小的门面，四张小桌，一望而知，是那种主做外卖生意的小店。

店里没客人，只有一位长得相当美艳的女孩，站在收银台前。

美缇问她："这是虞晴川开的店吗？他在哪儿？"

女孩指了指厨房，说："在里面忙。"

美缇走到厨房门口，探头往里张望，见晴川戴着个白帽子，正在炒小龙虾。

美缇冷笑道："原来你就是这么在创业啊？"

晴川吓了一跳，抬头，见她来了，冷冷地说："那又怎么样？"

他拿起酱油瓶，往锅里淋洒酱油，他说："那也是为了给儿子做个榜样，免得他每天睁开眼睛，见爸爸是不上班的。"

美缇心想，你还明白这个。

她看着他挥动锅铲，讥笑道："原来烧火做饭你也是会的？"

她这么说，是因为他平时在家里懒得连碗都不洗一只。

晴川满脸是汗，没理她的讥讽。

他这店开张才三天，是他原来报社广告部的几位老同事帮他，给他租下了这个小门面，租金5万块钱一年，让他另谋生路。他取了个店名叫"老爸龙虾"，主做龙虾外卖，做法、配方都是老同事教的。收银的那位女孩是他远房侄女小霞。小霞是网红，平时晚上在网上卖东西，白天空着，就被他请来帮忙。除了收银，小霞也在网上为"老爸龙虾"直播带货。小店刚开业，势头还不错，这几天在网上已卖掉了300份龙虾，平均每天100份。

美缇不知道这些背景，她看见的是老公一眨眼从报社中层干部变成了炒小龙虾的师傅，这有点幽默。

美缇没让自己笑出来，现在她的首要任务是叫老公放儿子豆豆回家。

她说："你教唆他了什么？"

晴川冷笑一声，说："这可不是教唆不教唆的问题，这是儿子的选择，儿子自己的选择，说明他有良心，听见了吗？儿子接下来的选择是改判归我，等我忙过了这两天，我就去办这事。"

美缇暴跳如雷："什么？归你？"

她站在厨房门口跟他吵了起来。争吵中，她看着他笨拙地翻炒着一锅鲜红的小龙虾。这小龙虾里不知放了什么调料，鲜香喷鼻，让人垂涎欲滴。她抓狂地说儿子是她的，让他别打主意。

晴川锅铲飞舞，顾自己忙碌，不再理她。

他冷漠的样子，让她陌生也让她愤怒。

最后她只好恼火地离开，丢下一句："如果儿子被你教坏了，我跟你没完。"

4

确实没完，第二天美缇又来了。

她对晴川说："你欠了债，自己过不好了，就想搞破坏是不是？你知道你这么教唆儿子、挑拨离间的严重后果吗？儿子要'小升初'了，你搞得他思想混乱，你这是想让他以后接你这龙虾师傅的班？"

晴川一声不吭，只顾自己挥舞锅铲，翻炒不息。

美缇站在厨房门口，要求他立马让儿子跟她回家。

她的声音像撞进了虚空，没有回音。她愤怒地走进去，从盆子里抓起一只喷香的小龙虾，放进嘴里咬了一口。

他说："你怎么吃了？你付钱。"

她愤怒地说："我就吃，我吃了又怎么样？你跟我回去。"

他锅铲飞舞，心里迷糊了，她这是要儿子回去还是要他回去？

他说："我才不回去呢。"

她说："你走不走？"

他说："我干吗走？再去给你家当奴隶？"

他说得这么难听，她气得七窍生烟，她拼命嚼着嘴里的龙虾。

他说："我现在给自己当家做主，从今以往，谁都别想压榨我。"接着，他就哼起了"解放区的天是晴朗的天"。

她干脆端起一盆龙虾，夸张开吃，拼命吃，她说："我吃穷你，看你怎么办，这店里有我的份。"

他鄙夷地瞥了她一眼，讥笑道："有你的份？你也太野蛮了，我们已经离婚了，请你走吧。"

她当然不会走。她一边剥着小龙虾，一边说："你想让我走？我不仅不走，我还天天来。"

"天天来？你来干吗？"他指了指收银台那边的小霞，对美缇说，"好吧，那你跟她竞争上岗吧。"

竞争上岗？

美缇看了一眼那边的小霞，这姑娘美艳得让她昨天就在生疑了，她可不知道这是他的远房亲戚。

她又气又急，突然就吐了起来。她弯着腰，对着手里的盆子吐。

晴川惊叫起来："脏不脏啊？你给我出去。"

她抬起头，对他说："脏你个鬼，我怀孕了，你知不知道？"

她就开始哭起来。

晴川傻眼了。

他和她这两年一直想生二胎，她让他卖掉他名下的那套旧房子，就有想换大房子生二胎的打算，现在房子没了，家也没了，宝宝倒是怀上了。

他手握锅铲，问她："真的？"

在热气腾腾的厨房里，她哭得梨花带雨。

他说："别哭了，我跟你回去，行啦。"

他说："那你还把不把我当奴隶了？"

他哄她："别哭了，等我炒完这些虾。"

这天他收工后，带她先回爸爸家，领上儿子豆豆，然后一起回了家。

第二天，虞南山老先生又来门店找丁咚了。

他笑着推开店门，走到了丁咚的身旁，他凑近丁咚的耳边说："嘿，小丁，办法很好。"

三十三　反转

1

白天黑夜，病中的米娅都昏沉沉地睡在出租房的床上，热度还没退去，头脑依然疼痛，晕眩。

有天晚上，迷迷糊糊中，她看见妈妈站在床边，妈妈用热毛巾给她敷脸，还问她想吃什么。迷迷糊糊中，她听见妈妈在说吃碗鸡蛋羹吧。她听见自己在问妈妈："你怎么来了？"妈妈在笑，说自己前几天就来尚城了，在中山医院做护工，"而现在正好来照顾你呀"。

嗯？护工？米娅有些疑问，她让自己昏沉的意识凝起神来，她发现不是做梦。

她从枕头上欠起脑袋，昏黄的灯下，她认出来了，站在面前的这人是谁。

她怎么来了？她想。

米娅就嘟囔着"我自己会好的"，她挣扎着起来，想让这女人回去，她说："护工？我可没钱付给你的。"

这女人在床边坐下，她轻按米娅的肩头，要她躺下，她告诉米娅，不要钱，这是她儿子欠她的，她过来帮忙是应该的。

米娅呢喃："你现在帮我，我也不能跟你儿子好下去了。"

这女人抚着米娅的额头，说："这不要紧，是你帮他多，我来还给你。"

哪怕她这么讲，米娅也知道她的意图。米娅眼里的泪水在流下来，她告诉这女人，自己不可以再帮他了："因为我妈妈病了，不好意思。"

这女人说"这我明白的",她用毛巾替米娅擦去泪水,她说:"你别多想,你想的事我都明白,你快点好起来吧。"

毫无疑问,这女人就是金岩的妈妈李爱娟。

李爱娟在米娅的房间里张罗,烧热水,煮鸡蛋羹和白粥。

米娅问:"他怎么知道我病了?"

李爱娟说:"他是听丁咚说的。其实他刚才也来过了,看你睡着了,他先走了,我留在这里帮你。我会等你好了以后再走,你放心吧。"

李爱娟还告诉米娅:"他好的,现在他在跟金缨学做中介,好的。"

李爱娟没跟米娅详细说的是,在米娅和她儿子分手后的第三天,她就从老家来到了尚城,在中山医院做起了护工。她之所以萌生了做护工的念头,是因为听说老家一邻村大妈靠在尚城医院做护工,十年下来帮儿子在尚城买了房,落了脚,所以,她也想试试。

2

李爱娟在米娅床前忙碌的这个晚上,丁咚和弟弟丁松来到了白杨新村。

他们进了苏冬娟家,看见老人和保姆都睡了,只有老爸丁家风像只癫皮狗蜷缩在沙发上看电视。

他们把一个大信封丢在老爸面前,信封里就是米娅那天甩给丁松的起诉状。

他们压低声音对丁家风说:"这太丢脸。"

家风说:"小孩别管大人的事。"

丁松说:"她们说正是因为我,大人才搞成这样子,这样我不就成了害人精?"

家风说:"随他们说去,房子就是我们的,她们说死也没用。"

丁松皱眉说:"你省省吧,你这样子搞来的房子我吃得消住吗?我还不如住大街上算了,你给我去撤诉。"

家风睁大眼睛,说:"爸爸这样做也是为了你。"

丁松说:"你赶快别为我了,你为我啃老这听着太可怜,因为这听着像老鼠。"他指了指太太苏冬娟的房间,说:"她还活着呢。"

家风也指了指这黑乎乎的房子:"家产都是传男的,嫁出去的女人还想要家产?"

丁咚对老爸说:"小丽的事丁松才搞定,你又整出这事来,你跟家里人闹上法庭,你让我们还要不要脸了?"

家风说:"现在哪家没有一本难念的经?你是卖房子的,你又不是没见过。"

丁咚说:"正因为我看过人家念的经了,所以不想让你念下去,再说,你这经念得动静太大了。"

丁咚与丁松怕吵醒老人,他们就不再跟这老爸多理论。来这儿之前,他们已想好了,无论如何,今晚先把他拎回去再说。

于是,兄弟俩一起动手,一个人一条胳膊,架起老爸,像拎癞皮狗似的把他从沙发上拎下来,拎起来,开了门,下了楼梯,往外走。

家风乱蹬双腿:"干什么啊?去哪儿?我要睡这儿。"

儿子们没理他,一直往前走。

家风突然听到劳海燕的笑声从楼间传来:"哈哈。"

原来劳海燕也被儿子丁松叫来了。

现在她跟在后面笑话前夫:"丁家风,你真是急中生智啊。"

她说:"丁家风,你跟你家人闹到法庭上去跟我没关系,你就是塌台到太平洋去也跟我没关系,但你跟你儿子有关系。"

她的声音在深夜的小区里传响,她说:"丁家风,我告你,丁松好不容易搞定了小丽她们家那边,你再让他被人看不起,我跟你没完。"

夜深人静,家风压低声说:"轻点,轻点。"

劳海燕说:"你还知道轻点?你还知道面子?"

"啃老爸爸"丁家风就这样被拎出了白杨新村,被拎回了前妻劳海燕家。

第二天,家风就向法院提起撤诉申请。

三十四　变数

1

唐老师和女儿唐维维来"良屋"华北路门店找丁咚。

他们说："书香雅苑的房子，我们想卖掉了。"

他们来找丁咚卖房，这让丁咚很高兴。丁咚心想，这笔生意你们还记得来找我，说明上次没白忙。

看他们高高兴兴的样子，丁咚心里有几种猜测。

结果，第二天，丁咚带人去看房时，发现自己没猜准。

独自在家的唐老师这样对他说："我外孙女去年在美国念完大学后留在西雅图上班了，我女儿想卖了我这房子和她自己的房子去西雅图买房，陪她女儿一起过。我女儿去年提前退休了，她一直在考虑这事。"

丁咚说："原来是这样啊，我还以为你卖了这房子是准备和何医生一起买排屋呢。"

唐老师脸红了一下，摇头，告诉丁咚："我现在卖这房子，是可怜我女儿。她离婚多年，跟女儿相依为命，她焦虑的东西太多，得过抑郁症。如果她能出去和她女儿在一起，换个环境，又能照顾小孩，我也能放心点。大人一世，还不都是为了小孩？"

丁咚脑海里晃过何秋红医生文弱的脸，他看着唐老师不知该说啥。

唐老师笑道："我这房子目前利用率不高，卖了就卖了。"

"卖了以后，你还是和何医生一起过？"

唐老师笑了，说："对的，我准备跟她结婚了。"

丁咚说:"哟,你女儿同意了?"

唐老师点头:"她想明白了,她也知道她出国后我得有个伴。"

丁咚为女医生高兴,心想,何秋红,你要结婚了。

接下来的一星期,丁咚马不停蹄地带了8组人前来看房,一星期后唐老师的房子终于被人买下,453万元。

还是夜晚的诊室,还是丁咚坐在何秋红医生的面前。

今天,他不是来配药,而是何医生请他来一趟。

何医生笑着告诉他,自己准备买排屋了,想请他先帮着留意起来。

她说:"最好是田岚山和绿原山谷一带的排屋,我有几个朋友也住在那里,我喜欢那里的环境。"

丁咚明知故问:"你跟唐老师一起买?"

她温婉笑道:"他现在又没钱,我自己买呗。"

丁咚心想,原来你还有这个实力啊?!

她说出了她的实力:"虽说现在想买,但也没这么快,因为要把钱汇拢来还需要一点时间,我在深圳有两套房子,在尚城有翠芳东苑的一套,三套加起来,买排屋的钱应该差不多够了。所以我这两天要去趟深圳,把那边的房子给卖掉。"

丁咚心想,原来如此。

他对这女医生说:"哇,厉害,你在深圳还有两套房子。这么说来,买排屋你绝对没问题了,深圳的房价如今多贵啊,三套房子加起来,没准都可以买别墅了。"

"别墅?"她抿嘴笑。

他夸她有实力。

她眼睛笑得弯弯的,告诉他:"深圳那两套房子这两年增值很快,昨天我问了那边的朋友,那套大一点的如今值1000万了。"

丁咚夸她有远见。

她笑道:"当年也是吃了苦的,你想,像我这样一个医护人员,又能有多少工资？买这点房子主要还是靠有心,靠意志力。我到深圳的第一天就发誓要有自己的房子,我的这两套房子都是一点点从小换大,从远换近,最后换到了市中心。丁杰克,说真的,如今要卖掉它们,我也有点不舍得。"

雪白的日光灯照耀着她已不年轻的脸庞,她亮晶晶的眼睛里却洋溢着年轻人般的光亮。

丁咚心想,算你狠,丁家风要昏倒了。

何医生说她这个星期天就去深圳,争取两星期之内把卖房子的事办完,然后,最好在这个月底前能将排屋搞定,也算了却一桩心愿。

她兴冲冲的眼神,让丁咚相信这是爱情的力量。

丁咚心想,呵,买个大房子,准备结婚了,终于要结婚了。

2

雷岚带着两盒五指山红茶和两块米黄色的格纹窗帘,来到了丁咚的"雨林小屋"。

除了红茶和窗帘,雷岚还带来了她准备"下车"的想法。

在向丁咚透露想法之前,她先和丁咚一起把窗帘挂上,满眼绿色的屋子里就蒙上了一层温馨的暖光。

丁咚笑称,这"雨林小屋"格调提升,好像高级了不少。

雷岚建议:"如果能换一对布艺沙发、一个茶几,就会有园林咖啡馆的味道。"

现在还没有布艺沙发,那就留待以后吧;现在也还没有咖啡馆的味道,那就先喝一杯雷岚从五指山带来的红茶吧。

雷岚在小破沙发上坐下来,她告诉丁咚自己的来意:"'小宅门'我不想捂了,你尽快把它卖掉算了,这房子我想做一个了结。"

丁咚有些惊讶:"不捂了？最近这几个星期它又涨了30万。"

雷岚笑了笑,说:"不捂了,算了,这房子我想做一个了结。"

丁咚以中介小哥的思维去理解她这话:"哦,懂了,你是想卖了之后再重新买过吧,如今这房子涨了,这就意味着你能做首付的钱也多了。"

雷岚舒了一口气,摇头说:"我想先歇一下吧,暂时停一停。如果要再买的话,我有按揭记录了,是不是属于二套房首付就是六成了?呵,还是一样费力的。"

接着,她告诉了丁咚自己想"下车"歇一歇的理由:

1. 这两年心里全是房子,别的事都没怎么推进,连工作都没做到满意,"连我妈都在担心我的工作状态了,更别说公司强总他们看我坐立不安的样子,相信他们一定是有想法的",尤其陶春爸妈还常找上门来,所以房子这事得暂时先放一放了。

2. 这两年挣钱、兼职、省钱、交男朋友,其实都是围着房子在转,"男朋友其实也没好好谈,说房子是男朋友可能还更像一点,日子过得紧巴巴、灰扑扑只有自己知道,说被它绑架了,说异化成了它的奴隶也行",围着它转,转得人都木乎乎了,而有房者的安全感也还没体会到,所以,房子这事暂且先放一放,反正与房子有关的安全感也没法一下子全解决。

3. 这两年心里全是它,心里满了,脑子里就一个念头,"来不及了,来不及了",心里没别的空间了,人被它带没了自己的节奏,"你知道吗,丁咚,前一阵子我最急的时候,我已经在吃抗焦虑的药了?"所以,没了自己的节奏时,人会吃不消的,先放一放,喘口气。

4. 心里全是它的时候,也有荒谬感,"有时一激灵,想到市值300万的房子,月租金5000元,年租金6万元,如果我咬牙买下它,单是月供我就得每月1万元,我这是在干什么",有点迷失了,就先歇一歇。

…………

丁咚听着,知道她经过最近这么一通折腾心累了。

而当他听到她在吃抗焦虑的药时,他的心态就从中介小哥转成了小学同学。

他同情地看着她,劝她别着急,身体总是第一位的,买房子得焦虑症的可不少。"那就放下吧,你从小就好强,不像我落后点也行。"

他指了指自己的房间,安慰她:"你比我强多了,你已有半套房子了,实在不行，你就想想我吧，我啥也没有，不也在过吗？"

听他这么说，雷岚就看了他一眼，这小学同学，这小时候的蔫小孩，这一刻他和他身后的那片"雨林"确实呈现着一点佛系的味道。

而当年的蔫小孩自己，则想不到时隔这么多年之后，自己居然劝这急性子的优秀女生要像自己一样想得开，他对她说："你从小就好强、超群，不像我，落在后面，拖延一点，也会给自己找借口，有些事解决不了，我就先蔫着过呗。你想想我吧，我每天带那么多人看房子，看那么多房子，要是焦虑的话，还能过下去吗？所以，要想开点的……"

"也是啊，你这活儿是挺不容易的，不佛系还真不行。"她笑道，"这叫接受自己。"

他说："你从小就是急性子。"

她睁大眼睛问："难道我从小就是急性子吗？"

他笑道："难道你自己不知道？"

她说："难道你小时候就觉得了？可能是因为我比较好强吧。"

"不是一般好强，是超好强。"

她笑道："那是不服输，成了好学生之后呢，又怕输，还怕我妈失望。我妈一直对我要求高，而我呢，一直怕她失望，所以就一直跑得比别人快几个节拍，也比别人容易着急。"

说到她妈，丁咚想起了她欠她妈一套房。

他知道这是她买房子的心结和动力。

他宽慰她道："你这么优秀，你妈还会失望吗？我都没有妈，你不知道我有多羡慕你妈对你这么好，你就别觉得欠她了，她把房子卖了给你去留学，这是她的心愿。"

雷岚知道他这么说是好心，她端起茶杯，喝了一口水，告诉他，当一个人把她自己所能付出的一切都给你的时候，也就等于是她把她所有的希望和要求都给了你。"说真的，丁咚，即使到现在，我接到我妈的电话时，我还是感到紧张，怕没达到她对我的要求，让她不满意了。"

丁咚没有妈妈，他也从没感受过父母的温暖和压力，所以没这样的体会。他听她说下去。

她说:"我没有为自己活过,我说的是我没有完完全全地为自己活过,我考的分数,学的才艺,打的工,拿的奖学金,包括想买的房子,都是为了她。我爱她,也怨她,我想摆脱,但其实我心里也不想摆脱,因为怎么样都让我不安。丁咚,如果我以后有孩子,我一定不会像她这样。"

他有点明白了,他同情地看着这个承受了一身爱,但也宛若欠了一身债的工人家的女儿,自己的小学同学,这个从小就懂事的女孩。

他劝她放下,他说:"你妈她自己也未必知道这样的爱对你是种负担,算了。"

她看到了他眼里的同情,她笑了笑,说:"是的,算了,现在,我想算了,现在我得对我自己说算了,现在我准备认了。我会跟我妈讲,不是什么我都能拼得下来的,也不是什么都是考试、升学,只要我拼,就拿得到高分。房子这事我现在一下子搞不定,我就用别的方式先弥补她吧,我和天帆的房子卖了以后,我拿来的钱,我可以先改善一下她和外公舅舅的生活。说真的,这两年我们过得太紧,人生苦短,我外公舅舅还能有多少时间享受呢?我得赶紧让他们过得好一点了。"

"嗯。"丁咚点头,认同把现在过好。

风吹动着簇新的窗帘,窗帘挂到了发财树上。

雷岚起身整理了一下窗帘,说:"丁咚,坐在这儿,这么跟你说着话,我发现,你其实比我会过,你还知道给自己种这一屋子花木,还知道给自己养条狗,而我呢,忙到连种一株花的闲情逸致都没有了,节省到连逛街给自己买点好东西都不舍得了,为了那半套房子,至少我没把现在过好。"

听见女同学这么夸赞自己,丁咚呵呵笑,就当是他刚才宽慰她的回报吧。

他看见她在房间里走动,他听见她在说:"你把这里住成了植物园,而我呢,哪怕搞到了半套房子,也是灰头灰脸在跟它纠缠。就算是一个启发吧,这么看过去,丁咚,如果从外面回来,打开门,这房间还真有点治愈系的味道。"

丁咚笑起来，告诉她，自己哪有想这么多，自己住的地方总要搞得舒服一些这天经地义，每天从外面回来，种种植物，能放松一些，喜欢看它们慢慢长的样子，喜欢看它们一天天长起来的可爱样子，每天回来的路上，就会觉得它们和松果一起在等自己回家，"人嘛，总是喜欢看可爱的东西"。

雷岚告诉他，这次在海南自己碰到了一个有意思的人，种茶人，"她也爱说'慢慢长，慢慢长'，你们喜欢种东西的人还真有点像"。

当然，也有一点不一样，一个是远方，一个是此地。

此地离她更近，在身边，在每一个角落，在当下，在眼前。

而相同的呢，则是风尘中的落点，心安之处落地是家。

她注意到了，他一直把这小破屋叫作"家"。

雷岚离开"雨林小屋"的时候，丁咚把她送到老机电厂大门口。

丁咚告诉雷岚，这两天就带人去看"小宅门"，尽快把它卖掉。

他笑道："这样你就下车了？"

雷岚一边向开来的出租车走过去，一边向他挥手："不下车感觉也没好到哪儿去，半个身子还在车外，人还悬着，好像更累了。"

三十五　落点

1

女生孟玉在犯愁。

她对天帆说:"关于跟谁姓,我爸也是可以商量的。"

在"跟姓权"和"1000万元房子"之间,天帆没想做选择,所以,他也没想跟她爸孟虎商量。他想,从一开始他来找我妈出"400万",他就在商量了,商量其实讲的都是条件,而条件在他的眼里都是可以开价的,而开价是可以震慑人的。这不是我的套路,我不喜欢这样压人一头,或被人压一头的感觉。

他对孟玉说:"我现在想安静一下了,我想申请出国留学一段时间,你不等我也行。"

孟玉委屈地想,为什么一定要跟男的姓呢?有这么规定的吗?

她相信,这都不是理由。

她对天帆说:"主要还是因为不够爱。"

天帆扳着修长的手指,他的回答像外科医生做手术一般冷静,他说:"那是因为心里都是价格,哪来得及爱。"

他这话太伤她了,他俩就分了手。

对儿子与孟玉的分手,天帆妈妈丁家春心态复杂。

她跟许多人说起那个土豪,她的口吻都带着嘲笑:"在有些人眼里,房子是用来压人一头的武器";"不是你家有无房子,而是你家的房子是否比他家的大,是否比他家的多,否则他就想压你一头"。

有人听出了她的鄙夷,也有人听出了她的炫耀:"儿子被土豪女儿看上了""一个姓值 1000 万的房子"。

家春去河柳新村看望才出院的爸爸时,跟老丁铁和朱依说了这事。

老丁铁想着外孙天帆书生气的样子,呵呵笑了:"那就生两个呗,一人一个姓,房子也有了,姓也有了。"

而朱依老师则劝家春想开点:"这世上有人在乎对等,有人在意跟人竞赛,房子大小可以跟人竞赛,但过日子,如果是这样的心态,哪怕房子越住越大,心也越来越小。"

家春从爸爸家出来后,就来到了"良屋"华北路门店找丁咚。

丁咚正带人在林湾尊邸看"小宅门",他在电话里对家春姑妈说,还有一小时才能回来。

家春就坐在门店的沙发上等他。

她是来了解"小宅门"出售情况的,因为儿子天帆准备出国留学,她想,这房子卖了以后,售房款正好作为留学费用。

这个下午,在她等待的这一刻,店内喧哗无比,有两对客户在签约,一对在里间的会议室,一对在外间,店长路伟成、小哥潘岳穿梭其间,忙个不迭。

而其他小哥眼里含笑,脸上带着高深的表情。

家春听了一会儿他们的嘀咕,明白了,外间穿灰色卫衣的那位男客户和里间穿西装裙的那位女客户以前是一对恋人,情况跟天帆雷岚差不多,几年前他们合买了一套房子,如今他们准备把房子给卖了,今天他们带着各自的老婆老公来跟买家签合同,所以店长将他们分隔在两个房间,以防尴尬。

这戏剧化的场景,让家春触景生情:这说明了什么?说明趁天帆雷岚现在还都单着,赶紧把房子给卖了,免得日后尴尬生事。

一小时后,丁咚从林湾尊邸回来。

家春问看房的情况，丁咚说："今天带看的人没看上，没关系，明天还有人要看。"

家春就跟丁咚讲了自己和儿子的打算："他在申请留学，想去加拿大多伦多大学医学院，房子卖了以后，他拿到的钱刚好用作他的学费。"

"表哥要去留学了？"

家春说："是的，他已开始申请了，他这个年纪出去开开眼界也好，省得每天在这儿耳朵边全是房子这点事，让他心烦，他又不是很会来事的人，出去会好一点。"

丁咚笑道："当作学费？那我尽量卖得好一点。"

家春问丁咚大概能赚多少，"你帮我算一下，看看天帆能得多少"。

丁咚拿起桌上的计算器，粗略地帮她算："就这两天的行情，大概可以卖到350万左右了，350万减去未还贷款110万，再扣去60万首付，等于180万，这是增值部分，由天帆和雷岚分，哦，对了，其中还得扣去他们给你的利息。"

家春笑了："才两年时间，利息才有多少啊，这可以忽略不计。"

她拿起丁咚的计算器，看着"180"，说："难怪今天的人这么喜欢炒房子，两年时间，180万，在像我这样的文化单位，做半辈子也就这么多了。"

她接着问丁咚："你知道他们怎么分这180万？"

丁咚笑道："这是他俩的事，你就让他们自己谈吧。"

"呵，他们谈？"家春笑了，"他怎么谈得过她呢？"

丁咚看出了家春姑妈的操心。

果然，家春告诉丁咚："那女孩子是你同学，你应该比我更了解她，她出色的地方，我看得见，她精明的地方呢，我也看得见。她第一次来我家，我就看出来了，老练啊，我们天帆哪得了她？我这么说，不是说她不好，她还算好的，也实在是难为她那个家太苦了，她对她家的那点孝心无论如何算是优点。我不是说她不好，我说的是天帆怎么谈得过她，要谈得过，当时也不会分手了。"

丁咚有点明白了家春姑妈今天来这儿的目的，那就是不放心。

他就赶紧告诉她:"我记得雷岚说过他们平分。"

家春笑了,她掏出手机,说:"我看看她有没空,有空的话,最好请她现在过来一趟。"

家春就给雷岚发了一条微信:"我在丁咚店里,你有空吗?要不过来一起议议卖房子的事?听说能卖到350万了,真不错啊。"

临近傍晚的时候,雷岚推门进来,她从公司过来。

家春拉雷岚在店里的沙发上坐下,她说了天帆的出国留学计划。

家春笑道:"卖了房子之后,他分到的钱刚好给他当学费,呵,这也是当年留给今天的一个大礼包。雷岚,原来我今天想叫他一起过来的,他一下午都在做手术,现在还没完。"

雷岚笑道:"哦,他要留学去啦。"

家春对丁咚说:"趁雷岚在这儿,你给我俩算一下,卖了这房子,我们有多少收益?"

丁咚知道姑妈这是要他算给雷岚看,于是他就像刚才一样,粗粗再算一遍。

他心想,雷岚还用我算,她如今算过不知多少遍了。

丁咚啪啪按了一会儿计算器,然后把"180"举起来,给她们看。

家春笑容可掬地伸手,跟雷岚握手:"雷岚,祝贺你们,收获不少。"

雷岚说:"还得谢谢阿姨支持,如果当时没你们支持,这合伙投资也是做不成的。"

丁家春笑道:"哪里哪里,是你有创意。这房子是买对了,接下来,我们怎么分配这笔钱呢?"

雷岚说:"180万,扣除给你和项叔叔的利息,两年利息实在不多,如果天帆不反对的话,我想给你和项叔叔凑足10万元,以表示感谢,剩余部分我跟天帆平分好了。"

家春笑道:"谢谢,我看利息也不用了,阿姨也说不上功劳,阿姨本来也是投资行为。这房子是合伙投资,你当时出了25万,天帆出了7万,我和他爸出了28万,等于是三方投资,你、天帆、我和天帆爸爸,你看,是按我们三方的出资份额算呢,还是按你和我们家两方算?"

雷岚一怔,心想,这么搞,无论怎么算,我都比原来少了,不是吗?

雷岚就说:"我是跟天帆合伙投资,阿姨的出资是属于借款,借条上写得明白,按时归还,连本带息。"

丁咚虽有心理准备,但也看傻了眼。他对姑妈说:"天帆又没吃亏,雷岚出了他三倍多的钱,现在是跟他平分啊。"

家春咯咯笑起来,说:"平分?那也是因为我家出得多,否则为什么平分?"

家春笑着,继续说:"天帆是我儿子,我的钱不都是他的吗?他还要向我借?我和他爸拿出钱来,就等于是跟你们一起投资啊,呵,还有,即使当时算是你向我们借,那也是因为你当时是我儿子的女朋友,如果没这层关系,我怎么可能借钱给不相干的人呢?后来你们关系发生变化了呀……"

家春笑容温婉,胡搅蛮缠。

雷岚想吐,她知道这女人是生怕她儿子吃亏了。

看着她此刻叽叽歪歪的脸色,雷岚几乎有了后悔买这房子的心,妈蛋的"恋爱合伙人",赚到了钱,反而恶心了,妈蛋的房子,妈蛋的钱。

雷岚对家春笑道:"家春阿姨,当时是写了借条的,明明是借款。"

家春笑了一声,说:"如果不算我合伙,那么要我拿出钱来不就等于是啃老吗?"

以雷岚一向好强的性格,她不会就这么罢休。

但前阵子陶春的突然走人和他爸妈的找上门来,让她如今心态有所改变,于是,她想了想,说:"可以的,家春阿姨,可以算你合伙,但你得给我立个字据。"

"什么字据?"

雷岚从桌上拿过一张白纸,沙沙写起来,一式两份,写毕,丢给家春签名。

纸上写着的是:"雷岚、项天帆合伙投资林湾尊邸,没有发生啃老行为,项天帆家长搭其子'恋爱合伙人'顺风车,属于创富行为,投资收益由三方分享。"

家春看着纸,呵呵笑道:"写得风趣。"

家春从桌上拿起笔,签上了自己的名字。

随后,她拿着纸条站起身,嘴里说着"蛮有意思的",先告辞了。

丁咚给雷岚递过来了一杯水,他同情地看着她,说:"你可以不答应她的,要不我跟天帆去说。"

雷岚摆摆手:"算了。"

雷岚告诉丁咚,自己就不跟她计较了,就当作来不及计较吧,自己这两天开始筹划一个自媒体创业策划方案,主做与"青年置业"相关的数据分析,等方案做好后,就组建团队开始运营,这就需要启动资金,卖了这房子,这笔钱除了用来改善家人的日常生活之外,大头刚好用来创业。

雷岚说:"丁家春非要让我给她多拿一点,那就让她拿去好了,而我会用我的这点钱孵化出我的产品,看着吧。"

2

雷岚回家跟妈妈雷小虹说起了家春这事。

雷岚是随口一说,因为她知道,即使自己现在不说,以后妈妈也会知道。

雷小虹听罢,没多说什么。

雷小虹在心里憋了两天,没憋住,就带着擀面杖去了家春家。

她把家春堵在墙角,说:"你现在做了文化人就这么欺负我们工人家的女儿?你知道,为了还那房子的月供,我女儿这两年有多节省吗?除掉房租,月供的钱大头是她在还,你可怜她吧。"

雷小虹还说:"你这文化人,小孩的事你搅和什么?你现在说你也投资了他们谈恋爱的事,那么,那天我也想出5万块钱,怎么就没让我投资呢?"

家春被她手里的擀面杖镇住了,她嘟囔着"别这么野蛮",她辩解着"我们出钱三方都达成共识了,字据都签了"。

最后，在擀面杖的震慑下，家春终于答应"按小孩的意思办"。

雷小虹向家春要出了那张签了名的字据，她当着家春的面把它撕成了两半。

雷小虹拿着撕成了两半的纸回家，等晚上安顿爸爸雷鸣和哥哥雷刚入睡后，她走到女儿雷岚的"小木盒"，给女儿看这撕成了两半的纸。

雷岚正趴在"小木盒"下层的小桌子上，在推敲"青年置业"自媒体创业策划方案，她回头，一眼看见了妈妈手里的纸，怔了一下，轻声问："你去找她了？"

雷小虹轻声说："是的，我气不过。"

幽暗的灯光照着雷岚似笑似哭的脸："我的事情，你就别掺和了。"

雷小虹轻声说："妈妈不能让别人欺负你。"

"你别管我的事了，我大了，我自己处理。"这一刻，看着妈妈的样子，雷岚不知为什么突然想哭。结果她就哭了起来，她捂着嘴，怕吵醒隔壁的外公和舅舅。

雷小虹吓了一跳，因为这女儿几乎从不在她面前掉眼泪。

女儿流泪的样子，让雷小虹心痛无比："怎么了？这事妈妈已经办好了，教训过她了。"

雷岚坐在"小木盒"里呜咽。这一哭，情绪就难以平复，她发现自己也不完全是为这事哭泣，心里的压力好像蓄积已久。

雷小虹显然不明白女儿心里的感受，她安慰女儿："你是觉得妈妈这样子去找她没面子？那么她有面子吗？人活到今天，个个都那么看重这点钱，还有什么面子？"

雷小虹轻抚女儿的手背，让她不要哭："大人的事你别在乎，大人有大人处理事情的方式，妈妈如果不出面为你搞定这事，看你吃亏，妈妈心里才不舒服呢。"

灯下，"小木盒"内侧的墙上投着雷岚和妈妈的影子，雷岚心里的感伤铺天盖地。

这些年来，这感伤其实就是压力，它一直埋在心里，让她心里紧绷。

雷岚对妈妈呢喃："我已经大了，我自己的事自己处理，你这样处处为我，让我觉得压力很大。你别管我的事了，我已经大了，你为我做得够多了，你做得越多我压力越大。你不要管我了，哪怕你是我妈，我也还不起了。"

雷小虹抱住女儿的肩膀，不解地说："你干吗要有这么大的压力？妈妈只要你过得好，心掏出来都愿意。为你，妈妈才不管什么面子呢，你不要有压力，你现在比妈妈以前不知要好多少倍，妈妈看着你就高兴，妈妈还要你还什么呀？"

雷岚指了指黑乎乎的小房子，此刻这房间里好像弥漫着低气压，让人透不过气来。她啜泣道："可是，我也改变不了。"

雷小虹有点明白女儿的意思了，她抱住女儿的肩膀说："妈妈没想要你挑多大的担子，你是女孩子，哪有这么大的责任？你是妈妈的宝贝，妈妈为你做什么都是高兴的，因为这是妈妈欠你的。"

雷岚抽泣道："如果你觉得你那段婚姻欠了我，那么现在它早不欠了，你已经给我很多了，你把能有的都给我了。你自己不知道，现在反过来是我欠你了，我还不了了，我也改变不了啥。"

听女儿这么说，雷小虹泪水夺眶而出，这宝贝女儿从小懂事，有时懂事也成了负担，她说："妈妈要你还什么呀？妈妈就是为你活的，妈妈、外公和舅舅每天看到你上班、下班、回家就高兴，这就是你给我们的回报啊。妈妈没有什么要你还的，你是妈妈的宝贝，妈妈这颗心掏出来给你都愿意，你怎么会欠妈妈？这辈子，你没有一个完整的家，是妈妈欠你。"

雷岚知道跟她讲不清，她揉着眼睛说："我欠了你一套房子，以后还不还得回你，我还不知道，但现在是还不了。"

雷小虹噙着眼泪笑了："哦，你是说那套房子啊，那房子让你去见了世面，还拿到了硕士文凭，让你跟妈妈不一样了，妈妈是工人，你是硕士，这就是值了，这是妈妈的算法。"

雷岚说："可是我们现在还是住在这里，好像没什么信心了。"

雷小虹轻抚女儿的肩头，告诉女儿："妈妈现在很有信心，一家人在一起，吵得越来越少。你小时候我们住在这儿的时候，天天吵，现在我们安安静静，过得还蛮好，总比以前好，这就是信心。"

为了表明有信心，雷小虹去卫生间拿了一条温热的毛巾，让女儿擦擦脸，然后给她讲一件事，一件接下来这个家要做的事。

雷小虹说："舅舅的情况不是太好，医生建议肝移植，你外公和我都想给他做，你舅舅不肯，因为要花一大笔钱。你外公和我决定把这房子卖了，卖了这房子，一半钱用来做手术就够了。"

雷岚睁大了眼睛，对舅舅做手术她没奇怪，因为有想过，对于卖房子，她有些意外，因为没想过。

雷小虹说："你舅舅不肯，而你外公主意已定，这房子是你外公的，他定了，我当然也定了。你舅舅这一辈子太苦，是我把你爸这条狗带进这个家害了他，所以，对于卖这房子，我毫不犹豫，只要能让你舅多活几年。"

雷岚说："卖了这房子，我们住哪儿？"

妈妈说："我们准备去城郊买个小产权房，房子已经看好了，在金湾乡，那里安安静静，也适合你外公和舅舅在那儿休养。"

雷小虹脸上是快乐的样子，雷岚环顾这屋子，心里舍不得起来。

这黑乎乎的屋子，在她眼里突然生出了一份眼熟的温馨，这么多年来它好歹是个家，小小的家，经历风雨、遮风挡雨的家。

雷小虹说："我们这房子虽小，但学区好，是天安小学和文苑初中的双学区，所以，价钱不错，楼下一户人家前不久卖了，是255万。"

雷岚问："你想什么时候卖？"

雷小虹说："就这段时间吧，所以要先跟你商量。"

雷岚想了想，说："金湾乡那边的小产权房是没产权的吧？"

雷小虹说："人活着一天，就比产权重要。你外公这套房子，本来就该是留给你舅舅的，如果你舅舅走了，这产权我拿在手里，心里也会是痛的，觉得没有尽力，所以，还是把它用到最该用的地方去吧。"

雷岚看了一眼桌面上的自媒体创业策划方案，她在心里跟它暂别。

她对妈妈说："我和天帆的那个房子卖了之后，我拿回来的钱，再加上我这一年又攒了点，数额可能会有100万，这钱给舅舅看病，我们这房子就不用卖了。"

雷小虹好像料到了女儿会说出这样的方案，她不假思索就摇头了："雷岚，这也是我要跟你说的。我不是没考虑过你这个想法，我考虑过，我还有想过把你这两年给妈妈的钱再加上去，我也跟你外公商量过这个想法，但最后我们都不想这么做。"

雷岚问："为什么？"

雷小虹没直接先讲理由，她说："雷岚，我和你外公舅舅住到金湾乡以后，你不可能也住到那儿去，你要上班，你还要在城里跟人交往，所以，你拿着你这次卖房子的钱，赶紧在城里为自己买个小房子，把自己安顿好，你别管我们。我们老了，怎么过都可以，而你还得有更像样子的生活。"

雷小虹指了指这个小小的屋子说："我和你外公想过了，即使这个小房子不卖，也没那么值得留恋，你也不可能这么一直住下去。这么一个小房子，哪天你交了男朋友，带都带不进来，所以，你还是拿着你的钱，为自己安个好一点的小窝，过你自己的生活去，你别管我们了。你外公和我都希望你先把你自己的生活过好，像电视里那些白领，在你最好的年纪，过得风风光光，开开心心，这样才能找到男朋友，这样你才能打开新局面。我们是老年人了，你不要跟我们挤在一起了。你为你自己活吧。"

雷岚知道妈妈的意思了，那就是他们怕拖累她，想让她独自飞翔。

在幽暗的光线中，雷小虹轻拍她的背，让她不要哭了。

雷小虹还告诉她："也正是这个原因，我今天去找丁家春要说法，因为你这笔钱有你的用场。"

雷小虹先休息了。

雷岚坐在小书桌前，盯着笔记本上的策划方案发愣，那些文字和图表在她的眼前飘动。

她几次回过头来，打量这个小屋子，这个飘着中药味的小房子，这个她从小就生活的地方。

她拿过手机,给丁咚发了一条微信:"买没产权的房子有没有什么问题?"

丁咚回:"难道你想买没产权的房子?"

她觉得三言两语说不清,就回:"你回家了吗?"

他回:"我刚想睡觉。"

她回:"不好意思,请先别睡,我马上过来。"

雷岚穿上外套,轻手轻脚地出了门。

3

雷岚披星戴月而来,她的焦虑像风一样吹进了"雨林小屋"。

听完雷岚的讲述后,丁咚盯着面前的一盆常春藤出神,突然,他笑了起来。

他说:"你们卖了老房子后,为什么不买进你的'小宅门'呢?我的意思是,卖了建工新村的老房子,一半钱用来给你舅舅看病,另一半钱用来买'小宅门'不属于你的那一半。建工新村你外公家的那种户型,虽然小,但学区不错,现在大概能卖到260万左右。你算一算,卖了老房子,拿出一半,置换'小宅门'……"

他看见雷岚的眼睛里有光亮闪烁,他看见她伸开手臂向他扑过来。

雷岚拥抱他,激动得脑袋差点撞在他的脸颊上,她说:"丁咚,我一急,怎么连这都没想到,还有什么法子能比这个更好呢?"

她抱着丁咚几乎跳起来,她说:"你说我什么脑子?其实我早就该这么做了。这几个星期我像热锅上的蚂蚁,整天想着钱不够,钱不够,我怎么没这样想?一家人挤在老房子里,我怎么就没想到还可以这样改善我们自己呢?丁咚,你看我是不是有点笨的?原来我家只有45平米,现在这么一变通,不仅做手术的钱有了,还可以住89平米了,我早干什么去了?"

她这么说着的时候,都快哭了。

当然,她也想到了妈妈、外公、舅舅未必会愿意她这样做,妈妈不是说了嘛,他们希望的是她独自飞翔,而不是拖累她。

她想，独自飞翔个啥，不跟他们在一起，飞翔了又怎么样？

她抱着丁咚在这夜晚的小屋里兴奋地打转，咯咯笑着。

丁咚心想，你小时候也没对我这么好。

而她心里想着要不惜一切努力去说服外公、舅舅和妈妈，难道还有比这办法更好的吗？还有更简单的吗？如果他们不肯，就说，这是过渡，非常阶段一家人合力，合力办事，不仅看病的钱有了，一家人还能住得更好一点了。

她开心地笑啊，在这深更半夜，窗外漆黑，而她心里却像这满屋绿叶在灯光下发亮。

丁咚看她高兴的样子，笑道："这样，你也不用下车了。"

"对的。"雷岚。

第二天一早，丁咚就来到了市第一人民医院，他穿过挂号取号的人潮，在外科找到了表哥天帆。

趁开诊之前，丁咚跟表哥讲了雷岚家的情况，他说："现在球到你脚边了，该你踢了，谁让你们是合伙人呢？"

天帆穿着白大褂，他平静的表情一如既往。他说："这是成人之美，你这么说，我当然要给她优惠了。当时买这房子就是她的想法，这两年这房子能让我赚钱也算可以了，所以，我这一半少点没关系，我已经很知足了。她家人看病如果缺钱那可不行，我是医生，这我知道的。"

丁咚告诉天帆这房子目前市场价大概350万元左右。

天帆说："我明白了。"

雷岚是中午的时候来医院的，她在医院门口看到了正在等她的天帆。

她不知道丁咚跟天帆已做过沟通。她对天帆说："绕了一圈，我们家准备买下我们的那个房子，你给房子作个价吧，你的那一半我买下。"

天帆笑了，说："你自己说好了。"

她说："你说吧。"

天帆说:"房子总价 300 万吧。"

雷岚笑了,心想,你什么记性啊?

她说:"现在已不是这个价了,你忘了吗,我们给你表姐美缇报价那会儿已经是 318 万了?最近又涨了近 30 万。"

天帆笑了笑,说:"是吗?最近涨上去的那部分就算你的奖金吧,最初是你的创意。咱们来个合伙人价,300 万。"

雷岚说:"你这么客气,那总价就 315 万吧,不能少了,否则家春阿姨会来找我了。"

建工新村雷岚家的老房子进入出售环节。

丁咚用三天时间就把它卖出去了。

买家是一对小夫妻,他们买这小房子是为了儿子读书。

他们带着儿子来看房的那天,下着冷冷的秋雨。

他们走进房子,感觉里面很暖和,房间虽小,但打理得井然有序,室内飘着中药的味道,靠近阳台的墙边还有一个"小木盒",里面摆着一张上下铺。那个小男孩,八九岁的样子,他喜欢这个"小木盒",他说这里适合"躲猫猫"。

除了房子本身,他们还注意到了,这家人看着他们进来,一个个都是那么高兴。那个靠在床上的老爷爷说:"你们买了这房子,小孩读书方便,而我们呢,也要去住新房子了。"

他们从屋子里出来的时候,对丁咚说:"看得出来他们很开心,我都为他们高兴了。"

结果,他们花了 262 万元,买下了雷岚外公的房子。

换房过程中的雷岚疾风般地连轴转,几天后,她带着外公、舅舅、妈妈搬进了林湾尊邸的"小宅门"。

外公雷鸣看着明净的三居室,难抑心里的激动,他对雷岚说:"囡囡,靠你。"

三十六 纠结

1

小区里的银杏树叶开始泛黄，米娅的热度在渐渐消退下去。

在米娅生病的这些天里，她对妈妈丁家迎隐瞒了病情，每当妈妈有电话过来的时候，她总是强打精神，告诉妈妈："房子还在看呢。"

生病期间的米娅，通过手机，也在留意房价，她心急如焚，她恍若看到自己手里的钱又少了一点。

有天中午，她听到手机响了一声，她从枕边拿起手机，原来是银行的到款通知，70万。

她揉揉眼睛，70万？哪来的？

她几乎不敢相信。

她刚想给妈妈家迎打电话，妈妈家迎的电话就过来了："我们汇出的，收到就好。"

"哪来这么多钱？"米娅问妈妈。

妈妈说："我们筹来的，现在你有130万元首付了，哪怕没男朋友合力，你自己一个人也可以买了，这数额比较大，以后你月供也能减轻点压力。"

"你们哪来的这么多钱？"米娅继续问。

妈妈说："我们想办法的。"

关于钱的来历，妈妈语焉不详。米娅知道这有问题。

先放下心里的纳闷，米娅给丁咚打了个电话："丁咚，我现在有130万了，买房子的事比较急。"

"首付一下子多了这么多？这就好办了。"丁咚前天才来看过米娅，知道她还不能出门看房，就接着说，"我知道了，我先帮你物色房源，等你能出门了，我就赶紧带你去看。"

米娅说："干脆，我也不看了，由你帮我定一个吧，我怕时间来不及。"

丁咚笑道："这又不是买小菜，这是全部的身家性命哪，我可不敢随便帮你定，万一你家不满意，我可承担不起，你还是快点好起来，我带你去看。"

因为米娅尚在病中，丁咚就劝她不要太急，丁咚告诉了她一个新的动向："不差这几天的，尤其最近这两天，许多人开始观望了，因为国家在提'房住不炒'了。这是个新词，你得留意，可能要调控房价了，估计会有一系列政策出来，所以你也别太急，观望一下也好，万一价格能下来一些呢？你是我表姐，我才这么劝你，换别人可能还催你快买呢。"

等米娅能下床走动的时候，她让金岩妈妈李爱娟回去。她对李爱娟表达了谢意："这次幸亏有你照顾。"

李爱娟瞅着她，抿嘴笑："我这人最怕欠别人，这是还你。"

李爱娟走后，米娅在出租房里又休养了两天，精神和体力在恢复，步态也在轻盈起来。有天中午，她开门出去，看见小区里的银杏树都黄了，她站在金灿灿的树下给丁咚打电话："这两天你带我去看房吧，我可以出门了。"

她发现电话那头丁咚的情绪有些低落。

她听见他在说："能不能再稍等几天？我家里有点事，等我处理好了就带你去看房子。哦，对了，这几天都在说'房住不炒'，大家在观望后市，你更不要着急了。"

米娅问："你这边有什么事吗？"

丁咚说："以后再说。"

从语音中，米娅能感觉到丁咚的匆忙和烦乱，她有些纳闷，不知道他遇到了什么事。

因为生病，米娅这两周足不出户，所以她不知道丁咚所说的家事其实与老丁铁有关。

2

朱依老师坐在窗边哭泣,窗外的河柳新村阳光普照。

她已经难过了好几天了,她心里的不快与老丁铁的一个决定有关。

这个决定是老丁铁在出院后的第二个星期突然做出的:他准备把自家位于城北石桥新苑的那套房子赠给丁咚。

他给老伴朱依的理由是:石桥新苑的那套房子,与其租不了几个钱,空放着,还不如给丁咚拿去派他这个年纪最该用的用场。

朱依吃了一惊:"不是说好的,我们准备把那套房子置换到市区来,用来出租吗?"

老丁铁笑道:"市区的房子如今都这么贵了,置换起来太吃力了吧?算了,到我们这把年纪了,再弄房子的事费心费力的,还不如给丁咚拿去派用场,好不好?"

朱依当然知道丁咚这个年纪要派的是什么用场,但她接受不了这个提议,她心想,是你到你这把年纪了,我比你还小12岁呢,我还得为我后面的日子怎么过做点准备呢。"

她就说:"给丁咚派用场?丁咚的事得由他爸管呀?"

老丁铁冲着她呵呵笑:"丁家风连他自己都管不了,哪还管得了丁咚?"

老丁铁对老伴解释:"孙辈中的几个小孩,也只有丁咚是真的没人管,丁咚从小就没妈,他跟丁松还不一样,是真没人管。而看如今的情况,小孩没大人管的话,买房子成家立业是有困难的。现在的人都是看重房子的,没房子的话,人家女生肯跟他谈对象结婚吗?丁咚年纪不小了,连丁松都抱孩子了,我是看着丁咚可怜,他是我带大的,我这个爷爷不管谁管?"

老丁铁做出这一决定,除了想帮丁咚一把,也跟前不久丁家风想占苏冬娟的房子而差点跟几个姐姐打官司有点关系。

因为,这事让老丁铁深切体会到了如今房子比天还大,大到了有六亲不认的毁家能力。

老丁铁想,还是早点做决定吧,现在不明确,搞不好以后惹出麻烦,房子反而成了生事的东西。

当然，这么想的时候，他也知道，对他自己来说，拖着也有拖着的好处，就像那天下棋的时候老张师傅说的那样，让子女都巴结他，对他有盼头，但是，丁咚找对象的时间还能拖几年呢？

权衡之后，他就做了这个决定。

但是，老伴朱依不想认这个决定。她说："你管丁咚，但你有没有管我啊？"

老丁铁奇怪地问："管你？"

朱依说："我以后养不养老了？你比我大那么多岁，说句不好听的，你走了，我养老的事谁管？你总得给我留下一套多余的房子，让我以后养老也有点防备。你是不用住养老院的，因为有我在，但我以后肯定是要去住养老院的，否则谁来服侍我？如今养老院费用已经这么贵了，十几年以后是什么价想都想得到；如今菜价已经这么贵了，我有多余一套房子的话，以后出租了，还能弥补点退休金。"

老丁铁觉得自己看到了女人的小心眼，他对朱依笑道："我有这么多儿女，你的养老问题你放心，他们会管的。"

朱依老师说："他们管？你看着吧，那是你的小孩。"

老丁铁说："我的小孩也是你的小孩啊，都是一家人啊。"

朱依说："既然是一家人，你怎么可以把我们的共同财产送人呢？这是我们共同的财产。"

老丁铁说："送人？丁咚是我们自己家的人。"

她说："我对你的孙子没这个责任。"

老丁铁有点生气了，说："你的孙子还是我的孙子干吗要分得这么清？你跟我30年了，他怎么不是你的孙子了？他小时候不就在我们家长大的吗？你到现在却不觉得他是你的孙子了？是你没把他当孙子吧？"

这话让朱依生气，她知道他跟自己没在一个逻辑上，她看出了他在这事上的执意，她觉得跟他说不清，就哭了。

而老丁铁看她对自己的孙子没怜悯心，无比悲哀，于是主意就更坚定了，非要赠送。

朱依老师情绪上来了，气得连饭也没力气做了。

她说："我跟你30年的夫妻情，也敌不过你的血缘，我服侍你这么多年，你还是觉得我没有你的血脉重要，我想不通，受不了。"

老两口为这事闹翻了，老丁铁吃了两天方便面。

家桃、家李、家春闻讯赶来劝解，家迎打来电话疏导。

在她们劝解的时候，其实立场是模糊的，因为她们一会儿觉得继母朱依有理，一会儿觉得老爸也是好心。

而对于这房子的未来归属问题，她们其实也是各有各的想法和情绪，只不过她们不像弟弟家风那么自我中心。在认知上她们明白，这房子归谁最后只能随爸爸和朱依的意愿，在情感上，她们也同情丁咚，一中介小哥，从小爹不疼，又没妈，至少比自家的美缇、可可、天帆、米娅都难，给他就给他吧，只是便宜了家风，都到这个年纪了，家风还要年近八旬的老爸来帮衬小辈，害得老爸自己家里闹出了风波。

四个女儿倾情劝说，虽然立场模糊，但劝着劝着，她们对朱依哭哭啼啼、撂摊子的做法也有了看法，这一点正如朱依的直觉——自己不是她们的亲生母亲，自己进入这个家庭时，她们都已成年，无法形成依恋，所以，无论如何，她们在情感上都会偏向她们的爸。

劝到后来，这种偏向，在朱依眼里就充分体现出来了，比如：

家李对朱依说："要不让丁咚付一部分钱，让他分期付款，作为对你的补贴？其实，哪怕他自己买房，也是要付月供的。"

朱依说："这事不是这么说的，因为我没想让他欠我债，他既然要付钱，不如他付给别人，买别人的房子好了。因为这事有点怪。"

家春对朱依说："我爸想帮丁咚一把，这是因为家风没能力，所以，这其实是在帮家风，要不让家风签个协议，在你的养老问题上，让家风明确他的责权利。"

朱依说："他能行吗？他以后自己养老都是个问题。"

家桃对朱依说:"要不,在写赠予书的同时,附加一个条件,要求丁咚以后给你养老,这也合情合理的,赠予是有条件的。"

朱依说:"丁咚给我养老?我听着都想哭了,他养活他自己都那么辛苦,他能给我养老吗?"

很显然,在朱依眼里,她们是在赠予这个先设条件下为她支着儿。

朱依心想,说到底她们还是在为她们的爸爸说话,即,要她接受赠予这个提议。

她想,她们为什么就看不到这房子是不能赠送的?她们为什么就看不到这是共同财产?为什么一定要我顺他的意?她们这么个劝法,好像显得我不好说话,对弱势人群丁咚没同情心,不肯帮人。

她想,老丁铁,你为什么要把我拉进这个难题?还让这么一群子女来逼我?我才是弱势群体。

她感觉到了被逼迫的压力,她就委屈地哭了。

劝了几天,都没说通,老两口继续僵持。

这时家风来了。

他劝后妈朱依:"想开点,你对丁咚好,丁咚一辈子谢你。"

朱依说:"丁咚9岁就住在我这边,我和老丁铁把他养到了高中毕业,我不赠给他这房子,他也该感谢我的。"

这话触到了家风的伤疤,他就有点不高兴了,说:"你这么说不通,这么难商量,就不好玩了。"

朱依说:"还不是因为你,你是丁咚他爸,这些年你对你自己的孩子没承担什么,这才使得我们两个老人搞成这样?"

家风火气就上来了,说:"你都这把年纪了,还这么难说话,我看你以后会死得很惨。"

朱依就哭了。"你以后会死得很惨",这话像预言、像刀子一般地刻进了她的心里。

家风刚走，丁咚就闻讯赶到了河柳新村。

他是从家春姑妈那儿听说了这事，家春在电话里说："丁咚，你还不知道这事啊？这全是因为你哪，你还不知道？你得赶紧拿出个态度，赶紧去劝劝他们。我看这事最好先搁置，不是姑妈不支持爷爷把那房子赠给你，而是希望家里太平，爷爷都这么大年纪了。"

丁咚听罢，吓了一跳，惶恐地飞快赶来。

他走进爷爷家，爷爷不在，朱依奶奶在哭。

他对朱依奶奶说："我不要你们的房子，我有地方住的。"

朱依奶奶说："不是奶奶气量小，而是奶奶也有困难，奶奶没有自己的孩子，谁知道以后会怎么样？你爸说我以后会死得很惨。"

丁咚胡乱地劝了一通奶奶，然后问："爷爷去哪儿了？"

朱依奶奶说："他还能去哪儿？在楼下小区花园里吧。"

丁咚飞奔下楼，赶到小区花园。他看到老丁铁坐在长椅上发愣。

丁咚对爷爷说："我不要你们的房子，我有地方住的，你别为我操心了。"

老丁铁向他摆手："这是大人的事，你不要管。"

"我有地方住的。"丁咚在老丁铁身边坐下来。他对爷爷说自己不要的理由，爷爷一直在摇头，他发现爷爷对这事钻进了牛角尖。

老丁铁说："她说她没有安全感，她说你们不是她的小孩，我看，那是因为她没把你们当她的小孩，如果当自己的小孩，会这么计较吗？她总说以后怎么办。你想，一个人，如果你对别人好，别人以后会对你不好吗，会不管你吗？"

丁咚劝不了赌气中的爷爷，最后他只好悻悻地离开了河柳新村。

丁咚走到小区门口的时候，他爸丁家风正拎着一盒外卖给老丁铁送来。

家风看见儿子，说："你也来了？你奶奶不好说话。"

丁咚说："我没想要他们的房子，你告诉他们吧。"

家风皱眉说："这是你爷爷的决定。"

丁咚说："我不要。"

家风说："你爷爷为你以后结婚才这么考虑的。"

丁咚说:"我没想结婚。"

家风对儿子说:"别傻了。他要给你,是他的事,是你的运气,我还没有呢。"

丁咚说:"我不要,我不想生事。"

家风说:"生什么事?你爷爷愿意给你,你赶紧把个人问题解决了,这才对得起他,其他事你想这么多干什么?"

丁咚说:"我没想成家,你不也没成家吗?如果你还想再找老婆的话,房子你拿去好了,我不要。"

他们在小区门口争执,不了解内情的人如果从他们身边经过,会以为父子俩为了让对方早日找到老婆,而在谦让婚房。

丁咚跟爸爸家风在小区门外相遇的时候,朱依坐在书房里哭泣。

她心里是多么后悔啊,后悔30年前自己没跟老丁铁生下一男半女,那时她曾有过这样一个机会。那是婚后第三年,她怀上了,可是老丁铁劝她:"你这个年纪,无论是现在的生,还是以后的养,都是辛苦的,而我这年纪呢,以后接送孩子上下学、上兴趣班、辅导功课也是力不从心了,这小孩要是生下来的话,比家桃家的美缇都要小,这多难为情啊。朱依,这个家已经有5个孩子了,哪一个都是你的儿女,你别吃这场苦了。"朱依听了老丁铁的话,就流掉了腹中的胎儿。

往日的情境犹在眼前,而此刻朱依心里是多么后悔,因为丁家风说的"你以后会死得很惨"这话让她不安。她想,如果有自己的孩子,就完全不一样了,可见,对没钱的女人来说,是不能没有自己的小孩的。

坐在书房里,朱依不停地流泪,到傍晚的时候,她生出了一个念头:离婚。

她想,只有离婚,才能保住我的东西,才能保住我在这个家待了30年属于我的东西。

她想,我跟了他30年,这个家的东西有我的一半,如果现在分,我还能分得一半,如果以后他走了再分呢,他有5个子女,好多东西是搅和在一起的，他不在了，好多东西就说不清了，哪怕最后分得清，哪怕最后我还能分得一半，甚至比一半还多一点，但这中间一定会有一场混战，只要看看丁家风现在的这副样子，再看家桃、家李、家春拉偏架的样子，就知道了。我怕了，多一点我也不要了，我只要我的一半。

离婚。

她环视房间，心想，这个家，最值钱的是两套房子，两套房子的价值又不同，河柳新村的这套现在据说将近480万元了，而石桥新苑的那套因为地段偏，就没这么值钱，可能只有250万元；如果现在分的话，一人一套，我求老丁铁看在我辛辛苦苦服侍他30年的分上，给我河柳新村的这一套，这可能性还是有的；而如果以后分的话，那5个子女介入进来，这一点恐怕做不到，即使做到，肯定也争得头破血流，与其那样，还不如趁现在就散伙，现在分掉，省得以后搞不清，我何必跟他们搞呢，我搞不过丁家风的。

朱依坐在书桌前，她看着光线转暗的窗外，想啊，想啊，后来，她拿出纸和笔，在纸上计算起来。

算完了，她站起身，走到厨房，飞快地烧了饭，做了菜。

然后，她下楼，去小区花园叫老丁铁回来吃饭。

她看见老丁铁正坐在小区花园的长椅上吃盒饭。她让他别吃了，回去吃。

老丁铁看朱依来叫自己回家吃饭，有些高兴，以为她要讲和了。

老丁铁回到家，看到一桌饭菜，还看见她在桌上放了一瓶葡萄酒，心里就更轻松了一点。

朱依让老丁铁坐下，她开了酒，给老丁铁倒了一杯，然后，她抬起头，泪如雨下，她说："我们离婚吧，别的我都不要，看我照顾你这么多年的分上，你答应我一个要求，只一个。"

3

无论谁劝，都没用，朱依坚持离婚。

老丁铁看她去意已定，就同意了。

77岁的老丁铁和65岁的朱依由此离婚。

对于老爸到这把年纪了还被离婚,丁家"桃李迎春风"五姐弟无比无奈。而对于朱依拿走了河柳新村的大套房,他们更是哀叹不已。

他们说:"暴露了,暴露了,她到现在才算是彻底暴露了。"

他们说:"为了房子,她连30年的婚姻也不要了,连家也不要了。"

他们说:"河柳新村是房改房,是用我们当年建工新村的大套房置换的,我们当年能分到建工新村的大套房,是因为家里人多,所以河柳新村这房子应该是有我们的份的,说起来,还有我们亲妈蔡咏梅的份。爸同意给她,真是心太软。"

他们说:"她既然是这样一个人,离了也好,离就离吧。"

....

离就离吧。

这话说得轻松,而真离了,有个不轻松的问题在离婚当天就被推到了"桃李迎春风"姐弟的面前,即,接下来的日子,如何照料77岁老丁铁的日常生活?谁来管他?怎么管?不是一天,而是接下来的每一天。

之前因为有朱依在老丁铁的身边,五姐弟对照顾老人的生活没有切实感知,或者说,觉得这事跟自己还远。

而一旦接手过来,就发现如今照顾自家老人其实没那么简单:

1. 石桥新苑那套房子地段太偏,如果老丁铁一人住那儿,就成了独居老人,虽然老丁铁声称生活能自理,但谁放心让他独居?他腿伤才好,才出院,万一再有个三长两短的话,那只会更添麻烦。

2. 五姐弟中,家李、家春、家风都还在工作,家迎人在外地,他们无法全天候陪侍老爸,家桃虽已退休,但她每天得雷打不动准点接送豆豆上下学。

3. 家李排出了一个"轮流入住"方案,即让老丁铁在家桃、家李、家春三家轮流居住(家风没有自己的房子),每周一轮。但老丁铁在大女儿家住了三天,就不想住了,因为不自在,他坚持自己一个人住石桥新苑。他说"不自在,还有,一家家轮,像流浪似的",这让他感觉没有尊严;他也不同意家桃建议的住到白杨新村去,跟苏冬娟老人同住,由保姆李姨统一照顾的想法,他说:"到我这把年纪,让我妈知道我离婚了的话,她会怎么想?我还是一个人住石桥新苑。"

4. 老丁铁执意入住石桥新苑后,家桃从家政市场给他找了个保姆,月薪6000块钱,包吃包住。原以为万事大吉,没想到家春去了老爸家一趟,回来向姐姐家桃、家李报信:"那罗姨的一双眼睛跟爸爸说话的时候是放电的。"家桃、家李立马坐立不安了,家李说:"这年头,朴朴实实到别人家去干活的人还有多少?打单身老头房子主意的人倒有不少。"疑心病上身的丁家姐妹犹豫是否换人,没想到,老丁铁那边,他已自作主张把保姆罗姨打发回去了,他说:"我叫她走了。她每月要拿6000块钱,吃我的,用我的,又没多少活,白天出去买个菜,一个上午不回来,在外面玩呢。"他不平衡,认为不值。"我不要保姆,我完全可以自理。"

年近八旬的老丁铁坚持自理,"桃李春风"姐弟们只能每天轮流前去探望,做饭洗衣,陪他说话,在一个全新的居住环境里,左邻右舍还不熟悉,还能怎么办呢?

但,即使这样奔波,丁家的几个女儿对老爸仍无法安心,尤其想到他晚上一个人住在那么远的房子里万一有事没人照应,她们坐立不安。

她们对丁咚的怨气由此而来。

她们觉得这多少是因为丁咚而惹出来的事情。

家桃就给丁咚打电话:"你爷爷因为你把家都搞没了。他那么老了,晚上一个人住得那么远,谁能放心?我们年纪也大了,天天这么赶也吃不消了,要不,我们管白天,晚上你多分担,你也没成家,晚上你跟他住可不可以?你从小是他养大的,石桥新苑这房子,以后他一定是给你的,你就多出点力吧。"

家桃姑妈的话让丁咚压力超大。

他心想,爷爷为我把家都搞没了,我吃得消拿那房子吗?

他对家桃姑妈连声说:"好的,晚上归我。"

由此，丁咚就跟几位姑妈一样，奔波在照顾爷爷的路上。

连着几天，每到晚上 9 点，他就心急火燎地从公司，或从各种带看现场抽身，赶往地铁站，坐地铁，转乘，出站，再骑共享单车，奔赴石桥新苑爷爷家；每天早晨 6 点 30 分，他从爷爷家出来，奔赴市区上班；而白天，忙里偷闲，他得赶往老机电厂宿舍楼"雨林小屋"，给小狗松果喂食，给一屋子的绿植开窗通风。

遛狗的时间被严重压缩了，"雨林小屋"空气流通的时间也被压缩了，无论是松果，还是那些绿植，看上去都有些蔫。

对于丁咚的变化，松果是那么不解，如今，每当丁咚匆匆赶回来带它在楼下走一圈又匆匆把它关进房间去时，它抬着小脑袋看着他，依依不舍，一脸无辜。

而丁咚除了疲惫，更多的是焦虑，他想，老丁铁到了这把年纪，为我把家都搞没了，这狗日的房子。要我怎么办？

这就是丁咚最近的状态。

所以，那天，大病初愈的米娅站在银杏树下给丁咚打电话的时候，她听出了他的疲惫。

4

丁咚希望米娅等他缓过这几天再去看房，所以米娅在能出门行动之后做的第一件事，就是买了张高铁票，回滁州去看爸妈。

对于那突然而至的 70 万块钱，她心有疑惑。

到了滁州，她打车到"水岸帝景"，她走进自己家的单元门，她走到自己家的门口，掏出钥匙，却怎么也开不了门。

门从里面被打开了，探出了一张生疏的男生的脸。

那人对米娅说："你找谁？"

米娅吃惊地说："我？这是我家啊。"

男生笑道："这房子我买了呀。"

为了说明他买了,他拉开门,让米娅看。

房间里空空荡荡,有个工人正站在梯子上往墙上布线,另一个在搬细木工板。

男生说:"我在装修。"

米娅从楼上下来。对于那 70 万块钱,她心里已经明白了大半。

她想,那么,我家现在在哪里呢?

站在楼下,她无比茫然,她对妈妈家迎心有埋怨。她想,连这都不告诉我,我没同意啊,你们住到哪儿去了呢?

她给妈妈打电话:"你们把房子给卖了?"

妈妈在电话那头笑:"啊,你回来了?你怎么不提前说一声呢?我们搬了,我们现在住在野芳园小区。"

米娅知道那是位于妈妈学校附近的老小区,就问:"你们卖了家里的房子?"

妈妈仍在笑,说:"等你回来再说。"

米娅一边往小区门外走,一边在心里算账。她走到小区门口时,给大伯米建伟打了个电话,一问就问出来了,野芳园小区的房子是租的。"米娅,你爸妈那颗心全在你身上,为你,他们是全力以赴的。"大伯这样说。

米娅打车到野芳园小区,她走进了爸妈的出租房,她对妈妈说:"你们怎么可以这样?"

家迎笑着宽慰女儿:"这里靠近我学校,上班方便,这里靠近琅琊山,空气好。"

家迎还说:"这里的租金不比尚城,跟你在尚城比,在这里租房还是划算的,租房住也不错。"

米娅无法遏住自己的泪水,她说:"这样,你把自己的家也给卖掉了。"

女儿哭泣的样子让家迎心疼,家迎视线模糊,感觉泪水在眼眶里打转。

家迎没让它流下来,她笑着对女儿说:"家?有你在的地方就是妈妈爸爸心里的家,妈妈希望你能在尚城有个落脚的家。"

米娅当天晚上就坐高铁回尚城。

看着车窗外飞驰而过的田地、村庄、城市,她迷惘而着急。

快到尚城的时候,米娅给丁咚发了一条微信:"我爸妈把老家的房子给卖了。丁咚,你快带我去看房吧,我想赶快把房子买下来。"

三十七　摆渡人

1

这一刻，丁咚没看见米娅的微信，他正走进夜晚的西河卫生院。

他来给爷爷配"玄宁"和"立普妥"，爷爷血压血脂较高，平日里都在吃这两种药。

丁咚以为何秋红医生还没从深圳回来，他就在走廊最外侧的诊室找一位男医生开了处方。

去药房领药时，他路过何医生平时坐诊的诊室，他往里面看了一眼，见何秋红医生在，就知道她已从深圳回来了。

何医生也看见了门外的丁咚，她正空着，她对他笑道："嗨，丁杰克，你来正好，我前天才从深圳回来，本来我准备这两天来找你，你来了正好。"

丁咚就走进去，在何医生面前坐下来。"那边房子卖得顺吗？"他问她。

何医生点头，喜滋滋的神色在她脸上漾开来，她说："两套房子的售房款合起来将近1300万。"

"哇，这样你翠芳东苑的房子就不用卖了，如果你是想买田岚山或绿原山谷那一带的排屋的话，这笔钱够了。"丁咚赞叹道，"如果你想买别墅的话，那么翠芳东苑卖掉，也够了。"

何医生笑了："别墅我就不考虑啦，一个人，别墅也太大啦，排屋住住足够了。翠芳东苑我就不卖了，市区的房子我也得留一套，以后老了看病什么的，还得住回到市区里来的。"

丁咚向何医生道谢："这可是大单子哪，谢谢你信任我。"

他希望何医生能稍给他几天时间。

他嘟囔自己最近手头有点事需要处理好。

他还告诉何医生这几天国家在稳房价方面有明显的倡导，观望一下也好。

何医生点头，说："可以的，深圳的那两个买家都不是全款，他们都有银行按揭部分，所以，这笔钱汇总到我这儿也需要一点时间。"

何医生瞅着他微微笑，说："丁杰克，房子你先物色起来，我这个人看重性价比，如果你能帮我把价格还得低，我可不会亏待你的，到时我发你红包。"

丁咚表示"一定尽力"。

何医生不知道他今晚是来给爷爷配药，还以为他是来找自己看病，就问他："哪里不舒服？"

丁咚想了想，说："要不你给我配点复合维生素B吧，你上次给我配过的。"

隔了两年时间，何医生可记不清给他配过哪些药，就问他："哪里不好？"

"这两天有些焦虑，晚上睡不太好。"

"最近生意太忙了？"

"最近事比较多。"

她给他开了复合维生素B。现在她看出来了，今天这小哥看上去确实有点憔悴，清秀的脸庞瘦了不少，灰灰的。

她心有同情，她知道他们这一代人比自己年轻时没容易多少，于是她告诉他，药的作用只是辅助，主要还靠心理调节。"人是焦虑不过来的，一个麻烦解决了，另一个就会上来，要焦虑的话，这一辈子就永远处在焦虑里了，这多不划算。而其实呢，我们愁过的很多事情，到最后它们其实都解决了，所以，如果它们现在解决不了，那么就让时间去解决好了。"

她笑着打了个比方："就像我，有天早晨睁开眼睛，我发现，房子我有了，我自己的家我也有了，而以前，我离开尚城初到深圳的时候，我是多么焦虑啊。"

她的好意劝导，让丁咚连连点头。丁咚说："接下来，哪天早晨你醒来，你会发现自己连景观排屋都有了。你这人真的很励志。"

她的眼睛里有光亮一闪而过，笑道："很励志吗？"

丁咚从西河卫生院出来，是晚上 7 点 45 分，他先赶往老机电厂宿舍楼。

他匆匆走进自己的"雨林小屋"，开窗，通风，然后带松果下楼，转了一圈，心急火燎地回来，关窗，关门。他对在门内叫唤的松果说："没办法，我要去老丁铁那儿了。"

步履匆匆，心挂两头。这个晚上，丁咚在步入地铁车厢的那一刻，突然萌生了一个念头：要不让老丁铁来我的"雨林小屋"跟我住？

这念头一旦闪现，就将他紧紧攫住。

他激动得有点发颤：对啊，为什么不可以呢？

站在地铁车厢里，他在心里盘算：

1. "雨林小屋"在市区，离华北路门店不远，如果老丁铁搬过来，无论是姑妈们前来探望，还是自己日常照应，都方便很多，尤其接下来是冬天了，路上奔波除了辛苦，还没有效率。

2. 如果老丁铁入住"雨林小屋"，那么，即使姑妈们不送饭送菜，也没关系，因为老机电厂隔壁是一所学校，电子科技学院，学校食堂一日三餐，菜品丰富，食堂主要面向学生，价廉物美，食堂也对外开放，只要给老丁铁手机上装个支付宝，他就可以去那儿吃饭。

3. 目前老机电厂旧址环境清幽，而旁边的学校有草坪、花园、操场，这两处都适合老丁铁散步、晒太阳，尤其校园内年轻人多，比他一个人长时间待在石桥新苑的屋子里更能感受活力。

4. "雨林小屋"虽然简陋，但石桥新苑也同样简陋，并且后者由于多年空置而有潮气，倒是"雨林小屋"坐北朝南，阳光满满，一屋植物生机盎然，相信寂寞小狗松果会乐颠颠地与爷爷做伴。

5. 如果老丁铁入住"雨林小屋"，那么自己就能把照顾爷爷的活儿接过来，省得姑妈们再有怨言，她们不是在说"丁咚，爷爷没了家就是因为你"吗?

6."雨林小屋"也有短板,那就是不知能住多久,老机电厂旧址迟早要拆迁,不过,人也不能想得那么远了,就像女医生何秋红说的,人对于将来怎么担忧得过来,先熬过即将到来的冬天再说吧。

……………

站在夜晚的地铁车厢里,丁咚想象着老丁铁搬进"雨林小屋"的情景。

他想好了让老丁铁睡床,自己睡破沙发;他还想好了让老丁铁帮自己打理那些花木,让老丁铁带松果去散步;他还在想,一定得让老丁铁从对河柳新村那个家的叹息中走出来,先熬过这个冬天再说吧……

丁咚相信,老丁铁跟自己同住一定不会像他住在家桃姑妈家那样不自在,因为自己和如今的他都没有家,那就先抱团组个家吧。

走出地铁站的时候,丁咚看了一下手机,他看到了米娅发给他的那条微信:"我爸妈把老家的房子给卖了。丁咚,你快带我去看房吧,我想赶快把房子买下来。"

站在夜晚的街边,丁咚回:"米娅,再给我两三天时间,让我给爷爷搬个家,然后,我全力以赴带你去看房子。"

2

第二天,丁咚就带爷爷住进了"雨林小屋"。

充溢着绿意和阳光的"雨林小屋",让老丁铁如坠梦幻。

"你把这儿搞得像小花园一样了,"老丁铁好奇地说,"你这是从哪里学的手艺?"

丁咚把小狗松果介绍给了爷爷,小家伙围着老人的脚边表达亲昵。

老丁铁心里有复杂的感伤,他想,这孙子一个人得有多孤单啊,好在还知道养一只小狗陪陪自己。

丁咚用电磁炉给爷爷煮了一碗热腾腾的汤年糕。

水汽氤氲中,老丁铁冲着这间打理得井井有条的小屋子唏嘘:"你比爷爷会过,比你爸那就更不用说了。"

"一个人过,不会过的话,那还不饿死吗?"丁咚笑道。

丁咚带老丁铁熟悉周边环境,他领着他走在楼下机电厂废置的幽静厂区里,他还带他去了隔壁电子科技学院的校园,走进了花园、操场和展览厅。

在学校食堂,他们吃了晚饭,老丁铁此生第一次使用了支付宝。

老丁铁对食堂里的菜品相当满意,他说:"蛮好,蛮好,这么多品种,让家桃他们过来看看,他们以后就别给我送菜了,以后我自己走过来就可以了。"

接下来的两天,老丁铁就住在"雨林小屋"里。

一个老人,一条狗,一屋植物,共度白天时光。

丁咚在上班间隙会忙里偷闲地回来看他一下。

"桃李春风"姐弟也排好了前来探望的日程表,并约定每个双休日轮流将老爸接回各自的家。

这样的安排,让一家人都减少了奔波,老丁铁那颗受伤的心也在慢慢安静下来,他对丁咚说:"我住这儿蛮好,就是难为你了,你跑来跑去围着我转。"

丁咚说:"我还好。"

老丁铁说:"爷爷觉得很丢脸。"

丁咚安慰他:"丢脸?那是房子丢脸,不是你。"

丁咚告诉爷爷,自己是卖房子的,看多了,就觉得是房子比人丢脸。

"那是因为房子现在太值钱了,把中国人的家都搞得混乱了。"老丁铁为自己叹了一口气,"家春说我这辈子的问题,就是对'家庭情感管理'和'家庭财务管理'没有概念,所以没有管理能力。"

丁咚听老丁铁说得这么时尚,就劝他:"你都这把年纪了,没这个能力,也就算了。"

丁咚又劝爷爷别为自己担心:"我不是住得挺好的吗?如果你不为我担心,这次也不会把你牵扯进这个事情了,结果谁都不开心。"

老丁铁苦笑道:"那是我想你早点有个家,但有些人可没这样的同情心。"

丁咚知道他在怨谁,丁咚指着自己的房间,对爷爷笑道:"这不是我的家吗?谁说这不是我的家呢?"

丁咚劝爷爷:"你都快80了,快别为我担心了,你要为我担心的话,也担心不过来了。人如果要担心的话,这一辈子就永远在担心,永远在为下一阶段担心,就会没为现在活过,也没为自己活过。爷爷,你快80了,如果已经担心了一辈子,那现在可以放下了。"

丁咚看见老丁铁眼睛里对自己的怜悯。

丁咚让自己笑起来,他想起了女医生何秋红的话,宽慰老丁铁说:"我相信,哪天早晨我一觉起来,会发现自己什么都有了,房子有了,老婆有了,家也有了。"

在"雨林小屋"里,老丁铁睡床,丁咚睡小破沙发。

老丁铁担心孙子睡不好,要他去买张折叠床。

丁咚还来不及上网挑选,雷岚心有灵犀,居然给他送来了一对布艺沙发,沙发一长一短,长的是沙发床,拉开来就是小床。

随送货车来到"雨林小屋"的雷岚,笑嘻嘻地告诉丁咚,今天在家具城想给自家房子再添置一些家具,刚好看到了这对沙发,觉得跟他这儿搭,就给他搬过来了。

布艺沙发白底印花,印着的是一片片写意风格的绿叶,跟这一屋子的植物确实很搭。

丁咚说:"你太客气了。"

丁咚知道雷岚这是安顿好了她家后心里高兴,也是为了对他表示谢意。

在他们说话的过程中,雷岚当然注意到了这房间里还有一个老人。

其实,她小时候就认识他,只是自从两家人搬家后,好多年没见了,这个当年楼上的爷爷,如今更老了。

雷岚向老丁铁问好,老丁铁听说她是雷鸣的外孙女,就打听雷鸣的近况。

雷岚说:"我外公、舅舅和我妈现在不住建工新村了,我们刚搬新房,欢迎您去我新家玩。"老丁铁请她代问他们好。

雷岚随口问爷爷现在住哪儿，还是河柳新村吗？

老丁铁脸都红了，支吾道："现在？现在就住这里，跟丁咚一起。"

雷岚有点诧异。

说话过程中，搬运工已将沙发放置好了。雷岚退到门口，打量这对沙发给房间带来的增色效果。

她让丁咚过来看，她说："我没说错吧，从这个角度看过去，有园林咖啡馆的味道，哪天我再给你去搞个茶几来，今天在家具城看到的茶几都不是我想要的味道，还有，小书架最好涂成蓝色、天蓝色……"

丁咚说："省省吧，这又不是你家。"

雷岚笑道："哪天我给人拍照，就带到你这儿来，拍出来会很有风格的，邻家的森林系。"

雷岚这么说着，就拿出手机，对着房间和绿植拍照，整体、局部，尤其那株她喜欢的鹿角蕨，她拍了一圈，然后，她又起意让丁咚当模特，让他坐在绿植环绕的沙发上，或站在龟背竹前，或捧着多肉，让她拍。镜头中，老丁铁和松果都入了画面。她说："哎哟，这画面不比李子柒和她奶奶差，很有感觉。"

雷岚这天离开的时候，丁咚把她送到了老机电厂的大门口。

雷岚问他："你爷爷现在住你这儿？"

"嗯。"丁咚把爷爷离婚的事告诉了她。

老丁铁到这把年纪因为房子离婚，这让雷岚唏嘘不已："房子现在太值钱了，它把家都异化成资产了，我也没觉得你家朱奶奶算得有什么不对。如果把家当资产，人就会这么算的。算了，算了，丁咚，你也别多想了，你看好你爷爷，他都这么大年纪了。"

丁咚说："嗯。"

"我家现在没这样的事了，因为我家经历过了。"雷岚安慰丁咚想开点，"也可能，这辈子家家户户都至少会跟房子过不去一次，因为它太值钱了，太值钱了就有可能伤人了。丁咚，我小时候是多么羡慕你爷爷家，因为你爷爷家比我外公家大，那时候我就想，如果我们家有这么大，可能什么都好了。"

丁咚说："好在你们已经过去了，而我们才开始。"

雷岚安慰他："你想开点，你是卖房子的，这样的事你肯定见多不怪了，只是发生在自己家里了，所以，还是要想开点。"

丁咚告诉她："就是因为发生在自己家了，就不好受了。"

雷岚说："这我明白，你再想想办法看。"

3

为了安顿爷爷，丁咚耽搁了表姐米娅三四天时间。

等老丁铁在"雨林小屋"安定之后，丁咚掉转过头来，赶紧为米娅张罗看房事宜。

一大早，丁咚在门店为米娅排了个看房方案，他给米娅发了微信："云河里、格兰小区、丁香新苑、书香雅苑有合适的房源，你想先看哪儿？今天有空去吗？"

米娅没回。

丁咚心想，她可能在上班路上，没看见。

没想到，半小时后，米娅推门进来了，她脸色苍白，对丁咚说："我买不了了。"

"怎么了？"丁咚问。

"怎么了？"米娅满脸不高兴地看着他，"昨天深夜限购加码了，难道你不知道吗？3年社保改5年了，我差了一年。"

"差了一年？"丁咚脑袋里嗡了一声。

昨天深夜，尚城发布限购新政，这丁咚知道。作为中介小哥，他的整个朋友圈昨夜今晨都在议论这事，他能不知道吗？限购新政中有一条"社保3年改5年"，他也知道，只是他没想到它会与米娅有关。

"是的，差了一年。"米娅看着丁咚，满脸埋怨之色，"一觉醒来就是一年。"

丁咚惶恐地问道:"你怎么会差一年呢?"

"我最初工作的那家出版公司没给我交过社保。"

丁咚尴尬地看着这瘦小的表姐,心里一百个"对不起",因为自己这边拖了她几天。

米娅脸上是委屈想哭的表情,她说:"这下我买不了了。"

丁咚劝她:"一年时间等一下就过去了。"

她问他:"一年时间会涨上去吗?"

他安慰她:"应该不会,既然限购是为了稳房价。"

她问他:"如今那么多人在抢新房,一年以后会不会更买不到了?"

现在他还不知道一年以后买新房要摇号,比如"万人摇",现在他劝她:"会买得到的,等一下吧,一年时间一眨眼就过去了。"

她说:"房价也是一眨眼上去的。"

她这么说的时候,心里是多么后悔。

她忍不住就把这后悔说了出来:"丁咚,早知道我就不找你了,你和外公有事我后来知道了还在等你,我这得有多傻多磨蹭。早知道我找别的中介了,早知道我多找几家中介,别人不都是这样干的吗?我真笨。"

她脸上是懊丧的表情,她的声音里有埋怨:"就因为你是我表弟,我觉得找了你就不好意思再托别人了,这得有多迂;但丁咚,你也该跟姐说呀,你没时间的话,你该建议我赶紧找别的中介啊,哪怕找金缨帮一下也好。你看看,就这么一磨蹭,今天早上一觉醒来,得再等一年了,房价可不一定肯静止地等我一年。"

表姐米娅的委屈,让丁咚深感歉疚,因为他知道她如今手里拿着的是她爸妈卖了房子的钱。

米娅叹了口气,说自己运气不好:"最不该生病的时候,生了一场病,否则早搞定了,浪费了两个多星期。"

金缨倒了一杯水,给米娅端过来。自米娅进店后,金缨一直在留意她。

金缨说:"明年我帮你搞定。"

"明年。"米娅站起身,准备回公司上班,她悲哀地说,"只有明年了,还怎么办?"

米娅走到了店门外,她对送她出来的丁咚说:"钱在我手里,你知道我压力有多大吗?"

丁咚无言,点头。

"这接下来的一年,如果看它涨,又不能买,那就等于看着我爸妈卖了房子的钱在少下去。"米娅说。

其实她不说,他也明白。

他脑海里晃过家迎姑妈苍白的脸。

他突然发现,这一刻的表姐米娅,有点像欠妈妈债的雷岚。

丁咚说:"明年我帮你。"

米娅忧愁地看了丁咚一眼,去路边打车。这一刻路上没有空车,她徒劳地向大街伸着手臂,她回过头来,对丁咚说:"谁知道呢,就像昨天你还能帮我,今天一觉起来,想帮也帮不了了。"

丁咚只能劝她别着急,他说:"如今在调控,再观望一年也好,如果明年跌了一点,或哪怕没涨,你想想现在,会觉得是虚惊一场。"

米娅告诉他:"我现在对其他都不指望了,就只剩下一点,那就是我不能把我爸妈的钱给搞少了。"

米娅向高早峰的拥挤大街吐了一口气,说:"我又不像你,有老丁铁送我房子。"

终于有一辆车在米娅面前停下来了,她向丁咚挥挥手,委屈地离去。

4

丁咚和何秋红医生来到了尚城南郊绿原山谷的排屋别墅区,他们走进了东区的一幢坡地排屋。

这是一幢地中海风格的房子,暖黄的墙体映衬着周边翠绿的草木,呈现出浪漫而明媚的色调。

房子户型地上三层，地下两层，326平米，五重露台，南向花园。

何医生在花园、房间、门厅之间穿梭，9室3厅7卫，让她目不暇接。

最后，当她走到顶层洒满阳光的大露台上，面对近在咫尺的玉春山春茗茶园，她是那么心旷神怡；而当她俯视楼下绿草如茵、枫树似火的小花园，那株硕果累累的柿子树让她心生欢喜，她对丁咚说："你看那些柿子，像一只只小灯笼似的，很多人把柿子树视为吉利树，柿柿（事事）如意。"

丁咚更关心她对房间的感受，他问："房间你觉得怎么样？"

何医生回过头去，身后的房间此刻沉浸在一片明亮的光线中，她笑道："很OK，大大小小有9间。"

丁咚笑道："足够你和唐老师住了。"

何医生笑道："够我一个人，他不住。"

她看见了丁咚脸上一闪而过的诧异。

她知道他在想什么。

经历过两次出售书香雅苑的经历，她相信这小哥已知道了自己和唐老师的那些事情，那些让她备感没面子的事情。

她对这中介小哥说："到时候，我让他住翠芳东苑我那个房子。"

丁咚问："你一个人住这儿？"

"是的。"她嘴边有淡淡的讥讽，她告诉他，"唐老师想跟我结婚，我没同意。"

她迎着这中介小哥好奇的目光，笑了起来。

她告诉他原因："唐老师那个女儿，你见过的，她不是托你卖了她爸书香雅苑的房子吗？她卖了她爸的房子，拿走了钱，准备去美国陪女儿了，也就是说，她把她爸最大的资产拿走了，把她爸的家卖掉了，然后把她爸这么一个如今居无定所的老人留给了我。到这时她才同意她爸跟我结婚，把剩下的责任都交给我了，到这个时候，她同意她爸跟我结婚，就等于是她用法律来绑定我照顾她爸的责任了。"

丁咚目瞪口呆。

她说："不是我不愿意照顾，而是我不喜欢被人以这样的方式算计。"

丁咚说:"原来这样啊,所以你没同意。"

她对着玉春山微微仰脸,笑着说:"一纸婚约,我等了20年,现在我不要了,现在是我不同意给他一纸婚约了。"

"你不同意给他一纸婚约了。"丁咚看着这瘦小的女人,"原来是这样。"

她说:"不是我计较,不是我不想照顾他,我可以继续照顾他,给他提供住的地方,毕竟他是我的老师,这么多年来我对他有感情,但我不喜欢被那女人算计的感觉,我不喜欢别人对我打算盘。我现在没同意给他一纸婚约,也是因为我恨他的软弱,这么多年的软弱。"

丁咚点头,说:"所以,你准备让他住你翠芳东苑的房子?"

她说:"是的。对他,我这也是仁至义尽,人,哪怕再好说话,哪怕对他再好,怎么可能没有脾气?"

她脸上有果决,也有骄傲和怨气,当它们交错在心里时,心里一定是难过的,这丁咚知道,他暗自为她叹了一口气。

现在,他知道了,这些年来她一直跟房子过不去,现在终于能买大房子了,其实也还没过去。

何医生站在露台上眺望山水,她又回过头去打量身后明亮而空旷的房间,她想了一会儿,对中介小哥丁咚说:"就这套吧,在这儿,我有心安的感觉。"

排屋的卖家是一对中年夫妻,开价1240万元,四年前他们买入这排屋的时候是680万元。

丁咚协助何秋红医生还价,买卖双方议价顺畅,最后成交价1080万元。

何医生对中介小哥丁咚的服务相当满意。

签合同那天,何秋红难以遏制心里的激动,她早早地来到了"良屋"华北路门店。她来得太早,她推门进来的时候,丁咚还在附近的华北新村带人看房,何秋红见丁咚不在,就问:"丁杰克呢?"

店里的众小哥没反应过来:"谁?"

"丁杰克？你们店的。"

店长路伟成说："没这人啊。"

"没这人？"何秋红睁大眼睛，不相信。

他们中的一个女孩想起来了："是丁咚吧。"

这女孩对路店长笑道："这是他的英文名，丁杰克，这是他在'爱宅'时的名字，这我知道。"

女孩请何秋红先在沙发上坐一会儿，她告诉何秋红："他在外面带人看房，马上就回来了，他叫丁咚。"

"丁咚？"何秋红问。

"是的，丁咚丁咚，听着像门铃响。"这女孩长着一张小圆脸，跟人自来熟的样子。她是金缨。

金缨从丁咚桌上的名片盒里拿起一张名片，递给了何秋红。

何秋红接过来看，"丁咚"，她念了出来，她心里有异样的感觉。突然她心跳起来，因为脑海里有细细的光束划过，闪现出了两个一样的字："丁咚"。

丁咚？她想，他也是个叫丁咚的人？

在接下来的时间里，何秋红坐在沙发上等丁咚回来。

她盯着手里的名片有些发愣。

玻璃门开开关关，星期天店里人来人往。

丁咚，何秋红回想着那小哥的脸，那张脸很清秀，表情很诚恳，这名字很悦耳，但她分辨不出个所以然。

"丁咚，丁咚"，记忆里那片遥远的奶香和啼哭声在浮出水面。

"丁咚，丁咚"，记忆里有一些画面和声音在飞快地掠过脑海——"就叫丁咚吧，听着就像这房子的门铃，他本来就跟这房子有缘，叫'丁咚'挺有纪念意义的"，"好，就叫丁咚吧，听着很别致，你、我、他就是因为这房子的缘分成了一家人，丁咚，丁咚，门铃一响，家门就开了"……

坐在这买卖房子的中介店里，何秋红看见了 27 年前的自己抱着婴儿在跟丁家风说话。

这些年来，每当这样的画面闪现于脑海时，她的痛感记忆总是让她飞快地避闪，因为它们作为她成年生活的起点，令她此生坎坷，痛悔欲逃。

20多年前她离开那个房子的时候，她就告诉自己忘记这一切，包括那个婴儿。

对于那个婴儿，她没有感情，或者说，由于离别得太早，她还没来得及对他产生情感；也由于对那段姻缘的怨恨，使得她对那个婴儿只有后悔和麻烦之感。

当然，这些年来，她也知道，就像人写错了一笔会留下擦拭不去的痕迹，这婴儿和"丁咚"这个名字一定存在于如今的茫茫人海之中，不知他如今长成了一张怎样的脸，不知如今他在怎样谋生，而每想到这一点，那种惶恐、荒谬的感觉总是铺天盖地，让她不忍再想，让她抗拒和逃避。这就是这些年来，她对于往事，对于那个后来未曾谋面过的婴儿的态度。

而现在，"丁咚"这两个字，像突然折返回来的光线，让她无法回避，她心里因这些疑问而在迅速地惶恐起来：

这个小哥是谁？

这个经常来看病，并因为看病而与自己走近的小哥是谁？

这个因为买房而摸清了自己家底的小哥是谁？

这个瞥见了自己感情生活里那点囧事的小哥是谁？

是重名吗？

如果不是？他想干啥？

她心里涌起巨大的惶恐。

她回想着他温和的笑容和他说过的一些话，她琢磨不出有哪些似真似假的东西。

而当她回想自己跟他说过的那些话时，她胳膊上起了鸡皮疙瘩。

她看了一下手表，趁丁咚还没回来，她还有时间跟那个中介小妹套套话。她从沙发上站起身，走到了金缨的桌前。

金缨无比羡慕丁咚做成了一单排屋的生意，她对这阿姨说："他遇上你运气真好。"

何秋红笑道："是吗？遇到我算他运气好？"

三聊两聊，何秋红就断定这"丁咚"就是当年那个在自己怀里啼哭的婴儿，因为这中介小妹说："他？本地人呀。多大？ 1991 年的。我们上个月才给他过了生日。喏，墙上有我们团建过生日的照片，就是上个月。他爸妈干什么工作？我不知道，好像没妈的，离异家庭的。哈，阿姨，你是不放心他呢，还是想给他介绍女朋友呢？"

何秋红去墙上看他们团建的照片，她看见了有丁咚的那张，时间是 10 月 25 日。

何秋红心乱地推开店门，走到店外。她可以忘记他婴儿时的样子，但她记得自己生小孩的日子。

天下哪有这样的巧合？是他，丁咚。

她看着喧闹的华北路，她不知道他悄悄地靠近自己想干什么。

这么想，让她慌乱。

她想，这是恨我？想责怪我？还是好奇？

她眼前晃动着他的脸。那张瘦小的脸，在此刻她的回想里，真的跟她自己有点像，都是高鼻子和尖下巴；在此刻她的回想中，他表情温和，不像坏小孩。

她想，看他风里来雨里去地带人看房，辛辛苦苦的样子，怎么是坏小孩呢？

她想，可能是好奇吧，如果我是他，我也会好奇的，毕竟还是个小孩。

她眼睛有点酸涩，她想，即使你好奇，但我可没想好啊，这事我可没想好啊。

她听见有人在叫"何医生"，她转过头去，看见丁咚正从街边走过来，他在向她招手，他微笑道："你来了啊？"

签合同过程迅捷，除何医生有些激动外，一切顺畅。

丁咚注意到了何医生的激动，她握笔的手一直在颤抖，她两次填错，还把笔掉在了地上。

丁咚弯腰从地上捡起笔，对她说："慢慢写，不着急。"

签完合同之后，丁咚把何医生送到门外，他祝贺她大功告成，并向她道谢："你这是很大的一单，你这是帮了我。"

他跟她握手，他发现她的手还在颤抖。他理解她的激动，这样一个瘦小的女人靠一己之力，花了26年的时间，终于完成了买大房子的梦想，说来真的很励志。

她知道他看出了自己的激动，她自嘲："老了，办成事了，就激动成这样。"

丁咚宽慰她："现在买好了就可以放下了，你就放下吧，再见。"

他向她挥手道别。

5

楼市调控在继续。

有一天夜里，限购政策又加码了，朋友圈里许多人喊"外地单身狗"别睡了："一觉醒来，非本地户籍未婚人士不给买房权了。"

这一夜，丁咚没睡着。

他好像看到了米娅明天委屈地来找自己的样子。

他想，我拖延了她几天，哪想到她会遇上这样的情况。

他想，米娅，要不你快点结婚吧？

果然，第二天傍晚，米娅推开了"良屋"华北路门店的玻璃门。

她匆匆进来，对丁咚说："我刚下班，进来看看你。"

她背着一只红色双肩包，手捧一沓书稿，宽大的牛仔外套使她显得分外娇小。

丁咚忐忑地请她坐，给她泡茶。

丁咚知道她要抱怨自己了。他准备全盘接受她的抱怨。

他也想给她一些劝慰。

其实，从昨夜开始，他就在想如何劝她，但直到这一刻，他也没想好还能如何安慰，因为，他也不知道如何给她手里的那笔钱支着儿，那笔让她时刻担忧未来购买力的购房款如今真成了一个烫手的山芋。

米娅盯着丁咚的眼睛，说："丁咚，你知道了吧，这下子明年我也可能买不了房了。"

丁咚说："知道。想不到啊。"

米娅说："我原本今天不想过来跟你说这事了，说了也没用，但路过这儿，还是进来看看你。"

丁咚尴尬地说："怪我不好。要不我们再想想办法？"

"还有什么办法呢？"米娅说，"我运气真不好。"

丁咚看出了她脸上的埋怨。

为了安慰她，也为了赔礼道歉，丁咚拉她去对面的清扬餐厅吃饭，他对米娅说："都怪我，我请客，我们再想想招。"

傍晚时分的清扬餐厅宾客盈门，人声鼎沸。

丁咚和表姐米娅坐在角落里，他们面前摆着清蒸鲈鱼、蛋黄子排、水波蛋、葱油河虾、腐皮青菜。茫然中的米娅这一刻没有食欲。

丁咚对米娅说："要不你赶紧申请落户？"

"积分落户我不够分，也不知要排到哪年哪月。"

这其实丁咚知道。

于是，他劝她："那么你抓紧时间结婚，结婚了就可以买了。"

这她当然知道，但现在她跟谁结婚呢？

丁咚说："如果找的是本地人，马上就可以买了；如果找个外地人，到明年你社保满 5 年，已婚，也可以买了。哎，赶不过政策，赶不过房价，你就赶赶自己的婚姻大事呗，这也是个办法。"

米娅看着面前的清蒸鲈鱼发愣，她嘟哝："哪有这么容易，这么急去哪儿找呢？"

是的，哪有这么容易。姐弟俩一时无语。

餐厅里人来人往，声音嘈杂，菜香四溢。丁咚看见表姐的眼泪在流下来，他慌乱地把餐巾纸递给她，劝她想开点，"以后会有的"。

她捂着眼睛,她的声音里透着委屈:"我知道我以后会有房子的,但现在我买不了房子怎么办?我爸妈卖掉了那边的房子后,那边的房子也开始涨了,这些钱还买得起以后的房子吗?无论是这里的房子还是那边的房子,我怕到时两头不靠,丁咚,你不是我,所以你不懂,这事太纠结了。"

丁咚劝她不要急,急的话,万一再生病了怎么办?身体好,以后总是有办法的。

她泪眼婆娑地看着丁咚,说:"你上次就是这么劝我的,如果你上次直接帮我选定了,我好歹也算完成任务了;如果你上次让我找别人带看,那我也大功告成了。丁咚,我运气真不好,这是命,就差了几天。"

丁咚歉疚地看着伤心的米娅。米娅下意识地撕扯着餐巾纸,她面前的桌子上摆满了一小朵一小朵纸屑,她说:"我现在是在完成任务,你知道吗?如果现在能结婚,我真的就去结了,反正别人为买房子假离婚的都有。丁咚,我这人直觉是很准的,现在想来,我那时催你就是直觉,现在我对我妈也有直觉,我不可以让她抱憾……"

泪流满面的表姐让丁咚手足无措,他劝她别哭了,他说她一定能找到男朋友的,说不定明年就结婚了呢。

他语无伦次地说:"你别哭了好不好?那一段时间照顾老丁铁我心不能两用我也没办法,我现在最后悔的是当时我没抓紧,拖拖拉拉,还有点私心,没把你这一单及时转给金缨,都怪我好不好?我真的好后悔。你知道我也可怜家迎姑妈吗?你知道我也担心你买房子的钱变少下去吗?你这么怪我,我真的后悔。你别哭了好不好?我现在后悔到都恨不能跟你去结婚了。"

这是什么话呀?后悔到想跟我结婚?米娅抬起头,看了丁咚一眼。

她惊异的眼神,让丁咚回过神来,自己急不择言说了啥。

双方视线飞快地避开,又对上,都傻了一秒钟,什么话呀?结婚?跟她?跟他?

荒唐、离谱啊。如果她刚才没这么在哭,那么现在她可能要笑死了。

当然,如果从法律角度来说,也没什么不可以,因为他和她没有血缘关系,家迎姑妈是领养的。

但也正因为这样,这急不择言的话听上去就更傻了。

为摆脱尴尬,丁咚转移话题,他给米娅讲一个笑话,他说:"我们店有个小哥叫潘岳,今天下午他跟一个外地女客户在商定'假结婚',因为他这一单是大平层豪宅,他盯了大半年不想放弃,他想要的是提成,而那个吴江女老板要的是房子。"

显然,此时此景,对于茫然无措的米娅来说,丁咚说这八卦是有歧义的,因为他说的是"假结婚",在她听来,这有点让人迷糊:他这是在建议"假结婚"呢?还是说现在有些人就在"假结婚"没什么好奇怪的?还是说他可以跟她"假结婚",就像他刚才所说的那样?

米娅支棱着哭红了的眼睛,看着他说:"如果要假结婚,跟别人还不如跟你,因为我们是表姐弟,谁都知道这是假结婚,这是为了买房子,而换了别人,还说不清呢。"

这么说,好像又有点不离谱了,因为谁都知道是假的。

既然谁都知道是假的,那么结一下,是不是无妨呢?

丁咚支棱着眼睛,他看到了米娅等他回应的眼神。

他茫然地说:"那么要不要这么做呢?"

米娅说:"你肯不肯呢?"

她哭红的眼睛让他不好意思说"不肯"。

他说:"要不先去看房,如果看到有特别中意的,那就做吧。"

这也算是一个办法吗?

她泪眼模糊地看着丁咚,心想,这样的办法也就表弟肯帮。

她向服务员要了一瓶红酒。

她得敬他一杯,给自己和他壮壮胆,她说:"豁出去了。"

米娅跟着丁咚走街串巷,连续看了四天房。

最后,在星期六的下午,米娅终于在城北丁香新苑看定了一套,89平米,正经三房,跟买家谈定的价格是338万元。

米娅对丁咚说:"很合适,我爸妈来了也能住,就它了。"

选定了房子的米娅心情轻松了不少。丁咚骑着电动车,载着她,送她回幸福家园她的出租房。路上两人商量好了,下个星期一上午去民政局领结婚证。

电动车在喧哗的街道上驰行,米娅抱着丁咚的腰,问他:"这会不会害了你?"

"害我?"

"嗯,这样你就成了已婚男人,然后又成了离婚男人。"

"那你还不一样吗?"

"我随它去了,我至少能买到一套房。"

"我也随它去了吧,看我这样子,没钱,没房,又怕负担,估计也结不了婚的,不婚也挺好的,所以,已婚、离婚什么的,就随它去了。"

"不婚?呵,怎么可能?像你这样的男生,会有女孩子喜欢的,只是缘分未到。"

丁咚没响,前面是红灯。他看着红灯,等绿灯亮。

丁咚听见米娅在身后说:"如果你哪天找到女朋友了,我就去跟她讲,我跟你是假结婚,我一定跟她说清楚。"

丁咚笑道:"省省吧,人家会觉得你有病。"

第二天是星期天,中午,米娅买了水果,去"雨林小屋"看望明天将成为自己"老公"的丁咚和住在那儿的外公老丁铁。

米娅走进"雨林小屋"的时候,丁咚正在看书。

丁咚见她来了,伸出手指放在唇边,示意她轻一点,老丁铁在午睡。

米娅看见外公睡在床上,盖着被子,睡得很安详。

米娅把水果递给丁咚,轻声说:"你和外公一起吃。"

丁咚说:"你这么客气。"

米娅轻声说:"你明天都要当我'老公'了,我还不客气点?"

丁咚嗨嗨笑,请表姐在沙发上坐下。

米娅发现这是新沙发,清新的印花图案跟房间里的植物色调很搭,她轻声说:"哟,爷爷住这儿,这儿鸟枪换炮了。"

丁咚轻声说:"窗帘和沙发都是雷岚送的。"

米娅转过头去看窗帘,说:"难怪,一进来就觉得哪里有点不一样了,你这小学同学对你这么好啊,她还知道给你买这些,你看我啥也没给你买过。"

米娅环视小屋。自从跟金岩分手后,她已经有一段时间没来这里了。

现在她发现这小屋比以前更整洁了,甚至没了单身汉房间里的那种孤寒之气。

果然,她听见丁咚在说这是老丁铁的功劳:"他喜欢收拾,换下的衣服,一天不洗都不行。"

米娅说:"这一屋子植物本来就是需要人气压一压的,外公跟你住刚好。"

接着,她又问丁咚:"他住得惯吗?"

丁咚轻声说:"还行吧。"

米娅注意到小书桌上放着一叠阔大的黄树叶,她伸手拿过来一片,它宛若一张书页。嗨,还真的像书页一样上面写满了字,细细的字迹,是用细水笔写的,黑色小字落在黄色的叶面上,显得古雅而别致。

"这是什么?你写的?"米娅问。

丁咚指了指床上的老丁铁,轻声说:"他写的。叶子是他从楼下捡来的,他说是菩提树叶,他这几天就在叶子上写字。"

米娅对着叶子上的小字,轻声念出来:"北冥有鱼,其名为鲲。鲲之大,不知其几千里也;化而为鸟,其名为鹏……"

是庄子的《逍遥游》。

米娅从桌上拿起整叠叶子,一张张翻看,有写《庄子》的,有抄《金刚经》的,有些还没来得及写,空着,透着秋天叶子的干香。

米娅捧着叶子,默念了一会儿上面的小字,心里有异样的滋味,一下子又分辨不清。

她看了一眼床上的老丁铁,她对丁咚轻声说:"他喜欢捡叶子写字,你喜欢种植物,很搭的爷孙俩。"

丁咚说:"他白天写写字,帮我打理打理这些植物,挺好的,我得想出一些事来让他做。"

"嗯，他会在这儿住多久呢？"

"不知道，后面怎么样，我和他都不知道，现在是做好在这儿打持久战的准备的。"

"持久战？"米娅又看了一眼床上的外公，心里的忧愁在泛起。现在她知道了，心里的滋味是忧愁。

她想起了白杨新村的太太苏冬娟，太太此刻也在睡午觉吧？她想得到77岁的儿子如今住在这里？

坐在印满绿叶的沙发上，米娅手里拿着写满字迹的菩提叶，她的情绪和思绪都在飞快地往多愁善感的方向奔去。

但她得遏制自己的情绪。

因为今天她来这儿其实是有事情要办的。

趁老丁铁醒来之前，她得让自己沉静下来，跟丁咚商量一件事情。

于是，她从随身包里拿出两张纸，轻声对丁咚说："我们明天要去领证，今天得签一个协议。"

"协议？"丁咚看着她。

她笑了笑，轻声说："明天我们领证之后，我就可以买房子了，所以，我们在领证前得签一个协议，证明这房子是用我婚前的资金买的。"

丁咚立马明白了。他是中介小哥，他会不明白这个吗？只是因为她是自己的表姐，他没想到这点。

但也正因为她是表姐，她这么提出来，倒让他有些过敏了，有些不舒服了，他似真似假地嗔怪道："你还不放心我？"

他这么问，让她一愣。

她笑了笑，轻声解释："怎么会不放心你呢？你这么帮我，我会不信任你吗？只是因为这是我爸妈的钱，他们这辈子的钱全在这里面了，哪怕有一点点闪失，我都承担不起，如果是我自己的钱，我不会让你签的。"

其实，无论她怎么解释，只要想说清这事，都会让他别扭。

他问她："你觉得我会打姑妈钱的主意吗？"

她有些艰难地笑着，轻声说："不会，我知道你不会。"

　　他心里的委屈在盘旋，他轻声说："你的意思就是我会的，我都准备跟你结婚了，而你还把我往坏里想。"

　　她脸红了，坚持己见："你就签一下嘛，反正我是相信你的。"

　　床上的老丁铁翻了个身，嘴里说了一句什么。

　　米娅和丁咚赶紧闭了嘴。

　　丁咚心里莫名地犯堵，他也不知是怎么回事，而米娅委屈得想哭，为自己，为他，也为爸妈。

　　她呢喃着，好似求他："签一下嘛。"

　　他看了她一眼，拿起桌上爷爷写字的水笔，在协议书上沙沙签了自己的名。他说："签了。"

　　看她在擦眼睛，他知道她又在哭了，他想，我也就表示了一下情绪，你又不开心了，那我就不能表示一点自己的情绪吗？

　　他手忙脚乱地把纸巾递给她，他怕爷爷老丁铁醒过来，他轻声向她表示"对不起"，说自己刚才是心里突然堵了，其实没什么，"也可能是明天要结婚了，心里其实也有点乱"。

　　他还说："你别怪我，换了谁如果明天准备跟人结婚了，还被人像防小偷似的提防，他能舒服吗？"

　　她脸红耳赤，揉着眼睛，说："我懂的，我理解的。"

　　他起身去洗水果。"好啦，好啦，我去洗你带来的提子，等下老丁铁就起来了，你别哭了。"

　　丁咚去洗衣房洗提子了。

　　他洗提子的时间比较漫长。

　　米娅坐在房间里发怔，她收住泪，担心外公突然醒过来看见自己在哭。

　　她手里拿着丁咚已签了名的协议书，她想着他刚才情绪外露的脸，她在心里对他说，我知道你有些不高兴了，真的不好意思，明天都要结婚了，还让你不高兴，换了我是你，我还做不到像你这样跟我去结婚；你不会怪我就想着自己吧？其实，我心里也是在怕的，我怎么不怕呢？我怕的是你以后后悔,也怕以后别的女生嫌弃你是因为你离异过……

她思绪凌乱,惶恐弥漫,她打量这绿意盎然的房间和那条在打瞌睡的小狗。她心想,把植物种得这么好的男生,把小狗养得这么可爱的男生,能没女孩喜欢吗?以后喜欢他的那个女孩会怪我吗?

外公老丁铁又翻了一个身,手臂动了一下。她看着外公沉睡中的侧影,心想,如果他知道了我和丁咚准备结婚,他会怎么想?家里的那些人呢?他们会笑倒,还是昏倒?

她从沙发上站起身,惶恐地走到门口,向走廊上张望,丁咚还没回来。

她想,他是真的想帮我,还是因为我一直在怪他,给他吃了压力?明天要结婚了,这是不是要再问一下他,省得他后悔?

她看着走廊那头,午后的走廊里空空荡荡,像蒙在一片忧愁的光影里。她听见身后有动静,回头,看见老人正在起床的背影。房间里光影斑斓,青枝绿叶,像被蒙在同一片忧愁的色调里。

怜悯的感觉就是在这一刻突然席卷了她。

刹那间她像被置入了一个不真实的梦境:这是在哪里?在干什么?为什么?

她的决定,也就是在这一刻做出的。她想,算了。

她拿着协议书,向洗衣房走过去。

在洗衣房门口,她与正走出来的丁咚相遇,她当着他的面,将那两张纸撕碎。

他惊讶地看着她,问:"怎么了?"

"不要了。"

他以为她这是想表达对他的信任,这反而让他有点不好意思了,他说:"我刚才有点过敏了,你别在意,等下我再签一个,没事,协议没事。"

"不用了。"她对他摇头说,"因为我不跟你结婚了,所以不用了。"

"不结婚了?"

"是的。"

"那么房子呢?"

"房子？"她苦笑了一下，指了指自己的脑袋，说自己现在想不了别的，能想到的就这一点，"明天上午我们不去结婚了"。

他端着一盆滴着水的提子，看着她，在判断是真是假。

她看着他生疑的眼神，告诉他："算了，因为我怕了，因为太麻烦了。"

她指了指"雨林小屋"的方向，说："这太疯了，要是给他知道了，抄多少遍《逍遥游》都消化不了。"

丁咚知道她说的是老丁铁。

他看出来了，她是认真的，他吐了一口气。

他吐气的样子，让她看出来了他的松懈。

她心里也轻松了一下，心想，没拉他，也省了负担。

两天后，丁咚接到了米娅的电话。

米娅在电话里说："丁咚，我准备回家了，我得回滁州把房子给我家买回来，那边的房子最近也在涨，我不赶紧回去办这事的话，我和我爸妈接下来就真的两头不靠了，到时连家都没有了。"

丁咚说："嗯，这也是个办法，你在这儿暂时买不了。"

电话那头的米娅，现在考虑的已不是"暂时与久远"这些问题了，现在她只面对"此刻"。

她说："我回去买房，接下来我会在滁州待着，多陪陪我妈。我读中学就出来了，跟她在一起的时间真是太少了，我一年没回几趟家，每次她来看我都匆匆忙忙，而我还巴不得她快点走。一家人分离这么多年，好像是为伟大目标，可是一家人的日子都没怎么过，最好的时光在干什么都不知道，我不知道她还有多少时间能让我陪，所以，这次我回去后就先不回来了，在那儿待段时间。"

丁咚问："那么，你工作呢？"

米娅说："我跟出版公司的老总说了我家的情况，他挺好心的，他同意我线上办公，编辑书稿的工作在哪里干都一样，他希望我每周回尚城参加一次编辑会，这没问题，坐高铁，当天来回没问题。"

丁咚问:"你什么时候走呢?"

米娅说:"夜长梦多,怕那边的房价涨上去,明天我就走了。"

第二天下午,丁咚把米娅送到了高铁站。在候车大厅门外,米娅有些感慨地跟丁咚道别,她说:"这些天像做梦一样,丁咚,我们差点结婚,你把这些天的事情全忘掉。有空你来滁州玩,我带你去琅琊山。"

她走向入口,她回头向丁咚挥手。在涌动的人潮中,她突然瞥见了一张脸,圆脸,圆寸头,黑框眼镜,温厚的眼神,他在看着她。

视线相遇,他向她挥手。

她知道是丁咚告诉他自己要走了。

喧杂声中,她隐约听见这前男友在说:"慢慢走。"

她伸手向金岩挥了挥,心里说:"我先走了。"

当天傍晚,米娅就回到了滁州爸妈的出租房。

她对妈妈家迎说:"我得把水岸帝景的房子给买回来。"

她还对妈妈说:"我不走了,你就让我在你身边留一段时间,好不好?我从小就在外面漂,现在我想回家了。"

妈妈家迎无限惆怅和爱怜地看着她。

而她告诉妈妈,那边买不了了,那就让我把这边的买回来;那边暂时买不了了,没关系,我们这边还可以买回来;我现在不在那边了,也没关系,我们还可以在这里,在这里一家人还可以在一起,兜了一圈,会知道的,一家人在一起才像是一家人,才是家。

一个星期后,米娅在自家原来的小区水岸帝景买了一套二手房。兜了一圈,她和爸妈又有了自己的家。

6

冬天在来临,天气一天天在冷起来。

老丁铁坐在小书桌前写菩提叶,深黄色的叶子在桌面上已堆了厚厚的一大沓。

丁咚用电饭锅给爷爷煮了米饭，然后去隔壁的学校食堂打菜。半路上他接到了一个电话，一听，是朱依奶奶的声音。

这电话难得，丁咚站在路边接听。

他听见她在问他最近怎么样，生意好不好。她还问他最近怎么不去看她。她还说前些天她去绍兴、宁波、苏州、扬州、镇江旅游了，是跟旅行社老年团去的。接着，她开始说旅行的体会，从景点说到美食，再说到酒店，她说得兴高采烈，绘声绘色，密不透风，丁咚几乎插不上嘴，手机都打热了，她还没绕完。绕到最后，她终于问老丁铁怎么样了，她说"听说他住在你这儿"，她让丁咚别怪她狠心，她说哪怕是狠心其实也是对自己狠心因为自己心里难过着呢，她说都这么多年了怎么会没有感情呢？说真的，出门旅行的时候每天都在想他，其实没玩的心情。她说天气一天天变冷了，怎么会不想他？快到年底了，家家户户都要过新年了，怎么会不想他？毕竟30年了……

哪怕丁咚再不习惯跟中老年妇女绕着圈说话，他也听明白了，她这是想老丁铁了。

这样的机会送上门来，丁咚怎么可能放过？

他急中生智，赶紧向朱依发出串门的邀请："离婚了还是可以做朋友的，毕竟曾是一家人，现在年轻人都这样，人要活得潇洒，欢迎你来我家玩，也来看看他。"

听他这么说，电话那头的朱依决定潇洒一把。

她问："我什么时候过来方便呢？我这儿有件冬天的棉袄确实也要给他拿过来。"

她都问什么时候了，那还等什么时候？丁咚握着发烫的手机，说："打了这么长时间电话，食堂可能快关门了，我先去打菜，再打车过来接你。"

朱依说："我今天刚好烧了红烧肉，他喜欢吃的，我带过来。"

"OK，那我就直接到你这儿来打菜。"

丁咚向大街伸出手去，他打了一辆车，去河柳新村接朱依奶奶。

40分钟后,朱依老师提着保温饭盒,跟着丁咚走进了老机电厂宿舍楼。一只小狗循声沿着走廊奔过来,给他们领路。

朱依走到了"雨林小屋"门口,她往里面看了一眼,那片郁郁葱葱的绿色植物和那对雅致的沙发所构成的清新格调,让她十分意外。

在这片葱绿的场景里,她看见老丁铁正在写字。她注意到了他原本短白的头发长了不少,从背影看,他好像瘦了一些。她鼻子有些酸涩,为他也为自己,她对着他的背影笑道:"哎呀,不错哟,这里蛮浪漫的嘛。"

这个中午,老丁铁一边津津有味地吃着红烧肉,一边有些尴尬地留意着前妻朱依的动静,他脸上有小心翼翼的讨好神情。

朱依故作镇定地坐在沙发上,她绕啊绕地对丁咚夸着这一屋子植物,"浪漫","有生气","我都想住这儿了"。

"你也想住这儿了?"丁咚支棱着眼睛,对她笑,"这怎么住得下?这儿住两个人都有点挤。"

两个人都有点挤怎么办?

还能怎么办?

带一个走喽。

结果,这天下午,朱依在走的时候,除了提走了保温饭盒,还带走了老丁铁。

一星期后,他们复婚了。

从离婚到复婚,他们经历了45天。

7

爷爷老丁铁走了,黄色的落叶还留在桌上。

这些叶子中的大多数已写满了字迹,剩下有几张没写,那是因为它们有些瑕疵,叶面上有细细的裂缝,或有小小的孔洞。

丁咚找来了一个纸盒,把它们一张张收起来。它们看着像别致的树叶标本,他舍不得丢掉,觉得以后做书签,或用镜框装起来,挂在墙上会很有味道。

在他收拾叶子的过程中,手机响了,一看,是何秋红医生。

何医生在电话那头问他在不在店里,她想过来给他一个红包。

丁咚笑道:"何医生,你别这么客气,你这一单,我提成不少了,我很满意了。"

何医生笑道:"提成归提成,我说过的话,我得算数,我说过你帮我还价还得好的话,我要给你红包的。"

丁咚说:"算了算了,你别客气,我今天也不在店里,今天星期一,我休息。"

何医生说:"那我明天给你拿过来,除了红包,还有一点小礼物。"

第二天中午,何秋红医生站在店门外,隔着玻璃门,向店里的丁咚招手。丁咚赶紧出来。

何医生把一个红色信封和一个淡蓝色纸袋往丁咚怀里塞。

她说纸袋里的是一块围巾:"小礼物,天冷起来了,刚好用上。"

丁咚知道信封里的是钱,他把信封还给她:"谢谢何医生,围巾我收下,红包就算了。"

何医生没肯,他们在店门口推让。

在中午的阳光下,这场面有点笨拙有些傻。

何医生说:"我得说话算数。我们就事论事,不说别的。"

丁咚说:"你把这单生意给我做了,我收获特大。"

这一刻,他还不知道她已窥破了他,所以他听不出"就事论事"的意味。

而这一刻,推让中的她,也来不及琢磨他说的"收获"是否有话里有话的味道。

见他执意不要,她一着急,就说:"快过年了,你就当是压岁钱吧。"

她让他当压岁钱,这有点意思。

他想了想，就决定收下，他说："那好吧，我就收下了，我都这么大了，还收压岁钱，不好意思。"

他这话哪怕听来有弦外之音，她现在也能保持镇定。经过这几天的忐忑和惶恐，现在她想好了：顺其自然吧，这事只能顺其自然，就现在而言，自己还没完全想好。这么多年没联系了，没想好也很正常，又不都是电视里的寻亲节目，如果真像寻亲节目那样哭哭啼啼地来一场，那得有多尴尬，而自己是怕尴尬的人。而且，说实话，因分离得太早，自己对他还没有感情，现在对上号了，没排斥感，那就顺其自然吧，就比如这个红包，也是顺其自然的一种，既然答应过他，那就说话算数，否则他会怎么暗想这个妈？

见丁咚收下了红包，何医生像完成任务般地舒了一口气。

她告诉他："围巾是我自己织的，每年冬天我都喜欢织一些东西。"

他说："谢谢，我会喜欢的。"

他把自己手里一直拿着的一个牛皮纸袋递给她："这是我的一个小礼物，等你装修好你的新家后，可以挂在墙上。"

她接过来，夸他有心，还知道给她的新家准备装饰品。

她跟他道别，说要去卫生院上班了。

她走到街边伸手打车，车来了，她向他挥挥手，上车走了。

丁咚站在街边，看车远去，他摸了摸手里的红包，挺厚的，他打开淡蓝色的纸袋，见围巾是纯白色的，在阳光下闪着亮晶晶的光泽。

他把围巾拿出来，给自己围上了，是柔暖的感觉。他看见围巾一角上还绣了字，拉起来看，看见绣着的是"丁咚"。

"丁咚"？

他一怔，往街角方向看，那辆出租车早已拐过了街角，没影了。

"丁咚。"他听见身后有人在叫自己的名字，回头看，是爸爸丁家风。

其实，家风在喊儿子之前，已在那棵梧桐树下看了好一会儿了，今天家风是来儿子这边取老丁铁留下的医保卡。刚才他在快走到"良屋"门店的时候，看见儿子和一个瘦小的女人在店门口推让着什么，他定睛一看，就呆住了。

现在他走向儿子,问:"她是谁?"

"谁?"丁咚不解他指的是谁。

"刚才那个女的。"

"一个买排屋的女人。"

两公里以外,出租车正在经过运北桥。

坐在车里的何秋红医生打开了手里的牛皮纸袋。

哦,原来是一片树叶。

何医生看见的是一片装在镜框里的树叶标本,心形叶面,质感厚实,斑驳的黄色,像沾染了时光的印痕。

一枚秋天的叶子。她想。

她凑近一些打量,她看见在叶脉之间有两条淡褐色的裂缝,还有一个小小的孔洞。

接着,她就看到了那排写在裂缝和孔洞旁边的小字。

字迹小巧,刚劲,拖着笔锋。

她有些老花了,她摘下近视眼镜,凑近去看。

她看见的是:"生活是透过缝隙的光。"

8

何秋红医生在车上惆怅的这一刻,雷岚正坐在尚城医科大学附属医院住院部三楼的走廊里。

她的膝盖上摊着笔记本电脑,她的手指在电脑键盘上轻轻敲击。

这是午后时分,病人在病房里午休,走廊上有几位护士在轻轻走动,空气里飘浮着消毒水的气味。

四天前,雷岚的舅舅雷刚在这家医院做了肝移植手术,手术很成功,目前他已转入普通病房,进入康复治疗阶段。按医生的说法,再过几天,他就可以下床走动了,接着就可以出院了。

在舅舅住院的这几天里，雷岚和妈妈雷小虹轮流陪护。这个中午，雷岚从公司过来接妈妈的班，让妈妈先回家休息一会儿。

这会儿，看舅舅睡下了，雷岚就坐到了走廊上，利用这点时间，她可以再琢磨琢磨自己的新媒体产品。

其实，一个月前，雷岚就已启动了她的创业计划。

她针对"青年置业需求"打造的新媒体产品"小宅门"，也已于两周前正式推出了。

与许多自媒体创业者的辞职创业不同，这一次雷岚选择了公司内部创业模式，这是因为强总希望她留下，强总说："人力、资金，由公司投入，我们建一个内部创业孵化机制。"雷岚答应了强总的邀约，因为这能让她轻装上阵，还因为这两年来强总给予她的关照和宽容，让她心怀感激。

作为一个对买房卖房已深有感触的女生，雷岚对"小宅门"新媒体进行了精心设计：在内容上，"小宅门"以"青年关怀"为价值主旨，用大数据分析方式，对楼市走势进行针对"青年置业需求"的追踪和解读，为年轻人群提供房产信息服务，为开发商提供需求意向参照；在产品形态上，以公众号、短视频为主打；在风格上，追求青年气质，好读，好看。

与预想的一样，"小宅门"一经推出，就形态完整，定位清晰。

与预想不太一样的是，两周下来，"小宅门"不温不火，虽有大数据分析这一专业特长，但在如今海量的房产自媒体中，它风格不够鲜明，没显现强劲的吸粉能力，公众号头条每天阅读量徘徊在四五千，难以过万，这让雷岚急在心里。

凭经验和直觉，雷岚认定"小宅门"定位没错，专业性没错，那么，问题出在哪里呢？是调性吗？

雷岚曾把"针对青年置业需求的数据服务"当作"小宅门"富有专业特色的调性，但推出之后，她发现这还不够。

这当然不够，这就像火车时刻表，就算它数据再充分，服务性再强，它也无法对你产生精神上的吸聚力。

所以说，她发现它还缺了点直指人心的东西。

这些天来，她在琢磨"小宅门"的精神向度和吸粉逻辑。坐在医院走廊上的这一刻，她考虑的仍是这个问题。

好在，从昨天到今天，她有了一些找到北的感觉。

这恍悟的感觉，来自"小宅门"公众号昨天终于出现的一篇爆款。

其实，这爆款文的出炉完全是个意外：昨天早上，她在发公众号时，看到前两篇文章都以数据分析为主，感觉比较滞重，为做调剂，她找了几张照片，写了一小段文字，以"物语：与房子相关的生活方式"为名推出。哪想到，早上7点45分推出后，这小小的图文一骑绝尘，将首条《城北C位奏鸣曲》和二条《背上小书包，去哪里捡漏》远远甩在后面，阅读量接近9万，而且，直到这一刻，它还在往上走，估计会超10万。

只要看看它下面不断涌来的留言，你就会知道那些人在乐些什么。

此刻，坐在医院走廊上，雷岚就在琢磨着这些留言，她好像听到他们在她耳边开开心心地说话："哇，可爱的雨林小屋""绿色世界""可爱的男生""很有心""种这些植物难吗"……

在这些声音中，她听得最多的评价与这两个词语有关："很阳光的感觉""热爱生活的人"。

顺着这样的语意，她向脑海中的"雨林小屋"望过去，它在旧楼中闪烁着超然的光泽，好像确实配得起这两个词语。

她还好像看见了丁咚正站在旧楼的走廊里，脸神有点蔫，有点萌，也有点装傻，他好似在问她："你怎么把我放上去了？""你那天来我家送沙发时拍的照片就这样用上了？没经过我同意吧？"

她看见留言里有人在说"求认识""求交往"。

是女生吗？她想笑。

她敲击键盘，在电脑上打下"阳光""热爱""生活"这些字眼。

现在，她觉得自己为"小宅门"找到了一个关键词：暖。

顺着"暖"看过去，她看见那些人的脸上有了点开心的表情，是啊，指向"焦虑"的大数据服务铺天盖地，而其实，又有谁不知道焦虑？难道他们不知道吗？但他们还是喜欢看到一些可爱的东西，比如，他们看到一个大男生种在小破屋里的植物觉得开心,"很阳光的感觉""热爱生活的人",显然,这就是它成为爆款的感染力,所以,"暖",它必须是暖的,哪怕数据冰冷,它的质地也必须透着暖意。

由"暖",她想到了第二个关键词:安慰。

她想,将心比心,就像我自己这一路的买房经历,焦虑有时,迷失有时,还跑丢了两次爱情,好在身边还有一个小哥,可以找他,问他,因为知道他好心。所以,它,"小宅门",也就是你身边的小哥,比如丁咚。

坐在医院的走廊上,午后的阳光在走廊尽头摇晃,她在飞快地兴奋起来。她想,这是"小宅门"的温度,是温暖的现实主义。

这样,她就想到了第三个关键词:小人物视角。

由此,她就想到了丁咚本人。

她想,在大数据之上,如果能站着一个人,比如一个小哥,让他从小人物的视角,讲讲与这些数据相关的人和房子的细节,那么,这些数据就会有具象感,这不仅别致,还能让数据更易进入人心。

于是,她想到了做一个专栏,"小哥看数据"。

她还想到了视频,在"雨林小屋"中拍,"假如房子会说话";或跟他去看房,拍"小哥看房记"。

她感觉自己的想象力在奔涌。

她想,大数据就这样通往了人心。

她有些激动,准备去走廊尽头给丁咚打个电话,跟他聊聊想法。

她从电脑上抬起头来,看见对面椅子上坐着一个人,他正看着她。

显然,他不是丁咚。

这是一张年过五旬的面孔,头发微卷,仪表堂堂,眼神复杂。

雷岚一愣。

她避开他的视线,因为她知道他是谁。

在她读小学和中学的时候,有一段时间她常看见他出现在学校对面的马路边,站在栾树下,呆呆地望着放学的自己。

后来她读大学了，出国留学了，这张脸就从她的生活中消失了。听人说他去了广东。

对她来说，无论他消失也好，出现也好，从他离开家的那天起，她就没想再理他。

而现在，他在时隔多年后又出现了，并且直接出现在了舅舅的病房外，所以，她愣了一下，有些不解。

她站起身，准备走人。

他也从座椅上站起来，向她递上巴结的笑容，他说："姜岚，你还认识我吗？"

她没作声，心想，我不叫姜岚了。

他说："姜岚，你长这么大了。"

她对他点了下头，她往走廊尽头走，想去给丁咚打电话。

他拦着她，没让她走，他说："姜岚，你听我说。"

"我不叫姜岚了。"她告诉他。

"我知道。"他脸上掠过可怜兮兮的笑容，"这我知道，你叫雷岚，应该的，这是应该的。"

他仓皇的神情里带着怯意，因近在咫尺，让她心软了一下，她就没走开。

他语速很快地告诉她："姜岚，我这两天从广州过来开会，听以前的朋友说你舅在动大手术，我就硬着头皮跟你妈联系了，说想过来看他，说其实是没脸见他的，但还是想见见，向他赔个罪，让他心情好一点。你妈没同意，说怕我刺激到他，让他心情更不好。"

雷岚原本没想跟他说话，听他这么说，就微皱眉头，心想，我妈没同意，你自己就过来了？

他看出了她的不解，他讪笑着指了指雷刚的病房："你妈没同意，我即使过来了，也不敢进去啊。"

雷岚心想，那你来干吗？

他说："你妈没同意我看他，但你妈跟我说你现在就在医院里，所以我就过来了。"

雷岚心想,难道还是我妈让你来找我?

他看出了她的纳闷。

在向她解释之前,他三言两语说了自己这些年的经历:2004年考上了中山大学历史系研究生,毕业后,在广州的一所大学当老师,这些年一直生活在广州,又有家庭了,没再有小孩。

他生怕她走掉,他语速飞快,嘴唇哆嗦。

他这样子,让她想起了当年在马路对面看着自己的那张脸,十五六年过去了,小学校门外的那排栾树还在,而这张脸现在鬓角已白。

站在医院的走廊上,她听见他的言语在进入比较强的情绪:"无论是跟你妈联系,还是说想看你舅,其实,爸爸最主要的还是为了来看你。爸爸离开家的时候,你已经是小学生了,会跟爸爸交流了,所以对爸爸来说,爸爸对你的情感像是刺扎进心里了,拔不掉。你不想理爸爸,爸爸懂的,如果爸爸是你,也不想理我自己,所以爸爸是懂的。但是即使懂,爸爸还是忍不住想你,爸爸想起那时候常去校门口看你,到现在心里还在痛。这些年,爸爸欠了你很多,一辈子也还不了,好在你这么有出息,好在你妈把你培养得这么好,所以爸爸就欠得更多了,爸爸也表达不了什么。看你们现在的情况,钱肯定是需要的,爸爸虽不是有钱人,但也准备了一些,想给你20万,如果你收下,我会好过一点。你把卡号告诉我,我打给你。"

站在医院的走廊上,爸爸姜峰外溢的情绪,让雷岚有些尴尬。

而他惶恐的样子,又让她心里难受,有点悲哀。

她纳闷自己没走开去。她听见自己在告诉他,自己不需要他的钱了,因为自己已经工作了。"如果你希望像你说的那样,心里好过一点,你可以给我妈。"

他摇头,笑了笑,说:"她没肯收,但她没反对我给你,她说我有给女儿钱的权利,你有收的权利,这事跟她没关系了,因为你大了,她不能给你做主了,得让你自己决定了。"

他说这话时,表情有些高兴,因为前妻不再横在他和女儿之间了。

他说的这话，也让雷岚知道了他今天为什么来这里。

只是雷岚没想要他这钱，她摇头，告诉他，现在真的不需要了，"因为现在我们已经好很多了，我们连房子都已经买好了"，真的不需要了。

他对她叹了一口气。

后来他摆摆手，往电梯方向走过去。

他失落的背影不知为什么让她有些心软。

她想，既然他说这么多年没放下，那么，这也算是一个惩罚吧？

她喊住他，问他是不是真的想看一下舅舅再走。

他点头。

于是，趁舅舅睡着了，她悄悄带他进病房看了一眼。

她看着他茫然地站在舅舅的床边，她想起了自己在建工新村小房子里遥远而不快乐的童年。她想，兜转如梦，一步千里，自己被牵扯到的这一生，被注定了，它也没法重来。

从病房出来，她把他送到了电梯口，她想了想，还是对他说了几句。她要他自己好好过，别管这里了。"我们已经好很多了，比以前好，我们卖了建工新村的旧房子，现在我们有一个新房子了。"

见女儿跟自己说话了，姜峰心里轻松了一大块，他眼里的怯意在退去，他说："搬家了？那就好，那就好。"

他邀请女儿有空的时候去广州玩。

他说这些年他在广州买了两套房子，如果她来的话，家里可以住。

他微微笑了笑，摇了摇头，说："你外公那时候要我自己出去搞房子，现在我也算是有了。"

房子算是有了，只是人已不是一家了。

姜峰走后，雷岚走到走廊尽头给丁咚打电话，她说："你晚上在店里还是在家？丁咚，我要过来一趟。"

丁咚问："什么事？"

雷岚说："你知道吗？你要红了。"

尾声：一年后

1

复婚后的这一年，老丁铁和朱依老师仍住在河柳新村，他们的生活已恢复平静。

作为离婚导火线的石桥新苑的那套房子还空置在那里，关于它的未来归属问题，暂且就放一放吧。

以朱依老师的话说，"关键还是看人，如果人让人有安全感，那么就不需要全靠房子的那点安全感了"。

那么，她现在的安全感又如何呢？

她没说，但谁都看得出来她对丁咚越来越亲。她说他"有灵气"。这是她的判断，与别人无关。

好在丁咚也不在意她的判断。

作为一名已阅尽人间"争房百态"的中介小哥，丁咚如今对此类事情持悲悯、躲避的心态。

他没想要石桥新苑那套让爷爷奶奶离过一场婚的房子。

每每想到那样的离婚，他觉得爷爷抄多少遍《逍遥游》也没用。

说到了离婚，如今的朱依老师跟丁咚的态度比较一致，她对河柳新村的邻居们说："为房子，中国人是真舍得感情，我也试过了，我发现，我还是吃不消，舍不得。"

2

"假离婚"五年的林美缇和虞晴川,在这一年里复婚了。

美缇生下了二宝甜甜。

家桃美缇母女俩人卖掉了三套房子。

售房款不仅还清了晴川的欠债,而且也减轻了全家每月还房贷的压力。

一家人曾经苦哈哈的生活如今终于告一段落,生活质量明显得以改善,这从美缇的穿着打扮,甚至从小男孩虞豆豆的运动鞋品牌,就可见一斑。

晴川如今仍在开他的龙虾馆,小本生意,每天忙个不停,想给儿子豆豆做个榜样。

这位曾自称"奴隶女婿"的男子,如今在家里翻身做主人了吗?

他没说。

但家桃隐约有说到。

家桃有一天跳完广场舞,在回家的路上遇到了丁咚,她对丁咚说:"这么晚了你还在带人看房子?唉,我现在不看房了,就让他们自己去搞吧,他们大了,我操心多了,他们就不大来了,还怪我干涉他家内政,所以,我现在跳舞为主,乐得开心。"

3

从敦煌回来后,康可可与贾俊果断领证。

然后,他们通知各自的爸妈:"已经结婚了。"

然后,他们就把傻眼的爸妈丢在了电话的那头,如果爸妈们还有兴趣继续算"对等"的账,那就让他们自己去算吧,哪怕算盘噼啪再响,也与他们无关了。

然后,他们就住进了贾俊的 Loft 公寓里,过起了婚后的"互助式"生活。

婚后的可可离开了"雅凯数媒",换了一个工作,这倒不完全是因为"办公室恋情",夫妻俩在同一家公司上班不妥,而是可可在 Loft 公寓楼下发现了一家宠物餐厅,"萌萌花园"。这家新概念宠物店美如花园,可可一见倾心,那些萌物让她心都化了。宠物店老板是个海归女生,她看出了可可对这一行的热爱,双方谈好薪酬待遇后,可可就来"萌萌花园"上班了。

可可对贾俊说:"收入嘛,当然比'雅凯数媒'少,但这工作我喜欢,它能让我心情好,我心情好了以后,在外面接设计的活儿就可以多一些,这叫堤内损失堤外补。"

看老婆每天跟猫猫狗狗玩算是上班,贾俊失衡地说:"我996哪。"

可可指了指房子,提醒他欠老板的债,她笑道:"这没办法,谁让你是强总的包身工。"

对于可可的选择,雷岚当然感到吃惊,但她能理解,因为这年头人的价值观多元。

可可妈丁家李同样理解,但,她把它理解成了曾经的职场霸凌在女儿心里的留痕,她伤感地想,女儿还是不喜欢跟人打交道。

由此,家李更感觉到了贾俊的意义。

现在她把这胖男孩看作了暖男,她对别人说:"我家女婿人实在,烧得一手好菜,我家可可至少被他喂胖了5斤。"

"尚城公馆的那个房子,你们什么时候高兴去住就去住吧。"有一天,家李对女儿女婿说。

只是家李没想到,经过双方家长上次连续三天三轮算盘打下来,如今的可可贾俊已经有点慌了,并且,他们已经有了共识:彼此家庭的那点利益搅进这个小家的话,算盘就会打响的。因为他们发现大人比自己还没安全感。

他们还是觉得住在Loft公寓里自在、太平。

4

这一年,丁家春家里出了大事。

家春老公项大伟因犯贪污罪、受贿罪,被判有期徒刑20年,经法院认定,项大伟在市房管局任职的20多年间,仅贪污公房就多达19次共20套。

19次,20套,一个不起眼的副处,让人瞠目结舌,匪夷所思。

以办案人员的说法,"项大伟在房管系统工作的20多年里,基本都是负责公房管理和征地拆迁工作,被他收入囊中的房子,正是由他管理的公房,攫取公房对于他而言,甚至只是签个名这么简单";"他利用职务之便,用各种亲戚之名或各种虚构之名,以拆迁安置的名义,骗取公房租赁权,并通过房改获取房屋所有权";"每次他都是自己先看好合适的空置公房,找到机会就虚构理由提出申请,再通过置换、拆迁等形式,把房子从小变大,把地段从差变好……"

家春无法相信自己的耳朵。

"20套房子?我连影子都没见过。"家春以泪洗面,茫然地说,"它们在哪里?我一点都不知道。"

更让家春震惊的是:项大伟还有一个同谋,即他的分管领导、女处长姚霞,他和姚霞沆瀣一气,结成"利益同盟"。他俩除了是骗房的同谋者,还是多年的婚外情人。

难怪家春不知道。

家春崩溃之余,庆幸自己不知道,没成为他的同谋。

家春说:"他要这么多房子干什么?这么看来,我还真不了解他;这么看来,这年头,住在一个屋檐下,睡在一张床上,也不一定是一家人。"

她还说:"难怪他跟我AA制,我还以为这有多独立,原来这不是他的家啊,他跟另一个女人搞了20套房子,他昏了吗?他要这么多房子又有什么用?哪一个都不是他的家。我不知道他搞的这些事,幸好我不知道。离婚。"

这一年,家春陷入悲哀,而儿子天帆则去了远方。

天帆没去加拿大留学,作为援疆医生,他去了阿克苏。

在遥远的边疆,帅哥天帆以精湛的医术,赢得了当地人的信赖和尊重,而当地的自然风光,也以它的辽阔给他以抚慰——蓝天、原野、峡谷、公路、胡杨林、戈壁、雪山,尤其是那些经过亿万年风雨洗礼的巨大石头。

它们所构成的参照,将人心里的那点事儿衬得没了影,"面积、朝向、楼层、大了几平米、小了几平米",这些曾经比天还大的事儿,在这儿,好像无法在心里留下来,甚至连人的这一生都短得像一瞬间……

有天晚上,天帆在朋友圈发了一张星空的照片,他随意写了两句话:"那些曾经觉得天大的事,在这里会变得很小","天是房,地当床,好大的房"。

孟玉跟天帆分手后,其实每天都在关注天帆的朋友圈,这天晚上,她就是看到了这两句话,立马订了机票,第二天就从尚城飞来了阿克苏。

她拖着拉杆箱,在阿克苏第一人民医院找到了天帆,她对他说:"我来看看好大的房子在哪里。"

5

这一年,何秋红医生住进了绿原山谷的排屋。

她和丁咚的关系,也在顺其自然地进展。

就目前情况看,这"顺其自然"比想象的还更顺畅一些。比如,如今何医生会很自然地对丁咚透露一些事情,像她准备跟唐老师结婚这类私人生活的事,她会很乐意告诉丁咚。

何医生说:"他也陪了我 20 年了,现在我跟他过不去,其实也是跟我自己过不去了。"

"嗯,没谁是胜者。"

"是的。算了。"

"明白了,你这是准备给他一纸婚约了。"丁咚说。

何医生笑道:"是的。"

何医生给了唐老师一纸婚约。

他们结婚那天是中秋节,何医生在她的大房子里办了一个小小的家宴。丁咚作为最年轻的嘉宾,应邀前往,参加了他妈妈的喜宴。

6

这一年，金岩金缨兄妹俩的生活也有了很大的改变。

在妹妹金缨的带动下，金岩成了"良屋"华北路中介门店的一名小哥，风里来雨里去，带人看房，卖房挣钱，养活自己。

而金缨自己，则以她超拼的业绩，被公司抽调到了"良屋"总部，先是成了一名培训教师，后来又作为骨干，被派往宁波拓展市场。

临行前，金缨拜托丁咚多关照她哥金岩。

丁咚说："OK，相互关照。"

金缨走后，丁咚对金岩进行了"关照"。他的关照方式是，把一张从网上看来的招聘公告转给了金岩。

于是，金岩又开始了复习，准备考试。

进入复习迎考模式的金岩总是让人望而生疑。

如果你走过他的桌边，你会发现他这次复习的不是"金融"，而是"公共卫生管理"，他的本专业。

几周后，金岩通过考试，通过面试，被滁州一家医院录用了，医院给了编制。于是，他去了该院，在医务科上班。

这也就是说，金岩去了滁州。

接下来，最动情的场景丁咚没有身临其境，但在他的想象中，发生这样的一幕比较合理：

晚饭后，米娅沿着琅琊东路去琅琊景区散步，突然，她听见有人在后面叫她，她回头，一脸震惊，她问他："你怎么在这里？"他说："空降了呗。"她问："为什么啊？"他说："来上班呗。"她问："为什么？"他说："没有为什么，还有为什么吗？"……他们在暮色中相遇相拥。

丁咚从来就不觉得自己是一个浪漫的人，他的想象只能到这里为止。

他导演的只是剧情的开头，后面得靠金岩自己去演。

金岩没向丁咚描述自己演出的种种细节，他只给丁咚传来了一张作为剧情尾声的照片，好让他放心。

照片拍得不错——金岩和米娅站在醉翁亭下,亲密得像小两口。
金岩对丁咚说:"一切顺利。你有空来玩。"

7

这一年,其他人的生活也在推进。

锦兰还在"种"孩子。

她躺在床上,对前来看她的师妹雷岚说:"我动都不敢动,怕掉了。"

她劝雷岚抓紧自己最好的时光:"别像姐,到这个时候才吃后悔药。"

丁松和小丽的买房方案没得到落实。

这是因为小丽犹豫再三,最后还是没要她爸妈提供的首付。

小丽对丁松说:"他们老了,全靠他们这边的力量会让我很愧疚,让我和他们都觉得不公平,这没办法,脑子里有这想法没办法。算了,我们自己攒钱吧。"

所以,丁松如今除了在"创咖啡"上班,还打了三份工,他辛辛苦苦赚钱的样子,像这年头众多的年轻奶爸。

丁家风继续在华英路开着他小小的文印店。

他也继续"赖"在前妻劳海燕家里,寄居式生存。

在这一年里,家风其实也有了一点变化,那就是他在老丁家话少了很多,他的姐姐们以为家里的这根"导火线"终于学得乖巧了一些,而家风自己则跟建工新村的老张师傅这么说:"我爸离婚复婚这样的事放在今天也没什么好大惊小怪的,家家都有一本难念的经嘛,没怎么样,我倒是看着我那几个老姐可怜,只要家里有了点事,惶惶不可终日的是她们……"

现在家风跟儿子丁咚说话时,还可笑地把"向外拓展"挂在了嘴边。

在丁咚看来,这可能是受了"买排屋女人"的刺激。

而若在别人看来的话,家风如今的向外拓展,有一大半的力气是使在对前妻劳海燕的拓展上了——他对这公交车女司机更黏糊了,盯梢似乎比以前更紧了,这甚至让家风的几位姐姐怀疑:他是不是又在追求劳海燕了?

她们想,如果追上了,那也算他回头是岸、拓展成功吧。

这一年,常书凯终于买了房,小两居,一个房间归他和老婆桂美,一个房间归5岁儿子卡卡,居住功能紧凑,紧凑到"刚好",这让他满心欢喜。

那么,丈母娘住哪里呢?

书凯说:"她可以住桂美婚前买的那个小房子,也可以住回她自己的家,随她高兴啦。我给她的理由是,家里既然有这么几处居所,何必挤在一起呢?卡卡已经是小小男子汉了,他得有自己的房间了。我丈母娘现在一周来我家两次,刚刚好。"

书凯说"刚刚好"的表情有些喜滋滋。

这是因为他觉得自己以"物理空间隔离"的方式,对丈母妈进行了一场家庭边际感教育和成长教育。

他说:"让她知道,她女儿已经大了,已经成家了,该独立了。"

当然,他也有叹息:"为了这要命的边际感,我连大一些的房子都不敢要了,连家庭资产增值空间都不要了。"

8

我们的故事始于丁咚与雷岚的相遇,结尾也与他俩有关。

这一年,雷岚打造的"小宅门"房产新媒体,以其强烈的"暖感"和专业化的"大数据服务",在同类新媒体产品中崭露头角,其主要平台"小宅门"房产公众号跻身头部行列:粉丝量接近40万;阅读量日常头条单篇保持在三四万,10万+爆款时有出现;团队架构日趋健全,核心作者六七人,加上编辑、设计和技术,共18人;利润方面,第一年利润已超600万元。

这一年,雷岚围绕"小宅门"忙碌,她的忙碌也带动了丁咚。

谁让丁咚是"小宅门"内容板块"跟小哥看房"的重要元素呢?

丁咚的大学同学常书凯调侃丁咚:"差不多快成网红了。"

书凯在调侃丁咚的同时,也捎来了一个好消息:"蓝洲房地产集团公司最近想找几家做得好的房产自媒体进行合作,看了一圈,都觉得'小宅门'不错,你请你同学雷岚过来谈谈?"

接下来,书凯带着雷岚来到蓝洲集团总部,与分管市场营销的副总见面,丁咚作陪。

那副总一见丁咚,就笑道:"嗨,是你呀,3年没见了。"

原来,他是田青,"爱宅"的前老总。

如今田青在集团分管市场营销这一块。

3年没见了,田青画风有变,温和沉静了不少,他夸丁咚"不错哟,线上看房有点意思",他还建议丁咚:"城市那么大,人的作息时间又不同,线下看房大海捞针,哪跑得过来? VR全景看房是一个有趣的办法,可以往这方面试试。"

田青对雷岚的"小宅门"赞赏有加:"我常在看,连我们老大都注意到你们啦,他喜欢你们的调调,有专业性,又文艺,他呀,就喜欢这种腔调。"

因为有老大喜欢,所以,关于合作,雷岚和田青商谈顺畅,双方在软文推广、活动策划、广告投入等方面达成了合作意向。

因为有合作,接下来,"小宅门"为蓝洲集团策划、操办了两场活动,一场是在蓝天广场举办的青年置业主题论坛"假如房子会说话",一场是在城南新天地举办的雅集派对"我想有个家"。

两场活动,主题相通,风格各异,雷岚倾情倾力。在前一场中,她就青年置业趋势做了演讲,她以"小宅门"团队采集的扎实数据,对未来数年内影响青年置业的8种关键要素进行了分析;而在后一场中,雷岚担纲主持人,邀约各路"有意思的90后",交换各自的故事,"我想有个家""静心的力量"……嘉宾云集,娓娓道来,分享关于"家"和"生活方式"的感悟,气氛温馨,腔调时尚,高潮处,雷岚演唱了一段昆曲《游园惊梦》助兴。

两场活动，面向青年生存，当下感和话题感爆棚，亲临活动现场的蓝洲董事长常淡秋对雷岚赞不绝口，他对田青说："创意、执行力、表达力都好，可见人是要读书的，你要好好向她学。"

　　因为赏识，在随后的日子里，常淡秋董事长多次邀请雷岚为员工上课，他还请她作为公司的朋友和智囊，出席公司的多场项目策划会议。

　　也是因为赏识，蓝洲集团向"小宅门"递来了橄榄枝——田青向雷岚表达了公司希望投资入股"小宅门"的愿望，他说："我们老大看好你们。"

　　雷岚有些惊讶，她跟"雅凯数媒"强总商量之后，婉拒了蓝洲集团的这一好意。

　　雷岚对田青说："我们目前的盈利模式还比较单一，还没想好其他的拓展途径，所以我们暂时还没有融资的想法。"

　　其实，婉拒主要还是出于对产品调性的考虑，"小宅门"的"暖核"使它呈现了鲜明的人文关怀特质，这也使得它对于市场得保持独立、客观的姿态，正因此，它不适合跟单一开发商进行密切捆绑，也不适合为某些楼市产品进行生硬推广。雷岚最近在处理蓝洲集团的一些软文时，已感觉到了生硬和为难，这也让她对"资本与情怀的冲突"有了切身的体会。

　　对"小宅门"和雷岚的婉拒，蓝洲集团没有气馁。

　　接下来，是蓝洲集团董事长常淡秋亲自给雷岚打来了电话。

　　常淡秋董事长打来电话的时候，是一个傍晚，他说："雷岚，你能不能来一下？有点事想跟你聊聊。我在公司田岚山会所。"

　　雷岚放下电话，去洗手间洗了一把脸，上了一天班，灰头土脸的。她化了点淡妆，就从科创园出来，打车到了田岚山。

　　董事长秘书小陈在会所门前等她，小陈把她领到了会所临湖的书房。

　　董事长常淡秋在等她。在她进来之前，他在练书法，桌上铺着写了一半的宣纸，空气中有淡淡的墨香。

　　常淡秋面含微笑，看着雷岚进来。

　　他穿着一件大红色的休闲款毛衣，温文尔雅。

在跟雷岚寒暄之后，他就跟她讲了投资入股"小宅门"的想法，甚至，他还说"收购也可以"。

雷岚知道他会说入股这事，但她没想到他连"收购"都说出来了，这让她相当惊讶。

她笑道："说实话，据我所知，目前收购房产类公号的还真不多，产品不确定因素多，价格比较难估，主要是团队的主观因素太多，对于卖方来说，也卖不出什么好价格；至于入股呢，既然你们这么诚心，我也实话实说，房产类公号的盈利模式单一，其实不值得投，有这钱入股或收购，还不如自己拉团队另起炉灶。"

常淡秋朗声笑道："所以说啊，正因为团队主观因素多，所以收购的话，就连同你一起收购过来，如果另起炉灶的话，那就更得请你过来另起炉灶，哈哈。"

他笑容可掬，表情有点小孩子般的淘气："只要把你收过来，'小宅门'收不收购，入不入股，都没什么关系了。"

他的意思是让她过来。

这她听得明白。

她就为自己和"小宅门"都找了一个推托的理由："我是公司内部创业。"

他笑道："所以，它又不全是你的，你过来吧，把你的才华、活力，都带过来。"

他微笑着说她可以开一个价，无论是年薪也好，安家费也好。

雷岚有些发愣。哪怕她再渴望安家费，这一刻她都无法遏制自己的惊讶，因为她知道，无论是"小宅门"，还是她本人，目前的分量和身价压根儿没到需要劳驾他这董事长出面的地步，因为不值。

她脑海里闪过一张美丽哀愁的面孔。

她笑了笑，告诉面前这位董事长，自己与现在公司的老总是校友，这些年来校友老总对自己一直不薄，所以不好意思走人，还有，"在那里挺开心的，周围都是年轻人"。

常淡秋对她轻叹了一口气，夸她对公司的忠诚度："这是美德，好多人做不到，这也是我特别赏识你的原因，我感觉我们认知很相通。"

雷岚对他的理解表示感谢。

而他瞅着她微微笑，好似没因被婉拒而影响情绪，他说："是啊，周围都是年轻人，真好。人嘛，都喜欢和年轻人在一起干活，我也一样，喜欢被他们激活，所以，你这个年轻朋友我很愿意交往。我这人特别喜欢和年轻人打交道，年轻人喜欢的东西，我都喜欢，呵，我怕我不喜欢就老喽。"

雷岚笑了，说："你又不老，看着很有气派的。"

常淡秋哈哈笑："你这么说，我还能装嫩喽。"

他拍了拍身上的红毛衣，调侃自己越来越喜欢亮色了，"这是不是老了的心态？"他伸手拍了拍雷岚身上的黑色卫衣："现在的女孩都这么喜欢中性吗？衣服都是灰、白和黑。"

他又笑道："也好，中性风，酷酷的，看着挺不媚俗的。"

雷岚告诉他："不媚俗？那是看着，其实也是很没用的。"

他笑着感叹："我呢，以前也比较文艺的，现在哪有你们年轻人的感觉？那天，看你在派对上主持，那种话语方式真是只有年轻人才会有的。"

他看着她，是希求的眼神："所以，你要多帮帮我，多多激活我。"

雷岚脸红了，说："哪里哪里。"

而他扬起眉，瞅着她说："你呀，真的跟我一个家人很像，那天你在雅集上唱《游园惊梦》，把我惊了一下。"

雷岚知道他说的是谁，不就是锦兰嘛，他前妻。

她刚才脑海中闪过的就是锦兰的脸。

雷岚其实早就知道他是谁。

在蓝洲集团最初跟她商谈合作意向的时候，她就明白该公司的董事长是谁（蓝洲集团是本地排名前三的房企，师姐的老公是干什么的，她怎么会不知道呢？），除了明白董事长是谁之外，她还明白这董事长跟她不会有什么交集，因为她最多只联系到副总田青这一级，所以，她持职业化的心态跟这家公司合作（在她看来，工作是工作，私人生活是别人自己的事，孰是孰非外人不足道）。但没想到，后来两场活动的举办让她跟这常董事长有了直接的联系，有了联系之后，她对这常董事长也谈不上有什么不舒服的感受（这当然跟他赏识她有点关系，但主要还是她自认心态比较职业化）。但最近这段时间，情况有些变化，随着最近联系的增多，她感觉到了这董事长在跟自己走近，为此她有隐约的不安，而这不安，在眼前这一刻变得更为明确了。

常淡秋这一刻可不知道她在想什么，他笑着伸过手来跟她握手，告诉她，让彼此成为更好的朋友。

接着，他笑吟吟地从桌上拿起一个信封，说："给你个小礼物，一点心意。"

雷岚说："礼物？别客气，其实有你们对'小宅门'的支持已经很感谢了。"

他笑着从信封里把小礼物拿出来了。

是一串钥匙。

他告诉她，公司刚开发的云漫公寓，他给她留了一套。"110平米的，你先用着吧。"

她看着他手里的"小礼物"，它可不是小礼物。

正因为它不是小礼物，这一刻，它映照出了他脸上的轻飘。

他把手伸到她的面前，掌心里躺着这串亮晶晶的钥匙。他微笑着看她的反应，好像有兴趣品味她的犹豫。

他透过镜片的眼神很温和，像在说："你先拿着吧。"

她没给他品味的时间，她笑着告诉他，这怎么好意思？"从小我妈就跟我说，不能拿别人的东西，呵，我妈是这么教的。"

空气里飘进了不自在的因子，静默了两秒钟，她看了看手表，笑着告辞："我今晚跟丁咚约好了，要给他拍一段视频，我得走了。"

这是她的理由，她可没管这董事长知不知道有个小哥叫丁咚。

她起身就走。走到门口，回头看了一眼，她看见了他眼里的失落。

她走出了会所。

她心想，他没强求，这说明他比那个小郑老板还是要高出一个层次，所以，他还能把公司做大，把自己做到了董事长。

她沿着暮色中的湖边飞快地走着。

她心想,这年头,我可以理解他这个年纪的人对青春的渴望,但理解是对于别人,而我可不愿意这样,因为我从来就不这样。

雷岚走到田岚山路口打上了车。

车开到机电厂大门口时,天色已黑。

她下了车,飞快地往丁咚的宿舍楼走。她步履匆匆地走进了昏暗的楼道,小狗松果循声而来,它屁颠颠地跑着,给她领路。

她走到了"雨林小屋"的门口,见丁咚正在拖地。

昏黄的灯光下,地面泛着微微的水光,丁咚拿着拖把,动作轻捷,他拖过了琴叶榕的下面,拖过了橡皮树的旁边,现在拖到散尾葵下了。

她看着他拖地,这一路过来,走到这里,好像是松了一口气。

是的,倚门而立的她好像松了一口气。

这一年来,因为"小宅门"新媒体的运作,她越来越频繁地出入这里。

这有点蔫的小哥,不知为什么让她有越来越心安的感觉。

这样的感觉最初是从哪一天开始的呢?从买卖那套叫"小宅门"的房子起?从走街串巷满城看房那阵子起?从决意买房上车那天起?从同学会?从"丽湾府"?或者,从小时候?

小时候?

呵,小时候如果知道自己未来哪天对他竟有这样的感觉,那会昏过去。她笑起来。

他感觉到了她的到来,他转过身,有些惊讶:"你不是说今天晚上跟人谈事,不过来了吗?"

她向他点头,又摇头。

没错,现在她确信,她看到了他脸上让她熟悉而心安的神情,这小哥。

她笑道:"我来看看我的作品。"

他皱着眉在笑,好像在说:"你是说我是你的作品?"